Knaur.

Knaur.

*Im Knaur Taschenbuch Verlag sind bereits folgende Bücher des Autors erschienen:*
Frei von Schuld
Auf eigene Gefahr
Tote Freunde

*Über den Autor:*
Chris Tvedt wurde 1954 in Bergen/Norwegen geboren. Neben dem Jurastudium absolvierte er u. a. auch ein Studium der Literaturwissenschaft. Von 1998 bis 2007 praktizierte er als Rechtsanwalt. Er lebt mit Frau und zwei Kindern in Bergen. *Niedertracht* wurde im Frühjahr 2011 mit dem norwegischen *Riverton Prisen* ausgezeichnet in der Kategorie: bester norwegischer Kriminalroman.

Chris Tvedt

# NIEDERTRACHT

## Ein Fall für Mikael Brenne

Kriminalroman

Aus dem Norwegischen von
Frank Zuber

Knaur Taschenbuch Verlag

Die norwegische Originalausgabe erschien 2010 unter dem Titel
»Dødens sirkel« bei Cappelen Damm, Oslo.

**Besuchen Sie uns im Internet:**
**www.knaur.de**

FSC
www.fsc.org
MIX
Papier aus verantwortungsvollen Quellen
FSC® C014496

Deutsche Erstausgabe Juni 2011

Redaktion: Friederike Arnold
Umschlaggestaltung: ZERO Werbeagentur, München
Umschlagabbildungen: © Wilfried Krecichwost/Corbis /
FinePic®, München
Satz: Adobe InDesign im Verlag
Druck und Bindung: GGP Media GmbH, Pößneck
Printed in Germany
ISBN 978-3-426-50914-2

2 4 5 3

*Dieses Buch ist meinem Vater gewidmet.*
*Ich glaube, er hätte es gemocht.*

# Prolog

Gerd summte und umsorgte ihre Katzen. Sie pflegte sie täglich. Staubte sie ab und stellte sie um. Manche bekamen einen Ehrenplatz auf dem Fensterbrett, andere wanderten zurück ins Regal oder auf die Eckkommode, die sie von ihrer Mutter bekommen hatte. Die kleinen Tiere mit den unschuldigen Augen und bunten Schleifen kamen aus allen Ecken der Welt. Einige hatte sie selbst gekauft, aber die meisten hatte sie im Lauf der Jahre von Freunden und Bekannten geschenkt bekommen. Alle wussten, dass sie Katzen liebte, aber leider gegen die echten Tiere allergisch war und deshalb Porzellankatzen sammelte.

In Wirklichkeit war sie froh über die Allergie, aber das verschwieg sie. Echte Katzen mochte sie eigentlich gar nicht. Sie waren ihre eigenen Herren, gingen ihre eigenen Wege und taten, was sie wollten. Sie streckten und räkelten sich faul, hatten hässliche, schmale Pupillen und scharfe Krallen. All das konnte Gerd nicht ausstehen. Katzen – echte Katzen – waren kleine Tötungsmaschinen. Ihre dagegen lebten in Frieden neben kleinen, pastellfarbenen Vögeln auf dem Fensterbrett. So war es ihr lieber.

Sie summte weiter.

»Love is in the air. Everywhere I look around.«

Gerd wurde beinahe rot vor Scham. Eine erwachsene Frau wie sie lief an einem Dienstagvormittag in der Wohnung herum und summte Liebeslieder! Aber sie konnte nicht anders. Sie war so glücklich. Er hatte sie gefragt, und sie hatte ja gesagt. Hochzeit im August, das hatten sie ausgemacht. Über fünfzig

Jahre, so gut wie ungeküsst, aber im August würde sie Braut sein.
Sie hatte sofort ihre Mutter angerufen, aber natürlich hatte Mutter sich nicht gefreut. Sie hatte einen Glückwunsch herausgepresst und sogleich einen langen Monolog begonnen: Wie elend es ihr gehe, und nun würde Gerd ja keine Zeit mehr für sie haben, und da könne sie auch gleich ins Altersheim ziehen. Gerd hätte sie am liebsten angeschrien und ihr den Mund verboten. Aber das tat sie nie. Sie hörte geduldig zu, sagte »Ja, Mama« und »Nein, Mama« und versicherte ihr, dass sie sich immer um sie kümmern würde. Immer.
Danach hatte sie wie üblich ein schlechtes Gewissen gehabt. Dieses bekannte Gefühl, das ihr den Bauch zuschnürte. Nie würde sie gut genug sein, um ihrer Mutter alles zurückzuzahlen, was sie für sie geopfert hatte: die Gesundheit, die Liebe, ja ihr ganzes Leben, nur damit Gerd es gut haben sollte. Aber nun hatte Gerd dieses Gefühl zum ersten Mal verdrängt. Sie war glücklich. Sie wollte glücklich sein. Sie hatte es verdient. Zwei rosa Katzen wanderten vorsichtig vom Regal aufs Fensterbrett, zwei hellblaue in die umgekehrte Richtung.
Ihre einzige Sorge war das, was er ihr anvertraut hatte, nachdem sie seinen Antrag angenommen hatte. Sie hatte geglaubt, dass er vor Glück und Erleichterung weinte, aber dann begann er plötzlich von seinem Leben zu erzählen, und sie verstand, dass er andere Gründe hatte. Es kam so überraschend und schien so unwirklich, dass sie es kaum glauben konnte.
Sie schüttelte den Kopf, wollte es nicht wahrhaben. Das war nicht er. Der nette und schüchterne Gustav. Er war so schüchtern, dass sie die Initiative ergreifen musste. Sie hatte ihn geküsst, nicht umgekehrt. Sie hatte seine Hand genommen und auf ihre Brust gelegt, hatte gehört, wie sein Atem schneller wurde. Sie hatte ihn in ihr Schlafzimmer geführt, in das kein Mann je den Fuß gesetzt hatte, hatte das Licht ausgemacht und

ihre Liebe besiegelt. Gustav war … ängstlich, es gab kein anderes Wort dafür.
Zuerst hatte sie gedacht, dass sie ihr Jawort zurückziehen müsse. Dass es unmöglich war. Aber dann hatte sie eine Lösung gefunden und Gustav erklärt, was er tun musste, und er hatte zugestimmt. Danach hatten sie gemeinsam gebetet, und dann zum zweiten Mal miteinander geschlafen. Es war anders als beim ersten Mal gewesen. Heftiger, aber auch intimer. Und zum ersten Mal im Leben hatte Gerd sich stark gefühlt.

Es klingelte. Sie war überrascht, erwartete niemanden. Draußen stand ein großer Mann mit Pferdeschwanz.
»Ja?«, sagte sie. »Kann ich Ihnen helfen?«
»Sind Sie Gerd Garshol?«, fragte der Mann.
Sie zögerte einen Augenblick, war aus unerklärlichen Gründen beunruhigt, schob das Gefühl aber beiseite. Es war Dienstagvormittag und helllichter Tag in der Genossenschaftswohnung, wo sie ihr halbes Leben verbracht hatte. Überall waren Nachbarn.
»Ja«, sagte sie.
Im nächsten Moment war es, als ob die Tür in ihrem Gesicht explodierte.

# Teil 1

## Kapitel 1

Plötzlich lief es mir kalt den Rücken hinunter, und ich zitterte ohne erkennbaren Grund. Der Einzige, der es bemerkte, war mein Mandant. Er sah mich erstaunt an, dann grinste er schräg.

»Sehen Sie Gespenster, Mikael Brenne?«

Viele Wochen später sollte ich mich an diesen Augenblick erinnern. Das schiefe Grinsen des Mannes, den sie den »Griechen« nannten. Die Stille im Gerichtssaal, die nur durch das trockene Rascheln der Akten auf dem Tisch des Staatsanwalts durchbrochen wurde. Die blanke, schweißglänzende Glatze von Richter Stenersen, der den Kopf in die Hände stützte und aussah, als wäre er eingeschlafen. Die Jury, zehn Salzsäulen, regungslos und ermattet von der tagelangen erdrückenden Hitze und unendlichen Zeugenaussagen. Und genau in dem Moment, als der Schauder mich durchlief, und nur wenige Kilometer von dem Ort entfernt, wo ich unter der schwarzen Anwaltsrobe schwitzte, spielte sich etwas ab, das mein Leben sehr bald auf den Kopf stellen sollte. Aber das wusste ich zu diesem Zeitpunkt nicht, deshalb grinste ich zurück, zuckte mit den Schultern und sagte:

»Ja, offenbar. Jedenfalls gibt es hier drinnen keinen anderen Grund zum Frösteln.«

Keiner wusste, warum er »der Grieche« genannt wurde. Vielleicht wegen der dunklen Haare, die vor Gel glänzten – oder Spray oder was immer er benutzte, um sie so glatt zurückzukämmen. Oder wegen der dunklen Bartstoppeln, die wie ein ewiger Schatten auf seinen Wangen lagen. In Verbindung mit den tadellosen, gut geschnittenen Anzügen und den teuren, aber etwas zu bunten Hemden sah er auf jeden Fall wie ein südeuropäischer Gangster aus. Aber sein Name war Hans Mikkelsen, und soviel ich wusste, floss nicht ein einziger Tropfen exotisches Blut in seinen Adern. Ich glaube nicht, dass sein Aussehen ihn störte. Hans Mikkelsen *war* ein Gangster, sogar ein ziemlich erfolgreicher, was selten vorkommt. Die wenigsten Verbrecher wählen ihre Laufbahn bewusst. In der Regel geraten sie durch Zufall auf die schiefe Bahn, durch schlechte Freunde, schlechten Schnaps, schlechte Ideen und schlechte Drogen. Ihr Leben ist eine Aneinanderreihung von Unglücken und unvorhergesehenen Umständen. Wenn sie dann und wann zufällig einen Gewinn machen, rinnt er ihnen wie Sand durch die Finger.

Nicht so bei dem Griechen. Er war auf seine Art ein intelligenter Mann, obwohl er keinerlei Ausbildung hatte, und ich glaube, dass er es unter anderen Umständen auch im legalen Geschäftsleben weit gebracht hätte. Auf jeden Fall war er skrupellos genug, um in jedem Dschungel überleben zu können. Er war Zuhälter, Schmuggler, er war der größte Hehler der Stadt; er hatte die Finger in fast allem, womit man Geld verdienen konnte, hielt sich aber stets im Hintergrund. Der Grieche machte sich nie die Hände schmutzig, er ließ andere die Dreckarbeit verrichten. Deshalb war er schwer zu fassen, und deshalb hasste die Polizei ihn. Jahrelang war er mit einer weißen Weste davongekommen, seine Akte war leer, bis auf ein paar Bagatelldelikte aus seiner Jugend. Aber nun steckte er in der Klemme. In einer nach lokalem Maßstab großangelegten Operation hatte die Polizei alle Register gezogen und neueste Methoden eingesetzt. Sie hatten seine Post geöffnet, seine Mails gecheckt, seine Organisation infiltriert, Telefon, Wohnung, Büro und sogar sein Auto abgehört, bis der Staatsanwalt ausreichend Informationen gesammelt hatte, um gegen ihn vorzu-

gehen. Aber der Grieche war ein vorsichtiger Mann, er hatte alle Verhaltensregeln beachtet, sich nie eindeutig geäußert und nie etwas aufgeschrieben. Letztendlich reichte das Beweismaterial nicht für eine Anklage aus, und alle Mühe wäre umsonst gewesen, wenn nicht ein Mann namens Gustav Niemann aufgetaucht wäre.
Er hatte an einem regennassen Herbstabend beim Polizeipräsidenten der Stadt geklingelt und so höflich und bescheiden vorgesprochen, dass der Polizeipräsident, der sonst ein vorsichtiger Mann war, ihn nach kurzem Zögern hereinließ. Bei einer Tasse Tee in der Küche hatte Niemann gestanden, dass er viele Jahre lang Hans Mikkelsens Buchhalter gewesen sei, aber es nun bereue und alles erzählen wolle, was er über die illegalen Geschäfte des Griechen wisse. Genau dies brauchte der Staatsanwalt, eine Zeugenaussage aus dem inneren Kreis, eine Aussage, die alle Indizien miteinander verknüpfen konnte, ein Fundament, einen roten Faden, und mit einem Mal hatte Hans Mikkelsen ernsthafte Schwierigkeiten.

Nicht dass man es ihm ansah. Ich war nass geschwitzt unter der Robe, aber der Grieche sah wohlgepflegt und entspannt aus. Er lehnte sich zu mir hinüber und flüsterte:
»Warum sitzen wir hier herum? Warum machen wir keine Pause?«
»Weil der Richter vorankommen will, und Pausen kosten Zeit. Alle müssen raus, alle müssen wieder auf ihre Plätze, Sie wissen doch, wie das ist.« Ich sah auf die Uhr. »Und weil der Zeuge seit einer Minute hier sein sollte.«
»Was ist das für ein Zeuge?«
»Ein Rechnungsprüfer.«
»Wessen Rechnungsprüfer?«
»Die Polizei hat ihn beauftragt, die Rechnungen des Nachtclubs Zebra zu überprüfen.«

Er winkte ab.
»Na und? Mit diesem Club habe ich nichts zu tun.«
»Nach Niemanns Aussage sind Sie der Besitzer.«
»Gustav Niemann«, sagte er und legte alle Verachtung der Welt in diese zwei Wörter. »Ein elender Versager.«
»Vielleicht. Aber ein elender Versager, der Sie für den Rest Ihres Lebens hinter Schloss und Riegel bringen kann.«
»Ja, ich weiß. Das haben Sie oft genug gesagt, alles hängt von Niemann ab. Wann sagt er aus?«
»Morgen früh. Es wird ein entscheidender Tag.«
»Ja. Wenn er kommt.«
Ich reagierte spontan.
»Sie haben doch keine Dummheiten gemacht, Mikkelsen?«
»Wie meinen Sie das?«
»Sie haben nicht etwa jemanden zu ihm geschickt, um ihn zu überreden, dass er seine Aussage zurückzieht?«
»Natürlich nicht.«
»Das will ich hoffen«, sagte ich und glaubte, etwas in seinem Blick zu erkennen, das sonst hinter der gepflegten, urbanen Fassade versteckt war. Erneut lief es mir kalt den Rücken hinunter.
Ich schüttelte den Schauder ab und stand auf. »Herr Richter!«
Richter Stenersens Kopf schnellte in die Höhe, die kurzsichtigen Augen blinzelten mich an.
»Ja, Herr Verteidiger?«
»Ich schlage vor, dass wir eine Pause machen, anstatt hier in der Hitze zu warten.«
Stenersen seufzte, dann sah er den Ankläger an.
»Wo bleibt der Zeuge, Herr Staatsanwalt?«
Der Staatsanwalt sah auf seine Armbanduhr.
»Er sollte schon hier sein«, antwortete er, »aber es sieht aus, als wäre er etwas verspätet. Vielleicht können wir fünf Minuten Pause machen.«

Ich ging nach draußen, um etwas frische Luft zu schnappen. Die Treppe zum Haupteingang lag im Schatten, und ich lehnte mich gegen eine der massiven Säulen. Der Platz vor dem Gerichtsgebäude badete in grellem, weißem Sonnenlicht. Ein paar Männer mit Anzügen und Aktenmappen unter dem Arm eilten zielstrebig davon, aber die meisten Passanten sahen entspannt aus, als hätten sie alle Zeit der Welt und keinerlei Sorgen. Auf einer Bank saßen drei Mädchen und aßen Eis. Auf den Skulpturen des offenen Platzes spielten Kinder. Plötzlich war ich auf alle neidisch und hatte große Lust, die Robe in die Ecke zu werfen, den Schlips zu lösen und mir ein Eis zu kaufen. Aber das tat ich nicht. Stattdessen drehte ich den Sonnenstrahlen, den kichernden Mädchen und den spielenden Kindern den Rücken zu und schleppte mich wieder die Treppe hinauf.

In der Tür stieß ich fast mit einer schlanken, jungen Frau zusammen, die den Arm voller Aktenmappen hatte.

»Entschuldigung«, sagte ich und bemerkte erst da, dass es Synne war.

»Mikael!« Sie sah mich kühl an. »Reichlich spät für eine Entschuldigung, findest du nicht auch?« Sie fegte zur Tür hinaus, ohne mich eines weiteren Blickes zu würdigen.

Ich schaute ihr hinterher. Synne Bergstrøm war etliche Jahre meine Referendarin gewesen. Im letzten Jahr hatte ich mich geweigert, sie zur Teilhaberin zu machen. Synne, die sich mit Recht übergangen fühlte, hatte gekündigt und sich selbständig gemacht. Sie hatte mir nie verziehen. Und es stimmte, ich hatte mich nie bei ihr entschuldigt, obwohl ich wusste, dass ich ihr Unrecht getan hatte.

Der Zeuge war noch immer nicht aufgetaucht. Ich brachte es nicht über mich, den viel zu heißen Saal zu betreten und das ewige Genörgel des Griechen anzuhören, der mir vorschreiben wollte, wie seine Sache anzugehen sei. Deshalb blieb ich auf dem Gang stehen, stützte die Arme aufs Geländer und starrte geistesabwesend in die Eingangshalle hinab. Das unerwartete Treffen mit Synne schlug mir aufs Gemüt. Wir hatten seit sechs Monaten kein Wort miteinander gesprochen, und ich hatte mein schlechtes Gewissen schon fast verdrängt, aber nun hatte ihre kühle Zurückweisung es wieder geweckt. Ich seufzte. Aus den Augenwinkeln sah ich den Staatsanwalt auf mich zukommen.

»Der Zeuge hat angerufen«, sagte er. »Er hat im Stau gesteckt, ein Unfall im Tunnel, aber in zehn Minuten ist er hier.«

Ich nickte.

»Okay. Wegen mir könnte er ganz wegbleiben.«

»Verstehe. Das wird keine angenehme Zeugenaussage für Ihren Mandanten.«

»Darüber mache ich mir keine Sorgen. Aber der Mann ist Rechnungsprüfer. Ich befürchte, dass ich mich nicht mehr wachhalten kann.«

Sein Lachen war kurz und scharf und kam völlig unerwartet. Staatsanwalt Ulv Garmann war, soweit ich beurteilen konnte, ein ernster Mann ohne Sinn für Humor und ohne jeden persönlichen Charme. Trotzdem machte es mir nichts aus, ihm im Gerichtssaal gegenüberzustehen, denn er war professionell bis in die Fingerspitzen und deshalb leicht einzuordnen. Aber er war ein harter Gegner, akribisch, methodisch, ein ganz und gar juristischer Kopf. Außerdem ein Kämpfer, er hasste es, zu verlieren, war immer gut vorbereitet und machte nie Fehler. Sein Haar sah stets wie frisch geschnitten aus, der Seitenscheitel war messerscharf, der Schlipsknoten stramm und das Hemd strahlend weiß und perfekt gebügelt. Unbewusst strich ich über mein eigenes Hemd. Es war ebenso glatt gebügelt, aber nur der Kragen und der kleine Ausschnitt, den man unter der Robe sah.

»Sie haben es wirklich zu etwas gebracht in den letzten Jahren, Brenne«, sagte er. »Eigentlich verblüffend, wie steil Ihre Karriere verlaufen ist. In der Zeitung stand, dass Sie zu den fünf besten Anwälten des Landes zählen.«
Ich zuckte mit den Schultern.
»Man soll nicht alles glauben, was in der Zeitung steht.«
»Ich weiß aus eigener Erfahrung, dass Sie gut sind. Aber in diesem Fall spielt das keine Rolle. Sie können ruhig einschlafen, Ihr Mandant ist so gut wie verurteilt.«
»Vielleicht.«
»Nicht vielleicht, sondern garantiert. Wir haben alle Reserven in diese Sache gesteckt, und der Grieche … Hans Mikkelsen hat die Gesellschaft lange genug bespuckt. Das wissen Sie selbst.«
Ich zuckte noch einmal mit den Schultern.
»Ich weiß nicht, was die Wahrheit ist, Garmann, und es ist mir auch egal. Darum geht es nicht.«
»Wie meinen Sie das?«
»Die Wahrheit lebt nicht im Gerichtssaal. Es gibt sogar kaum einen Ort, an dem mehr gelogen wird. Die Angeklagten lügen. Die Zeugen lügen. Und wir lügen auch, Ankläger wie Verteidiger. Wir pflücken zufällige Fetzen der Wirklichkeit heraus und nähen sie zu einer Erzählung zusammen. Aber diese Erzählung ist nicht die Wahrheit. Rechtssachen haben nur ein zufälliges Verhältnis zur Wirklichkeit, und Juristen haben mehr mit Schriftstellern gemeinsam als mit jeder anderen Berufsgruppe. Das hier ist ein Spiel. Ein Spiel, das wir manchmal gewinnen und manchmal verlieren.«
Ich hatte erwartet, dass er protestieren würde, denn Ulv Garmann hatte ein heftiges Gemüt, er hielt seine Plädoyers mit alttestamentarischem Zorn. Doch er sah mich nur mit einem unergründlichen Ausdruck in den dunklen Augen an.
»So sehen Sie das also, Brenne. Ein interessanter Blickwinkel. Aber der Grieche wird trotzdem verurteilt.«

Er ging, um seinen Zeugen zu suchen. Ich wusste, dass er recht hatte. Meine Karrierekurve zeigte seit einigen Jahren geradezu in den Himmel. Ich hatte viele Fälle gewonnen, einen Teil trotz verschwindend geringer Chancen, aber dieser Fall war wirklich aussichtslos. Die Gerechtigkeit – falls es so etwas gab – war dabei, Hans Mikkelsen einzuholen. Aber man kann nie wissen, dachte ich im Stillen. Manchmal geschieht etwas völlig Unerwartetes und ändert alles.

Auch an diesen Gedanken sollte ich mich später erinnern. Ich ging zurück in den Gerichtssaal, in die drückende Hitze, zurück zu Ulv Garmanns präzisen Fragen und zu einem Zeugen, der noch langweiliger war, als ich befürchtet hatte.

# Kapitel 2

Langsam habe ich genug von all den Verspätungen«, sagte Richter Stenersen am nächsten Morgen sichtlich verärgert. Eigentlich war Stenersen ein gutmütiger und geduldiger Mensch. Vielleicht lag es an der Hitze, dass alle so gereizt waren. Die Hitzewelle hörte nicht auf, und die Wärme steckte in den dicken Wänden des Gerichtsgebäudes, so dass es ziemlich unangenehm war, wenn man nach der frischen sommerlichen Morgenluft den drückenden Gerichtssaal betrat.

Ulv Garmann schaute auf.

»Tut mir leid, Herr Vorsitzender, aber ich habe ihn zum korrekten Zeitpunkt vorgeladen und kann den Zeugen kaum persönlich holen.«

»Hm«, sagte der Richter. »Versuchen Sie ihn anzurufen. Wie heißt Ihr Zeuge, Herr Staatsanwalt?«

»Niemann. Gustav Niemann. Er war Buchhalter des Angeklagten.«

»Gut. Versuchen Sie ihn zu erreichen. Das Gericht hat nicht vor, Daumen zu drehen.« Stenersen stand auf und fegte aus dem Saal, so dass die beiden anderen Richter es zunächst nicht mitbekamen. Dann besannen sie sich und trotteten hinterher.

Ich hängte die Robe über den Stuhl und ging in das Büro des Gerichtsdieners, wo es fast immer Kaffee gab.

»Mikael«, begrüßte mich Tofte. »Wie läuft's?«

Ich zuckte mit den Schultern.

»Verdammt langsam.«

Wir tranken in vertrautem Schweigen Kaffee. Durch die Tür des Nachbarzimmers hörte ich die Stimme des Staatsanwalts,

und obwohl ich nicht verstand, was er sagte, hörte er sich alles andere als gutgelaunt an. Ich zeigte auf die geschlossene Tür.
»Was ist denn mit Garmann los?«
»Er findet seinen Zeugen nicht.«
»Wieder ein Stau?«
»Vielleicht. Oder dein Mandant hat eine Dummheit gemacht.«
Ich schüttelte den Kopf. »So blöd ist er nicht.«
»Ach ja?«, sagte Tofte, der sein Leben lang Polizist gewesen war, bevor er Gerichtsdiener wurde. »Kennt die Dummheit von Verbrechern überhaupt Grenzen?«

Gustav Niemann war verschwunden. Er ging nicht ans Telefon und öffnete nicht die Tür. Als Staatsanwalt Garmann der Streife den Befehl gab, die Tür mit Gewalt zu öffnen, fanden die Polizisten ein leeres Haus vor.
»Die Sachlage deutet darauf hin, dass er seine Koffer gepackt hat und verschwunden ist«, sagte Garmann, als die Verhandlung wiederaufgenommen wurde. »Aber wir wissen es nicht mit Sicherheit.«
»Was meinen Sie damit, Herr Staatsanwalt?«, fragte der Richter.
»Der Kleiderschrank stand offen, und auf dem Boden lagen Kleidungsstücke, als hätte er in aller Eile gepackt, aber das lässt sich nicht mit Sicherheit sagen. Schließlich gibt es noch andere Möglichkeiten …«
»Welche Möglichkeiten, Herr Staatsanwalt?«
»Niemann ist der wichtigste Zeuge der Anklage. Es liegt ganz offenbar im Interesse des Angeklagten, dass er nicht aussagt. Wir können nicht ausschließen, dass dem Zeugen etwas zugestoßen ist.«
Ich fuhr vom Stuhl auf, bevor er den Satz beendet hatte.
»Herr Vorsitzender, ich protestiere. Diese Beschuldigungen

sind völlig aus der Luft gegriffen. Der Herr Staatsanwalt unterstellt meinem Mandanten, dass er hinter dem Verschwinden des Zeugen steckt.«

»Ja, ja, Herr Verteidiger, ist in Ordnung. Herr Staatsanwalt, bitte unterlassen Sie solche Spekulationen.«

»Ja, Herr Richter. Tut mir leid.« Der zufriedene Ausdruck um seinen Mund verriet, dass ihm nichts leidtat.

»Was machen wir nun, Herr Staatsanwalt? Können wir weitere Zeugen vernehmen, während Sie nach Gustav Niemann suchen?«

Garmann schüttelte den Kopf.

»Nein, Herr Richter. Er ist wie gesagt Hauptzeuge der Anklage. Es macht wenig Sinn, die anderen Zeugen ohne Niemanns Aussage als Grundlage zu vernehmen.«

Man konnte Stenersen fast seufzen hören.

»Na gut, Herr Staatsanwalt. Dann bleibt uns wohl nichts anderes übrig, als zu warten, bis der Zeuge auftaucht.«

»Wir brauchen einen Haftbefehl für Gustav Niemann, Herr Richter.«

»Ja, natürlich.« Ein weiterer Seufzer. »Ich hoffe, es wird nicht zu lange dauern.«

Der Grieche schüttelte nur den Kopf.

»Ich habe keine Ahnung, Brenne.« Und als er meinen fragenden Blick sah, fügte er hinzu: »Ehrlich, ich habe nichts mit Niemanns Verschwinden zu tun.«

Er sah entspannt und ehrlich aus, aber Hans Mikkelsen hatte sein Leben lang gelogen und betrogen, ich wusste, dass es eine Illusion war, irgendetwas in seinen Augen zu lesen.

Das Büro lag weniger als hundert Meter entfernt. Ich überquerte den Platz vor dem Gerichtsgebäude und ging am Blumenladen an der Ecke vorbei in die kurze Straße, wo mein

Büro liegt. Unten glitzerte das Meer, und ich warf einen sehnsüchtigen Blick auf die Segelboote am Kai. Ich ging an dem kleinen Scherzartikel-Laden vorbei, den es seit meiner Kindheit gab, ein Eldorado voller Pappnasen, Juckpulver, Furzkissen und falscher Zigaretten. Zwei Türen weiter hing ein frisch glänzendes Messingschild, auf dem »Rechtsanwälte Ruud, Ula, Brenne & Co.« stand. Finn Ruud, der Gründer der Firma, hatte sich vor einem Jahr zurückgezogen. Peter Ula dagegen war noch aktiv. Er war nicht nur mein Kollege, sondern auch mein bester Freund. Wir kannten uns seit der Studienzeit. Vor einigen Jahren hatte er mich überredet, mein Dasein als Einzelkämpfer aufzugeben und in die Firma einzusteigen. Es war ein gelungener Zug; wir hatten in den letzten Jahren immer weiter expandiert. Neue Klienten strömten zu uns, wir stellten ständig neue Juristen ein und wurden zu einer der bedeutendsten Kanzleien der Stadt. Im vorigen Jahr hatten wir zwei neue Partner aufgenommen und dem Firmennamen ein »Co.« zugefügt. Beide waren junge Männer, tüchtig, dynamisch, ehrgeizig.

Einer von ihnen, Hans Olav Tungesvik, stand an der Rezeption, als ich eintrat. Hinter der Theke saß Eva. Sie arbeitete schon viel länger als ich in der Firma und sorgte für einen reibungslosen Betriebsablauf, sie war eine fröhliche Frau und ein eher mütterlicher Typ. Nun waren ihre Wangen feuerrot, und der normalerweise lächelnde Mund ein schmaler Strich.

»Hei«, sagte ich. »Was ist los? Stimmt etwas nicht?«

Hans Olav antwortete:

»Nein, alles in Ordnung. Ich versuche Eva nur einzuschärfen, dass Arbeitszeiten dafür da sind, um eingehalten zu werden.«

»Komm mal kurz mit in mein Büro, Hans Olav«, sagte ich.

In meinem Büro war es unordentlich und heiß. In den letzten zwei Wochen war ich kaum dort gewesen, die Luft war stickig und staubig. Ich riss das Fenster weit auf und ließ den Sommer herein, den Duft von Abgasen und warmem Asphalt, den Verkehrslärm, die Schreie der Möwen und das Schwatzen der Touristen. Dann drehte ich mich zu Hans Olav um.

»Was war das da draußen?«

Er zuckte mit den Schultern.

»Eva kommt ständig zu spät.«

»So?«

»Ja. Heute Morgen kam sie um zwanzig nach acht. Ihre Arbeitszeit beginnt um acht. Ich hatte jede Menge zu tun, aber stattdessen musste ich dauernd ans Telefon gehen, es war ein fürchterliches Chaos. Deswegen fand ich es angebracht, ihr einen kleinen Rüffel zu erteilen.«

»Eva hat ein behindertes Kind.«

»Na und? Das weiß ich, dann muss sie sich eben entsprechend einrichten.«

Ich ignorierte seinen aggressiven Ton.

»Sie hat ein behindertes Kind«, wiederholte ich. »Da läuft morgens nicht immer alles nach Plan, und es kann passieren, dass sie ab und zu etwas zu spät kommt. Das ist seit zehn Jahren so, und sie holt die Arbeitszeit immer nach. Es gibt quasi ein stilles Einverständnis zwischen der Firma und Eva.«

»Ich …« Er räusperte sich. »Das hat mir niemand gesagt.«

»Du hast nie gefragt. Wie lange bist du schon Partner hier, Hans Olav?«

»Äh … fünf Monate. Fast sechs.«

»Stimmt. Das ist nicht lange. Eva könnte deine Mutter sein. Sie ist eine tüchtige Sekretärin und ein wundervoller Mensch, eine Bereicherung für dieses Büro. Ich schlage vor, dass du ein paar Jahre wartest, bevor du irgendjemandem hier einen Rüffel erteilst. Außerdem solltest du mich oder Peter fragen, ehe du weitere wertvolle Mitarbeiter anschreist – egal, ob du Teilhaber bist oder nicht.«

Sein Gesicht bekam rote Flecken, ob vor Wut oder aus Scham, wusste ich nicht. Er steckte einen Finger in den kreideweißen Hemdkragen, als wäre er plötzlich zu eng geworden.
»Hör zu, Olav. Du bist ein guter Anwalt, kannst gut mit Mandanten umgehen und machst hohen Gewinn. Deswegen bist du Teilhaber geworden. Aber das bedeutet nicht, dass du ausgelernt hast. Das mit Eva war nicht notwendig. So verschaffst du dir keinen Respekt, auch wenn du das glaubst. Spiel jetzt nicht den Beleidigten und hör mir zu. Versuch, etwas aus der Sache zu lernen, okay?«
Er nickte, murmelte so etwas wie eine Zustimmung und marschierte zur Tür hinaus. Ich hatte ihn im letzten halben Jahr von einer anderen Seite kennengelernt. Hans Olav tat der Status als Teilhaber nicht gut. Er wollte sich nichts sagen lassen und hatte sich innerhalb kurzer Zeit bei allen Referendaren und dem Personal unbeliebt gemacht. Ich seufzte, stand auf und ging in Peters Büro.
Er hörte mir zu, schien aber unkonzentriert und sah mich nicht an. Schließlich unterbrach er mich.
»Ich habe keine Zeit für so etwas, Mikael.«
»Du findest es also in Ordnung, dass einer unserer Partner ungefähr gleich viel soziale Kompetenz und Empathie wie ein Hamster hat?«
»Das kommt schon, Mikael. Hans Olav ist jung, das waren wir alle einmal.«
»Ja, aber wir waren nie geltungssüchtige Drecksäcke.«
»So?«
»Nein. Okay, vielleicht in anderen Situationen, aber nie gegenüber den Angestellten. Ich habe jedenfalls nie das Bedürfnis verspürt, mich auf Kosten des Personals zu profilieren.«
»Gut. Bist du jetzt fertig?«
Plötzlich bemerkte ich, wie erschöpft er war. Seine Gesichtsfarbe war gräulich und ungesund, die Ringe unter den Augen und

das faltige Kinn ließen ihn alt und vergrämt aussehen. Er war nicht mehr der Peter, den ich mein halbes Leben lang geschätzt hatte. »Die Firma geht zu Grunde, Peter. Der Mann ist ein Drecksack. Und Steinar Kroken …«

»Und was stört dich an ihm? Dir passt wohl keiner unserer neuen Partner?«

»Steinar ist ein armer Teufel, er ist formalistisch, bürokratisch und engstirnig. Er hätte Rechnungsprüfer und nicht Anwalt werden sollen. Du weißt, dass ich recht habe, Peter.«

»Im Gegensatz zu dir, Mikael, tragen die beiden jedenfalls Verantwortung für den Fortbestand der Firma. Sie entlasten mich, und das hast du nie getan.«

»Nicht jeder ist für die Verwaltung geschaffen«, murmelte ich.

»Nicht jeder ist bereit, Verantwortung zu übernehmen, Mikael. Außerdem hast du dich geweigert, Synne zur Teilhaberin zu machen, nicht ich.«

Das saß.

»Was ist los mit dir, Peter? Man kann gar nicht mehr mit dir reden. Weißt du, wie lange es her ist, seit wir das letzte Mal zusammen ein Bier trinken waren?«

Er schaute nicht einmal auf, winkte nur ab.

»Ich muss arbeiten, Mikael.«

In meinem Büro war die Temperatur um mehrere Grad gestiegen. Mein Hemd klebte, ich hatte dunkle Schweißflecken unter den Armen. Ich seufzte, dachte an ein kaltes Bier und ein erfrischendes Bad im Meer. An Synne. Plötzlich sah ich ihr schmales, intelligentes Gesicht vor mir, ihre hochgewachsene elegante Statur, ihre manchmal etwas linkischen Bewegungen, und ich vermisste sie. Mir ging auf, dass ich nicht mehr so fröhlich war, wenn ich morgens zur Arbeit ging. Diese Firma, deren Teilhaber ich war, war schleichend zu einem unangenehmen Ort geworden, und das quälte mich.

## Kapitel 3

Gustav Niemann sah aus, als würde er gleich schmelzen. Schweißtropfen rannen ihm von der Stirn, sammelten sich auf der Oberlippe und tropften auf den Hemdkragen. Er befand sich buchstäblich in Auflösung. Und er hatte, wenn ich mich nicht sehr irrte, große Angst.

Niemann war gestern Abend am Flughafen verhaftet worden, als er mit einem Koffer voll Geld in ein Flugzeug nach London steigen wollte. In der Tasche hatte er ein einfaches Flugticket nach Bangkok. Am Morgen war er von zwei Polizisten in den Gerichtssaal gebracht worden. Auf die Frage des Richters, warum er am Vortag nicht erschienen sei, hatte er die Tischplatte angestarrt und gesagt, er habe es vergessen – eine Antwort, die sogar Richter Stenersen verstummen ließ.

So war es den ganzen Vormittag weitergegangen. Gustav Niemann antwortete entweder gar nicht oder gab sinnlose Antworten. Nach ein paar Stunden sah sogar Ulv Garmann etwas sauer und verschwitzt aus.

»Lassen Sie uns über den Nachtclub Zebra reden, Herr Niemann«, sagte er.

Niemann starrte schweigend auf den Tisch.

»Was wissen Sie über die Eigentumsverhältnisse des Clubs?«

»Nichts.«

»Bei der polizeilichen Vernehmung am zweiten Dezember vorigen Jahres sagten Sie aus, dass der Club in Wirklichkeit Hans Mikkelsen gehöre.«

Keine Antwort.

»Können Sie sich an diese Aussage erinnern?«

»Nein.«
»Glauben Sie etwa, die Polizei hätte dies erfunden?«
»Ich weiß es nicht.«
»Sie wissen es nicht? Sie wissen aber hoffentlich, dass die Polizei Sie vernommen hat?«
»Ja.«
»Und was ist mit dieser Unterschrift?« Garmann ging durch den Saal und legte das Vernehmungsprotokoll auf den Tisch des Zeugen. »Das ist Ihre Unterschrift, nicht wahr?«
»Ja.«
»Warum haben Sie dieses Protokoll unterschrieben, wenn Sie nicht gesagt haben, was hier steht?«
»Ich weiß es nicht.«
Garmann seufzte theatralisch und drehte sich zur Jury.
»Das erscheint mir seltsam. Gibt es einen Grund dafür, dass Sie sich nicht zu Ihrer eigenen Aussage bekennen?«
»Nein.«
»Haben Sie Angst? Hat Sie jemand bedroht?«
»Nein.«
»Was sagen Sie? Sie müssen lauter reden, Niemann. Das Gericht kann Sie nicht verstehen.«
»Nein.«
»Niemand hat Sie bedroht?«
Schweigen.
Ulv Garmann blieb vor dem Zeugen stehen, aber er sah ihn nicht an. Keiner sah Gustav Niemann an, denn alle Augen waren auf Hans Mikkelsen gerichtet.
Zu meiner großen Überraschung sah ich einen Muskel unter dem rechten Auge des Griechen unkontrolliert zucken, und eine leichte Röte stieg in sein Gesicht.
»Was …«, sagte er. »Ich habe nichts …«
»Können wir eine Pause machen, Herr Vorsitzender?«, fragte ich, obwohl ich nicht glaubte, dass es helfen würde.

Ich hatte erwartet, dass der Staatsanwalt auf dieselbe Weise weitermachen würde, aber ausnahmsweise überraschte Ulv Garmann mich.
»Lassen wir die Vernehmungsprotokolle einen Moment beiseite«, sagte er, und Gustav Niemann schaute wie ein geschlagener Hund mit hoffnungsvollem Blick auf. »Ich möchte etwas ganz anderes wissen.«
»Bitte?«
»Sie sind nicht verheiratet, stimmt das?«
»Ja, das stimmt.« Gustav Niemann wähnte sich auf der sicheren Seite, seine Stimme klang lauter und fester.
»Gut. Und Sie wohnen allein?«
»Ja.«
»Aber Sie haben eine Freundin?«
Niemann zuckte, als hätte er eine Ohrfeige bekommen. »Wären Sie so freundlich, auf die Frage zu antworten, Herr Niemann. Das kann nicht so schwer sein.«
Schweigen.
»Gut. Lassen Sie mich etwas nachhelfen. Stimmt es, dass Sie ein Verhältnis mit einer gewissen Gerd Garshol haben?«
»Wie …?«
Ich stand auf.
»Entschuldigen Sie, Herr Staatsanwalt, aber was hat das zu bedeuten? Ich sehe keinen Zusammenhang, und in meinen Papieren steht nichts über eine Person namens Gerd Garshol. Ich bin nicht damit einverstanden, dass Sie vollständig neue und mir unbekannte Dinge in das Verfahren einbeziehen.«
Der Richter griff nicht ein, er sah den Staatsanwalt nur fragend an.
Dieser ignorierte mich und sprach die Richter direkt an.
»Ich weiß, dass diese Vorgehensweise ungewöhnlich ist, Herr Vorsitzender, aber nachdem der Zeuge ins Ausland flüchten wollte und offenbar nicht vorhat, die Wahrheit zu sagen, haben

wir ein paar Nachforschungen angestellt. Dabei fanden wir heraus, dass der Zeuge ein Verhältnis mit Gerd Garshol hat.«

»Und welche Relevanz hat das?« Ich hatte nicht vor, mich beiseitedrängen zu lassen, dies sollte kein Gespräch zwischen Ankläger und Richter werden.

»Nun, Herr Rechtsanwalt Brenne. Zwei Tage bevor Gustav Niemann aussagen sollte, wurde Gerd Garshol in ihrer Wohnung überfallen und zusammengeschlagen. Die Anklage ist der Auffassung, dass dies kaum ein Zufall sein kann. Wir sehen einen klaren Zusammenhang zwischen dem Überfall und dem plötzlichen Wunsch des Zeugen, das Land zu verlassen.«

»Das ist reichlich spekulativ«, sagte ich und versuchte, entschlossen aufzutreten, obwohl mich innerlich der Mut bereits verließ. »Vielleicht sollten wir uns an die Tatsachen halten, Herr Staatsanwalt?«

Garmann zuckte leicht mit den Schultern. »Natürlich, Herr Verteidiger.« Und dann fügte er hinzu: »Aber man wird sich ja wohl noch seine Gedanken machen dürfen, auch bei der Polizei. Und zwei mal zwei macht immer noch vier.«

»Wir machen eine weitere Pause«, sagte der Richter, »damit sich Rechtsanwalt Brenne über die Sachlage und den Stand der Ermittlungen zu besagtem Überfall informieren kann. Selbstverständlich hätte er schon vorher darüber informiert werden müssen. Unterlassen Sie so etwas in Zukunft in meinem Gerichtssaal, Herr Staatsanwalt.«

»Herr Vorsitzender«, sagte Garmann und neigte demütig den Kopf.

»Pst!«, sagte ich zu dem Griechen, der zum x-ten Mal versuchte, mich etwas zu fragen. »Lassen Sie mich fertiglesen.«

Ich las die Dokumente unter Hochdruck. Langsam bekam ich ein Bild von den Ereignissen und verstand, warum Niemann plötzlich beschlossen hatte, seine Verbrecherkarriere zu beenden und alles der Polizei zu erzählen. Niemann hatte nämlich zu Gott gefunden. Doch zuerst hatte er Gerd Garshol gefunden. Nach den Fotografien zu urteilen, war sie eine unscheinbare, völlig durchschnittliche Frau und sah ein wenig beleibt und nicht allzu intelligent aus. Aber sie machte einen ehrlichen, sympathischen Eindruck.

Der Polizei erzählte sie, dass sie Gustav Niemann beim Bingo kennengelernt hatte – der letzte Ausweg der verzweifelt Einsamen. Beide waren allein, beide waren schüchtern und verklemmt, und wahrscheinlich wären sie nie miteinander ins Gespräch gekommen, wenn Gerd Garshol nicht ihr Portemonnaie verloren hätte, als sie einen Schal aus der Handtasche zog. Gustav Niemann sah es, und, ohne nachzudenken, hob er es auf und lief ihr hinterher.

»Sie … Sie haben das verloren«, stotterte er, und das war der Anfang seines neuen Lebens.

Er begleitete sie nach Hause, und zu beider Überraschung unterhielten sie sich ungezwungen. Am nächsten Bingoabend hielt Gustav nach ihr Ausschau, und in der Pause nahm er allen Mut zusammen und sprach sie an. Nach einem Monat küsste sie ihn. Einen weiteren Monat später hielt er um ihre Hand an. Als sie ja sagte, begann er zu weinen, und erzählte ihr alles über seine Tätigkeit bei dem Griechen, wie er die Geldströme aus allen möglichen Verbrechen in Ordnung hielt und den Kauf legaler Betriebe zum Zweck der Geldwäsche organisierte und vieles mehr. Alle seine Sünden flossen mit einem langen Strom aus Tränen und Rotz aus ihm heraus. Gerd Garshol hörte mit offenem Mund zu. Sie war tief schockiert, aber sie liebte Gustav Niemann und wusste, was zu tun war. Es war nicht das erste Mal, dass sie Gustav gebeten hatte, mit in die kleine Gemeinde zu kommen, der sie angehörte. Er hatte immer nein gesagt, aber diesmal bestand sie darauf, und Gustav kam in seiner Verzweiflung brav mit.

Dort fand er Gott, und über einen Pastor namens Geirmund Berheim gab Gott klaren Bescheid darüber, was zu tun war, um sich von der Schuld reinzuwaschen, die auf Gustav Niemanns Schultern lastete. Und so landete Gustav Niemann vor der Tür des Polizeipräsidenten.

»Das darf doch nicht wahr sein«, sagte der Grieche, als ich die Dokumente durchgelesen und ihm eine Kurzversion gegeben hatte. »Gustav religiös? Leck mich am Arsch.«
»Sie haben es nicht gewusst?«, fragte ich, und er schüttelte den Kopf. Sein Gesicht drückte so etwas wie ehrliche Verwunderung aus.
»Aber Sie wussten von Gerd Garshol?«
»Nein, das wusste ich nicht. Ich habe nie von ihr gehört.«
»Nun, jemand hat sie an ihrem Wohnsitz aufgesucht, wie es hier heißt, und sie nach Strich und Faden verprügelt. Ein gebrochener Arm, eine ausgerenkte Schulter, eine starke Gehirnerschütterung und ein neues Aussehen.«
Ich zeigte ihm ein Bild, auf dem Gerd Garshol kaum wiederzuerkennen war. Beide Augen waren zugeschwollen, die Lippen aufgesprungen, das Gesicht voller Wunden und blauer Flecke. Er sah es an und zuckte mit den Schultern.
»Ich habe keine Ahnung, wer das getan hat.«
»Sie glauben, es war ein Zufall?«
»Das muss es sein.«
»Das wird kein Mensch glauben.«
Er sah mich an.
»Sie auch nicht, Brenne? Sie sind mein Anwalt.«
Ich sah keinen Grund, ihm zu antworten. Auch Verteidiger dürfen denken, und wie der Staatsanwalt gesagt hatte, zwei und zwei macht vier.

## Kapitel 4

Als Gustav Niemann wieder in den Zeugenstand trat, sah er aus, als hätte er jede Hoffnung auf Erlösung aufgegeben, sei es im Himmel oder auf Erden. Auf die Frage der Anklage bestätigte er, dass er ein Verhältnis mit Gerd Garshol hatte.

»Und Sie wussten, dass sie zusammengeschlagen wurde?«

Er nickte.

»Jemand vom Krankenhaus hat mich angerufen.«

»Haben Sie sie besucht?«

»Ja.«

»Und wie ging es ihr?«

»Nicht gut.«

»Nein, sie war übel zugerichtet, nicht wahr?«

»Ja.«

Der Staatsanwalt räusperte sich, drehte sich zur Jury und sah jeden Geschworenen einzeln an, als wolle er sich versichern, dass sie zuhörten.

»Hat sie etwas über die Gründe des Überfalls gesagt?«

»Wie meinen Sie das?«

»Nun, es wurde nichts gestohlen, es war also kein Raubüberfall. Vielleicht hat der Täter etwas gesagt, woraus man auf ein Motiv schließen könnte?«

»Nein … aber …«

»Ja?«

»Sie wusste … wir wussten beide, dass es eine Warnung sein sollte.«

»Eine Warnung? Wovor?«

»Wir sollten den Mund halten.«
»Und nicht als Zeuge auftreten, meinen Sie? Jemand wollte Sie daran hindern, gegen Hans Mikkelsen auszusagen?«
»Ja.«
»Haben Sie deshalb versucht, zu fliehen?«
»Ja. Ich wollte nicht … Ich hatte Angst, dass Gerd noch mehr zustoßen könnte.«

Ich wusste, dass ich etwas tun musste, dass ich Niemanns Behauptung nicht ohne Widerspruch hinnehmen konnte, aber ich hatte kein gutes Gefühl im Bauch, als ich aufstand und um das Wort bat.
»Sie sagen, dass Sie beide wussten, was der Überfall zu bedeuten hatte. Dass es eine Warnung sein sollte.«
»Ja.«
»Hat Sie jemand verbal oder physisch bedroht?«
»Nein.«
»Schriftlich, vielleicht? Haben Sie Drohbriefe oder ähnliche Warnungen bekommen, dass Sie nicht aussagen sollen?«
Er schüttelte den Kopf.
»Nein.«
»Und Gerd, hat sie etwas in der Art bekommen?«
Erneutes Kopfschütteln.
»Nicht dass ich wüsste. Nein, sicher nicht.«
»Auch nicht, als sie zusammengeschlagen wurde? Hat der Täter sie irgendwie gewarnt oder sie zu etwas aufgefordert?«
»Nein. Das hätte sie mir erzählt.«
»Wenn Sie also sagen, dass Sie *wussten*, dass es eine Warnung war, entspricht dies nicht ganz der Wahrheit, oder?«
»Wie meinen Sie das?«
»Ich meine, dass weder Sie noch Gerd etwas Genaues wussten. Was Sie Gewissheit nennen, ist nichts anderes als eine Hypothese, eine Hypothese, die von keinerlei Fakten gestützt wird.«

Gustav Niemann war wie ein Welpe. Er zeigte weder Aggression noch Selbstachtung, sah mich mit seinen braunen, traurigen Augen an und zuckte nur mit den Schultern.
»Schon möglich, aber was soll es sonst gewesen sein? Ich kann mir nichts anderes vorstellen.«
Ich setzte mich, konnte plötzlich nicht mehr. Sah das verstohlene Lächeln des Staatsanwalts, Stirnrunzeln und fragende Blicke in der Jury und wusste, dass Gustav Niemann nur ausgesprochen hatte, was alle dachten. Was sollte es sonst gewesen sein?

Als der Staatsanwalt die Befragung wieder übernahm, konnte ich mich kaum noch konzentrieren. Niemann hatte jeden Widerstand aufgegeben, die Katze war aus dem Sack, er hatte nichts mehr zu verlieren und bestätigte alles, was er bei der Polizei ausgesagt hatte. Er sprach leise und mit gesenktem Blick, aber er redete, und je mehr er redete, desto tiefer versank der Grieche im Treibsand. Es war unsere einzige Hoffnung gewesen, Gustav Niemanns Motive und Glaubwürdigkeit in Frage zu stellen, aber nun glaubte sogar ich nicht mehr, dass dies möglich war. Und daran war der Grieche selbst schuld. Ich ärgerte mich maßlos, ohne es zu zeigen. Gerd Garshol zu überfallen war eine dummdreiste Tat gewesen, mit der er sich garantiert ins eigene Fleisch geschnitten hatte.
Ich sah ihn an, konnte kaum glauben, dass er so dumm war. Aber dann dachte ich an die Bemerkung des Gerichtsdieners, dass die Dummheit von Verbrechern keine Grenzen kannte. Er hatte aus lebenslanger Erfahrung gesprochen. Der Grieche spürte meinen Blick und schaute auf. Er hob die Hände zu einer Geste, die Verwunderung ausdrücken sollte. Ich wandte mich demonstrativ von ihm ab.

Am Ende war Ulv Garmann nicht einmal bis zur Hälfte seines Fragenkatalogs gekommen, und es war klar, dass die Befragung desselben Zeugen den gesamten morgigen Tag in Anspruch nehmen würde. Nach dem Drama am Morgen verlief der Prozess wieder in geregelten Bahnen und schleppendem Tempo, mit akribischen und einschläfernden Darlegungen über Geschäftsbücher, Überweisungen und Transaktionen. Die Geschworenen hatten einen leeren, etwas stupiden Gesichtsausdruck angenommen, der von extremer Langeweile zeugte, und ich dachte, dass ich vielleicht noch eine Chance hätte, wenn sie einschlafen würden.

Plötzlich verlor der Staatsanwalt den Faden. Irgendetwas schien ihn abzulenken. Er stockte und verstummte schließlich ganz. Ich folgte seinem Blick. Am anderen Ende des Saales, unter den großen Bogenfenstern, stand ein Polizist und gestikulierte.

»Herr Staatsanwalt?« Der Richter war auch aufgewacht, als der Redefluss verstummt war.

»Äh … Herr Vorsitzender, wenn das Gericht entschuldigt, es sieht aus, als gebe es eine wichtige Nachricht von der Polizei für mich.«

Stenersens minimale Handbewegung drückte Ungeduld und Verdruss aus.

»Selbstverständlich, Herr Staatsanwalt.«

Die Absätze des Staatsanwalts klapperten über das Parkett. Er nahm den Polizisten am Oberarm und führte ihn außer Hörweite, während sie miteinander flüsterten. Es dauerte. Ulv Garmann war groß und athletisch, sein Rücken verdeckte den jungen Polizisten, der ihm offenbar viel zu erzählen hatte. Garmann unterbrach ihn nur ab und zu mit einer Frage, und einmal drehte er sich um und sah mir direkt in die Augen. Sein Blick drückte Erstaunen aus. Erstaunen und mehr, aber ich

konnte es nicht genau deuten. Mein Magen drehte sich um, eine Schlange wand sich und hob wachsam den Kopf – die ewige Paranoia des Verteidigers.
Schlechte Neuigkeiten.
Ich wusste, dass es schlechte Neuigkeiten waren.

Auch die drei Journalisten, die den langweiligen, heißen Tag durchgestanden hatten, wussten es. Sie schüttelten den Schlaf ab und zückten die Kugelschreiber.
Der Staatsanwalt und der Polizist redeten und redeten.
Dann, endlich, drehte Ulv Garmann sich um und ging an seinen Platz zurück, aber diesmal klapperten seine Absätze nicht. Er schritt langsam, und als er vor seinem Tisch stand, schaute er sich verwirrt um, als wisse er nicht genau, wo er sich befand.
»Herr Vorsitzender«, sagte er und stockte wieder.
»Ja, Herr Staatsanwalt?«
»Ich … ich habe neue Informationen zur Sache. Es betrifft den Überfall auf Gerd Garshol. Der Täter wurde von mehreren Zeugen beim Verlassen des Tatorts gesehen, so dass die Polizei eine gute Beschreibung von ihm hat.« Er hatte den Faden wiedergefunden, sprach wieder flüssig.
»Zwei der Zeugen identifizierten den Täter im Fotoarchiv der Polizei. Es ist ein alter Bekannter, der schon oft für Gewalttaten verurteilt wurde. Sein Name ist Morten Ålekjær. Er wurde heute Morgen verhaftet. Er hat den Überfall auf Gerd Garshol gestanden und bestätigt, dass es eine Auftragstat war.«
»Und hat er auch verraten, von wem der Auftrag kam?«, fragte der Richter.
Ich stand auf, begann zu protestieren und verlangte Zugang zu den Akten, bevor wir weitermachten, aber Garmann erhob nur die Stimme und redete dazwischen.
»Ja«, sagte er. »Morten Ålekjær hat ausgesagt, dass er den Auftrag von Rechtsanwalt Mikael Brenne bekommen hat.«

Ich konnte es nicht glauben. Ich war sicher gewesen, was er sagen würde. Meine Ohren, mein Gehirn, alles war darauf vorbereitet gewesen, dass der Staatsanwalt den Namen »Hans Mikkelsen« aussprechen würde. Deshalb hörte ich die Worte, aber ich verstand sie nicht.
»Was? Was sagen Sie da?«, war alles, was ich herausbekam. Ich war überzeugt, dass ich mich verhört oder der Staatsanwalt sich versprochen hatte.
Ulv Garmann hob den Blick und sah mich mit unergründlichen Augen an.
»Rechtsanwalt Mikael Brenne«, wiederholte er. »Morten Ålekjær bekam den Auftrag, Gerd Garshol zu überfallen, um den Hauptzeugen der Anklage einzuschüchtern, von Rechtsanwalt Mikael Brenne.«

Ich öffnete den Mund, um zu protestieren, aber ich fand keine Worte. Mein Gehirn, das im Gerichtssaal sonst auf Hochtouren lief, war vollends leer. In der Ferne hörte ich den Staatsanwalt sagen, dass man den Prozess so nicht fortsetzen könne und ein neuer Verteidiger bestellt werden müsse. Verschwommen registrierte ich, dass Richter Stenersen zustimmte. Dann brach das Chaos aus. Stimmen riefen durcheinander, ein Gewitter aus Blitzlichtern blendete mich. Das Ganze war so absurd und so unwirklich, dass ich in Gelächter ausbrach. Ich konnte nicht glauben, was hier geschah, konnte es nicht ernst nehmen.
Aber dann fühlte ich kalten, harten Stahl, der sich um mein Handgelenk schloss, und eine Stimme sagte, dass ich verhaftet sei. Die Journalisten riefen mir Fragen zu, wieder und wieder die gleichen Fragen, immer lauter und hysterischer, die Blitzlichter wurden zu einem Unwetter, und ich lachte nicht mehr.

## Kapitel 5

Auf Augenhöhe hatte jemand in dünnen, wackligen Buchstaben »Schwanz« in die Wand geritzt. Weiter links stand »Fotze«, und dazwischen war ein stilisierter Penis, erigiert und arrogant, mit dicken Hoden. Am Anfang hatten die groben Wörter und die primitive Zeichnung nur überhebliche Verachtung in mir hervorgerufen, aber im Lauf der Stunden hatte ich den unbekannten Künstler schätzen gelernt, der die Zelle ausgeschmückt hatte. Nun sah ich die vulgären Kritzeleien als eine Form des Widerstandes. Sie drückten den Willen aus, an etwas Normalem und Individuellem festzuhalten, anstatt der Panik und dem Wahnsinn nachzugeben, die in diesem nackten Betonloch drohten.

Als sie mich vom Gerichtssaal in das Polizeiauto geführt hatten, war ich wie betäubt gewesen, fast im Schockzustand. Auf der Polizeiwache hatte ich die demütigende Aufnahmeprozedur teilnahmslos über mich ergehen lassen, als würde mich das Ganze nichts angehen. Ich stand neben mir selbst und beobachtete den Mann mittleren Alters, dessen Fingerabdrücke sie nahmen, den sie fotografierten und über seine Personalien ausfragten, obwohl sie genau wussten, wer ich war. Ich sah teilnahmslos zu, wie sie mich einer Leibesvisitation unterzogen, meine Taschen ausleerten und mir Gürtel und Schnürsenkel abnahmen, ehe sie mich in den Keller brachten.

Ich war ein Roboter, ließ mich überall hinführen, redete nur, wenn ich angesprochen wurde, stand still im Aufzug, spazierte brav in die Zelle und legte mich auf die Matratze. Roch den

scharfen Geruch von Desinfektionsmittel. Schloss für einen Moment die Augen und schlief sofort ein.
Als ich aufwachte, wusste ich nicht, wo ich mich befand und was geschehen war. Es dauerte bedrohlich lange, bis die Erinnerung wiederkam, als ob mein Gehirn die Tür zu jenem Nachmittag für immer schließen wollte und nur widerwillig einen Spalt freigab. Als ich endlich wieder klar denken konnte, war ich halbwegs beruhigt. Das Ganze war ein Missverständnis. Schließlich wusste ich, dass ich unschuldig war.
Auch der Gedanke, ein paar Stunden im Polizeigewahrsam verbringen zu müssen, bekümmerte mich wenig. Dieser Ort war mir nicht unbekannt. Ich war unzählige Male hier gewesen, um mit Mandanten zu reden. In der Regel traf ich sie in dem engen Besuchsraum, der den Rechtsanwälten zur Verfügung stand. Aber manchmal war er besetzt, und dann musste ich die Mandanten in der Zelle besuchen. Es war also nicht mein erstes Mal in einer Schlichtzelle. Der Raum war für Menschen gedacht, die keine Kontrolle über sich selbst hatten. Hier drinnen konnten sie pissen, scheißen und kotzen, und hinterher konnte alles leicht weggespült und desinfiziert werden. Wahrscheinlich hatten sie mich nur aus Platzmangel in eine solche Zelle gesteckt. Oder die Polizei mochte keine Rechtsanwälte.

Ich wartete darauf, dass sie mich zur Vernehmung abholen würden, aber Stunden vergingen, und nichts geschah. Als ich die Wärter fragte, zuckten sie nur mit den Schultern.
»Wir wissen nichts«, sagten sie. »Uns erzählt keiner was.« Sie lächelten, waren peinlich berührt, weil sie mich kannten, zumindest vom Sehen. Wir hatten uns oft zugenickt und Höflichkeitsphrasen ausgetauscht. Aber da war ich in teuren Anzügen und mit Aktentasche durch die tristen Kellergänge gelaufen, mit professionellem Status und Selbstsicherheit. Jetzt stand

alles Kopf. Wenn sie mich zur Toilette begleiteten, musste ich meine Hose mit einer Hand festhalten. Ich war unrasiert und ungewaschen, hatte in meinen Kleidern geschlafen. Keiner von uns wusste, wie wir mit dem plötzlichen Rollentausch umgehen sollten. Sie waren höflich und korrekt, aber sie vermieden meinen Blick.

»Weiß nicht«, antworteten sie auf meine wiederholten Fragen und sahen die Wand über meiner rechten Schulter an. Sie gaben mir das Gefühl, unsichtbar zu sein, und ich bekam große Lust, sie anzuschreien: »Seht mich an! Seht mich an, ich bin Mikael Brenne. Wir kennen uns. Schaut mir in die Augen, zum Teufel!«

Aber das tat ich nicht. Ich dankte ihnen nur höflich.

In der Nacht konnte ich nicht schlafen. Ich wälzte mich stundenlang hin und her. Die Ereignisse im Gerichtssaal standen mir nun klar vor Augen. Ich durchlebte alles noch einmal. Ulv Garmanns geflüstertes Gespräch mit dem Polizisten. Der Augenblick, in dem er meinen anstatt Hans Mikkelsens Namen aussprach. Sein Blick, als er mir in die Augen sah. Die Handschellen, die sich um mein Gelenk schlossen, das Blitzlichtgewitter. Wieder und wieder lief derselbe Film vor meinen Augen ab. Ich wollte abschalten und schlafen, aber es ging nicht.

Von rings umher hörte ich Schreie, Stöhnen und Türknallen. Manche weinten, und manche beteten, andere fluchten laut. Hier unten in den Katakomben gab jeder Laut ein Echo. Alle Töne wurden verstärkt, das Echo der knallenden Türen hallte von Wand zu Wand. Ich rollte mich in Embryostellung zusammen, legte die Arme um den Kopf und versuchte, die Welt auszuschließen, aber der Lärm drang durch alles hindurch, es war eine ewige Kakophonie. Ich begann zu schwitzen. Es wurde immer wärmer in der Zelle, die Luft wurde immer schlechter, ich konnte kaum noch atmen. Ich wand mich auf der Matratze, warf die Wolldecken von mir, aber es half nichts. Die Zelle wurde immer enger, die schmutzig gelben Betonwände rückten immer dichter zusammen. Ich spürte das Gewicht der gesamten Polizeiwache über mir, die unerbittliche Schwere vieler Etagen aus Stahl und Beton.

Ich schloss die Augen, aber auch das half nichts. Der Schweiß rann, und ich hatte die Finger in den Mund gesteckt und kaute an ihnen. Die Dunkelheit breitete sich in mir aus, bis sie mich ganz ausfüllte. Ich hörte meine eigenen Geräusche. Ein leises Winseln.

Und in diesem Moment, und weil es nichts anderes gab, um mich vor mir selbst zu retten, richtete ich den Blick auf die Kritzelei an der Wand, die im schwachen Schein des Nachtlichts kaum sichtbar war.

Schwanz. Fotze. Und ein erigierter Penis.

Sie hatten etwas Vertrautes, Alltägliches. Dieselben Schmierereien hatte ich etliche hundert Mal an Toilettenwänden gesehen, aber nun sprachen sie mich zum ersten Mal an. Sie sagten: »Ich bin hier. Ich bin ein Mensch. Ich habe einen Schwanz. Ich will lieben, ficken, leben.«

Das wollte ich auch. Die ganze Nacht starrte ich die beiden Wörter und die trotzige Zeichnung an, bis eine Rhythmusänderung im Puls des Polizeigewahrsams ankündigte, dass die Nacht endlich vorbei war.

## Kapitel 6

»Das kennen Sie ja, Brenne«, sagte der Übergewichtige. Er hatte sich vorgestellt, als er mich zur Vernehmung aus der Zelle geholt hatte, aber ich hatte seinen Namen sofort wieder vergessen. »Trotzdem muss ich Sie der Form halber darauf hinweisen, dass Sie das Recht haben, die Aussage zu verweigern und einen Anwalt zu konsultieren.«

Ich wand mich auf dem Stuhl, hob den Arm, um mich am Kopf zu kratzen, und bemerkte plötzlich meinen eigenen Körpergeruch, muffig und ungewaschen. Ich strich mit der Hand über die rauhen Bartstoppeln am Kinn. Meine Zunge war pelzig, die Lippen trocken und aufgesprungen. Der zweite Polizeibeamte lachte laut. Ich sah ihn verwundert an.

»Sie sind doch der beste Verteidiger der ganzen Stadt, oder?«, sagte er. »Da hilft es wohl kaum, einen Kollegen zu rufen?«

Ich hatte keinen Sinn für seinen Humor.

»Wollen Sie aussagen, Brenne?«, fragte der Übergewichtige.

Ich zuckte mit den Schultern.

»Ja, warum nicht? Vielleicht können wir diesen Unsinn aus der Welt schaffen.«

»Mal sehen«, sagte er und lächelte, aber seine Augen blieben kühl. »Wir beginnen mit den Hintergründen.«

So läuft es immer. Ein Polizeiverhör kommt nie direkt zur Sache. Es beginnt irgendwo anders, bei den sicheren Fakten, die keiner in Frage stellt. Wie du heißt, wo du wohnst und so weiter. Auf diese Weise werden Rhythmus und Rollenverteilung aufgebaut. Der Polizist fragt, der Verdächtige antwortet. Ein Gespräch entsteht, und Gespräche haben wie jede Kommunikation zwischen Menschen ihre eigene Dynamik. Erst dann kommen Beschönigungen, Ausreden und Lügen als minimale Abweichungen von der Normalität ans Licht, und ein erfahrener Ermittler erkennt am Zögern, Tempowechsel, an Gemütsregungen und anderen Anzeichen, wenn ein wunder Punkt angesprochen wird.

All das kannte ich gut und machte es mir zunutze, wenn ich im Gerichtsstand Zeugen ausfragte, aber nun musste ich es selbst durchstehen. Ich bestätigte, dass ich Mikael Brenne hieß, fünfundvierzig Jahre alt und von Beruf Rechtsanwalt war.

»Mondäne Adresse«, sagte der Übergewichtige. »Wohnen Sie allein?«

»Ja.«

»Sie sind nicht verheiratet und leben mit keinem Partner zusammen?«

Ich war verheiratet gewesen, aber das war so lange her, und die Ehe war dermaßen missglückt gewesen, dass ich sie fast vergessen hatte. Bis vor wenigen Jahren hatte ich mit meiner zweiten Lebensgefährtin, Kari, zusammengewohnt. Sie hatte ich nicht vergessen. Ganz und gar nicht.

»Das stimmt, ich wohne allein.«

»Mm.« Er hämmerte die Antwort in die Tastatur. »Sind Sie schon einmal wegen einer Straftat verurteilt worden, Brenne?«

Vor einigen Jahren hatte ich einen Mann getötet, einen Mandanten, der mich bedroht und genötigt hatte, aber das wusste kein Mensch.

»Nein, ich bin nie für etwas verurteilt worden.«

So ging es weiter, ungefährliche Fragen, ungefährliche Antworten. Langsam entspannte ich mich. Der beleibte Ermittler lehnte sich zurück.

»Kommen wir zur Sache, Brenne. Der Überfall auf Gerd Garshol.«

»Über den ich nichts weiß«, sagte ich.

»Nein, vielleicht nicht«, feixte er. »Genau das wollen wir hier herausfinden, nicht wahr? Können wir mit Ihrem Verhältnis zu Hans Mikkelsen, genannt ›der Grieche‹, beginnen?«

»Was ist damit?«

»Sie waren sein Verteidiger, stimmt das?«

»Das stimmt.«

»Wie bekamen Sie den Auftrag?«

»Wie meinen Sie das?«

»Wer hat als Erster Kontakt aufgenommen, der Grieche oder Sie?«

»Natürlich hat er sich zuerst an mich gewendet.«

»Auf welche Weise?«

»Er hat mich angerufen, glaube ich.«

»Und was hat er zu Ihnen gesagt? Worüber haben Sie gesprochen?«

Ich öffnete den Mund, merkte aber, dass ich im Begriff war, einen Fehler zu machen. Anwaltsregel Nummer eins: Vertrete dich niemals selbst.

»Ich kann natürlich nicht über die Verhältnisse meiner Mandanten reden. Ich habe Schweigepflicht.«

»Die Schweigepflicht betrifft sicher nicht alles, worüber Sie mit Hans Mikkelsen geredet haben, oder? Ich habe Sie nicht gebeten, Details zu verraten, die Mikkelsen schaden könnten. Sie sollten vor allem an sich denken, Brenne.«

Plötzlich hatte ich dieses langsame, gestelzte Herumgeeiere satt. Es war Zeit, zur Sache zu kommen.

»Ich möchte Morten Ålekjærs Aussage lesen.«

»Das dürfen Sie natürlich, aber alles zu seiner Zeit. Vielleicht können wir auf das zurückkommen, was …«

»Nein, ich will sie jetzt lesen.«

»Seien Sie nicht so ungeduldig, Brenne. Wir könnten doch zumindest …«

Ich stand auf.
»In diesem Fall verlange ich einen Anwalt. Und ich brauche saubere Kleider und Toilettenartikel. Es sei denn, Sie wollen mich freilassen?«
Er schüttelte resigniert den Kopf, wusste, dass er nichts mehr aus mir herausbekommen würde.
»Eine Freilassung steht nicht an, Brenne.«

Rune Seim hatte ein breites, fleischiges Gesicht, mit Hängebacken, einem Netz aus geplatzten Äderchen über den Wangenknochen und braunen, gutmütigen Augen, die mich an einen braven Hund erinnerten. Er war seit vielen Jahren Pflichtverteidiger am hiesigen Gericht. Sicher gab es Anwälte mit mehr Inspiration, aber er war nicht schlecht. Er arbeitete gründlich und gewissenhaft, was vor Gericht oft mehr zählt als sporadische Genialität.
Ich hatte ihn gewählt, weil er zuverlässig war und ich keinen Verteidiger haben wollte, der mir allzu nahe stand.
»Mikael, Mikael«, sagte er und schüttelte den Kopf, dass sein Doppelkinn wackelte. »Du kannst nicht klar denken.«
»Wie meinst du das? Sie können keine Beweise gegen mich haben, aus dem einfachen Grund, weil ich nichts getan habe. Warum zum Teufel sollte ich so etwas tun? Ich habe Erfolg, ich bekomme große Fälle. Ich brauche keine Verbrechen zu begehen, um einen Fall zu gewinnen.«
»Das weiß ich, Mikael. Aber …«
»Was aber?« Ich schrie fast. Rune war verlegen, er druckste herum, als hätte er schlechte Neuigkeiten.
»Du bist eine öffentliche Person, Mikael. Ziemlich profiliert. Und genau deshalb … Ich brauche dir kaum zu erzählen, welchen Aufruhr die Sache in den Medien verursacht hat.«
Ich nickte, aber in Wirklichkeit hatte ich daran noch keinen Gedanken verschwendet.

»Und genau deshalb«, fuhr er fort, »wäre Ulv Garmann nie so weit gegangen. Garmann ist immer auf der Hut und viel zu ehrgeizig. Er hätte dich nie im Gerichtssaal verhaften lassen, wenn er nicht irgendwelche stichhaltigen Beweise hätte.« Er hielt ein, ließ die Worte wirken. »Deshalb bin ich ziemlich sicher, dass sie irgendetwas in der Hand haben, Mikael. Ich weiß nicht, was es ist, aber es wird nicht von selbst verschwinden.«

Ich hatte nicht logisch gedacht, meine Lage nicht analysiert. Mir wurde klar, dass ich unter Schock gestanden und alle Kraft dafür gebraucht hatte, nicht zusammenzubrechen. Rune hatte recht. Ich beherrschte mich und versuchte wieder praktisch zu denken.

»Okay«, sagte ich. »Ich brauche frische Kleider und Toilettenartikel. Die Polizei hat meine Schlüssel. Und Rune, du musst so schnell wie möglich Einsicht in die Dokumente bekommen, damit wir wissen, gegen was zum Teufel wir kämpfen.«

Er nickte.

»In Ordnung. Ich bekomme sie morgen früh. Dann kommst du in Untersuchungshaft, wenn sie dich nicht freilassen, aber ich fürchte, das wird nicht der Fall sein.«

## Kapitel 7

Die Welt stand Kopf, und ich sah alles aus einer neuen Perspektive. Der Unterschied zwischen der Position eines Verteidigers und der eines Angeklagtem war größer, als ich gedacht hatte. Er betraf weit mehr als nur die juristischen Rechte oder Prozessregeln, zum Beispiel wo ich zu sitzen oder wann ich zu reden oder zu schweigen hatte. Am meisten merkte ich es daran, wie die Menschen mich ansahen und behandelten, wie sie mit mir redeten. Keiner von uns behandelt einen Bettler an der Straßenecke und einen Bankdirektor gleich, das musste ich nun am eigenen Leib erfahren. Als Angeklagter in einem Strafprozess stand ich in der Rangordnung ganz unten. Es war eine beklemmende Erfahrung. Am frühen Morgen hatten sie mich zum Gericht gefahren, und seitdem saß ich in einer Wartezelle im Keller. Keiner hatte mir etwas gesagt, und keiner antwortete auf meine Fragen. Sie hatten mir einfach die Zellentür vor der Nase zugeknallt. Willkommen in der Wirklichkeit. Ich hatte keine Uhr, die hatten sie mir auch abgenommen, aber ich fühlte, dass viele Stunden vergingen, ohne dass etwas geschah. Dann hörte ich Türenknallen und Stimmen. Einer sagte etwas, ein anderer antwortete, worauf beide in lautes Gelächter ausbrachen. Dann wurde es wieder still. Sie ignorierten mich; der Frust stieg wie Kohlensäure in mir auf, und ich fühlte den Drang, laut aufzuschreien und um mich zu schlagen. Ich zwang mich auf die Pritsche, versuchte die Kontrolle wiederzugewinnen. Dachte an meine eigene Ungeduld gegenüber Mandanten, die ausrasteten, schrien und heulten und Polizei und Richter beschimpften. Bisher hatte ich den Mangel an Selbstbeherrschung und irrationale Handlungen immer verachtet, aber nun wusste ich, wie es ihnen erging. Mein Verständnis war theoretisch und oberflächlich gewesen, ich hatte alles nur von außen gesehen.

Von innen sah alles anders aus.

Ich legte mich auf den Rücken und schloss die Augen. Atmete ruhig und gleichmäßig, redete mir ein, dass ich durchhalten würde. Dass alles nur ein Missverständnis sei. In ein paar Tagen würde alles vorüber sein. Aber tief im Innern spürte ich die Panik, vorläufig noch als kleine, flackernde Flamme.

»Ich weiß nicht, Frau Richterin«, sagte ich. »Ich kann nur sagen, dass ich davon nichts weiß. Ich kenne Morten Ålekjær nicht, ich habe nie mit ihm gesprochen und erst recht nicht ihm den Auftrag erteilt, Gerd Garshol oder irgendjemand anderen zu überfallen.« Ich hob die Hände. »Warum sollte ich das tun?«

Die Richterin war eine Frau Mitte fünfzig, mit grauen Haaren und verschwommenen Gesichtszügen. Sie sah mich voller Zweifel an, spitzte den Mund und sagte:

»Um Ihrem Mandanten zu helfen, Herr Brenne. Um den Prozess zu gewinnen.«

Ich schüttelte den Kopf.

»Das ist absurd. Ich habe es nicht nötig, Verbrechen zu begehen, um meinen Mandanten zu helfen.«

»Nun«, sagte sie, »das ist ein Argument, keine Beweisführung.«

Ich verkniff mir die Bemerkung, dass sie ja damit begonnen habe, und neigte den Kopf.

»Ja, Frau Vorsitzende. Aber ich weiß wie gesagt nichts von der Sache, deshalb kann ich leider auch nicht mehr darüber sagen.«

»Hm. Ja. Möchte die Anklage übernehmen?«

»Ja, danke«, sagte Ulv Garmann und stand auf.

Es war ein Schock für mich gewesen, ihn als Haftrichter vor mir zu sehen. Staatsanwälte überlassen dies in der Regel einem höheren Polizeibeamten. Ich war zutiefst beunruhigt und fragte mich, warum er persönlich auftrat. Als ich Rune Seim dieselbe Frage stellte, schüttelte er nur den Kopf.

»Ich weiß nicht, Mikael. Sieh es als Kompliment. Er meint vielleicht, dass die Polizeijuristen den Job nicht anständig erledigen können.«

Garmann räusperte sich.

»Sie sagen, dass Sie Morten Ålekjær nicht kennen, Brenne?«

Brenne. Nicht Rechtsanwalt Brenne.

»Das stimmt.«

»Hm.« Er blätterte in den Dokumenten, die vor ihm auf dem Tisch lagen.

»Haben Sie nicht einmal einen Motorradclub vertreten, der sich ›Dark Knights‹ nennt?«

»Dark Knights? Doch, ich glaube schon, aber das ist viele Jahre her. Ich glaube, es ging um ihr Clubheim, irgendein Streit mit dem Vermieter.«

»Ja, genau«, sagte Garmann. »Und Sie waren ihr Anwalt?«

»Ja, wie ich schon sagte.«

»Morten Ålekjær ist Mitglied der Dark Knights.«

Wie ein Schlag in den Magen, der einem jäh den Atem nimmt.

»Herr Brenne? Behaupten Sie immer noch, dass Sie ihn nicht kennen?«

»Ich … ich kann mich nicht an ihn erinnern. Es ist natürlich möglich, aber ich kann nicht sagen, dass ich …«

»Dem Protokoll zufolge, das auf Ihrem Briefpapier geschrieben ist, war er am 2. Februar 2002 in Ihrem Büro. Behaupten Sie immer noch, dass Sie ihn nicht kennen?«

Ich grub tief in meiner Erinnerung, konnte aber nichts mit dem Namen Morten Ålekjær verbinden.

»Kann sein, dass er dabei war, aber bei den Terminen waren

immer mehrere Clubmitglieder anwesend. Ich kann mich nicht speziell an ihn erinnern, nein.«

»Nein«, sagte Garmann. »Aber Sie sind sich schon begegnet. Und er erinnert sich an Sie.«

Zum ersten Mal freute ich mich darüber, dass weder Presse noch Zuschauer anwesend waren. Garmann hatte aus Rücksicht auf die Ermittlungen um Ausschluss der Öffentlichkeit gebeten, und das Gericht hatte zugestimmt. Am liebsten hätte ich die Stirn auf den Tisch gelegt, um mich zu sammeln und auszuruhen, aber ich zwang mich, ihn direkt anzusehen.

»Das ist natürlich möglich, obwohl ich mich nicht an ihn erinnere. Und unabhängig davon habe ich ihn nicht jetzt, in Verbindung mit dieser Angelegenheit, getroffen. Das ist rundweg erfunden.«

»So, so«, sagte Garmann mit aufgesetzter Höflichkeit. Diese Worte hatte ich ihn oft im Gerichtssaal sagen hören, im selben Tonfall, aber nicht mir gegenüber. Jetzt wurde ich der Lüge bezichtigt, ohne mich wehren zu können. Die Wut kochte in mir hoch. »Wo waren Sie am Abend des dreiundzwanzigsten Juni, Brenne?«

»Am dreiundzwanzigsten? In der Johannisnacht?«

»Ja. Genauer gesagt gegen neun Uhr abends. Erinnern Sie sich, wo Sie da waren?«

»Das kann ich Ihnen sagen, Herr Staatsanwalt. Da war ich joggen. Eine ziemlich lange Tour, auf dem Schotterweg am Trinkwasserreservoir.« Ich lächelte. »Warum? Hat Morten Ålekjær dort angeblich den Auftrag bekommen? Ich war nicht der Einzige, der an diesem Abend dort joggen war, es wird bestimmt möglich sein, Zeugen zu finden, die mich gesehen haben.«

»Hm. Ja, sicher. Aber es wird nicht nötig sein. Es gibt nämlich keinen Widerspruch zwischen Ihrer und Morten Ålekjærs Aussage in diesem Punkt.« Er nahm ein Blatt aus seinen Akten und schielte über die Brille. »Er erklärt, dass er Sie wie verein-

bart einige hundert Meter hinter dem Damm vor einem Tunnel getroffen hat. Seiner Aussage zufolge waren Sie ganz außer Atem und trugen Joggingkleidung.«
Dieser Schlag traf mich nicht im Magen, sondern direkt unter dem Kinn. Ich gab der Versuchung nach, legte den Kopf auf die Tischplatte und zählte bis zehn. Oder bis hundert.

Das Gericht brauchte keine fünf Minuten, um vier Wochen Untersuchungshaft mit Brief- und Besuchsverbot zu verfügen. Ich hörte, wie die Richterin den Beschluss laut vorlas. Ihre Stimme klang fern. Dann bestätigte ich, dass ich den Entscheid verstanden hatte. Rune Seim stand auf und wollte Revision einlegen, aber ich winkte ab.
»Das bringt jetzt nichts, Rune«, sagte ich. »Das Ganze ist ein Missverständnis, ein absurdes Zusammentreffen unglücklicher Umstände. Wir sollten die Polizei ein paar Tage in Ruhe ermitteln lassen, dann werden sie es herausfinden.«
Er ließ sich auf seinen Stuhl fallen, wusste ebenso gut wie ich, dass er nichts tun konnte.

Am Tag darauf schickten sie mich nach Norden, in das heruntergekommene Gefängnis einer windigen, kleinen Küstenstadt. Ich reiste in einem gewöhnlichen Linienflugzeug, mit einem verschlafenen Polizisten als Wächter. Als einzige Sicherheitsmaßnahme setzte er mich an einen Fensterplatz.
»Sie kennen hier so viele im Gefängnis«, erklärte er. »Sowohl Insassen als auch Personal. Wir dachten, es sei besser für das Verfahren und für Sie, wenn Sie woanders einsitzen.«
Danach schlief er ein. Ich schaute aus dem Fenster und sah, wie meine Heimatstadt immer kleiner wurde, bis sie unter den Wolken verschwand. Mit ihr schien meine Welt zu verschwinden, alles, was ich kannte und was mich zu dem machte, der ich war.

## Kapitel 8

Vier Wochen. Das hört sich vielleicht nicht so lange an, aber im Gefängnis sind vier Wochen eine Ewigkeit.
Mein Leben hatte aus Hektik bestanden. Ich war von Termin zu Termin und von Prozess zu Prozess gehastet, stets gestresst und mit hohem Puls. Hatte nie Zeit gehabt. Sie war immer zu schnell vergangen, bis zu jenem Tag, als Ulv Garmann sich zu mir umdrehte und meinen Namen sagte. An jenem Tag hielt mein Leben mit einem Mal an. Und die Zeit, sonst ein rauschender Fluss bei der Schneeschmelze, hielt auch an. Sogar eine Minute kann im Gefängnis lange sein. Manchmal lag ich auf der Pritsche und starrte an die Decke. Dann sah ich mit einer mechanischen Handbewegung auf die Uhr, eine unbewusste Gewohnheit aus meinem früheren Leben. Danach ließ ich den Arm fallen und starrte weiter ins Leere. So blieb ich lange liegen, ohne zu denken, bis ich wieder auf die Uhr sah. Es war genau eine Minute vergangen.
Ich hatte Lust zu schreien.
Es war, als hätte die Zeit Körper und Substanz bekommen, als leistete sie Widerstand, wenn man sich durch sie hindurchbewegen wollte. Wie Wasser. Es war dasselbe Gefühl, wie durch Wasser zu laufen.
Das Brief- und Besuchsverbot in der Untersuchungshaft bedeutete vierundzwanzig Stunden Isolation, ohne anderen menschlichen Kontakt als die wenigen Worte, die ich ab und zu mit den Wärtern wechselte. Ich schlief oft, aber selten lange. Nach ein oder zwei Stunden wachte ich verschwitzt auf und verspürte eine tiefe innere Unruhe.

Ich konnte mich nie an meine Träume erinnern, aber das war wahrscheinlich gut so.
Das Gefängnisessen ekelte mich an, aber ich zwang jedes Mal ein paar Bissen hinunter, obwohl ich kaum kauen konnte und sie beim Schlucken fast wieder hochkamen. Ich konnte meinen Verfall im Spiegel verfolgen. Die Wangen fielen von Tag zu Tag mehr ein, und die Ringe unter den Augen wurden immer dunkler. Ich mochte mein Spiegelbild nicht. Die Person, die mich da anstarrte, war ein Fremder mit dem fieberkranken Blick eines Menschen, der sein Leben nicht mehr im Griff hatte. Sie machte mir Angst.
Der tägliche Rundgang im Hof war die einzige Abwechslung in der Monotonie. Jeden Tag lief ich rastlos auf dem schmalen Asphaltstreifen zwischen dem Zellentrakt und einer vier Meter hohen Betonmauer hin und her. An schönen Tagen erleuchtete die Sonne den oberen Teil der Mauer, und der graue Putz bekam einen warmen, goldenen Schein. Im Lauf der einen Stunde, die ich im Freien verbrachte, verlagerte sich die Grenze zwischen Sonne und Schatten, Licht und Dunkelheit, immer weiter die Wand hinab, aber das Licht erreichte mich nie.

Es dauerte sechs Tage, bis Rune Seim zu Besuch kam. Ich war rasend vor Wut.
»Wo hast du gesteckt?«, fragte ich. Er sah mich verständnislos an.
»Wie meinst du das?«
»Ich warte seit einer Ewigkeit auf dich. Du bist der Einzige, der mich besuchen darf.«
»Es ist nicht mal eine Woche her, Mikael. Das ist überhaupt nicht lange. Ich hatte einen Prozess letzte Woche, und dann war Wochenende. Ich versuche, mir die Wochenenden so weit wie möglich frei zu halten. Du weißt ja, wie das ist.«
Aber ich wusste es nicht mehr. Es war nur eine gute Woche her,

seit ich verhaftet worden war, aber schon hörten sich seine Worte fremd an. Verteidiger in einem Prozess. Freies Wochenende. Es war eine andere Welt.

»Ja, natürlich«, sagte ich und senkte den Blick. »Tut mir leid. Ich bin nur … Die Zeit vergeht langsam hier drinnen.«

Er musterte mich.

»Wie geht es dir, Mikael?«

»Ganz gut.«

»Du siehst nicht gut aus. Du bist dünn geworden und siehst erschöpft aus. Hast du mit dem Gefängnisarzt gesprochen?«

»Das ist nicht nötig«, sagte ich. »Ich schaff das schon, Rune. Wie läuft es mit meinem Verfahren? Was ist geschehen?«

Er schüttelte den Kopf.

»Nicht viel, Mikael. Du weißt ja, wie das mit Ermittlungen ist. Am Anfang ist es eine furchtbare Hektik, alles eilt, alles soll gleichzeitig erledigt werden, und dann, wenn der Angeklagte sicher verwahrt ist, ist die Luft plötzlich raus, und alles steht still.«

Ich nickte.

»Ich weiß. Aber hat sich denn überhaupt nichts getan?«

»Doch.« Er räusperte sich. »Es hat sich etwas getan. Morten Ålekjær hat eine zusätzliche Aussage gemacht. Er hat die Kleider beschrieben, die du bei der Joggingtour getragen hast. Weiße Laufschuhe. Himmelblaue Jogginghose. Rotes T-Shirt mit weißem Logo auf der Brust; er erinnert sich nicht mehr, was draufstand.«

Er sah mich erwartungsvoll an. Ich schluckte.

»Stimmt wohl. Das trage ich immer, wenn ich joggen gehe.«

»Okay. Aber er hat noch etwas. Er behauptet, er habe am Telefon mit dir gesprochen, ein kurzes Gespräch am Tag, an dem er Gerd Garshol überfiel. Bei diesem Gespräch will er den endgültigen Befehl zum Zuschlagen bekommen haben.«

»Was? Ich habe selbstverständlich nie …«

Runes besorgter Blick ließ mich verstummen.

»Die Polizei hat die Anruflisten deiner Telefongesellschaft gecheckt, Mikael. Aus ihnen geht hervor, dass du mit Morten Ålekjær gesprochen hast, ungefähr zu dem Zeitpunkt, den er angegeben hat.«

»Was? Aber … aber das ist völlig unmöglich!«

Er zeigte mir die Rufliste und erklärte sie mir.

»Schau, hier. Eingehendes Gespräch von einer Nummer, die auf Morten Ålekjær registriert ist.«

Ich starrte auf das Blatt, aber die Buchstaben und Zahlen tanzten vor meinen Augen.

»Das verstehe ich nicht«, sagte ich.

In meiner Jugend war ich einmal nachts mit einer Freundin baden gegangen. Schwerelos und glücklich hatte ich die Arme gehoben und mich sinken lassen, während ich ihren Körper weiß im Wasser schimmern sah. Plötzlich hatte ich das Gefühl, als hätte ein Riese meine Beine ergriffen. Ein Sog zog mich in die Tiefe. Ich hatte mich losgestrampelt, aber erinnerte mich immer noch an die Panik und die Hilflosigkeit. Genau dasselbe Gefühl hatte ich jetzt.

»Es sieht nicht gut aus, Mikael. Du solltest dir überlegen … Falls du es aus irgendeinem Grund getan hast, Mikael, solltest du dir überlegen, ein Geständnis abzulegen, damit du Strafmilderung bekommst.«

Ich starrte ihn an, als wäre er geisteskrank, und er wand sich unter meinem Blick.

»Du weißt doch, dass ich das sagen muss. Es gehört zu meiner Pflicht als Verteidiger, dich darauf hinzuweisen. Es heißt nicht, dass ich dich für schuldig halte. Du warst selbst oft genug in dieser Situation.«

Er hatte recht, aber das war ein schwacher Trost. Jetzt saß ich auf der anderen Seite des Tisches, ich hatte Angst und brauchte seine Hilfe. Was er gerade gesagt hatte, war wie eine Ohrfeige.

»Ich habe es nicht getan«, sagte ich nur.
»Okay«, sagte er, »dann reden wir nicht mehr darüber.«
Wir sprachen kurz weiter über meinen Fall, dann erzählte er Neuigkeiten und Tratsch aus den heimischen Juristenkreisen. Ich lächelte pflichtschuldig an den richtigen Stellen, aber ich hörte kaum zu. Morten Ålekjær hatte korrekt beschrieben, was ich am Johannisabend getragen hatte, obwohl ich ihn nicht getroffen hatte. Und er hatte meine Nummer am selben Tag angerufen, als Gerd Garshol überfallen wurde. Ich konnte kaum klar denken, aber eins wusste ich: Aus meinen schlechten Aussichten waren katastrophale Aussichten geworden.
Ich stand auf, und Rune hielt mitten in einem Satz inne.
»Tut mir leid«, sagte ich. »Ich fühle mich nicht wohl. Ich glaube, ich muss mich ein bisschen hinlegen.«
»Natürlich, Mikael«, sagte er, und ich konnte die Besorgnis in seinen braunen Augen sehen. »Aber sei so nett und sprich mit dem Arzt, ja? Du siehst erschöpft aus.«
Ich war erschöpft. Aber ich glaubte nicht, dass ein Arzt mir helfen konnte. In meiner Lage hätte nur ein Ende dieses Alptraums geholfen.

## Kapitel 9

Ich kam nach Hause wie ein Dieb in der Nacht. Weit mehr als vier Wochen waren vergangen, seit ich zum letzten Mal mein Haus betreten hatte. Der Sommer war vorüber, aus den Nachbargärten roch es nach verbranntem Laub und feuchter Erde, und die Abende waren dunkel geworden. Das war mir nur recht, denn ich hatte keine Lust, gesehen zu werden und die Blicke der Nachbarn im Rücken zu spüren. Ich wollte anonym und unsichtbar bleiben, ein Schatten unter anderen Schatten. Zweieinhalb Monate Untersuchungshaft hatten mich gehörig eingeschüchtert, ich hatte Angst vor der Welt.

Zweimal war die Haft verlängert worden. Beim ersten Mal hatten wir vergeblich Revision eingelegt, beim zweiten Mal hatte ich schon resigniert und es ohne einen Mucks hingenommen. Das Dasein in der Zelle war zu meinem Leben geworden, der Rhythmus des Gefängnisses mein Rhythmus. Ich hatte das Denken verlernt, schaute nicht mehr auf die Uhr oder den Kalender, vegetierte nur von Tag zu Tag dahin. Sogar das ewige, unbestimmte Angstgefühl, das mich am Anfang so geplagt hatte, hatte ich unter Kontrolle. Ich glaubte nicht, dass es weg war, es war nur tiefer ins Unterbewusstsein gesunken. Als Rune Seim an einem Septembertag ohne Voranmeldung mit dem Bescheid auftauchte, dass ich am nächsten Tag freigelassen werden würde, freute ich mich nicht. Stattdessen ergriff mich Panik. Es hatte nur zweieinhalb Monate gedauert, bis ich mehr Angst vor der Freiheit als vor der Gefängniszelle hatte.

Er sah es mir an.

»Was ist los, Mikael?«
»Nichts«, antwortete ich, ohne ihm in die Augen zu sehen.
»Du weißt doch, dass die Sache damit nicht erledigt ist. Meiner Meinung nach werden sie dich ziemlich bald vor Gericht stellen. Anscheinend sind die Ermittlungen abgeschlossen, der Staatsanwalt findet wohl, dass keine Verdunklungsgefahr mehr besteht.«
»Ich weiß, Rune.«
Die Situation war ihm sichtlich peinlich.
»Ist mir schon klar, dass du Bescheid weißt, es ist nur … Du wirkst so abwesend. Deshalb plappere ich so drauflos.«

Im Haus war es feucht und stickig. Ein schwacher, aber widerlicher Fäulnisgeruch lag in der Luft, den ich nicht genau identifizieren konnte. Ich ging von Zimmer zu Zimmer, ohne Licht anzumachen, als hätte ich Angst, dass jemand meine Anwesenheit entdecken könnte. Die Möbel waren nichts als verdichtete Dunkelheit. Schwache Straßenbeleuchtung fiel durchs Fenster, wodurch ich gerade noch meine Umgebung erkennen konnte, die gleichzeitig vertraut und fremd war. Ohne nachzudenken, setzte ich mich an meinen Lieblingsplatz. Im Erker standen zwei Sessel, ich benutzte immer den rechten. Der Bezug war abgewetzt und die Polster ausgebeult, während der linke noch wie neu aussah.
Auf dem Sofatisch zwischen den Sesseln stand eine halbvolle Kaffeetasse. Zehn Wochen hatte sie dort gestanden, die Oberfläche war mit Schimmel bedeckt, der in dem schwachen Licht grauweiß schimmerte. Angewidert schob ich sie weg und dachte, dass ich am nächsten Tag unbedingt staubsaugen und putzen musste.

Tief im Innern wusste ich, dass dieser Gedanke nur ein Vorwand war, um nicht nachdenken zu müssen. Ich saß nicht mehr im Gefängnis, war ein freier Mann, und es war höchste Zeit, mein Leben wieder selbst in die Hand zu nehmen, in die Offensive zu gehen und mir Lösungen auszudenken.

Was mir passiert war, konnte kein Zufall sein. Anfangs hatte ich geglaubt, dass Morten Ålekjær mich spontan als Auftraggeber genannt hatte, nur um jemand anderem die Schuld in die Schuhe zu schieben. Ich war sicher gewesen, dass sich die Sache im Lauf der Ermittlungen von selbst erledigen würde. Die meisten falschen Beschuldigungen halten der Wirklichkeit nicht stand. Aber in meinem Fall war das Gegenteil geschehen. Immer neue Details waren aufgetaucht. Morten Ålekjær hatte gewusst, wo ich am Johannisabend gewesen war und was ich getragen hatte.

Und er hatte mich angerufen. Er hatte ein elektronische Spur gelegt, die bewies, dass wir unmittelbar vor dem Überfall Kontakt zueinander gehabt hatten. Bei Rune Seims nächstem Besuch hatte ich mir die Anrufliste genauer angesehen. Der Anruf von Morten Ålekjærs Handy hatte nicht länger als sechs Sekunden gedauert, was ausreichte, um den Startschuss für die Aktion zu geben, wie er ausgesagt hatte. Es war aber auch genau die Zeit, die man brauchte, um zu erklären, dass ein Anrufer falsch verbunden war. Ich hatte eine vage Erinnerung an einen Anruf, der mich an jenem Abend beim Laufen gestört hatte. So musste es wohl gewesen sein, es gab keine andere Möglichkeit. Hundert Prozent sicher war nur, dass Morten Ålekjær log.

Die einzig mögliche Schlussfolgerung aus alldem war, dass die ganze Sache geplant war. Morten Ålekjærs Beschuldigung war keine Spontanhandlung. Jemand hatte einen einfachen, aber durchdachten Plan geschmiedet, um mich als Sündenbock zu gebrauchen. Dahinter konnte eigentlich nur der Grieche stecken, er war der Einzige, der davon profitierte, aber das half mir nicht. Ich war in einem Netz aus Lügen gefangen und

wusste nicht, wie ich mich befreien sollte. Jedes Mal, wenn ich daran dachte, stiegen Wut und Frustration in mir auf. Ich erschrak über mich selbst, hatte Angst, die Kontrolle zu verlieren.
Ich riss mich zusammen und schob die Gedanken beiseite, stand auf und machte das Licht an, verjagte die Schatten und die Nacht, die mich umgaben. Ging in die Küche und bemerkte, dass der Fäulnisgeruch stärker wurde. Hielt die Luft an und öffnete den Kühlschrank. Ein widerlicher Gestank schlug mir entgegen, ich hustete und musste mich übergeben. Dann stopfte ich alles samt Töpfen und Schüsseln in einen schwarzen Müllsack, trug ihn zur Mülltonne und öffnete die Fenster weit. Trotzdem verfolgte mich der Gestank die ganze Nacht, ein süßlicher, durchdringender Geruch, als hätte jemand eine Leiche in meinem Haus versteckt.

Am Morgen stand ich fröstelnd im Bad. Die weißen Fliesen waren eiskalt. Als sie mich verhaftet hatten, war es Sommer gewesen, und nun war es Herbst. Ich stellte die Heizung an und wusste, dass es mehrere Stunden dauern würde, bis es warm wurde. Im Spiegel sah ich, wie abgemagert ich war. Unter der bleichen Haut konnte man die Rippen erkennen. Mein Gesicht sah abgekämpft aus, neue Falten waren in die Wangen geritzt worden, die Haare fast ganz grau geworden. Zum ersten Mal im Leben fand ich, dass ich älter aussah, als ich war. In meinen Augen lag ein unbekannter furchtsamer Ausdruck, der mir überhaupt nicht gefiel. Ich versuchte die Augenbrauen hochzuziehen und die Stirn in resolute Falten zu legen, aber es kam nur eine schiefe Grimasse heraus, die eher traurig als tatkräftig aussah.

Im Büro war ich kein Dieb, sondern ein Gespenst. Die Leute zuckten zusammen, als sie mich sahen, sie traten verschreckt zur Seite und grüßten verunsichert. Keiner wusste mit meiner plötzlichen Rückkehr umzugehen. Für einen Augenblick vergaß ich fast mein Unbehagen. Ich weiß nicht, warum, aber ich war davon ausgegangen, dass die Firma über meine Freilassung informiert worden war, aber das war offenbar nicht der Fall. Wenn ich genau nachdachte, hatten sie in den zehn Wochen kein einziges Lebenszeichen von sich gegeben. Ich hatte zwar Brief- und Besuchsverbot gehabt, aber nun fiel mir auf, dass nicht einmal Peter einen Gruß oder ein paar aufmunternde Worte durch Rune Seim hatte ausrichten lassen. Vielleicht hatte er es getan, und ich hatte es nicht registriert. In der Untersuchungshaft hatte es Tage gegeben, an denen alles an mir vorbeigegangen war.

Zum Glück gab es auch Ausnahmen. Eine junge, kürzlich angestellte Referendarin, deren Namen ich vergessen hatte, klopfte an die Tür und steckte den Kopf in mein Büro. Sie sah aus wie ein frisch konfirmiertes Mädchen.

»Hei«, sagte sie. »Ich habe gehört, dass Sie wieder da sind. Willkommen!« Und nach kurzem Zögern fügte sie hinzu: »Geht es Ihnen gut?«

»Ja«, sagte ich, »vielen Dank.«

Als sie gegangen war, fiel mir ein, dass sie Ida hieß.

Und dann war da noch Eva, die Rezeptionistin. Sie war außer Haus gewesen, als ich angekommen war, aber nun stürmte sie, ohne anzuklopfen, mit Tränen in den Augen in mein Büro, ein Dreimaster in voller Fahrt. Sie umarmte mich und sagte immer wieder: »Mikael, Mikael, Mikael«, bis ich vorsichtig ihre Arme löste und leise lachte. Aber als sie laut ausrief, dass sie wisse, nein, absolut sicher sei, dass ich nichts getan habe, egal, was die Leute sagten, musste ich mich kurz umdrehen, weil ich Tränen in den Augen hatte. Ich fühlte, wie verletzlich ich war, wie zerbrechlich die Schale war, die ich um mich herum aufbaute.

Später wurde mir klar, was hinter ihren Worten steckte: »Egal, was die Leute sagen.«

Ich saß auf dem Bürostuhl am Schreibtisch. Mein Stuhl, mein Schreibtisch. Mein Büro. Meine Firma. Ich hätte mich zu Hause fühlen sollen, aber ich wollte nur flüchten. Auf der Tischplatte waren quadratische Felder, wo die Staubschicht dünner war. Jemand hatte Papierstapel und Mappen weggenommen, was mich kaum verwunderte. Die Fälle hörten nicht auf, bloß weil ich verschwand. Die Mandanten brauchten weiterhin Hilfe, und die Firma musste Ressourcen einsetzen, um sie zu betreuen. Trotzdem, die Leere war mir unheimlich, ich hatte das Gefühl, dass jemand in meinen privaten Bereich eingedrungen war.

Auf einer Ecke des Schreibtischs lag ein kleiner Stapel ungeöffneter privater Briefe. Ich blätterte ihn rasch durch: ein paar Rechnungen, Reklame, eine Einladung zu einem Abendessen, das längst stattgefunden hatte. Und ein Umschlag mit dem verschnörkelten Logo der Anwaltskammer.

Ich hatte kein gutes Gefühl im Bauch, als ich ihn öffnete. Die Nachricht war nicht länger als fünf Zeilen. In trockenem, nüchternem Ton wurde ich in Kenntnis gesetzt, dass mir die Zulassung zur Rechtsanwaltschaft bis auf weiteres entzogen werde, bis ein rechtsgültiges Urteil im Strafprozess gegen mich feststehe. Ich ließ mich auf den Stuhl fallen. Ich hätte es wissen sollen, hatte jedoch nicht einen Gedanken an dieses Problem verschwendet. Dass es schwierig werden würde, mich wieder einzuarbeiten, hatte ich erwartet. Es war auch fraglich, ob ich überhaupt im Gerichtssaal auftreten sollte, solange ich selbst unter Verdacht stand, damit meine Mandanten keine Nachteile erlitten. Aber mit einem Berufsverbot hatte ich nicht gerechnet.

Nach einer Weile las ich den Brief noch einmal. Er war vor drei

Wochen abgeschickt worden, mit Kopien an die Gerichte, die Bezirksregierung und die Firma, zur Orientierung.

Sie hatten es gewusst. Peter und Hans Olav und Steinar wussten es seit drei Wochen. Sie hatten eine Kopie bekommen und das Original zwischen unbezahlten Rechnungen auf meinen Schreibtisch gelegt, einen Brief, der mich mit einem Mal von meinem Beruf ausschloss. Der mein Leben auf den Kopf stellte. Sie hatten es gewusst, aber kein Wort gesagt. Mir wurde heiß, als hätte ich einen plötzlichen Fieberanfall, und meine Hände begannen zu zittern.

Ich blieb sitzen und starrte an die Wand, bis ich mich beruhigt hatte. Dann stand ich auf und ging nach Hause, ohne mit jemandem zu reden.

## Kapitel 10

Ich hatte meine Zulassung verloren, war aber weiterhin Teilhaber und der profilierteste Anwalt der Firma. Sie konnten mich nicht einfach ignorieren. Ich wartete fast eine Woche, aber als der Anruf aus dem Büro endlich kam, war weder Peter noch ein anderer Partner am Telefon. Es war eine Sekretärin, die mich fragte, ob ich am nächsten Morgen zu einem Treffen bereit sei. Ich hatte große Lust, den Hörer aufzuknallen. Sollten sie mich doch selbst anrufen, wenn sie mit mir reden wollten! Aber ich beherrschte mich und sagte, dass ich kommen würde.

Am nächsten Morgen stand ich früh auf. Ich duschte und rasierte mich gründlich, bügelte ein weißes Hemd, zog Anzug und Schlips an. Sah in den Spiegel. Der Anzug schlackerte, war viel zu weit. Am Kinn hing ein Tropfen Blut, ich hatte mich beim Rasieren geschnitten. Ein Knastbruder, als Anwalt verkleidet, dachte ich und versuchte zu lächeln, aber es wurde nur ein schiefes Grinsen.

»Wenn du kurz warten könntest, Mikael«, sagte Eva. »Sie kommen gleich.«
Ich lächelte sie an, schüttelte aber den Kopf.
»Ich glaube nicht, Eva«, sagte ich. Es war meine Firma, und ich hatte nicht vor, wie ein beliebiger Klient an der Rezeption zu sitzen und zu warten, bis es den Herrn Anwälten passte, mich zu empfangen. Stattdessen ergriff ich die Initiative, holte eine Tasse Kaffee aus der Küche und setzte mich ins Konferenzzimmer.

Nach fünf Minuten ging die Tür auf, und Hans Olav schaute verwirrt herein.
»Hier bist du!«, sagte er und verschwand, ohne die Antwort abzuwarten. Zwei Minuten später kam er mit Steinar im Schlepptau zurück. Er schloss die Tür hinter sich, und ich hob fragend die Augenbrauen.
»Was ist mit Peter? Kommt er nicht?«
»Nein«, sagte Steinar. »Peter ist ... er kann leider nicht teilnehmen.«
Ich nickte nur und wusste im selben Augenblick, wie das Treffen enden würde. Bis zu diesem Moment hatte ich mich geweigert, es zu glauben, aber nun war es klar. Ich verachtete Peter, weil er nicht den Mumm hatte, mir persönlich gegenüberzutreten, aber gleichzeitig war ich auch froh darüber. Nie hätte ich gedacht, dass unsere Freundschaft so enden würde.
»Nun«, sagte Hans Olav und räusperte sich. »Lass uns anfangen.« Er legte das Gesicht in betrübte Falten. »Das ist nicht leicht für uns, Mikael, aber wir müssen über deine Zukunft hier reden. Du symbolisierst alles, wofür diese Firma steht, und ich möchte die Gelegenheit nutzen, dir mein aufrichtiges ...«
»Lass die Heuchelei, Hans Olav«, sagte ich. »Ich habe keine Lust auf deine selbstherrlichen, verlogenen Reden. Du magst mich nicht, und ich mag dich nicht, das wissen wir beide. Sei so nett und komm zur Sache.«
Steinar sah schockiert aus, als hätte ich sämtliche Benimmregeln auf einmal gebrochen. Er achtete sogar auf Etikette, wenn er einem anderen ein Messer in den Rücken stach. Hans Olav dagegen nickte nur.
»Wie du willst«, sagte er. »Tatsache ist: Deine Zeit hier in der Firma ist abgelaufen, Mikael.«
Ich antwortete nicht, und er fuhr fort. »Du hast deine Zulassung verloren und kannst nicht mehr als Rechtsanwalt arbeiten. Ich weiß nicht, wie du dir das vor...«

»Ich bin immer noch Teilhaber hier. Und es spricht nichts dagegen, dass ich bis auf weiteres als Sachbearbeiter tätig bin«, sagte ich. »Dass ich keine Zulassung habe, heißt nur, dass ich nicht vor Gericht auftreten kann.«

Hans Olavs Augen leuchteten zufrieden, als würde es ihn freuen, dass ich mich auf eine Diskussion einließ.

»Was du getan hast ... Du hast ein Verbrechen begangen, das nicht mit dem Ruf und den Prinzipien dieser Kanzlei vereinbar ist. Es ist völlig unmöglich, dass du hier weitermachst.«

»Hast du nicht gerade gesagt, dass ich alles symbolisiere, wofür diese Firma steht?«

Er wurde rot vor Wut.

»Du weißt genau, was ich meine, Mikael.«

»Nein«, sagte ich, »ich weiß es nicht. Ich bin noch nicht verurteilt. Gilt die Unschuldsvermutung etwa nicht mehr?«

»Das ist kein Strafverfahren, Mikael. Dein Ruf ist ruiniert, du kannst hier nicht weitermachen.« Steinar hatte das Wort ergriffen und starrte mich trotzig an.

»Und was habt ihr vor?«

»Wir haben eine Konferenz einberufen und einstimmig beschlossen, dass du raus bist. Du kannst kein Teilhaber mehr sein. Unser Vertrag sieht diese Möglichkeit vor, wenn ein Teilhaber gegen den Vertrag verstößt, seine Pflichten vernachlässigt oder sich sonst wie als ungeeignet erweist. Was du getan hast, trifft wohl auf alle drei Punkte zu.«

»Eine Teilhaberkonferenz ohne mich?«

Hans Olav lehnte sich vor und übernahm wieder, viel aggressiver als Steinar.

»Du hast im Gefängnis gesessen, Mikael. Was hätten wir tun sollen?«

»Und Peter ... Hat er zugestimmt?«

Als Antwort schob er ein Papier über den Tisch. Ich überflog den Inhalt. Es war ein kurzes Protokoll der Teilhaberkonferenz. Der Beschluss war tatsächlich einstimmig. Peters Unterschrift war fast unleserlich, aber ich erkannte sie. Es versetzte mir einen Stich. Ich starrte sie ungläubig an. Hans Olav war äußerlich entspannt, aber seine Kiefermuskeln bewegten sich, und sein Blick verriet, wie sehr er mich verabscheute. Aus Steinars selbstgefälligem Gesicht sprach Entrüstung über mein Benehmen.

»Du bist raus, Brenne«, sagte er. »Finde dich damit ab.«

»Ich werde darüber nachdenken«, sagte ich.

»Du solltest lieber an deine eigene Rechtssache denken, Mikael«, sagte Hans Olav.

Ohne Vorwarnung begannen meine Hände zu zittern. Ich steckte sie schnell in die Tasche. Lehnte mich zurück, versuchte, entspannt auszusehen.

»Ich werde mir überlegen, ob ich euch verklage«, sagte ich.

»Tu, was du nicht lassen kannst«, sagte Hans Olav. »Aber ich glaube nicht, dass du weit kommst.«

Ich stand auf und zog meinen Mantel an.

»Ihr werdet schon sehen«, sagte ich. »Solche wie euch habe ich früher zum Frühstück verspeist.«

»Das muss damals gewesen sein, als du noch deine Zulassung hattest.« Hans Olav und Steinar lachten laut.

Ich ging an der Rezeption vorbei, winkte Eva munter zum Abschied und stieg langsam die Treppe hinab. Zwischen dem zweiten und ersten Stock musste ich stehen bleiben und den Kopf an die Wand lehnen. Ich fühlte mich so hilflos, dass mir fast die Tränen kamen. Hans Olav hatte recht. Überall schlug man mir die Tür vor der Nase zu, und solange ein Strafprozess gegen mich drohte, konnte ich nichts dagegen tun. Aus Machtlosigkeit wurde langsam Wut. Nicht nur auf Hans Olav und Steinar, sondern vor allem auf Peter. Fünfundzwanzig Jahre hatte unsere Freundschaft gehalten. Wir hatten zusammen gearbeitet und zusammen gefeiert, hatten Triumphe und Niederlagen gemeinsam erlebt. Ich war sein Trauzeuge gewesen und er meiner. Eine seiner Töchter war sogar mein Patenkind. Und nun hatte er mich nach Strich und Faden verraten. Ich konnte es nicht fassen, es hinterließ einen bitteren Geschmack auf der Zunge.

Ich fiel in denselben lähmenden Rhythmus wie im Gefängnis zurück. Verbrachte die meiste Zeit auf dem Sofa, schlief oft, aber kurz, aß zu wenig, trank zu viel. So konnte es nicht weitergehen. Ich musste mein Leben wieder in den Griff bekommen und eine Art Alltag beginnen. An einem Abend zwang ich mich mit einem Stapel unbezahlter Rechnungen vor den Computer und überprüfte meine Konten. Ich hatte nicht viel ausgegeben in den letzten Monaten – einer der wenigen Vorteile einer Haft –, aber die festen Ausgaben liefen weiter, und die Eingänge waren kaum der Rede wert. Nachdem ich die Rechnungen bezahlt hatte, war auf dem Girokonto nicht mehr viel übrig. Auf dem Sparkonto waren noch Reserven, aber ein kurzer Überschlag ergab, dass sie nicht länger als ein paar Monate reichen würden, auch wenn ich sparsam war. Ich brauchte Einkünfte, sonst war es nur eine Frage der Zeit, bis ich das Haus verlieren würde. Aber die einzige Lösung, die mir einfiel, war, eine Flasche Cognac zu öffnen. Als ich ins Bett wankte, war sie fast leer.

Am nächsten Tag saß der Kater wie ein lokales Tiefdruckgebiet im Hinterkopf. Im Morgenmantel schlurfte ich hinaus zum überfüllten Briefkasten. Seit ich nach Hause gekommen war, war ich nicht im Garten gewesen. Es war ein schöner Herbstmorgen, und ich beschloss, den Kaffee draußen zu trinken. Eine holländische Kreditgesellschaft wollte mir einen billigen Kredit und eine neue, bessere Kreditkarte andrehen. Mein

Zahnarzt erinnerte mich daran, dass mein letzter Untersuchungstermin schon lange zurücklag. Eine mir unbekannte Frau hatte in der Zeitung von meinem Fall gelesen und fand, dass Gott meine einzige und letzte Hoffnung sei. Das Finanzamt forderte vierzigtausend Kronen Steuernachzahlung. Ich trank einen Schluck Kaffee, bevor ich den letzten Brief öffnete. Der Staatsanwalt hatte mich folgender Vergehen angeklagt: Behinderung des Gerichtes unter besonders verschärfenden Umständen gemäß § 132 a des Strafgesetzbuches, erster bzw. dritter Absatz, und Beteiligung an einer Körperverletzung gemäß § 129. Scheinbar versetzte mir das Dasein immer dann eine Ohrfeige, wenn ich mich gerade wieder aufraffen wollte.

Die gelben Blätter der Buchenhecke leuchteten in der Sonne, es roch nach feuchter Erde und nassem Laub, die Luft war angenehm mild.

Ich trank Kaffee und dachte an Veränderung und Verfall. Vor gut drei Monaten war dieser Garten einigermaßen in Schuss gewesen. Jetzt wucherte überall Unkraut. Und vor gut drei Monaten war ich ein erfolgreicher Anwalt gewesen. Jetzt hatte ich eine ungesunde Gesichtsfarbe, war zehn Kilo leichter, ohne Arbeit und Lohn, und meine Zukunftsaussichten beschränkten sich auf ein bevorstehendes Strafurteil.

Es war beängstigend, wie schnell so etwas geschehen konnte und wie brüchig mein Sicherheitsnetz war. Ebenso beängstigend war es, wie passiv ich geworden war. Ich war wie ein Boxer, der schon nach dem ersten Schlag zu Boden ging. Ich musste unbedingt wieder in die Offensive gehen und zurückschlagen. Bloß wusste ich nicht, gegen wen.

## Kapitel 11

Es klingelte an der Tür, und ich zuckte zusammen. Seit meiner Freilassung hatte mich keiner besucht. Ich überlegte kurz, wer mich hätte besuchen sollen und von wem ich dies wirklich erwarten konnte, aber außer Peter fiel mir niemand ein, und diese Freundschaft war auch beendet. Es klingelte noch einmal, es klang ungeduldig. Ich hätte das Klingeln am liebsten ignoriert, aber dann riss ich mich zusammen und öffnete.

Draußen stand Synne. Bis auf das kurze Treffen im Gericht hatte ich sie seit über einem halben Jahr nicht gesehen. Sie sagte nichts, sah mich nur erwartungsvoll an, bis ich zur Seite trat und ihr die Tür aufhielt. Sie war eine tüchtige und zuverlässige Referendarin gewesen, und wir hatten uns gemocht. Am Ende waren wir gute Freunde geworden, eine Freundschaft, die ich brutal beendet hatte, indem ich mich weigerte, sie als Teilhaberin aufzunehmen. Meine Motive waren vollkommen egoistisch gewesen. Ich hatte sie als Assistentin behalten wollen, anstatt ihr eine Karriere zu gönnen. Zur Strafe hatte ich sie verloren und mit Hans Olav und Steinar vorliebnehmen müssen. Was mir wahrscheinlich recht geschah.

»Wie geht es dir?«, fragte sie, als sie ins Wohnzimmer trat. Ihr Blick fiel auf die Wolldecken, die zusammengeknäult auf dem Sofa lagen, die Zeitungen auf dem Boden, die schmutzigen Kaffeetassen. Ich sah, wie sie die Nase rümpfte, als könne sie den Verfall riechen. Dann musterte sie mich von oben bis unten und nickte, als hätten sich ihre schlimmen Vorahnungen bestätigt.

»Sieht furchtbar aus hier. Und du siehst auch furchtbar aus, Mikael. Dünn und elend.«

»Danke«, sagte ich. »Du dagegen siehst umwerfend hübsch aus.«

Die Bemerkung brachte mir ein kurzes Lächeln ein, und sie entsprach der Wahrheit. Synne wurde mit den Jahren immer hübscher. Ihr gleichmäßiges, schmales Gesicht hatte mehr Charakter als früher. Sie hatte etwas zugenommen, und das stand ihr. Früher hatte sie wie ein hochaufgeschossenes Mädchen ausgesehen, aber jetzt hatte ihr Körper Kurven bekommen. Sie trug Joggingschuhe, eine enge Trainingshose und ein T-Shirt.

»Warst du joggen?«

»Ich wollte mit dir reden und dachte, ich könnte zwei Fliegen mit einer Klappe schlagen.«

»Worüber willst du reden? Du hast seit acht Monaten nicht mit mir geredet.«

»Sechs Monate. Darf ich mich setzen?«

»Ja, natürlich, entschuldige. Kann ich dir etwas anbieten?«

Sie bat um ein Glas Wasser. Als ich aus der Küche kam, saß sie auf einem der Sessel im Erker. Ich setzte mich in den anderen. Sie nahm einen großen Schluck, dann sah sie mich an.

»Stimmt das, was ich gehört habe?«

»Kommt drauf an, was du gehört hast.«

»Dass du deine Zulassung verloren hast und die Firma dich gefeuert hat.«

Ich nickte.

»Ja.«

»Die Schweine!« Ihr Ärger klang ehrlich. »Die haben wohl noch nie was von Loyalität gehört!«

»Nein. Kollegen zu treten, die schon am Boden liegen, scheint der neue Stil zu sein.«

»Aber Peter …? Wie konnte Peter das zulassen?«

Ich winkte ab, wollte nicht über Peter reden.
»Ich weiß es nicht, Synne, aber er hat es getan.«
»Ich konnte es kaum glauben.« Sie zögerte kurz. »Was wirst du jetzt tun, Mikael?«
Ich zuckte mit den Schultern.
»Ich weiß es nicht.«
»Willst du dich etwa damit abfinden?«
»Ich hab kaum eine andere Wahl, oder? Auf mich wartet ein Strafverfahren. Ich kann für mehrere Jahre ins Gefängnis wandern. Und ich …«
Ihr Blick war kühl und abwägend.
»Du brauchst Geld, nicht wahr? Ich kann mir kaum vorstellen, dass du für schlechte Zeiten gespart hast, das passt nicht zu dir.«
»Mir fällt schon was ein.«
»Wirklich?«
Wir schwiegen eine Weile, dann seufzte sie und sagte, ohne mir in die Augen zu sehen: »Du kannst für mich arbeiten, Mikael.«
Ich schwieg weiter. Lange.
»Ich brauche keine Wohltätigkeit.«
Ein erneuter Seufzer.
»Sei nicht so idiotisch stur.«
»Ich komme schon zurecht.«
»Wie denn? Willst du als Taxifahrer arbeiten? Oder bei McDonald's?«
Ich antwortete nicht, und sie fuhr fort: »Du kannst immer noch Sachbearbeiter sein, auch ohne Zulassung. Du bist ein tüchtiger Jurist. Und vielleicht könntest du einige deiner alten Klienten mitnehmen, meinst du nicht?«
»Ich weiß nicht. Die laufenden Fälle sind längst von anderen Anwälten übernommen worden.«
»Ja, aber du kannst doch trotzdem mit deinen alten Klienten

reden, jedenfalls mit allen, mit denen du gut ausgekommen bist. Ich bin sicher, dass du ein paar von ihnen überreden könntest.«

»Vielleicht«, sagte ich zögernd.

»Du kannst, Mikael. Ich kann dir nicht die Welt bezahlen, aber …« Ein kurzes, schiefes Lächeln. »Du hast mir damals auch nicht so viel gezahlt.«

»Ich weiß nicht.«

»Sei nicht dumm. Ich erwarte dich morgen um neun in meinem Büro.«

Sie war schon auf dem Weg zur Tür hinaus, als ich mich räusperte und sagte:

»Noch eins, Synne. Der Überfall, für den sie mich anklagen … Ich will nur sagen, dass ich …«

Sie unterbrach mich.

»Das brauchst du nicht, Mikael. Ich kenne dich seit vielen Jahren. Ich weiß, dass du es nicht getan hast.«

Dann sprang sie mit großen Schritten davon und verschwand in der abendlichen Dunkelheit. Ich blieb auf der Treppe stehen. Der Geruch von frischem Schweiß und ein Hauch von Parfum hingen mir in der Nase, und Tränen standen mir in den Augen. Es gab nicht mehr viele, die an mich glaubten.

Es war das kleinste Büro der Welt, so klein, dass es Synne peinlich war.

»Das ist eigentlich kein Büro, wir haben es als Lagerraum benutzt, aber ich kann dir nichts anderes anbieten.«

Ich schaute mich um, wozu ich nicht lange brauchte. Ein klitzekleiner Schreibtisch, ein wackliger Bürostuhl mit löchrigem Bezug und ein leeres Regalsegment. Vor dem Schreibtisch stand ein einfacher Sprossenstuhl. Ich nahm an, dass er für Klienten gedacht war, bezweifelte aber, dass zwischen Wand und Tisch genug Platz war, um sich hineinzuquetschen. Hoch oben

an der Wand ließ ein kleines Fenster eine Andeutung von Tageslicht in den Raum.
»Das geht schon«, sagte ich, »Kein Problem.«
»Wenigstens hast du ein Telefon«, sagte Synne.
»Ja, das ist gut«, sagte ich. »Ein sehr schönes Telefon.«
Wir schwiegen eine Weile und betrachteten andächtig das Telefon, dann brachen wir in Gelächter aus.
Frau Sørensen, die mütterliche Sekretärin und einzige andere Angestellte der Firma, schaute uns verunsichert an, aber dann lächelte sie auch.
»Möchten Sie Kaffee, Herr Brenne?«, fragte sie.
»Mikael«, sagte ich. »Nennen Sie mich Mikael. Ja, vielen Dank, sehr gern. Wenn ich in meinem Büro Platz für die Tasse finde.«
Wir lachten wieder, und diesmal stimmte Frau Sørensen mit ein.

Besonders lustig war es nicht, meine alten Klienten anzurufen. Ich hatte keinen Zugang mehr zu den Akten, und es dauerte lange, bis ich alle Telefonnummern gefunden hatte. Ich konzentrierte mich auf Mandanten, die ich mehrmals vertreten und zu denen ich eine Art persönlichen Kontakt entwickelt hatte. Bald jedoch musste ich feststellen, dass Hans Olav mir zuvorgekommen war. Er hatte offenbar kein Blatt vor den Mund genommen.
Der Erste, den ich erreichte, wurde »Bulle« genannt. Er meinte, es liege an seiner Ähnlichkeit mit einer Bulldogge, und war stolz auf den Namen. Ich hatte ihn viele Jahre lang vertreten.
»Brenne?«, sagte Bulle überrascht. »Ich dachte, du sitzt im Knast?«
»Nicht mehr«, sagte ich. »Ich bin wieder draußen.« Dann erklärte ich, dass ich in einer neuen Firma begonnen hätte und alten Klienten jederzeit zur Verfügung stünde, wenn sie Hilfe bräuchten.

»Rechtsanwalt … wie heißt er gleich? Tungesvik, ja. Er hat gesagt, ich solle mich von dir fernhalten.«
»So? Hat er auch gesagt, warum?«
»Ja. Er hat gesagt, es sei schlimm genug, dass ich ein Schurke sei. Da bräuchte ich nicht noch einen Schurken als Rechtsanwalt.«
»Hat er das genau so gesagt?«
»Nein, das waren meine Worte. Er hat es in feine Advokatenfloskeln verpackt, aber gemeint hat er genau das.«
»Aber vor Gericht würde dich Synne vertreten. Ich stehe nur hinter den Kulissen und bringe meine Erfahrung ein – jedenfalls solange ich noch ein Verfahren am Hals habe.«
Am anderen Ende der Leitung wurde es für einige Sekunden still.
»Du bist ein guter Anwalt, Brenne, und ich mag dich. Aber das hier ist eine kleine Stadt. Egal, wer mich offiziell vertritt, alle werden wissen, dass du im Hintergrund die Fäden ziehst, und das kann ich nicht riskieren. Tut mir leid, aber ich muss an mich denken.«
»Schon okay, Bulle«, sagte ich. »No problem. Viel Glück.«
Nur wenige waren so direkt wie Bulle. Manche legten einfach auf, als sie meinen Namen hörten. Andere kamen mit Ausreden und vagen Entschuldigungen. Das Ergebnis war das gleiche, so gut wie keiner ließ sich dazu überreden, den Anwalt zu wechseln. Nach zwei Tagen voller Abweisungen und Demütigungen hatte ich die Nase voll und ging zu Synne, um mich auszuheulen.
»Hans Olav, ja«, sagte Synne und klickte mit dem Kugelschreiber. Ich hatte vergessen, wie irritierend diese Angewohnheit war. »Ich habe diesen Typen nie gemocht. Er ist aalglatt, arrogant und karrieregeil.«
»Er hat auf jeden Fall gute Arbeit geleistet. Die Klienten fürchten mich mehr als die Cholera.«

»Kein Einziger wollte bei dir bleiben?«

»Zwei kleine Drogensachen, ein Verkehrsdelikt und eine Betrugssache. Sonst nichts.«

Sie zuckte mit den Schultern.

»Besser als nichts, Mikael. Die großen Fälle stehen nicht gerade Schlange bei mir.«

»Bei mir war das aber so.«

Sie lächelte.

»Willkommen in deinem neuen Leben. Hast du schon mit allen Mandanten gesprochen?«

»Mit fast allen. Ein paar kriege ich einfach nicht ans Telefon. Und ein potenzieller Mandant will sich mit mir treffen, bevor er sich entscheidet.«

»So? Was ist das für ein Fall?«

»Ein Wiederaufnahmeverfahren. Eine uralte Mordsache. Ich hasse solche Fälle. Sie sind meistens Unsinn.«

»So? Warum sollte jemand seinen Fall wieder aufrollen wollen, wenn es vollkommen sinnlos wäre?«

Ich seufzte.

»Frag mich nicht, warum, aber im Grunde ist es völlig normal, dass wegen schwerer Verbrechen verurteilte Menschen sich weigern, den Schuldspruch zu akzeptieren, und den Rest ihres Lebens darauf verwenden, sich reinzuwaschen, auch wenn sie ganz offenbar schuldig sind.«

»Ist das ein solcher Fall?«

»Höchstwahrscheinlich. Aber ehrlich gesagt habe ich noch kein Wort davon gelesen. In meinem alten Büro warten drei Kisten voller Dokumente auf mich.«

Synne nickte. Dachte nach. Klickte.

»Okay. Bezahlt der Mandant?«

»Bis zu sechzigtausend.«

»Triff dich mit ihm und nimm den Fall an. Das ist dein Lohn für zwei Monate.«

»Mein Lohn? Dreißigtausend im Monat? Brutto, meinst du?«

Sie winkte ab.

»So ungefähr. Darüber reden wir später. Zieh erst mal den Fall an Land.«

»Ja, Chef.« Ich stand auf. »Aber ich brauche dein Büro.«

»Wofür? Macht deins nichts her?«

»Nicht deswegen. Der Mandant hat seine Mutter dabei, und beide passen nicht in mein Büro.«

## Kapitel 12

Aron Sørvik sah nicht aus wie ein Mann, der achtzehn Jahre im Gefängnis verbracht hatte. Er hatte einen gesunden Teint und rote Wangen, wie sie hellhäutige Menschen bekommen, die viel Zeit an der frischen Luft verbringen. Er war ziemlich klein und untersetzt. Sein Händedruck war kräftig, die Stimme leise, aber deutlich. Ich wusste, dass er über vierzig war, aber er sah viel jünger aus, hatte kaum Falten. Es war schwer zu glauben, dass er zwei Menschen umgebracht haben sollte.

»Ich habe gedacht, Ihre Mutter kommt mit«, sagte ich, nachdem ich ihm einen Stuhl angeboten hatte. Er schüttelte den Kopf.

»Nein. Sie ist mit in die Stadt gekommen, aber nicht zu diesem Treffen.«

»Okay«, sagte ich, »dann habe ich Sie missverstanden.«

»Ja. Aber sie wartet draußen. Sie fand, ich sollte nicht allein in die Stadt fahren.«

Er hatte etwas Kindliches an sich. Als wäre es eine Selbstverständlichkeit, dass erwachsene Männer bei jedem Trip in die Stadt von ihrer Mutter begleitet werden. Ich nickte und lächelte freundlich, und er sah mich treuherzig aus seinen hellblauen, hoffnungsvollen Augen an. Für einen Moment fragte ich mich, ob Aron Sørvik geistig zurückgeblieben war.

»Hören Sie zu, Aron«, sagte ich. »Als ich zusagte, Ihren Fall zu untersuchen, wusste ich fast nichts darüber. Ich erinnere mich vage an Zeitungsberichte, mehr nicht. Leider weiß ich noch immer nicht mehr. Es ist etwas dazwischengekommen …«

Er nickte.
»Sie wurden verhaftet.«
»Das stimmt.«
»Und Mama sagt, Sie seien kein Rechtsanwalt mehr und könnten mir nicht mehr helfen. Ist das wahr?«
»Ja und nein.«
Er sah mich verwirrt an.
»Was heißt das?«
»Ich kann Ihren Fall überprüfen, und wenn ich eine Grundlage dafür finde, alles tun, dass er wiederaufgenommen wird, aber ich tue es nicht unter meinem Namen.« Ich erklärte ihm meine Abmachung mit Synne.
Aron dachte kurz nach.
»Sie machen also die ganze Arbeit, aber die … ich meine Rechtsanwältin Bergstrøm unterschreibt alles?«
»Stimmt. Aber das ist Ihre Entscheidung. Ich habe vollstes Verständnis, wenn Sie zu einem anderen Rechtsanwalt gehen wollen.«
Eine weitere Denkpause. Inzwischen hatte ich mich an seine Langsamkeit und die einfachen Sätze gewöhnt. Es war eine Eigenheit von Aron und bedeutete nicht automatisch, dass er dumm war.
»Man hat mir gesagt, Sie seien sehr gut. Vielleicht der Beste. Und daran hat sich wohl nichts geändert, bloß weil Sie im Gefängnis saßen?«
»Nein.«
»Dann ist es für mich in Ordnung. Das heißt, wenn Sie mir noch helfen wollen?«
»Ja, das will ich.«

Wir redeten kurz über seinen Fall. Er sprach, als ginge ihn das Ganze nichts an, als wäre das alles einer anderen Person passiert.

»Ja«, sagte er als Antwort auf meine Frage. »Ich wurde für zwei Morde verurteilt.«

»Zwei junge Frauen, stimmt das?«

»Ja, zwei Mädchen. Beide von der Insel.«

»Aus Vestøy, wo Sie auch herkommen?«

»Ja, das stimmt.«

»Und diese Mädchen … kannten Sie beide?«

»Ja, natürlich. Wir sind ja zusammen aufgewachsen.«

»Gut. Ich werde mich in den Fall einarbeiten, dann sehen wir weiter. Wahrscheinlich fahre ich nach Vestøy hinauf, um mit ein paar Leuten zu reden, auch mit Ihrer Mutter.«

Er runzelte die Stirn.

»Ich weiß nicht. Mama ist nicht begeistert von der Sache. Ihr wäre es lieber, wenn ich sie ruhen ließe. Sie sagt, dass am Ende alles vergessen sei und alle bei Gott Zuflucht fänden, wenn sie nur wollten.«

»Okay«, sagte ich. »Aber Sie sind sicher, dass Sie weitermachen wollen?«

»Ich saß achtzehn Jahre im Gefängnis, für zwei Morde, die ich nicht begangen habe. Als ich endlich rauskam, mussten wir umziehen. Wir konnten nicht mehr länger auf Vestøy bleiben. Jetzt wohnen wir auf dem Hof, von dem Mutter stammt, auf einer kleinen Insel, eine halbe Stunde mit dem Boot entfernt. Wir sind die einzigen Bewohner dort.« Seine Augen funkelten. »Ich will mich von jeder Schuld reinwaschen. Ich will zurück nach Vestøy.«

»Eins müssen Sie wissen, Aron. Es ist keinesfalls sicher, dass ich Ihnen helfen kann. Es ist schwierig, sehr schwierig, einen alten Mordprozess neu aufzurollen. Ich kann nichts versprechen. Ich werde es versuchen, aber ich kann nicht garantieren, dass es klappt.«

Er nickte beruhigt, die blauen Augen blickten mich wieder treuherzig an.

»Das sagen alle. Aber Sie sind tüchtig. Ich verlasse mich auf Sie.«

Bevor er ging, stellte ich ihn Synne vor.
»Das ist Frau Bergstrøm, Ihre offizielle Anwältin«, sagte ich.
Er senkte den Blick und errötete, als sie sich die Hand schüttelten.
»Ich muss jetzt gehen«, sagte er. »Mama wartet.«
»Komischer Typ«, sagte Synne, als er zur Tür hinaus war.
»Das spielt keine Rolle. Wir haben den Auftrag.«
»Glaubst du, du kannst ihm helfen?«
»Kann ich mir nicht vorstellen.«

Ich faxte eine Liste aller Mandanten, die weiterhin von mir betreut werden und zu Synne wechseln wollten, an meine alte Firma und forderte sie auf, die betreffenden Dokumente zur Abholung am nächsten Tag bereitzustellen.
»Wir können sie von einem Boten abholen lassen«, schlug Synne vor, aber ich schüttelte den Kopf.
»Das ist nicht nötig, ich hole sie selbst ab.«
»Bist du dir da ganz sicher, Mikael?«
»Warum nicht?«, sagte ich. Sie zuckte mit den Schultern und sagte, es sei meine Sache, aber ich bemerkte den Zweifel in ihren Augen.

Am Tag danach bereute ich es. Sie hatten schon das Schild mit meinem Namen abgenommen. Die Firma hieß jetzt »Rechtsanwälte Ula & Co.«
Jahrelang war ich in diesen Büros ein und aus gegangen, und außer dem Schild hatte sich nichts verändert, aber als ich über die Schwelle trat, fühlte ich mich wie ein Fremder. Ich gehörte hier nicht mehr her, hatte hier nichts verloren und wusste, dass ich nicht willkommen war.

Nur Eva lächelte mich an wie immer, umarmte mich und fragte, wie es mir gehe. Trotzdem wollte ich so schnell wie möglich wieder gehen.
»Hast du Dokumente für mich, Eva?«, fragte ich. Sie nickte und legte einen kleinen Stapel dünner Dokumentmappen auf die Theke. Ich blätterte sie rasch durch.
»Was ist mit dem Fall Aron Sørvik?«
»Das ist alles, was ich von Hans Olav bekommen habe.«
»Ein Mandant fehlt. Wiederaufnahme einer alten Strafsache. Ein dicker Stapel Polizeiakten.«
Sie sah mich hilflos an.
»Ich weiß es nicht, Mikael. Ich habe nur das hier bekommen.«
»Schon in Ordnung, das ist nicht dein Fehler. Aber der Mandant will den Rechtsanwalt wechseln, und ich will die zugehörigen Dokumente haben. Ist Hans Olav da?«
»Er ist im Gericht.«
»Und Peter?«
»Er ist in seinem Büro.«
»Allein?«
»Ja, ich glaube. Ich kann ihn anrufen …«
Aber da hatte ich ihr schon den Rücken zugedreht.

Ich klopfte an und öffnete im selben Moment die Tür. Peter blickte von einem Papierstapel auf und öffnete den Mund, hielt aber inne, als er mich sah.
»Hallo, Peter«, sagte ich.
»Mikael.«
Dann schwiegen wir. Ich war schockiert darüber, wie sehr er sich verändert hatte. Er musste mindestens zehn Kilo abgenommen haben. Peter war schon immer dünn und hager gewesen, aber nun hing der Anzug wie ein Zelt um seinen Körper, und seine Augen waren matt.
»Ich wollte ein paar Dokumente holen«, sagte ich.

»Ja, ich weiß. Ich habe gehört, dass du bei Synne angefangen hast.«

»Ja. Aber es fehlt eine Sache. Aron Sørvik. Ein Wiederaufnahmeverfahren. Hans Olav hat sie nicht …«

»Ich habe keine Ahnung, Mikael. Wenn der Mandant wechseln will, wird Eva die Dokumente für dich finden. Ich gebe ihr Bescheid.«

»Gut.«

Ich blieb kurz in der Tür stehen, zögerte. Eigentlich hatte ich wortlos gehen wollen, aber dann platzte es aus mir heraus: »Was hast du dir dabei gedacht, Peter? Wie konntest du so einfach auf zwanzig Jahre Freundschaft scheißen?«

Er schluckte. Sein Adamsapfel bewegte sich angestrengt, sein Kopf wackelte hin und her. Offenbar bot der dürre Hals nicht mehr genug Stütze. Er wühlte auf dem Schreibtisch herum, als suche er etwas.

»Ich …«, begann er, aber er fand keine Worte. Ich drehte mich um und wollte gehen, da murmelte er ein paar unverständliche Worte.

»Was? Was hast du gesagt, Peter?«

»Ich sagte, dass du mir am Ende auf die Nerven gegangen bist.«

»Wie meinst du das?«

»Mit dir war nichts mehr anzufangen, Mikael. Du hast nie Verantwortung übernommen, aber immer die Pferde scheu gemacht. Immer diese Beinahekatastrophen, Sachen auf Leben und Tod, Ärger mit Frauen, Ärger mit Mandanten und Ärger mit der Polizei. Ich hatte es satt, für dich die Kartoffeln aus dem Feuer zu holen. Du hast nicht einen Finger gerührt, um ein brauchbares Verhältnis zu den neuen Partnern aufzubauen. Und sie waren sowieso in der Mehrzahl, ich hätte gar nichts tun können.«

»Das ist Bullshit, Peter. Du hättest dich dagegenstellen können, hättest mit Rückzug drohen können, was auch immer. Ohne dich wäre diese Firma nicht lebensfähig. Hans Olav und Steinar hätten mich niemals ausbooten können, wenn du mir geholfen hättest.«

»Du bist mir auf die Nerven gegangen, Mikael«, wiederholte er leise. Er sah aus, als lebten Schatten unter seiner bleichen Haut.

Als ich wieder zur Rezeption kam, hatte Eva sich bereits um die fehlenden Akten gekümmert.

»Hier ist die Mappe, Michael«, sagte sie und reichte mir einen Umschlag, der leer aussah. Ich öffnete ihn. Er enthielt nur ein einziges Blatt, meinen Brief an Aron, mit dem ich den Auftrag angenommen hatte.

»Wo sind die Dokumente? Sie standen in der Ecke meines alten Büros, zwei Kartons voller Mappen.«

»Sie sind nicht mehr hier, Mikael.«

»Wie bitte?«

»Die Polizei hat sie wieder mitgenommen, während du fort warst. Tut mir leid, aber du musst sie wohl von der Polizei anfordern.«

»Okay«, sagte ich und steckte den dünnen Umschlag in die Aktentasche. Dann öffnete ich den Mund, wollte fragen, was mit Peter los war, aber ich ließ es sein und ging.

Am Abend rief ich Finn Ruud an, unseren alten Firmenpartner.

»Ich habe gehört, was geschehen ist«, sagte er, »und ich brauche wohl kaum zu sagen, was ich davon halte. Aber leider kann ich nichts für dich tun.«

»Das weiß ich, Finn. Deshalb rufe ich nicht an.«

»Nein?«

»Es geht um Peter. Ich war heute in der Firma. Er sah nicht gut aus. Weißt du, ob er krank ist?«

Am anderen Ende der Leitung entstand eine lange Pause. Dann seufzte er.

»Er hat Krebs, Mikael.«

»Oh, Scheiße«, sagte ich.

Wir unterhielten uns eine Weile, aber er wusste nichts Genaueres.

»Er will nicht darüber reden und will nicht, dass es andere erfahren. Aber Mikael …«

»Ja?«

»Für Peter können wir nichts tun. Aber was unternimmst du in deiner Sache?«

»Was meinst du?«

»Du bist unschuldig, selbstverständlich. Jemand benutzt dich anscheinend als Sündenbock. Was tust du dagegen?«

»Ich weiß nicht.«

»Weiß nicht!« Finn war sichtlich verärgert. »Das hört sich nicht an wie der Mikael Brenne, den ich kenne. Du konntest nie warten, selbst wenn es besser für dich gewesen wäre! Und in deiner Lage ist Warten die beste Methode, um alles zu verlieren. Heb den Arsch aus dem Sessel, Junge, bevor du untergehst. Von der Polizei kannst du jedenfalls keine Hilfe erwarten.«

Nach dem Gespräch blieb ich lange sitzen und grübelte. Die Nachricht von Peters Krankheit hatte mich so erschüttert, dass ich ihn fast spontan angerufen hätte, aber die Verbitterung über seinen Verrat war noch zu groß. Er mochte krank sein, aber das gab ihm keinen moralischen Freischein.

Und ich dachte über meine Lage nach. Was alles in den letzten Monaten passiert war und mich gelähmt und passiv gemacht hatte.

Finn hatte recht. Ich konnte nicht einfach dasitzen und warten, bis mein Schicksal besiegelt war. Jemand hatte es auf mich abgesehen. Ich wusste nicht, wer und warum, aber ich war gefangen wie eine Fliege im Spinnennetz. Die Frustration über meine Hilflosigkeit saß seit Monaten wie ein Geschwulst in meiner Brust, das wuchs und wuchs. Doch nun gesellte sich ein neues Gefühl dazu. Ich streckte die Hände aus und sah sie an. Sie zitterten leicht, als wäre ich an ein Stromnetz angeschlossen. Wie einen alten Freund hieß ich meine Wut willkommen.

## Kapitel 13

Die Tür war mit einer dicken Sicherheitskette versehen. Hans Mikkelsens eines Auge musterte mich ein paar Sekunden durch den Spalt.

»Einen Moment«, sagte er und schloss die Tür.

Es dauerte ein paar Minuten, bis die Kette rasselte und er wieder öffnete. Er sah nicht sonderlich beunruhigt aus, war aber auf der Hut.

»Ich hab mich schon gefragt, wann Sie auftauchen, Brenne«, sagte er. »Es ist spät. Besuchen Sie die Leute immer kurz vor Mitternacht?«

Ich sagte nichts, und er seufzte und trat einen Schritt zurück.

»Na, dann kommen Sie rein.«

Ich sah mich neugierig in seinem Wohnzimmer um. Ein verschlissenes Ledersofa von IKEA, ein Couchtisch und zwei Stressless-Sessel vor einem großen Flachbildschirm. In einem Regal standen ein paar Souvenirs und eine Handvoll Filme, aber keine Bücher. An den Wänden hingen ein paar billige Reproduktionen. Durch eine Schiebetür auf der Rückseite war der blaugrüne Schein eines erleuchteten Pools zu erkennen, das einzige Anzeichen von Luxus in einem ansonsten völlig durchschnittlichen norwegischen Haus.

»Kann ich Ihnen was anbieten?«, fragte der Grieche höflich. »Einen Drink oder ein Bier?«

»Nein danke«, sagte ich, aber dann entschied ich mich um. »Oder doch, ich nehm gern ein Bier.«

»Sie sind nicht gerade aufgeblüht im Knast, Brenne. Sie sehen ziemlich miserabel aus.«

»Ja, das sagen alle.«
»Ich hab selbst gesessen und fand es auch nicht gerade toll. Aber für etablierte Staatsbürger wie Sie ist es vielleicht noch schlimmer? Ihr habt irgendwie mehr zu verlieren.«
»Ich habe alles zu verlieren.«
»Nicht alles«, sagte er. »Man kann noch mehr verlieren.«
Ich verstand dies als verdeckte Drohung und kochte vor Wut. Er hob die Hände und wiegelte ab. »Ganz ruhig, Brenne. Setzen Sie sich.«
Ich blieb stehen und spürte ein leichtes Zittern. Mein Adrenalinspiegel stieg.
»So einfach geht das nicht, Mikkelsen. Sie haben mich als Sündenbock benutzt. Glauben Sie, Sie könnten erst mein Leben ruinieren und dann mit einem Bier alles wiedergutmachen?«, fragte ich mit heiserer Stimme.
Er machte einen entspannten Eindruck, aber seine Körperhaltung verriet, dass er weiterhin auf der Hut war. Er stand aufrecht mit wachsamen Augen vor mir, um notfalls schnell reagieren zu können, und steckte eine Hand in die Jackentasche.
»Was haben Sie in der Tasche, Mikkelsen?«
Sein Grinsen wirkte umso weißer in dem dunklen Gesicht. Er zog eine kleine, vernickelte Pistole heraus und hielt sie vor sich, als wäre er selbst überrascht, sie dort zu finden. Sie glitzerte im Schein der Lampe.
»Nur für alle Fälle.«
»Eine Pistole? Das ist lächerlich. Ich bin ein Anwalt und nicht einer Ihrer Psychopathenkollegen.«
Er schüttelte den Kopf.
»Ich weiß aus Erfahrung, dass Menschen Dummheiten machen, wenn man sie in die Ecke drängt. Wie Sie selbst sagen, verkehre ich in Kreisen, wo die Hemmschwelle zur Gewalt etwas tiefer liegt. Und einen Blick wie Ihren habe ich schon oft gesehen, Brenne.«

Er setzte sich auf das Sofa und legte die Pistole auf den Tisch.
»Haben Sie irgendwelche Aufnahmegeräte dabei?«
»Sie haben zu viele Filme gesehen.«
»Schon möglich, aber ich will lieber auf Nummer sicher gehen. Ich kann mir gut vorstellen, dass Sie eine Art Geständnis unter vier Augen erwarten und es gern auf Band hätten.«
Er zwang mich, Jacke und Hemd auszuziehen. Danach musste ich die Hosentaschen ausleeren und die Hose herunterlassen.
»Sind Sie jetzt zufrieden?«
Ein leichtes Schulterzucken.
»Ich wollte einfach auf der sicheren Seite sein. Seien Sie so nett und setzen Sie sich. Nein, nicht hier. Auf den Stuhl da drüben.«
»Ist das nicht ein bisschen paranoid?«
»Sie wissen doch, ich bin ein Verbrecher. Ein Schurke. Während meiner langen Laufbahn habe ich gelernt, kein unnötiges Risiko einzugehen.« Er grinste wieder. »Was wollen Sie, Brenne? An mein Mitgefühl appellieren? Oder wollten Sie die Wahrheit aus mir herausprügeln?«
Ich antwortete nicht, vor allem weil ich nicht wusste, was ich sagen sollte.
Ich hatte ohne klaren Plan an seiner Tür geklingelt, getrieben von Wut und Frust, nur weil ich irgendetwas tun musste. Er hatte Recht, wahrscheinlich wäre ich auf ihn losgegangen.
»Es ist sinnlos, Brenne«, fuhr er fort. »Ich leide nicht unter Mitgefühl, sonst müsste ich den Beruf wechseln. Und wenn Sie ein Geständnis aus mir herausgeprügelt hätten, wäre es unbrauchbar gewesen, nicht wahr? Mit so was kann man doch nicht vor Gericht gehen?«
Er lehnte sich nach vorn und stützte die Ellbogen auf die Knie.
»Außerdem haben Sie noch ein Problem.«
»So? Und das wäre?«

»Sie suchen den falschen Mann. Ich hab nichts mit den Beschuldigungen gegen Sie zu tun.«
Ich sah ihn ungläubig an.
»Und das soll ich Ihnen glauben? Wer soll es denn sonst getan haben? Niemand anders hat ein Motiv, Mikkelsen.«
Er verzog den Mund zu einer schiefen Grimasse.
»Ich habe nicht damit gerechnet, dass Sie mir glauben würden, aber es ist die Wahrheit. Ich weiß nicht, wer dahintersteckt oder warum, aber ich habe damit nichts zu tun. Denken Sie mal scharf nach, Anwalt Brenne.«
Er betonte »Anwalt«, benutzte es wie ein Schimpfwort. »Was hätte ich davon, dass Morten Ålekjær Gerd Garshol überfällt und Ihnen die Schuld gibt? Die Anklage gegen mich ist dadurch nicht aufgehoben. Gustav Niemann wird weiterhin gegen mich aussagen. Das Ganze ist nur für ein paar Monate aufgeschoben. Ja, in Wirklichkeit sieht es sogar schlechter für mich aus, weil alle glauben, dass ich hinter dem Überfall auf diese Alte stecke und Sie nur mein Mittelsmann waren, auch wenn sie es nicht beweisen können. Das Ganze hat mir nicht die Bohne geholfen.«
Ich schüttelte den Kopf.
»Nein, Mikkelsen, diese Logik zieht nicht. Sie haben natürlich geglaubt, dass Sie Gustav Niemann so einschüchtern würden, dass er seine Aussage zurückzieht, das war Ihr Hauptziel. Es wäre auch fast gelungen, der Mann wollte ja ins Ausland flüchten. Mir die Schuld in die Schuhe zu schieben, war nur ein Ersatzplan, falls es schiefgehen würde. Damit haben Sie zwei Dinge erreicht: Erstens sind Sie selbst nicht angeklagt worden und zweitens haben Sie Zeit gewonnen.«
»Zeit für was?«
»Für andere Verbrechen, was weiß ich. Wer ist eigentlich Ihr neuer Anwalt?«
»Ihr Exkollege. Hans Olav Tungesvik.«

»Machen Sie keine Scherze! Das ist doch nur ein kleiner Junge.«
Hans Mikkelsen stand auf.
»Wie gesagt, ich habe nicht damit gerechnet, dass Sie mir glauben würden, Brenne, aber da scheiß ich drauf. Verschwinden Sie und lassen Sie sich nicht mehr blicken. Wenn Sie noch einmal hier auftauchen, jage ich Ihnen eine Kugel in den Kopf.«
Sein Tonfall war nicht sehr bedrohlich, er zeigte auch nicht mit der Pistole auf mich, sie lag immer noch auf dem Tisch, glänzend wie eine Spielzeugwaffe. Trotzdem bezweifelte ich keinen Moment, dass er es ernst meinte. Ich trank einen letzten Schluck Bier. Es schmeckte bitter. Dann ging ich, ohne ein Wort zu erwidern.

»Was hast du erwartet?«, fragte Synne am Tag danach. »Der Mann ist ein hartgesottener Verbrecher.«
»Ja«, sagte ich, »das stimmt. Aber …«
»Was aber?«
»Er zwang mich, fast alles auszuziehen, weil er sehen wollte, ob ich ein Aufnahmegerät dabeihatte. Warum sollte er mich anlügen?«
»Mein Gott, Mikael, du solltest diese Leute besser kennen. Das sind keine Menschen wie du und ich. Es sind Psychopathen, Anormale, Spinner, sie lügen und betrügen routinemäßig. Viele von ihnen sind so selbstgerecht, dass man es kaum glaubt. Sie zerstören alles und jeden um sie herum, aber schuld sind immer die anderen.«
»Ja, ich weiß. Du hast recht.«
Sie zögerte kurz.
»Du darfst nicht einmal daran denken, Morten Ålekjær aufzusuchen.«
»Wie kommst du auf die Idee?«
»Ich kenne dich, Mikael, und das wäre dein logischer nächster Schritt.«

Ich antwortete nicht.
»Ich meine es ernst, Mikael. Erstens ist Ålekjær wahrscheinlich unberechenbar und rastet viel schneller aus als Hans Mikkelsen. Und außerdem ist er Hauptzeuge der Anklage gegen dich. Du weißt selbst, was das für einen Eindruck macht, wenn die Polizei erfährt, dass du bei ihm warst. Es wird deiner Sache auf keinen Fall helfen. Ich will davon nichts hören!«
»Du willst davon nichts hören? Streng genommen ist das nicht deine Entscheidung.«
Ich konnte förmlich sehen, wie sie sich sträubte.
»Ich bin jetzt deine Arbeitgeberin, falls du das vergessen hast, Mikael. Und ich will davon nichts hören.«
Ich war ziemlich sauer. Auch wenn sie es gut meinte, es ging sie nichts an. Ich wollte protestieren, machte aber den Mund wieder zu. Mir war klar, dass ich mich auf dünnem Eis bewegte. Mein Frust war groß und die Abhängigkeit von ihr demütigend, und ich wollte unser Verhältnis nicht noch einmal ruinieren. Es war nicht Synnes Fehler, dass mein Leben in Trümmern lag, und ich brauchte sie, ob es mir gefiel oder nicht. Also hielt ich den Mund, aber wir sahen uns wütend an.
Die Tür ging auf, und Frau Sørensen steckte den Kopf herein. Sie spürte die aufgeladene Atmosphäre und sah uns erschrocken an.
»Besuch für Sie, Synne«, sagte sie. »Ein Svein Jensen. Er besteht darauf, dass er mit Ihnen verabredet ist, aber er steht nicht im Terminkalender.«
»Oh!«, sagte Synne. »Ja, das stimmt. Äh … Das ist kein Geschäftstermin. Wir wollen nur einen Kaffee trinken gehen.«
Sie stand auf, zog den Rock glatt und strich sich unbewusst durch die Haare. Dann bemerkte sie, dass Frau Sørensen und ich uns amüsierte Blicke zuwarfen, und verdrehte die Augen.
»Was ist denn mit euch los? Mein Gott, er ist nur ein Freund!«
Sie fegte zur Tür hinaus, aber ich konnte noch sehen, dass sie

feuerrot war. Ich drehte mich um und sah, wie sie einem braungebrannten, jungen Mann mit blonden Haaren und perfekten Zähnen die Wange hinhielt. In meinen Augen sah er aus wie ein Teenager, und ich fühlte mich alt und müde.

Nach dem Mittagessen kam ein Bote mit den Polizeiakten zum Fall Aron Sørvik und stellte drei volle Kartons im Vorzimmer ab. Als ich alles an seinen Platz gestellt hatte, war mein Büro überfüllt. Synne war noch nicht von ihrer Verabredung zurück. Ich sehnte mich danach, dass auch mich jemand abholen würde, aber keiner kam, also machte ich mich an die Arbeit.

## Kapitel 14

Anne und Siri waren im selben Jahr geboren. Anne im Frühling, Siri im Herbst. Beide waren im selben Dorf aufgewachsen, auf Vestøy, der letzten Insel vor dem offenen Meer. Dort waren sie gemeinsam zur Schule gegangen, hatten im Schulorchester gespielt und derselben Kirchengemeinde angehört. Und dort waren sie auch gestorben, am selben Tag im Spätsommer 1984.

Ich las stapelweise Dokumente, Mappe für Mappe mit den genauen Aufzeichnungen aus einem fünfundzwanzig Jahre alten Mordfall. Die Berichte sahen anders aus, als ich es gewohnt war. Es dauerte eine Weile, bis mir aufging, dass sie noch mit der Schreibmaschine geschrieben waren. Das Schriftbild war uneben, die Qualität des Farbbandes hatte offenbar variiert. Manche Verhörprotokolle waren nur verblichene Durchschläge mit verschwommener Schrift auf vergilbten Blättern.

1984 hatte ich Jura studiert, hatte das Leben vor mir gehabt. Ging in Vorlesungen. Feierte. Verliebte mich in ein Mädchen namens Karina, eine Blondine mit Schmollmund aus Odda. Eines Abends hatte sie mich im Jura-Club geküsst und mir Hoffnungen gemacht, aber dann war sie plötzlich verschwunden. Ohne Vorwarnung hatte sie das Studium geschmissen und war aus der Stadt fortgezogen. Viel später erfuhr ich, dass sie nach Hause zurückgekehrt war, um ihre kranke Mutter zu pflegen. All dies schien mir eine Ewigkeit her, verschwommene Erinnerungen an eine ferne Vergangenheit. Ich wusste nicht einmal mehr, wie sie ausgesehen hatte, erinnerte mich nur an ihren Mund und mein Verlangen. Ich musste einsehen, dass fünfundzwanzig Jahre eine lange Zeit waren und wie viel man in dieser Zeit vergaß. Es würde schwierig werden, Aron Sørvik zu helfen. Selbst Zeugenaussagen über jüngere Ereignisse waren notorisch unzuverlässig, das wusste ich aus Erfahrung. Im Strafrecht ist es gefährlich, sich zu hundert Prozent auf die Darstellung eines einzelnen Zeugen zu verlassen. Wir Menschen brauchen Geschichten mit einem Anfang, einer Mitte und einem Ende, wir wollen verständliche Motive und klare Grenzen zwischen Gut und Böse, und dies beeinflusst die Interpretation von allem, was wir erleben. Mir schauderte bei dem Gedanken, wie dieses Bedürfnis die Zeugenaussagen vor einem Vierteljahrhundert beeinflusst haben mochte.

Jedenfalls hatte damals keiner den leisesten Zweifel daran geäußert, dass Aron schuldig war. Alle hatten in irgendeiner Form ausgesagt, wie merkwürdig er war, und der Polizei ihre dunklen Vorahnungen anvertraut, denn sie hatten schon immer befürchtet, dass Aron etwas Fürchterliches tun könnte. Aber es gab keinen konkreten Anhaltspunkt, keiner hatte eingegriffen, weder die Schule noch das Sozialamt noch die Gesundheitsbehörde.

Ich nahm diese Aussagen nicht besonders ernst. In den Achtzigern hatte auf Vestøy eine kleine Dorfgemeinschaft von circa vierhundert Seelen gelebt. Ihr Zusammenhalt war stark. Ein Doppelmord an zwei jungen Mädchen muss ein großer Schock gewesen sein, ein kollektives Trauma. Man konnte sich gut vorstellen, wie die Menschen sich getröstet und gegenseitig unterstützt hatten, aber auch, wie die Geschichten über den Sonderling Aron als potenzieller Gewalttäter entstanden waren. Die Menschen suchten einen Sinn in der sinnlosen, erschütternden Tat.

Auch mir war Aron merkwürdig vorgekommen, aber nicht auf bedrohliche oder unbehagliche Weise. Nach langer Suche in den Unterlagen fand ich endlich die Ergebnisse einer rechtspsychiatrischen Untersuchung. Es war ein dickes Dokument, über hundertfünfzig maschinengeschriebene Seiten in einem altmodischen und leicht verschnörkelten, akademischen Stil. Ich nahm den Bericht als Abendlektüre mit nach Hause.

Nach dem Abendessen, im Schein einer Leselampe und während die Regentropfen wie kleine Füße über das Fenster huschten, versuchte ich mir ein Bild von Aron Sørvik zu machen. Ich las Seite für Seite in der Hoffnung, einen flüchtigen Blick in seine Seele zu erhaschen. Als ich fertig war, war es spät. Ich blieb sitzen, grübelte über den Bericht nach und wusste nicht, ob ich klüger als vorher war.

Ein großer Teil des Berichts befasste sich mit Arons Hintergrund und Kindheit. Es waren Auskünfte von sogenannten Komparenten, Menschen, die Aron nahegestanden oder viel mit ihm zu tun hatten. Mehrere Lehrer, die Kinderkrankenschwester, der Gemeindearzt und der Pastor hatten sich über ihn geäußert, und die Grundzüge seines Lebens waren so weit wie möglich dargelegt. Außerdem war Aron gründlich getestet und untersucht worden.

Sein Intelligenzquotient war durchschnittlich, wenn auch im unteren Bereich. Auch die Schulnoten zeigten, dass er nicht zu den begabtesten Theoretikern gehörte, aber er hatte die Schule geschafft. Wenn Aron irgendwo eine Abweichung zeigte, dann in seiner Persönlichkeit und nicht in seiner mentalen Kapazität. Denn alle waren sich einig, dass Aron Sørvik nicht wie die anderen war. Er hatte sich nie unter Gleichaltrigen zurechtgefunden, hatte nie dazugepasst, die sozialen Codes geknackt. Obwohl niemand es direkt aussprach, schimmerte durch, dass Aron eine gewisse Naivität besaß, die ihn von anderen unterschied.

»Er besaß einen unerschütterlichen Glauben an Gott«, hatte der Pastor erklärt. »Er glaubte aufrichtig an die Evangelien, hatte einen unmittelbaren Zugang zur Bibel, darum war er wirklich zu beneiden. Sein Glaube war unbesudelt von der Sünde der Welt. Aron war ein Lamm Gottes, deshalb kann ich mir kaum vorstellen, dass er diese fürchterliche Tat begangen haben könnte.« Endlich ein Zweifler, aber selbst Pastor Salomonsen schien eher verwundert über die Unschuld, mit der Aron der irdischen Wirklichkeit begegnete.

Obwohl alle Zeugen Aron als tickende Zeitbombe empfunden hatten, war davon wenig im Bericht zu spüren. Auf der Grundschule war sein impulsives Wesen zeitweilig durchgeschlagen, aber das ging vorüber, und später hatte er als rücksichtsvoll, wohlerzogen und höflich gegolten. Es hatte keinen konkreten Anlass zur Besorgnis gegeben, und erst recht nichts, was auf eine Veranlagung zum Doppelmord hingewiesen hätte.

Je länger ich darüber nachdachte, desto beunruhigter wurde ich. Aron war ein Abweichler gewesen, einer, der aus einem kleinen und homogenen Lokalmilieu hervorstach. Er war nicht wie die anderen. Aus Erfahrung wusste ich, wie verletzlich solche Menschen waren und wie wenig dazugehörte, sie zum Sündenbock zu stempeln.

Das eigentliche psychiatrische Gutachten war ebenso beunruhigend. Die Sachverständigen meinten, dass Aron unter einer Persönlichkeitsabweichung leide. Er habe Schwierigkeiten, zwischen Richtig und Falsch zu unterscheiden, ihm fehlen »innere moralische Richtwerte«. Arons Antwort auf ethische oder moralische Konflikte beruhte den Ärzten zufolge eher auf »angelernten Kategorien, die oft wörtlich aus der Bibel stammten, als auf wirklich verinnerlichten ethischen Prinzipien.«

Das Gutachten verblüffte mich. Aron hatte den Unterschied zwischen Richtig und Falsch im Bethaus gelernt, was den Ärzten offenbar nicht ausreichte. Sie fanden seine Antworten zu einfach und nahmen deshalb an, dass er imstande wäre, einen Mord zu begehen. Was ihm eigentlich fehlte, außer dem Sam-

melbegriff »Persönlichkeitsstörung«, konnten sie dagegen nicht sagen.
Alle, sowohl die Lokalbevölkerung als auch die Ärzte, waren sich jedoch einig, dass die tiefreligiöse Mutter die Persönlichkeit Arons, der als Einzelkind aufgewachsen war, entscheidend geprägt hatte. Welche Auswirkungen dies gehabt haben könnte und ob es mit der Sache etwas zu tun hatte, konnte indes keiner sagen. Sie, die Aron wahrscheinlich am besten kannte, hatte sich geweigert, mit den Psychiatern zu sprechen. Allein dies fand ich interessant und beschloss, mit ihr zu reden.
Um ein Uhr nachts ging ich gähnend ins Bett, aber ich wälzte mich lange schlaflos herum. Als ich endlich eingeschlafen war, träumte ich, dass ich wieder im Gerichtssaal stand. Ich befragte die Sachverständigen im Zeugenstand, zwei ältere, selbstherrliche Oberärzte mit identischen Goldbrillen. Ich nahm sie ordentlich in die Zange, verwickelte sie in Widersprüche, stellte Fragen, die sie nicht beantworten konnten. Es tat gut, Herr der Lage zu sein, aber als ich aufwachte, war ich mutlos und deprimiert. Im grauen Morgenlicht wurde mir klar, dass es eine Illusion war. Ich konnte nur davon träumen, die Kontrolle über ein Leben wiederzugewinnen, das ich längst verloren hatte. Ich war Passagier in einem Zug ohne Bremsen und Zugführer. Ob Aron Sørvik dies vor einem Vierteljahrhundert ebenso erlebt hatte? Ob er auch eines Morgens aufgewacht war und gefühlt hatte, dass er auf dem Weg in den Abgrund war?

Eigentlich hatte ich den Tag mit der weiteren Lektüre der Akten verbringen wollen, denn es würde noch einige Tage dauern, bis ich damit fertig war. Aber anstatt ins Büro zu gehen, blieb ich am Küchentisch sitzen. Ich kochte mehr Kaffee, fühlte mich rastlos. Unklare Gedanken und undeutliche Bilder gingen mir wie im Fiebertraum durch den Kopf. Einen Augenblick dachte ich, ich würde durchdrehen. Aber ich hatte den

Bezug zur Wirklichkeit nicht verloren. Im Gegenteil, die Wirklichkeit holte mich ein, und in meinem Unterbewusstsein klingelten alle Alarmglocken. Ich war überzeugt, dass Staatsanwalt Ulv Garmann in diesem Moment den Terminkalender aufschlug und das Strafverfahren gegen mich anberaumte. Es war vollkommen irrational, aber ich wurde die Vorstellung nicht los. Keiner würde mich anrufen und fragen, wann es am besten passte, das war sicher.

Ich ging in mein Arbeitszimmer, fuhr den Computer hoch und klickte mich in das Telefonbuch. Morten Ålekjær war mit Festnetznummer, Handynummer und voller Adresse aufgeführt. Man konnte sogar eine Karte ausdrucken, die den Weg zu seinem Haus zeigte.

## Kapitel 15

Der Weg war weiter, als ich gedacht hatte. Eine schmale, kurvige Straße führte in das Tal, wo Morten Ålekjær wohnte. Es war dünn besiedelt. Im Vorbeifahren sah ich verlassene Höfe, Häuser mit abblätternder Farbe und zerbrochenen Fensterscheiben, eine Scheune mit eingestürztem Dach. An jedem Briefkasten hielt ich an und las die Namen, bis ich den richtigen fand. Der Kasten hing lose an einem morschen Pfahl, und jemand hatte mit weißer Farbe die Namen »Ålekjær und Hansen« aufgepinselt. Es sah mehr nach einem schlampigen Graffito als nach einer Information für den Postboten aus. Zwischen dunklen Fichten bog ich nach rechts ab.

Der Weg war voller Schlaglöcher, auf beiden Seiten stand dichter Wald. Äste schabten über das Autodach, als ich mich langsam durch die Kurven manövrierte. Nach einer Weile erreichte ich eine Anhöhe. Von dort sah ich eine Lichtung, auf der etwas rot schimmerte. Ich ließ den Wagen stehen und ging bis zum Waldrand. Vor mir tauchte ein kleiner Hof auf, hübsch gelegen, mit Scheune, Wirtschaftsgebäude und Wohnhaus. Die Sonne war hinter den Wolken hervorgekommen und erleuchtete die rot gestrichenen Gebäude und die hügeligen Wiesen. Die Zäune waren gut in Schuss, aber das Gras wuchs bis auf den Hofplatz, und nichts deutete darauf hin, dass der Hof bewirtschaftet wurde. Hinter einer Scheunenecke stand ein alter, rostiger Traktor im hohen Gras, als wäre die Natur dabei, ihn zu verschlingen. Kein Mensch war zu sehen, aber mitten auf dem Hofplatz stand ein weißer Opel.

Ich ging auf den Hof zu. Als ich näher kam, sah ich, dass hier noch Leute wohnten. Neben einem kleinen Beet lagen Gartenwerkzeuge, und auf der Sonnenseite stand ein kleiner Tisch mit zwei Kaffeetassen und einem vollen Aschenbecher. An der Treppe lehnte eine Plastiktüte mit leeren Bierdosen. Ich atmete tief ein und klopfte an die Tür. Niemand machte auf. Ich schlenderte auf dem Hof umher, wollte nicht aufgeben, wenn ich schon einmal hier war. Die Scheunentür stand halb offen. Ich schaute hinein. Es war dunkel und die Scheune fast leer, bis auf eine glitzernde Harley-Davidson, die in der Mitte stand.

Ich trat wieder in die gleißende Sonne hinaus und kniff die Augen zusammen. Eine gelb-braun getigerte Katze lief mit erhobenem Schwanz quer über den Hof, ein Stubentiger, der in Zeitlupe durch das hohe Gras schlich und um die Ecke verschwand. Ich folgte ihr und hörte ein leises Geräusch, knarrend und rhythmisch, unmöglich zu identifizieren. Ich ging weiter, um die nächste Ecke. Auf der Rückseite des Hauses war das Geräusch lauter und unverkennbar. Ein Fenster stand halb offen. Ich schlich mich vorsichtig durch das weiche Gras und schaute hinein. Im Halbdunkel sah ich eine Frau, die auf allen vieren im Bett kniete und von hinten genommen wurde. Der Mann war groß und kräftig, mit langem, dunklen Haar. Er umklammerte ihre Hüften, pumpte rhythmisch und konzentriert in sie hinein, wobei er den Kopf gesenkt hielt und vor Erregung grunzte. Sie war blond und viel kleiner als er, aber ziemlich üppig. Ihre fülligen Brüste schwankten hin und her. Ihre Augen waren geschlossen, der Mund geöffnet, sie stöhnte leise und monoton.

Das Bett knarrte, ein jammernder Laut. Ich blieb wie ein unfreiwilliger Spanner stehen, gleichzeitig angeekelt und fasziniert. Plötzlich öffnete die Frau die Augen und sah mich direkt an. Ich zuckte, wartete auf ihren Schrei, aber sie sagte nichts, sah nur durch mich hindurch, als würde sie mich gar nicht bemerken.

Ich ging zurück auf den Hofplatz und setzte mich auf einen Holzstapel an der Scheunenwand. Atmete den Duft von Harz und frischem Holz ein, schloss die Augen und genoss die Wärme der Sonnenstrahlen. Eine ganze Weile verging, bis ich eine Tür knallen hörte. Als ich die Augen öffnete, stand der Mann mit dem dunklen Haar mit nacktem Oberkörper auf der Treppe.

»Wer zum Teufel bist du?«, fragte er.

»Sind Sie Morten Ålekjær?«

»Warum? Wer bist du?« Er kam auf mich zu. Trotz seiner Muskeln war er übergewichtig und hatte einen ziemlich dicken Bauch. Auch an Brust und Oberarmen schwabbelte das Fett, wenn er ging. Seine Haltung war leicht gebeugt und er hatte X-Beine. Aber unter all dem Fett steckten Muskeln, und seine Hände waren groß wie Spaten. Ich stand auf.

»Wer bist du?«, wiederholte er, aber dann erkannte er mich wieder. »Brenne? Rechtsanwalt Brenne? Was machst du denn hier?«

Jetzt, wo ich ihn von nahem sah, erkannte ich auch ihn wieder. Es war schon Jahre her, dass ich seinen Motorradclub vertreten hatte, und in meiner Erinnerung sahen sie alle gleich aus: dicke, ungewaschene Männer, die in einer Anwaltskanzlei fehl am Platz schienen. Dort sahen sie noch brutaler und massiver aus, als sie schon waren, Elefanten in einem juristischen Porzellanladen. Aber nun erinnerte ich mich an ihn. Ich weiß nicht mehr, ob er damals etwas gesagt hatte oder auf irgendeine Weise hervorgetreten war, aber ich erkannte das dicke Gesicht wieder, mit Augen, die im tiefen Schatten eines bedrohlichen Stirnbeins lagen, einem etwas zu kleinen Mund und fülligen Wangen.

»Hei, Morten, ich wollte mit dir reden.«

»Aber ich nicht mit dir. Verschwinde sofort von meinem Eigentum.«

Ich ignorierte seine Worte.
»Wie viel hast du dafür bekommen, Gerd Garshol zu verprügeln? Wie hoch ist der Tarif für das Verdreschen einer älteren Frau? Zehntausend? Fünftausend? Viel mehr kann es nicht sein. Die Welt ist voll von Junkies, die auf dem Zahnfleisch kriechen und für ein bisschen Kleingeld alles machen. Und für diesen Job braucht man kein Superman zu sein. Hauptsache, man hat kein normales Gefühlsleben.«
Er blieb dicht vor mir stehen, rot vor Wut. »Was zum Teufel meinst du damit? Willst du sagen, dass ich nicht normal bin?«
Morten Ålekjær hatte die Weisheit nicht gerade mit Löffeln gefressen.
»Wie viel hast du bekommen, Morten? Mir kannst du es ruhig sagen, du hast ja schon gestanden. Wie viel?«
Ich sprach mit gebieterischer Stimme. Seine Augen flackerten, und ich dachte schon, er würde es verraten, aber dann wurde er noch roter.
»Verschwinde«, sagte er.
»Und was ist mit den Lügen über mich, Morten? Bist du extra dafür bezahlt worden, dass du die Schuld auf mich schiebst, oder war das von Anfang an der Plan? Hast du mir in der Johannisnacht aufgelauert, oder hat dir der Grieche erzählt, was ich anhatte?«
Er schüttelte den Kopf.
»Nein. Du bist total auf dem Holzweg.«
Es reizte mich bis aufs Blut, dass dieser ungewaschene Typ mit einer einfachen, idiotischen Lüge mein Leben ruinieren konnte. Er war ein Mann ohne jede Moral, der nichts anderes konnte, als andere Menschen einzuschüchtern und ihnen zu schaden, und trotzdem glaubte die Polizei ihm, während sie mich der Lüge bezichtigten und ins Gefängnis warfen. Ich musterte ihn: den kleinen Mund, der ihm trotz seiner Körpergröße einen kindlichen, leicht schmollenden Ausdruck verlieh, die

leeren, blassen Augen, die keinerlei Intelligenz ausdrückten, höchstens tierische Verschlagenheit. Ohne jede Vorwarnung verlor ich die Fassung.

»Warum lügst du? Wir wissen beide, dass alles, was du der Polizei aufgetischt hast, pure Erfindung ist, also warum zum Teufel lügst du mich an? Bist du total verblödet?«

Meine Stimme wurde immer lauter, ich trat einen Schritt vor und schrie ihm direkt ins Gesicht, spuckte ihn fast an. Das war ein Fehler. Solange ich mit Autorität und Selbstsicherheit aufgetreten war, hatte ich ihn in die Defensive gedrängt. Als Anwalt und Repräsentant eines Systems, vor dem Morten Ålekjær stets den Kürzeren gezogen hatte. Aber mein Wutausbruch kehrte die Situation um. Aggression war etwas, worauf sich Morten Ålekjær verstand, und er reagierte instinktiv, machte einen raschen Schritt nach vorn und versetzte mir mit der flachen Hand einen Stoß gegen die Brust.

Seine Kraft überraschte mich, ich schwankte ein paar Schritte rückwärts. Er sprang auf mich zu, verblüffend leichtfüßig für seine Körperfülle. Seine Hand traf erneut meine Brust, und ich stöhnte auf. Ich taumelte weiter zurück, stolperte über die Schwelle und fiel in die halbdunkle Scheune, wo ich auf dem Rücken liegen blieb.

Offenbar löste mein hilfloser Zustand etwas in Morten Ålekjær aus. Er kam hinterher, und an seiner Konzentration sah ich, dass er sich nicht mehr mit Schubsen zufriedengeben würde. Jetzt hatte er es auf mich abgesehen. Ich rollte zur Seite, und sein Stiefel traf mit einem Knall den Boden. Ich rollte weiter, kroch verzweifelt herum und hielt mich in Bewegung. Irgendwie musste ich wieder auf die Beine kommen, um mich zu verteidigen. Fast hatte ich es geschafft, als er mit lautem Gebrüll und ausgestreckten Armen auf mich zustürzte. Es war, als würde mich ein Lastwagen überrollen. Er zog mich hoch und schleifte mich durch die Scheune, bis wir mit einem dumpfen

Knall an der Bretterwand landeten und eine Staubwolke aufwirbelten. Er presste mich an die Wand, war so groß, dass mein Gesicht gegen die nackte Brust und seine Armhöhle gedrückt wurde. Er roch nach altem Schweiß, und hinzu kam der widerlich süßliche Geruch eines Mannes, der gerade Sex gehabt hatte. Mir wurde übel, ich beugte mich nach vorn, hustete und übergab mich. Er trat angewidert zurück, hatte Angst, dass ich ihn vollkotzen würde.
Plötzlich zog er eine Grimasse, über die ich in einer anderen Situation gelacht hätte. Durch den Staub, den wir aufgewirbelt hatten, musste er heftig niesen. Das war genau die Chance, die ich brauchte, und ohne zu zögern, trat ich ihm mit voller Kraft in die Eier. Er schrie auf, sank in die Knie und krümmte sich zusammen.
Ich rannte, so schnell ich konnte.

Das Wohnhaus leuchtete rot wie eine norwegische Flagge in der Nachmittagssonne. Die blonde Frau, die ich durchs Fenster gesehen hatte, lief über den Hofplatz zur Scheune. Als sie mich sah, blieb sie stehen. Ihr Gesicht war ein bekümmertes Fragezeichen. In der Scheune schrie Morten Ålekjær vor Schmerz und Wut. In seinem unartikulierten Gebrüll glaubte ich meinen Namen herauszuhören.
»Keine Angst, er ist nicht ernsthaft verletzt. Tut mir leid«, sagte ich zu der Frau, surrealistisch höflich für die Situation. Dann rannte ich davon.
Als ich beim Auto ankam, war ich völlig außer Atem, teils vor Anstrengung, teils aus Angst vor einem rasenden, rachsüchtigen Morten Ålekjær. Ich zog den Schlüssel aus der Tasche und drückte zuerst auf den falschen Knopf, als ich die Zentralverriegelung öffnen wollte. Zitternd steckte ich den Schlüssel ins Zündschloss. Ich gab zu viel Gas, und ein Hinterrad drehte durch. Schließlich beherrschte ich mich, brachte das Auto auf

festen Untergrund und fuhr so schnell wie möglich auf dem holprigen Weg davon.
Als ich den Briefkasten erreichte, hielt ich an, ließ das Fenster herab und lauschte. In weiter Ferne hörte ich das Dröhnen eines Motorrades auf Hochtouren. Ich redete mir ein, dass Morten Ålekjær nicht viel ausrichten konnte, solange ich im Auto und er auf dem Motorrad saß, aber es half nichts. Panik ergriff mich, ich ließ die Kupplung zu schnell los, das Auto ruckelte und der Motor soff ab. Die Panik wuchs. Ich trat das Gaspedal durch und drehte den Zündschlüssel. Fluchte über den Anlasser, der ratterte und ratterte. Dann atmete ich ein paar Mal tief ein. Zwang den Fuß vom Gaspedal. Wartete. Drehte den Schlüssel um und stöhnte vor Erleichterung, als der Motor sofort anging. Mit quietschenden Reifen schleuderte ich auf die Straße.
Ich raste das Tal in Richtung Hauptstraße hinab. Die Straße war schmal und kurvig, aber der Asphalt trocken und gut befahrbar. Kein einziges Auto kam mir entgegen. Ständig schaute ich in den Rückspiegel, aber ich sah nur grauen Asphalt und dunklen Wald. Es dauerte fünf Minuten, bis er auftauchte. Zuerst nur als kleiner Punkt, der hinter jeder Kurve verschwand. Ich dachte schon, dass ich mich geirrt hätte, aber als ich auf eine längere Gerade fuhr, war er wieder da, der Mann auf dem Motorrad, der immer größer im Rückspiegel wurde. Als ich in die nächste Kurve fuhr, konnte ich Morten Ålekjærs Gesicht und das dunkle Haar, das im Wind flatterte, klar erkennen.
Seltsamerweise wurde ich in diesem Moment ruhiger. Die Panik war von der Flucht ausgelöst worden und von dem Gefühl, verfolgt zu werden, aber jetzt, wo ich den Verfolger sehen konnte, gewann ich die Kontrolle wieder. Ich hatte Angst, war aber nicht mehr panisch. Ich gab Gas, steuerte das Auto so schnell wie möglich durch die Kurven, aber es gelang mir nicht, ihn abzuschütteln. Er holte auf, war nur wenige Meter hinter

mir. Als wir auf eine weitere Gerade fuhren, schaltete ich in den zweiten Gang hinunter und gab Vollgas. Der Motor heulte empört auf, solche Behandlung war er nicht gewohnt. Ich legte blitzschnell den dritten Gang ein. Hinter dem Lärm meines eigenen Motors konnte ich das Geheul des großen Motorrades hören, das kräftig beschleunigte. Ich schaute in den Spiegel, sah ihn aber nicht. Drehte den Kopf nach links und sah ihn aus den Augenwinkeln. Bevor ich auf die Idee kommen konnte, ihm den Weg zu versperren, war er an meiner Seite. Er grinste, als er mich überholte, aber in diesem Moment begann eine lange Rechtskurve und ich musste mich aufs Bremsen konzentrieren. Ich spürte die Zentrifugalkraft, die mich zur Straßenmitte zog, und hielt die Luft an. Mit Mühe und Not hielt ich den Wagen auf der Straße. Morten Ålekjær hatte mich überholt, aber er befand sich noch auf der linken Fahrbahn. Er legte sich so stark in die Kurve, dass sein rechtes Knie fast den Asphalt berührte. Seine Fahrweise hatte etwas Graziles, als würde er die Gesetze der Physik aufheben, die ihn von der Straße drängen wollten.

Ich sah das gelbe Auto auf der Gegenspur nicht, bis es ganz nahe herangekommen war. Vielleicht hatte Morten Ålekjær es vor mir gesehen, aber es war zu spät. Er hatte genug damit zu tun, die Balance zu halten, und konnte nicht mehr ausweichen. Der rechte Kotflügel des gelben Autos beförderte Motorrad und Fahrer in hohem Bogen in die Luft, wo sie sich voneinander trennten. Die Harley verschwand hinter der Leitplanke, aber Morten Ålekjær flog weiter, höher und höher. Er hatte die Schwerkraft aufgehoben. Mit ausgestreckten Armen und flatterndem Haar war er wie ein schwarzes Kreuz am blauen Himmel. Bremsen quietschten, und ich fand mich hinter dem Steuer eines Autos wieder, das still stand. Und plötzlich stand auch die Welt vollkommen still.

## Kapitel 16

Das gelbe Auto war nirgendwo zu sehen, ich war allein. Vorsichtig stieg ich die steile Böschung hinab, schlitterte auf dem losen Untergrund, bis das Terrain flacher wurde. Die Harley hatte sich einen Weg durchs Gestrüpp gebahnt und sich schließlich um einen Baumstamm gewickelt. Überall lagen lose Metallteile, ein Licht, ein verbogenes Schutzblech, aber Morten Ålekjær war nirgends zu sehen.

Erst nach zwanzig Minuten systematischer Suche fand ich ihn. Er war weiter in den Wald geschleudert worden, als ich es mir hatte vorstellen können. Im Schatten der Bäume lag er zwischen Moos und Heidekraut auf dem Rücken. Als ich mich über ihn beugte, dachte ich einen Augenblick lang, er sei unverletzt und habe auf wundersame Weise den Flug überlebt. Die schwarze Lederjacke und die öligen Jeans waren ganz geblieben, und ich sah weder Blut noch andere auffällige Verletzungen. Aber dann bemerkte ich seine Augen. Sie waren weit geöffnet und blickten an den dunkelgrünen, fast schwarzen Tannen vorbei in den unendlich blauen Himmel. Morten Ålekjær war stumm. Die Augen ausdruckslos. Mir schauderte, ich ging langsam um ihn herum. Am Hinterkopf glänzte das schwarze Haar nass, und als ich mich bückte, sah ich den Stein, auf dem er gelandet war. Er lag wie ein Kissen unter seinem Kopf, aber in diesem Fall hatte der Kopf sich nach dem Kissen verformt. Sein Hinterkopf war völlig zertrümmert.

Als der Krankenwagen kam, war ich zur Straße zurückgeklettert. Ich winkte ihnen und bestätigte, dass ich angerufen hatte. Dann zeigte ich die Böschung hinab und erklärte, wo er lag.

»Er ist tot«, sagte ich, doch sie ignorierten mich, sprangen über die Leitplanke und verschwanden im Gestrüpp.
Ich blieb unentschlossen auf der Straße stehen, aber dann ging ich zum Auto, startete den Motor und fuhr zurück in die Stadt. Ein Stück weiter kam mir ein Polizeiwagen mit Blaulicht und Sirene in voller Fahrt entgegen. Auf der Hauptstraße fuhr ich so langsam, dass sich ein Stau hinter mir bildete. Einige hupten wütend. Nachdem sich zwei ungeduldige Autofahrer kurz vor einer Kurve an mir vorbeigezwängt hatten, zwang ich mich, schneller zu fahren. Ich umklammerte das Steuer so fest, dass es weh tat. Als das Auto endlich in der Garage stand, war ich nass geschwitzt.

Erst am späten Nachmittag klingelten sie an der Tür. Ich hatte tief und fest geschlafen, mein Kopf war schwer, und ich fühlte mich schwach, als wäre ich gerade von einer schweren Krankheit genesen. Auf der Treppe standen zwei junge Polizisten, beide in Uniform und mit ernstem Gesicht.
»Mikael Brenne?«
»Ja?«
»Seien Sie so freundlich und kommen Sie mit.«
»Warum?«, fragte ich. »Worum geht es? Bin ich verhaftet?«
Sie antworteten nicht auf meine Fragen, wiederholten nur, dass ich mitkommen müsse. Ich seufzte und zog einen Mantel an.
»Einen Moment«, sagte einer der beiden. »Ist das Ihr Auto in der Garage?«
Ich bestätigte es, und er bat mich um die Autoschlüssel.

Es waren dieselben Ermittler wie beim ersten Mal, und genau wie damals führte der Dicke das Wort. Er hieß Hansen.
»Hören Sie zu, Brenne«, sagte er und kratzte sich am Kopf. Inzwischen hatte ich gelernt, dass dies ein Zeichen der Verärgerung war. »Lassen Sie mich zusammenfassen. Wir wissen, dass

Sie Morten Ålekjær heute an seinem Wohnort aufgesucht haben. Wir wissen auch, dass Sie ihn dort niedergeschlagen haben.«

Ich öffnete den Mund, aber er hob die Hand. »Nein, Brenne, unterbrechen Sie mich nicht. Ålekjærs Lebensgefährtin hat ausgesagt, dass er in Embryostellung auf dem Scheunenboden lag, als Sie fortgingen. Des Weiteren wissen wir, dass Sie davongefahren sind und Ålekjær Sie mit dem Motorrad verfolgt hat. Zehn Minuten später war er tot.« Er kratzte sich wütend im Nacken.

»Morten Ålekjær ist Hauptzeuge im bevorstehenden Strafprozess gegen Sie. Sie haben also ein Motiv. Behaupten Sie noch immer, dass Sie nichts mit seinem Tod zu tun haben?«

»Ja«, sagte ich. »Haben Sie mir nicht zugehört?«

»Doch, das habe ich«, sagte er. »Aber ich glaube Ihnen nicht.«

Es wurde spät. Ich war müde und wütend und hatte es satt, dass Hansen mir kein Wort glaubte.

»Das ist mir scheißegal«, sagte ich. »Ich habe meine Aussage gemacht. Ich bin nicht verpflichtet, noch mehr zu sagen. Jetzt will ich nach Hause.«

Er sah mich an.

»Warten Sie hier, Brenne«, sagte er, stand auf und verließ das Büro.

Der zweite Ermittler war groß und knochig. Er hatte eine platte Boxernase und nikotingelbe Finger. Ich warf ihm einen fragenden Blick zu, aber er zuckte nur mit den Schultern.

»Sie müssen wohl die Nacht hier verbringen«, sagte Hansen, als er zurückkam. »Wir verhaften Sie wegen Verdachts des Totschlags an Morten Ålekjær.«

Der Gedanke an eine weitere Nacht in einer engen Betonzelle im Keller schnürte mir die Kehle zu. Eigentlich hatte ich gewusst, dass es so kommen konnte, aber erst, als ich seine Worte hörte, wurde es mir klar. Ich dachte an die Hitze dort unten, das Gefühl, sich auf dem Grund der Welt zu befinden, den Lärm, den Gestank, die Klaustrophobie.

»Reden Sie keinen Unsinn«, sagte ich, aber ich hörte meine Stimme zittern. Er antwortete nicht, und ich fragte: »Wer hat diese idiotische Entscheidung getroffen? Glauben Sie wirklich, dass ich Morten Ålekjær umgebracht habe? Was sollte ich damit erreichen? Er hat bereits ausgesagt, und wenn mir der Prozess gemacht wird, wird seine Aussage vorgelesen. Ich habe keinerlei Vorteile durch seinem Tod.«

Er sank auf seinen Stuhl.

»Ich weiß es nicht, Brenne. Ich weiß nur, dass Sie sich geprügelt haben, dass er Sie verfolgt hat, dass Sie stinksauer auf ihn waren, vielleicht so rasend, dass Sie durchgedreht sind und ihn von der Straße gedrängt haben. So etwas ist weiß Gott schon öfter geschehen. Ich glaube nicht, dass Sie den Zusammenhang voll begreifen.«

»Warum hätte ich dann einen Krankenwagen rufen sollen?«

Er wollte gerade antworten, als es an der Tür klopfte. Ein junger Bediensteter in Uniform steckte den Kopf herein und fragte, ob er ein paar Worte mit Hansen wechseln könne. Hansen ging hinaus. Durch die halboffene Tür hörte ich ihre Stimmen, aber ich konnte nicht hören, was sie sagten.

Als Hansen wieder hereinkam, war sein Gesichtsausdruck verändert.

»Was ist los?«, fragte ich.

»Sie haben Glück, Brenne. Der Fahrer des gelben Wagens hat sich gemeldet. Es ist eine ältere Frau, die nach eigener Aussage einen Schock durch den Unfall erlitten hat. Aber jetzt hat sie sich gemeldet.«

»Und …?«

»Ihre Aussage deckt sich in groben Zügen mit Ihrer. Sie können gehen, Brenne. Danke für die Zusammenarbeit.«

»Gern geschehen«, sagte ich und versuchte ironisch zu sein.

Aber in Wirklichkeit fiel mir ein Stein vom Herzen, und ich war sicher, dass er es mir ansah.

Erst als ich an diesem Abend in meinem Bett lag und in die Dunkelheit starrte, wurde mir klar, welche Konsequenzen die heutigen Ereignisse für mich hatten. Ich durchlebte den Unfall noch einmal in Zeitlupe. Wie Morten Ålekjær durch die Luft flog, als wäre er aus der Erdumlaufbahn katapultiert worden, ein Mann auf dem Weg in die Ewigkeit. Ich sah die gebrochenen Augen, die leer in den Himmel starrten. Eine Fliege war auf dem trockenen Augapfel gelandet, die endgültige Bestätigung, dass er tot war. Morten Ålekjær hatte mich als Verbrecher abgestempelt, als Auftraggeber des brutalen Überfalls auf Gerd Garshol. Jetzt war er tot, und im Augenblick seines Todes verschwand die letzte Möglichkeit, die Wahrheit zu erfahren. Der Tod hatte Morten Ålekjærs Lügen zementiert, hatte sie für immer in Stein gehauen, und ich musste jede Hoffnung aufgeben, der Sache auf den Grund zu gehen. Ich hatte keine weiteren Pläne, sah keine weitere Möglichkeit. Ich war schachmatt, und das Schlimmste war, dass ich selbst daran schuld war, weil ich übereilt gehandelt hatte.

## Kapitel 17

Synne kochte vor Wut, als sie hörte, was geschehen war. Sie schimpfte, nannte mich einen Idioten und drohte, mich zu feuern. Und sie hatte recht, deshalb biss ich die Zähne zusammen, senkte den Kopf und hielt den Mund. Und weil ich nicht mehr wusste, wie ich mich selbst retten konnte, konzentrierte ich mich auf Aron Sørviks Rettung. Ich schloss die Tür zu dem winzigen Büro, verdrängte meine eigenen Probleme und kümmerte mich nicht um das Klingeln der Telefone, das Knallen der Türen und die Mandanten, die draußen kamen und gingen. Erneut tauchte ich in die Akten des Falls Sørvik ein.

Es war nicht einfach, einen Überblick über die Sache zu bekommen. Ich las das Urteil der Strafkammer in der Hoffnung, eine Grundlage zu finden, eine Auflistung der Beweise, auf die das Urteil sich stützte, aber ich kam nicht viel weiter. Die Jury gibt keine schriftliche Begründung ihres Schuldspruchs ab, weshalb im Urteil oft nur das aufgezählt wird, was für das Strafmaß entscheidend ist. So war es auch hier.

Bei einer der wenigen Kaffeepausen klagte ich Synne mein Leid. Sie zuckte nur mit den Schultern.

»Ich sehe das Problem nicht, Mikael. Du musst dich sowieso durch alle Akten kämpfen.«

»Ja, natürlich. Ich muss sie komplett durchkämmen in der vergeblichen Hoffnung, nach fünfundzwanzig Jahren etwas zu finden, das alle anderen übersehen haben. Das ist nicht das Problem, Synne. Das Problem ist, dass ich mir zuerst einen Überblick über die Fakten verschaffen muss. Ich muss die Sache in Zeit und Raum einordnen, falls du weißt, was ich meine.«

»Du meinst, wann und wo alles geschehen ist?«
»Ja. Und genau darin liegt die Schwierigkeit in diesem Fall. Ich hätte erwartet, dass irgendein Ermittler eine Zusammenfassung geschrieben hat, oder eine Zeitlinie. Irgendwelche Hilfsmittel, aber ich finde keine. Das Ganze ist ein furchtbares Chaos.«
»Ich weiß, was du brauchst, Mikael«, sagte Synne.
»Was denn?«
»Du brauchst eine Referendarin.«
Sie lachte herzlich. Ich fand es weniger lustig, aber ich gönnte ihr den Triumph. In den Jahren, als sie für mich gearbeitet hatte, hatte sie oft genau diese Arbeit tun müssen.
Die Zeiten hatten sich verändert. Ich kaufte Tusche und eine Rolle weißes Papier, die ich mit nach Hause nahm. Im Internet fand ich eine Karte von Vestøy, die ich mühsam per Hand abmalte. Dann zeichnete ich Gebäude, Straßen und die wichtigsten geographischen Merkmale ein. Das Ergebnis war vielleicht nicht perfekt, aber es erfüllte seinen Zweck. Am nächsten Tag nahm ich die Karte mit ins Büro und hängte sie über den Schreibtisch.
Darunter hängte ich einen langen Streifen leeres, weißes Papier. In der Mitte zog ich mit schwarzer Tusche einen dicken Strich. Ich dachte nach, und dann zeichnete ich einen Querstrich auf die linke Seite. Darüber schrieb ich Datum und Uhrzeit, 26. August 1984, 5.00 Uhr. Zwei Tage, bevor Anne ermordet wurde. Dann teilte ich die Linie in vier Tage und diese wiederum in Stunden ein.
Ich begann die Blätter mit Informationen zu füllen. Zuerst konzentrierte ich mich auf die Zeugenaussagen. Jedes der Opfer bekam seine Farbe, Anne Grün und Siri Gelb. Aron bekam Rot. Jede Angabe in den Unterlagen wurde mit einem Punkt auf der Karte und danach auf der Zeitlinie gekennzeichnet. Dann zog ich eine Linie von Punkt zu Punkt. So konnte ich

veranschaulichen, wie sich die wichtigsten Personen in Zeit und Raum bewegt hatten. Ich arbeitete vom frühen Morgen bis zum späten Abend, und langsam füllte sich das weiße Papier. Synne schaute ein paar Mal herein, lächelte und zog sich wieder zurück.

Die ganze Woche arbeitete ich hart. Das Wochenende kam, und ich fühlte mich erschöpft und bedrückt. Die Arbeit hatte mich von meinem eigenen Strafprozess abgelenkt, aber plötzlich fiel mir alles wieder ein, und ich konnte den Gedanken, nach Hause zu gehen, nicht ertragen. Durch die Tür hörte ich Synnes Stimme, sie telefonierte, lachte laut, und dann war es still. Ich zog den Mantel an und schaute spontan zu ihr hinein.

»Wochenende, Mikael?«

»Ja, ich mach Feierabend.« Ich zögerte. »Hättest du nicht Lust, ein Bier trinken zu gehen?«

»Sorry, aber ich kann nicht. Bin verabredet.«

»Mit Svein? Dem hübschen Braungebrannten?«

»Das geht dich nichts an, Mikael.«

»Dann ist es also Svein.«

Sie warf ihren Kugelschreiber nach mir, und ich ging.

Ohne nachzudenken, begab ich mich in meine Stammkneipe. Freitag nachmittags waren dort Journalisten, jede Menge Anwälte, ein paar Polizeijuristen und der ein oder andere Lokalpolitiker. Erst als ich im Eingang stand, wurde mir klar, wie lange ich nicht mehr dort gewesen war. Als mein Leben noch in geregelten Bahnen verlief, war ich der König der kleinen Juristenschar gewesen, die dort einkehrte, um ihr mehr oder weniger verdientes Bier zu trinken.

Auf der Treppe zögerte ich. Ich hörte Stimmengewirr, Johlen und schrilles Frauengelächter. Es war der Auftakt des Wochenendes, die Leute ließen sich volllaufen und freuten sich auf die freien Tage. Ich blieb stehen und schaute in das Lokal. An der Theke war es voll, und ich kannte die meisten.

Mitten in einer Schar gutgelaunter junger Leute stand Hans Olav mit einer Blondine im Arm. Ich kannte seine Frau, sie war es nicht.

Plötzlich konnte ich nicht weiter. Ich hatte nicht die Kraft, das falsche Mitgefühl zu ertragen, das Geflüster an den Tischen und die verstohlenen Seitenblicke. Zusammen mit Synne wäre ich vielleicht hineingegangen, aber nicht allein. Ich flüchtete in die zunehmende Herbstdunkelheit, Schamröte im Gesicht. Normalerweise trank ich nicht viel, außer ab und zu auf Festen. Allein trinken war mir immer wie eine Niederlage vorgekommen, aber es gab Abende, an denen die Alternative schlimmer schien.

## Kapitel 18

Am Montagmorgen hatte ich Ringe unter den Augen, einen Schnitt auf der Oberlippe, weil ich mich mit zitternden Händen rasiert hatte, und Kopfschmerzen, die im Takt mit meinem Puls pochten. Trotzdem war ich erleichtert, dass das Wochenende vorbei war und ich wieder zur Arbeit gehen konnte.

Synne kam mit einem munteren »Guten Morgen« zur Tür herein. Ich verkrampfte mich. Ihre Haut glühte, ihre Augen strahlten, sie sah phantastisch aus. Völlig überflüssig zu fragen, wie ihr Wochenende gewesen war. Wir tranken in ihrem Büro Kaffee. Sie schwatzte drauflos, ich antwortete einsilbig.

»Bist du sauer? Stimmt was nicht?«, fragte sie, als sie meinen fehlenden Enthusiasmus bemerkte, aber ich schüttelte nur den Kopf.

»Es ist nichts, Synne, nur das Übliche.«

»Und das wäre?«

Ich zählte an den Fingern auf: »Es ist früh am Morgen, Montag, es regnet, ich bin Mitte vierzig und alleinstehend, ohne Zulassung, ohne Zukunftsaussichten, ich habe mich beim Rasieren geschnitten, ich komme weder mit Arons noch mit meiner eigenen Sache weiter. Abgesehen davon geht es mir gut.«

Sie lachte, was beabsichtigt war, aber ich hatte selbst den zitternden Unterton von Angst und die Bitterkeit in meiner Stimme gehört. Meine Worte waren wie eine kalte Dusche, die ihre Glut mit einem Mal löschte. Sie flüchtete sich in die Sachlichkeit.

»Sollen wir Arons Fall gemeinsam durchgehen?«

»Ich weiß nicht, ob das was bringt«, sagte ich, aber da war sie schon auf dem Weg in mein Büro.

Wir standen Schulter an Schulter und starrten an die Wand. Die langen Papierstreifen waren voller Striche, Notizen und Schlangenlinien.

»Bist du fertig?«, fragte sie.

»Fast.«

»Auf jeden Fall hast du gearbeitet«, sagte Synne. »Erzähl mir die Kurzversion, Mikael. Weshalb wurde er schuldig gesprochen?«

»Nun ja«, sagte ich. »Es war eine Kombination aus verschiedenen Faktoren. Zeugen, nach deren Aussagen er zu der Zeit am Tatort war. Seine Eigenartigkeit. Sein schlechter Ruf. Mit anderen Worten Dorfgerede und Indizien. Und das Geständnis, natürlich.«

»Wie bitte? Er hat gestanden?«

Ich nickte.

»Ja.«

»Beide Morde?«

»Ja.«

»Mein Gott. Dann hast du wirklich ein Problem, Mikael.«

»Das würde ich nicht unbedingt sagen. Er war damals nur ein Junge von achtzehn Jahren, nicht besonders klug und noch dazu mit einer Persönlichkeitsstörung. Sie haben ihn vier Tage und vier Nächte lang verhört, bis er alles gestanden hat. Unter solchen Umständen kann ein erfahrener Ermittler leicht ein Geständnis herauspressen, meinst du nicht auch? Wenn ich nur irgendetwas fände, irgendeinen Knackpunkt, dann wäre das Geständnis kein unüberwindliches Hindernis.«

»Okay«, sagte Synne mit zweifelndem Tonfall. »Was ist das hier?« Sie zeigte auf zwei blutrote vertikale Striche, die die schwarze Zeitlinie in drei fast gleich große Abschnitte teilte.

»Das sind die Morde.« Ich zeigte auf den ersten. »Anne Vestøy. Ermordet am späten Abend des sechsundzwanzigsten August. Sie wurde erschlagen.«

»Und der andere?«

»Siri Jensen. Ermordet am Nachmittag oder am frühen Abend des nächsten Tages. Ebenfalls erschlagen, mit einem Stein. Bei beiden keine Anzeichen sexuellen Missbrauchs.«

Wir schwiegen.

»Das ist eine Karte von Vestøy. Dort oben gibt es Hunderte von Inseln, aber Vestøy ist die größte und das einzige Ballungsgebiet der Kommune. Die meisten anderen Inseln sind heute verlassen.«

Synne nickte. »Mm. Was ist das hier?« Sie zeigte auf ein kleines Viereck, bei dem die farbigen Linien dicht an dicht verliefen.

»Das ist die Schule. Und hier am Hafen, wo sich alle Linien kreuzen, ist das Lebensmittelgeschäft. Hier ist das Café und hier die Fischannahmestelle, wo die meisten Jugendlichen einen Nebenjob hatten. Und hier, im äußersten Westen über den Klippen, steht das Bethaus.«

»Sind alle ins Bethaus gegangen?«

Ich nickte.

»Ja, alle gehörten derselben Gemeinde an.«

»Ist das nicht etwas seltsam?«

»Nein, das glaube ich nicht. Sieht aus, als wäre das ganze Dorf dorthin gegangen. Ich weiß nicht, ob es an der Zeit liegt oder ob Vestøy eine besonders religiöse Gemeinde ist. Jedenfalls war das Bethaus ein Treffpunkt.«

Synne schaute nachdenklich auf die Karte.

»Es ist eine Insel«, sagte sie, »eine ziemlich kleine Insel.«

»Was willst du damit sagen?«

»Ich weiß nicht recht. Eine kleine, in sich geschlossene Welt. Wenn an solchen Orten so etwas geschieht, wird die Schuld gern auf Fremde geschoben. Zum Beispiel auf Landstreicher.

Man sucht sozusagen durchreisende Psychopathen, weil man nicht wahrhaben will, dass einer der eigenen Leute so etwas tun könnte.«

»Ja, das stimmt wohl.«

»Aber«, sagte sie mit zunehmendem Eifer, »auf einer so isolierten Insel wie Vestøy hat man nicht dieses Privileg. Alles ist überschaubar dort, und es waren bestimmt nicht viele Fremde auf der Insel, als die Morde geschahen. Die Leute wissen, wer mit der Fähre ankommt.«

»Das stimmt. Es waren drei Fremde auf der Insel zu dem Zeitpunkt, und alle hatten ein sicheres Alibi.«

»Genau. Es stand also schnell fest, dass es einer der eigenen Leute gewesen sein musste. Und schau dir mal diesen Ort an.« Sie trat einen Schritt vor und legte den Finger auf die Karte. »Eine kleine dichte Ansammlung von Häusern, um den Hafen herum gebaut. Und dann gleich zwei Morde, zwei junge Frauen werden getötet. Wie oft geschieht so etwas bei uns auf dem Land?« Sie schüttelte den Kopf. »Stell dir mal vor, wie es dort zugegangen sein muss. Welche Angst, welche Unruhe dort geherrscht hat. Es muss eine kollektive Psychose gewesen sein, Mikael! Und gleichzeitig kennt jeder jeden. Die meisten sind sicher miteinander verwandt oder verschwägert. Jeder weiß, was der andere tut. Wie schnell gibt man da einem Außenseiter die Schuld! Einem, der nicht so ist wie die andern. Einem wie Aron. Damit war die Sache für die kleine Inselgemeinschaft erledigt, und sie konnten ruhig weiterleben.«

»Ja«, sagte ich. »Und genau das erschreckt mich.«

»Hast du was herausgefunden? Irgendwelche Anhaltspunkte? Zu welchem Schluss bist du gekommen?«

Ich zuckte mit den Schultern.

»Dass alle Arbeit umsonst war.«

»Das kann nicht sein, Mikael. Du hast auf jeden Fall einen guten Überblick bekommen.«

»Schon. Aber nichts weist darauf hin, dass Aron *nicht* der Mörder ist. Alle Zeugenaussagen belasten ihn. Er wurde hier gesehen … und hier. Kurz vor und kurz nach dem Mord an Siri.«

»Und der zweite Mord?«

»Genau genommen der erste. Anne wurde zuerst ermordet. Aron sagt, dass er zu diesem Zeitpunkt mit dem Ruderboot draußen war. Das war er oft, er hatte überall Reusen ausgelegt und verkaufte Krabben und Hummer. Aber keiner hat ihn gesehen.«

Ich zeigte auf einen Punkt. »Hier lag sein Boot. Ein paar Stunden vor dem Mord hat ihn eine ältere Frau dort gesehen, und ein Schuljunge hat ausgesagt, er habe ihn zur Nordspitze der Insel rudern sehen, aber der Junge war so unsicher über den Zeitpunkt, dass seine Aussage so gut wie wertlos ist. Und ein anderer, glaubwürdiger Zeuge hat ihn zum Zeitpunkt des Mordes in der Nähe des Tatorts gesehen.«

Synne nickte.

»Gut, Mikael. Niemand hat behauptet, dass die Sache einfach werden würde. Es ist trotz allem ziemlich wahrscheinlich, dass Aron wirklich der Mörder ist. Justizmord kommt selten vor, zum Glück. Hast du wirklich geglaubt, du könntest den Fall lösen, indem du ein paar Striche auf eine Karte zeichnest?«

»Nein, natürlich nicht. Ich hatte nur gehofft, irgendwelche Widersprüche in den Zeugenaussagen zu finden. Aber es gibt keine.«

»Heißt das, du gibst auf?«

Ich seufzte.

»Nein, Synne, ich gebe nicht auf. Wenn ich einmal so weit bin, kann ich die Sache auch durchziehen. Aber viel Hoffnung habe ich nicht.«

Am Ende des Arbeitstages war ich fix und fertig. Ich hatte Kopfschmerzen. Mein Magen knurrte, und plötzlich fiel mir auf, dass ich wieder einmal das Mittagessen vergessen hatte. Ich setzte mich und betrachtete das Ergebnis vieler Tage harter Arbeit.

Die Blätter an der Wand erinnerten mich an Malbücher meiner Kindheit, in denen massenweise Zahlen über eine Seite verstreut waren. Wenn man sie in der richtigen Reihenfolge verband, entstand auf magische Weise ein Bild. Ich erinnerte mich an die Spannung und den Triumph, wenn langsam ein Elefant oder ein Auto unter dem Bleistift hervorwuchs. Wie zufrieden ich war, wenn ich aus dem Chaos ein sinnvolles Bild geschaffen hatte. Aber die Karte an der Wand ergab keinen Sinn und brachte keine neue Einsicht. Hinter den bunten Strichen steckte keine tiefere Bedeutung, kein Muster zeichnete sich ab. Es waren Linien auf einem Blatt Papier, sonst nichts. Wenn sie irgendetwas veranschaulichten, dann meinen gegenwärtigen Zustand. Ein hoffnungsloses Gewirr. Chaos.

Plötzlich rastete ich aus, als wäre eine Sicherung durchgebrannt. Tief in mir öffnete sich eine Tür in einen dunklen, unbekannten Raum. Ehe ich mich versah, war ich aufgesprungen, riss die Karte und die Zeitlinie von der Wand und zerfetzte sie. Danach fegte ich alles von den Regalen, bevor ich sie auseinanderriss. Ich drosch auf die Wände und den Schreibtisch ein, dass die Späne flogen. Aus den Augenwinkeln sah ich, wie die Tür aufging, und erkannte Frau Sørensens erschrockenes Gesicht, bevor die Tür wieder zuknallte. Ich brüllte und warf alles, was ich zu fassen bekam, gegen die Wände.

Dann war es vorbei, genau so plötzlich, wie es gekommen war. Der Stuhl war umgekippt. Ich stellte ihn wieder auf und setzte mich an den Schreibtisch. Betrachtete das Chaos. Nach einigen Minuten sank ich vornüber und legte den Kopf auf den Schreibtisch. Ich fühlte mich leer, beinahe schwerelos.

»Schon in Ordnung, Frau Sørensen«, hörte ich Synne sagen. »Es ist nicht schlimm. Es war einfach zu viel für ihn in letzter Zeit. Ich kümmere mich schon drum, gehen Sie ruhig nach Hause, es ist nichts passiert.«

»Tut mir leid«, sagte ich.

»Schon okay, Mikael. Ich hätte es wissen müssen. Nein, ich wusste es und hätte etwas tun sollen. Du stehst unter wahnsinnigem Druck. Früher oder später musstest du ja mal explodieren.«

»Was hättest du noch tun sollen? Du hast schon so viel getan, und ich bin dir sehr dankbar.«

»Ich weiß nicht. Ich hätte ordentlich mit dir reden oder dich zum Psychologen schicken sollen. Was auch immer.«

»Ich will nicht zum Psychologen.«

Sie deutete ein Lächeln an.

»Ich weiß, das passt nicht zu dir. Dann nimm vielleicht Urlaub.«

»Urlaub kann ich mir nicht leisten. Was soll das auch bringen, an einem Swimmingpool zu liegen und an nichts anderes als meine Probleme zu denken?«

»Fahr nach Vestøy!«

»Was?«

»Fahr nach Vestøy, Mikael!« Sie zeigte auf das Chaos in meinem Büro. »Das bedeutet wohl, dass du nicht weitergekommen bist mit Arons Sache. Kein Wunder. Du kannst nicht erwarten, den Fall zu lösen, indem du Akten liest. Fahr hin, schau dir die Tatorte an, rede mit den Leuten. Vielleicht findest du etwas. Reise und Unterkunft können wir dem Mandanten in Rechnung stellen. Sieh es als eine Art Erholungsurlaub. Eine Kombination aus Ferien und Feldforschung.«

Ich sah sie zweifelnd an.

»Ich weiß nicht, Synne. Es bedeutet höchstwahrscheinlich, dass wir Zeit und Geld zum Fenster rauswerfen.«

»Komm schon, Mikael. Was hast du zu verlieren? Und du musst wirklich ein wenig raus. Sieh nur dein Büro an.«
»Tut mir leid«, murmelte ich noch einmal, aber sie winkte ab.
»Macht nichts. Aber ich beordere dich nach Vestøy.«

Im selben Augenblick, in dem ich ja sagte, konnte ich es kaum erwarten. Ich wusste, dass es eine Flucht war, aber das spielte keine Rolle. Der Gedanke, von meinem verwüsteten Büro wegzukommen, die Abende nicht mehr allein in meinem dunklen Wohnzimmer zu verbringen, mich mit einem neuen Ort, neuen Menschen und einer neuen Aussicht zu umgeben, war unwiderstehlich.

# Teil 2

## Kapitel 19

Die Fähre nach Vestøy schlingerte in den Wellen. Ich hatte mich ganz vorn in den Salon gesetzt, um die Aussicht zu genießen, aber jedes Mal, wenn das Schiff in ein Wellental eintauchte, spritzte die Gischt über den Bug, peitschte gegen den Überbau und verschleierte die Fenster. Ich spürte erste Ansätze von Übelkeit, stand auf und schwankte durch den Salon. Die wenigen anderen Passagiere lasen oder dösten vor sich hin, ohne Notiz von mir zu nehmen. Der Seegang schien sie nicht zu stören.

Die Tür zu dem kleinen Achterdeck war schwer, ich musste mich mit voller Kraft dagegenstemmen, um sie zu öffnen. Draußen griff der Wind mit feuchten Fingern nach mir. Messerscharf blies er durch meinen Wintermantel und ich zitterte, aber die Kälte war immer noch besser, als seekrank zu werden. In einer kleinen Nische an Steuerbord fand ich ausreichend Schutz.

Ich schlug den Kragen hoch, steckte die Hände in die Taschen und schaute auf das schäumende Kielwasser. Als ich wieder aufblickte, war die Küstenlinie in grauem Dunst verschwunden, aber am Horizont sah ich die zerklüfteten Umrisse einer Bergkette, ferne Gipfel in blauen bis lila Schattierungen, die fast mit dem Himmel verschmolzen. Sie sahen aus, als schwebten sie in der Luft. Ich fühlte mich allein und verloren.

Kurze Zeit später veränderten sich die Bewegungen des Bootes. Es hüpfte immer noch leicht auf den kabbeligen Wellen, aber die von der Dünung verursachte Korkenzieherbewegung, die mir den Magen umgedreht hatte, hatte aufgehört. An Steuerbord schimmerte weiße Brandung. Ich trat an die Reling und sah, dass wir uns schon im Lee der Holmen und Schären befanden, die wie ein Schutzschirm im Westen der Insel lagen. Wir fuhren so dicht an einer Schäre vorbei, dass ich deutlich die weißen Napfschnecken erkannte, die sich an den rund geschliffenen Felsen festsaugten. Der Geruch von Tang, Salzwasser und kalter See stieg mir in die Nase, und mit einem Mal verschwand mein Missmut. Ohne ersichtlichen Grund fühlte ich mich gut gelaunt, ja fast glücklich, als stünde ich an der Schwelle zu einem neuen Leben.

Dann tauchte Vestøy mit seinen grauen Felskuppen und steilen Klippen auf. In den geschützten Buchten sah ich alte, schiefe Anlegestellen und Bootshäuser und ein paar Gebäude mit dunklen Fenstern, die verlassen und verfallen aussahen. Nur eine frisch gestrichene rote Scheune stach aus den Grautönen hervor.

Hinter mir knallte die schwere Metalltür zu. Ich drehte mich um und sah einen Mann in meinem Alter, der gebeugt dastand und die Hände vors Gesicht hielt. Es sah seltsam aus, als wolle er sich verstecken. Erst als ich Rauchwölkchen zwischen seinen Händen aufsteigen sah, verstand ich, dass er sich eine Zigarette angezündet hatte. Über ihm hing ein Schild, auf dem in großen Buchstaben »Rauchen verboten« stand.

»Ich weiß«, sagte er. »Aber warum? Es stört doch niemanden hier draußen an Deck. Ich fahre seit über vierzig Jahren mit diesem Boot, und wenn kein Sturm ist, gönne ich mir immer eine Zigarette. Und das habe ich auch in Zukunft vor.«

»Mich stört es nicht«, sagte ich.

»Sind Sie schon mal hier gewesen?«

Ich schüttelte den Kopf.

»Nein, das ist das erste Mal. Ist schön hier.«

»Schön? Na ja, im Sommer ist es jedenfalls nett.« Er grinste,

ein relativ kleiner und korpulenter Mann in Jeans und Islandpullover.
»Zu allen anderen Jahreszeiten ist entweder Sturm, oder es geht eine steife Brise. Sie haben Glück, dass Sie an einem ruhigen Tag kommen.«
Ich lächelte.
»Für mich war mehr als genug Seegang.«
»Besuchen Sie jemanden auf der Insel?«
»Ich werde im Café wohnen«, sagte ich.
Er sah mich verwundert an, fragte aber nicht weiter, sondern stand nur still neben mir an der Reling und inhalierte die letzten Züge aus seiner selbstgedrehten Zigarette. Er hatte graue Bartstoppeln, und seine Finger waren gelb vom Nikotin. Wir fuhren an einem weißen Leuchtfeuer mit rotem Dach vorbei.
»Jetzt sind wir gleich da«, sagte er.
Das Boot glitt ruhig in den schmalen Sund zwischen einem Holm und einer steilen Felswand, und dann waren wir in ruhigem Fahrwasser. Rechts standen reihenweise kleine Bootsschuppen, manche ungestrichen und grau, andere rot oder weiß. Dann öffnete sich die Bucht und ich sah Anlegestellen, schaukelnde Fischerboote und einen Trawler, der am Kai lag. Rund um die Bucht standen Holzhäuser und einige große, alte Speicher dicht beieinander. An dem modernen Betonkai warteten ein paar Leute auf die Fähre.

Mit schwerem Gepäck beladen, schwankte ich die steile Gangway hinab. Ein älteres Ehepaar, ein paar Männer, zwei verschlafene Jugendliche und eine junge Mutter mit zwei Kindern hasteten an Land und verschwanden. Der Mann vom Achterdeck hob zwei Finger an die Stirn.
»Vielleicht sehen wir uns«, sagte er, und ich grüßte zurück. Am Kai standen ein Lagerschuppen und zwei verrostete Treibstoffpumpen, weiter hinten lag ein langes, flaches Betongebäude.

»Nahkauf« stand auf einem großen Schild. Ein kleineres Schild verkündete, dass der Laden auch eine Postfiliale hatte. Ich blieb vor einer kleinen Anschlagstafel vor dem Eingang stehen und las, dass eine Katze entlaufen war, dass am Mittwochabend eine Versammlung im Bethaus stattfand, zu der alle willkommen waren, und dass die kommunale Wasserversorgung am Montagvormittag wegen Wartungsarbeiten für zwei Stunden abgestellt werden würde. Dann ging ich hinein und fragte nach dem Weg zum Café.

»Einfach den Berg hinauf«, sagte die übergewichtige Frau an der Kasse. »Sie können sich nicht verlaufen. Auf der rechten Seite. Fünf Minuten zu Fuß.«

»Zehn Minuten«, sagte der alte Mann im grünen Arbeitsoverall, der sich auf die Kassentheke stützte. »Eher zehn als fünf Minuten.«

Die Kassiererin sah mich resigniert an, als hätte sie diese Diskussion schon etliche Male geführt.

»Jedenfalls ist es nicht weit«, sagte sie.

Ich dankte den beiden und ging die Straße hinauf. Die Holzhäuser auf beiden Seiten waren von kleinen Gärten und frisch gestrichenen Lattenzäunen umgeben. Alles war gepflegt und wirkte so friedlich, dass man sich kaum vorstellen konnte, dass hier ein Verbrechen geschehen konnte. Und es war so still. Ich hatte vergessen, dass Vestøy eine autofreie Gemeinde war. Nur die Räder meines Koffers ratterten über den groben Asphalt und störten die Ruhe.

Der Koffer war schwer, vollgestopft mit Dokumenten. Ich fühlte mich, als trüge ich eine Kiste voller Geheimnisse mit mir herum. Zwei ältere Damen standen auf der Straße und redeten. Sie nickten mir zu und lächelten, und ich nickte höflich zurück und dachte, dass sie höchstwahrscheinlich Aron und die beiden ermordeten Mädchen gekannt hatten. Am Ende waren sie sogar mit ihnen verwandt. Vielleicht lagen ihre Zeugenaus-

sagen in meinem Koffer. Fast alle Inselbewohner hatten damals ausgesagt.
Jemand steckte den Kopf aus dem Fenster, vielleicht weil ihn der Lärm des Koffers gestört hatte, und zum ersten Mal kam mir der Gedanke, dass ich vielleicht nicht willkommen war. Ich war gekommen, um in der Vergangenheit der Menschen zu wühlen und Ereignisse auszugraben, die sie mit Mühe und Not vergessen hatten. Mein Koffer war die Büchse der Pandora, in der alles Unglück der kleinen Inselgemeinschaft eingeschlossen war.

## Kapitel 20

Das Schild mit der Aufschrift »Vestøy Café« strahlte wie ein freundliches Leuchtfeuer in der einsetzenden Dämmerung. Drinnen roch es verlockend nach hausgemachtem Essen, und obwohl das Lokal noch recht leer war, stand eine Kerze auf jedem Tisch. Eine junge Frau lächelte mich an. Ich stellte mich vor und sagte, dass ich ein Zimmer reserviert hätte. Sie ging nach hinten und holte den Schlüssel.

»Ich zeige Ihnen Ihr Zimmer«, sagte sie und sprang mit leichten Schritten die steile Treppe hinauf. Ich schleppte mich und den Koffer hinterher.

»Sie sind der einzige Gast«, sagte sie und schloss eine Tür auf. »Deshalb bekommen Sie das beste Zimmer, auch wenn Sie nur ein Einzelzimmer bestellt haben.«

Das Zimmer war überraschend groß und freundlich. Blumentapete, ein breites Doppelbett mit großen, einladenden Kissen, zwei Sessel an einem kleinen, runden Couchtisch und – was das Beste war – ein Schreibtisch am Fenster.

»Schön«, sagte ich. »Das ist wunderbar.«

»Möchten Sie bei uns zu Abend essen?«

»Ja, gern. Wie lange haben Sie geöffnet?«

»Die Küche ist bis acht Uhr geöffnet, aber wir haben länger offen. Jedenfalls wenn Gäste da sind«, fügte sie hinzu.

»Okay«, sagte ich. »Ich komme nachher runter.«

Als sie gegangen war, schaute ich aus dem Fenster und bemerkte, dass ich Aussicht über den Hafen hatte. Inzwischen war es fast ganz dunkel geworden, aber links erkannte ich noch den Kai, an dem ich vor weniger als einer Stunde angekommen war. Das Geschäft war geschlossen, der Kai dunkel und ausgestorben. Nur zwei gelbe Laternen spiegelten sich im schwarzen Wasser. Weiter draußen markierten rote und grüne Lichter die Fahrrinne. Der Himmel war finster und sternenlos, nur im Norden sah ich noch einen schmalen orangenen Streifen und einen rosa Schimmer, die letzten Pinselstriche der untergehenden Sonne.

Als alle Farbe aus dem Himmel gewichen war, legte ich mich aufs Bett. Eigentlich wollte ich nur kurz entspannen, aber ich schlief ein und wachte irgendwann fröstelnd wieder auf. Ich sah auf die Uhr, die Küche würde bald schließen.

Unten saßen mehr Gäste, als ich erwartet hatte. Köpfe drehten sich nach mir um, und das Stimmengewirr ließ nach, als ich zur Theke ging. Ich bestellte Frikadellen und ein Bier, nahm eine Zeitung und fand einen freien Tisch in einer Ecke, wo ich vor den neugierigen Blicken geschützt war.

»Hat es geschmeckt?«

Ich schaute auf, direkt in zwei blaue Augen. Sie hatte rote Wangen und blondes, wildes Haar, das sie ohne großen Erfolg hochgesteckt hatte.

»Sehr gut, danke.«

Sie streckte die Hand aus.

»Freut mich. Ich bin Magda. Die Besitzerin«, fügte sie hinzu, als sie meine Verwirrung bemerkte. »Wir haben miteinander gesprochen, als Sie die Reservierung gemacht haben.«

»Ach, natürlich, Magda«, sagte ich und stand auf. »Mikael Brenne.«

»Ist das Zimmer in Ordnung? Haben Sie alles, was Sie brauchen?«

»Alles in bester Ordnung.«

»Gut.« Sie lächelte, sie hatte gleichmäßige, weiße Zähne, einen breiten Mund und Grübchen. »Darf's noch ein Bier sein?«

»Gern«, sagte ich und schaute ihr nach, als sie zur Theke zurückging. Es gab viel zu sehen an ihr. Manche hätten sie vielleicht mollig genannt, aber sie war flink und hatte schöne Beine.

Die Küche war geschlossen, aber es wurde reichlich Bier ausgeschenkt. Magda schien alle zu kennen, für jeden Gast hatte sie ein paar nette Worte und ein Lächeln übrig. Ich hatte die Zeitung ausgelesen und beobachtete die Leute im Lokal. Der Reiz des Neuen war vergangen, niemand beachtete mich mehr. In einer Ecke saßen zwei Jugendliche und hielten Händchen. Ein älteres Paar trank schweigend und konzentriert sein Bier, ein anderes redete leise miteinander. Vier junge Männer saßen um einen Tisch voller leerer Bierflaschen. Ich nippte an meinem Bier und schielte zu Magda hinüber. Einmal drehte sie sich um und bemerkte meinen Blick. Es war mir peinlich, ich schlug die Augen nieder, aber als ich wieder aufschaute, lächelte sie mich an. Plötzlich wurde mir klar, wie lange ich keine Frau mehr gehabt hatte.
Langsam leerte sich das Lokal. Nur die jungen Männer und zwei Alte hielten die Stellung. Ich wollte gerade schlafen gehen, als die Tür aufging und der Mann von der Fähre, der Raucher vom Achterdeck, hereinkam. Er sah sich um und kam direkt auf meinen Tisch zu.
»Hei«, sagte er. »Darf ich mich setzen?«
»Natürlich«, sagte ich.
Er stellte sich als Frank Lande vor, und wir redeten miteinander, als wären wir alte Bekannte.
»Ich bin hier geboren«, sagte er, »und hier werde ich auch sterben.«
»Hast du nie Lust gehabt, mehr von der Welt zu sehen?«
Er lachte.
»Ich habe die Welt gesehen. Drei Jahre auf der Schule und da-

nach ein Jahr in der Hauptstadt, das war mehr als genug. Menschen sind überall Menschen, und ich will lieber hier als dort leben.«

»Was hast du in Oslo gemacht?«

»Kotze und Blut aufgewischt. Ich war Müllmann. Sammelte menschlichen Abfall auf.« Er grinste schräg. »Mit anderen Worten: Ich war Polizist.«

»Polizist?«

»Ja.«

»Und du hast den Beruf nach einem Jahr an den Nagel gehängt?«

»Nein, nicht den Beruf, nur Oslo. Ich fuhr nach Hause und wurde Landpolizist.«

»Ich wusste gar nicht, dass es hier eine Polizeiwache gibt, in diesem …«

»In diesem Kuhkaff, meinst du?«

»Das habe ich nicht gesagt.«

Er lachte.

»Nein, aber gedacht. Und du hast recht. Ich arbeite auf dem Festland, dort ist die nächste Wache, und ich habe ein Zimmer dort. Aber wann immer ich kann, fahre ich hierher.«

Magda kam zu uns und begrüßte Frank. Sie brachte ihm ein Bier, ohne dass er eins bestellt hatte.

»Danke«, sagte Frank. Er stand auf und fasste sie um die Taille. »Die wunderschöne Magda. Das Schönste, was Vestøy zu bieten hat, Mikael!«

Sie lächelte, befreite sich aber aus seiner Umarmung.

»Willst du dich nicht zu uns setzen?«, fragte Frank.

»Ich muss noch arbeiten. Vielleicht später.«

Wir prosteten uns zu und tranken. Frank erzählte Geschichten von der Insel, über Fischwilderei, Trunkenheit und Nachbarschaftsfehden, die seit Generationen bestanden. Er war ein guter Erzähler, mit scharfem Blick für die menschliche Torheit, und wir lachten oft. Frank holte ein paar Bier und winkte ab, als ich bezahlen wollte.

»Okay, Leute. Vielen Dank. Wir schließen jetzt!«

Ich schaute auf. Magda stand mitten im Lokal und stemmte die Hände in die Seiten. Ich wollte aufstehen, aber Frank legte mir die Hand auf die Schulter.

»Immer mit der Ruhe, Mikael. Wir können sitzen bleiben.«

Die beiden alten Männer sagten gute Nacht und schlurften hinaus in die Dunkelheit, aber die jungen Typen wurde Magda nicht so leicht los. Sie waren betrunken und hatten keine Lust zu gehen.

»Nur noch ein Bier, Magda«, bettelten sie. »Komm schon, sei keine Spielverderberin.« Aber Magda ließ sich nicht beeindrucken.

»Ihr habt genug, Jungs. Raus mit euch!«

»Warum darf der dann sitzen bleiben?« Der lauteste von ihnen, ein Dicker mit Pickelgesicht, zeigte auf mich.

»Der wohnt hier. Los jetzt, Jungs.«

»Und Frank? Der wohnt verdammt noch mal nicht hier, oder? Oder schläft der in deinem Bett?«

Frank stand langsam auf.

»Mach, dass du nach Hause kommst, Gustav«, sagte er leise, aber bestimmt.

»Ich will nicht …«

»Nimm deine Kumpels und verschwinde. Auf der Stelle!«

Eine Sekunde war es still. Ich konnte in Gustavs Gesicht lesen, dass er Lust auf Krawall hatte, aber seine Freunde waren schon auf dem Weg nach draußen. Er warf Frank einen bösen Blick zu und folgte den anderen.

»Ganz schön aggressiv«, sagte ich.

»Nicht wirklich. Sie kennen mich und wissen, dass ich keinen Unsinn dulde. Im Großen und Ganzen sind das nette Jungs. Fischer und Junggesellen, weißt du. Die Taschen voll Geld und nichts zu tun. Eine Frau täte ihnen gut, um sie im Zaum zu halten, aber die Frauen ihres Alters sind alle für die Ausbildung in die Stadt gezogen.«

Magda sah ihn an.

»Ich hätte das schon allein geschafft, Frank.«

Er zuckte mit den Schultern.

»Ich weiß. Aber die können sich ruhig ein bisschen respektvoller aufführen, wenn ich in der Nähe bin.«

Sie holte ein Glas Rotwein für sich und mehr Bier für uns. Dann setzte sie sich zwischen uns, löste ihr Haarband und schüttelte die hellen Locken. Ihr Gesicht verlor dadurch an Strenge. Sie lächelte mich an.

»Tut mir leid. Betrunkene Fischer sind nicht der Eindruck, den wir unseren Gästen als Erstes vermitteln wollen.«

»Betrunkene gibt es überall«, sagte ich, »ob Fischer oder nicht. Auf Vestøy ist es bestimmt nicht schlimmer als anderswo.«

»Nein. Hier lässt es sich gut leben. Es ist vielleicht nicht so viel los, aber die Leute passen aufeinander auf.«

»Viele Besucher scheint ihr ja nicht zu haben. Als ich hereinkam, haben mich alle angeschaut, als wäre ich die Sensation des Abends.«

»Die Touristen kommen im Sommer«, sagte sie. Ich bemerkte, dass sie Sommersprossen auf der Nase hatte.

»Viele?«

»Ja, ziemlich viele. Ein paar Norweger und jede Menge Deutsche. Aber um diese Jahreszeit kommt kaum jemand hierher, es ist also kein Wunder, dass wir neugierig sind. Oktober ist nicht gerade Ferienzeit.«

»Ich bin Jurist, kein Tourist«, sagte ich. »Und ich habe einen Auftrag hier.«

Frank lachte.

»Über den du nichts erzählen willst. Aber das finden wir schon heraus.«

Ich lächelte verkrampft.
»Ja, als Polizist kannst du das bestimmt.«
»Ich bezweifle, dass dafür große Ermittlungsarbeit nötig ist. Das hier ist eine kleine Gemeinschaft. Auf Vestøy ist es nicht leicht, Geheimnisse für sich zu behalten.«
»Haben die Leute hier denn Geheimnisse?«
»Alle Menschen haben Geheimnisse. Du auch.«
Ich lachte, aber mir war nicht ganz wohl zumute.
»Du hörst dich an, als wärst du bei der Arbeit, Frank.«
»Nicht auf Vestøy. Hier kann ich mich entspannen. Hier passiert nie etwas.«
»Das stimmt wohl nicht ganz«, sagte ich. »Es ist zwar schon viele Jahre her, aber zwei junge Mädchen sind hier ermordet worden.«
Für ein paar Sekunden senkte sich Schweigen über uns.
»Du erinnerst dich also daran«, sagte Frank schließlich.
Ich zuckte mit den Schultern.
»Es stand ja in den Zeitungen. Die Sache hat damals viel Aufsehen erregt. Habt ihr sie gekannt? Die zwei Mädchen, meine ich?«
Ein erneuter Augenblick des Zögerns.
»Hier draußen kennt jeder jeden«, sagte Magda. »Ich war ein paar Jahre älter, aber ich kannte sie beide. Anne und Siri.«
Ich sah Frank an. Er hatte den Blick gesenkt, dann nickte er, fast widerwillig.
»Ich kannte sie auch. Anne war meine Kusine. Es war eine schlimme Zeit. Aber es ist schon lange her …«
Wir blieben noch eine Weile sitzen, aber mit einem Mal war die Luft aus dem Gespräch raus. Ich gähnte laut.
»Zeit fürs Bett«, sagte ich und stand auf. Die beiden anderen standen ebenfalls auf. Magda legte eine Hand auf meinen Unterarm, eine Berührung, so leicht wie eine Feder.
»Bis morgen«, sagte sie.

Oben in meinem Zimmer öffnete ich das Fenster, lehnte mich hinaus und atmete die kalte, feuchte Luft tief ein, um einen klaren Kopf zu bekommen. Es war stockdunkel, man konnte fast nichts sehen, aber unter meinem Fenster glühte eine Zigarette, und nach einer Weile konnte ich zwei Schatten erkennen und murmelnde Stimmen hören. Die Zigarettenglut beschrieb einen Bogen im Dunkeln und verschwand, die Schatten verschmolzen, und ich hörte eine Stimme »Nein« sagen.

Es klang wie Magdas Stimme, aber ich war mir nicht sicher. Eine andere Stimme antwortete, ohne dass ich etwas verstehen konnte, aber sie klang unzufrieden. Ich hörte leise Schritte, dann fiel eine Tür ins Schloss.

Ich war leicht betrunken, hinter meiner Stirn pochte es. Vestøy lag still und dunkel da, eine fremde Welt voll unbekannter Menschen und unbekannter Geschichten. Mit einem Mal kam es mir hoffnungslos vor, mit vergilbten Dokumenten bewaffnet hier aufzutauchen und zu glauben, ich könne damit Geheimnisse der Vergangenheit aufdecken. Leise schloss ich das Fenster und ging ins Bett.

Mitten in der Nacht wachte ich mit einem Ruck auf. Ich war völlig desorientiert, konnte mich nicht erinnern, wo ich war. Ich knipste die Leselampe an, erkannte die Blumentapete und die Spitzenvorhänge. Dann schaltete ich das Licht wieder aus, konnte aber nicht mehr einschlafen. Eine Versammlung aus wohlbekannten Gesichtern zog an mir vorbei. Ulv Garmann, Hans Mikkelsen mit einer vernickelten Pistole in der Hand, das entstellte Gesicht Gerd Garshols, und dann Morten Ålekjær als Relief am Himmel. Sie alle hatten sich in meinen Kopf geschlichen, während ich schlief, und nun wurde ich sie nicht mehr los. Sie flatterten wie Gespenster durch mein Bewusstsein und kündigten Unglück und Katastrophen an. Ich wand mich unter der Decke, versuchte an etwas anderes zu denken.

Magda, zum Beispiel. Ihr schallendes Lachen, die Sommersprossen, der große Mund. Die Schwere meines Körpers und die leichte Berührung ihrer Hand. In Gedanken nahm ich sie in die Arme und vertrieb alle Gespenster, Sorgen und böse Erinnerungen mit ihrer Wärme.

## Kapitel 21

Der nächste Morgen schien meine Befürchtungen zu bestätigen. Meine Karten und Bilder waren fünfundzwanzig Jahre alt, und seitdem hatte sich viel verändert. Viele der Höfe, an denen ich vorbeikam, sahen verlassen aus. Die Menschen auf diesen kleinen, kargen Anwesen hatten nie ein großes Auskommen gehabt. Die neue Generation aber hatte höhere Erwartungen an das Leben als ihre bescheidenen Vorväter, und immer mehr Weideland und Äcker lagen brach. Sonne, Wind und Regen ließen die Farbe von den Wänden abblättern, und der Verfall begann.
Ich ging zwischen den verlassenen Gebäuden umher und suchte nach dem Ort, an dem vor langer Zeit ein junges Mädchen ermordet worden war.

Am Abend, an dem Siri starb, hatte ein frisch verheiratetes Ehepaar auf einem Spaziergang Aron gesehen. Er war plötzlich aus einem Waldstück aufgetaucht, und beide Zeugen beschrieben sein Verhalten als merkwürdig. Es hatte ausgesehen, erklärten sie, als habe er sich ängstlich umgeschaut, als wolle er nicht gesehen werden. Als er sie erblickt hatte, hatte er sich sofort zwischen die Bäume zurückgezogen, und sie verloren ihn aus den Augen. Siris Leiche wurde am anderen Ende des Waldstücks gefunden. Die Rechtsmediziner meinten, dass der Tod etwa zum selben Zeitpunkt eingetroffen war, an dem Aron dort gesehen wurde.
Auf der linken Seite zweigte ein fast überwucherter Schotterweg ab. Ich blieb stehen und sah auf der Karte nach.

Als ich aufschaute, stand ein Mann vor mir. Er musste sich sehr still fortbewegt haben, denn ich hatte ihn nicht kommen hören.

»Haben Sie sich verlaufen?«, fragte er. »Nicht schlecht, bei den paar Wegen, die wir hier auf Vestøy haben.«

Es war der alte Mann, den ich gestern im Laden getroffen hatte. Er trug denselben grünen Overall, hohe, braune Seestiefel und eine rote Schirmmütze mit Reklame für eine Traktormarke. Ich schüttelte den Kopf und lächelte, faltete die Karte zusammen und steckte sie wieder in die Tasche.

»Nein, nein. Ich versuche mich nur zu orientieren.«

»Da ist Norden«, sagte er und zeigte in eine Richtung. »Und im Westen liegt das Meer. Mehr braucht man nicht zu wissen.«

Dann streckte er die Hand aus.

»Per Tveit.«

»Mikael Brenne.«

»Und was tun Sie hier, Brenne?«

»Ich schnappe bloß ein bisschen frische Luft«, sagte ich. »Ich wohne in der Pension.«

Bevor er mehr fragen konnte, verabschiedete ich mich und ging den Schotterweg hinauf. Ich warf einen Blick über die Schulter und sah, dass er mir argwöhnisch hinterherschaute.

Bald wusste ich, dass ich auf dem richtigen Weg war. Nach zehn Minuten fand ich das Waldstück, das aus krummen Fichten bestand. Es war nicht leicht voranzukommen, ich kletterte über umgestürzte Bäume und verrottete Äste, stolperte über Bulten und stapfte in gluckernde Moorlöcher. Zum Glück hatte ich Gummistiefel angezogen. Die Bäume standen so dicht, dass ich mich kaum orientieren konnte. Der Wald war größer, als ich erwartet hatte. Ich blieb stehen und fragte mich, ob ich die Richtung verloren hatte. Irgendwo hinter mir raschelte es im Unterholz. Ein Zweig knackte. Ich rührte mich nicht vom

Fleck. Zwischen den gelben und braunen Blättern glaubte ich etwas Grünes zu erkennen, aber ich war mir nicht sicher.
Das auf der Karte markierte Gebäude stellte sich als kleine Scheune heraus, in der früher vielleicht einmal Werkzeug aufbewahrt wurde. Zwei Steinwände standen noch, aber der Rest des Gebäudes war eingefallen. Nur vermoderte Bretter und bemooste Schieferplatten waren übrig. Auf der Rückseite zog sich eine niedrige Mauer am Waldrand entlang, und dort, in der Ecke zwischen Scheune und Mauer, war Siri gestorben.
Ich schaute das mitgebrachte Foto an. Sie lag auf dem Boden, halb auf der Seite, das Kleid über die Hüften hochgezogen. Das blonde Haar verdeckte ihr Gesicht, aber nicht die Blutflecken. Neben ihrem Kopf lag ein runder, grober Stein, etwas größer als eine Faust. Auch der Stein war voller Blut.
Nun wuchsen wilde Himbeerbüsche mit halb verwelkten, traurigen Blättern an der Stelle, wo sie gelegen hatte. Der Boden, damals saftiges, grünes Gras, war voller Bulten mit steifen, gelben Halmen. Ich weiß nicht, was ich erwartet hatte, aber ich fühlte keine Vibrationen aus einer fernen Vergangenheit, vernahm kein Echo der Tragödie, die sich hier abgespielt hatte. Dieser Ort hatte mir nichts zu sagen.

Anstatt denselben Weg zurückzugehen, ging ich weiter am Waldrand entlang. Nach einer Weile kam ich zu einem Karrenweg, der meiner Einschätzung nach ins Dorf zurückführen musste. Ein frischer Westwind war aufgekommen, und ich schlug die Arme um den Oberkörper, um nicht auszukühlen. Es roch nach Regen.
Mitten in der graubraunen Landschaft stand ein einzelnes weißes Haus. Im Gegensatz zu den meisten Grundstücken auf Vestøy waren dort weder Zierbüsche noch Blumenbeete oder Gartenmöbel hinter dem grünen Zaun zu sehen. Nur eine Wäschespinne stand auf dem gelben Rasen, und die Wäsche flat-

terte im Wind. Als ich am Gartentor vorbeiging, rief jemand meinen Namen.
Ich drehte mich um und sah Frank, der den Kopf aus dem Fenster steckte.

Franks Küche war klein, aber sauber und ordentlich. Das Geschirr stand frisch gespült auf der Ablage: zwei Teller, zwei Gläser, ein Topf und eine Kaffeetasse. Vor dem Fenster standen ein kleiner Tisch mit gelbem Kunststofffurnier von der Art, wie ich sie aus meiner Kindheit kannte, und zwei Stühle mit braunem Kunstlederpolster. Dankbar legte ich die Hände um die dampfende Kaffeetasse. Durch die halb offene Wohnzimmertür drang leise Countrymusic.
»War nett gestern«, sagte er. »Warst du spazieren?«
»Ja«, sagte ich, »aber jetzt ist es kalt und windig geworden. Ich glaube, es liegt Regen in der Luft.«
»Du hast recht. Es wird bald regnen.«
Mit geübten Händen drehte er sich eine Zigarette, zündete sie mit einem Streichholz an und inhalierte tief. Blies eine blaue Wolke an die Decke. »Das Rauchen wird mich noch mal umbringen, aber ich schaffe es nicht aufzuhören. Hab es schon oft probiert. Stört es dich?«
Ich schüttelte den Kopf.
»Gut.« Ein weiterer Lungenzug, dann sah er mir in die Augen. »Du bist wegen der alten Mordsache hier, stimmt's?«
»Wie kommst du darauf?«
»Ein Rechtsanwalt mit einem normalen Auftrag hier auf der Insel hätte nur seinen Mandanten besucht und wäre wieder abgereist. Er würde nicht wie du durch Wald und Wiesen streifen. Und du kommst aus Norden.« Er zeigte in die Richtung. »Dort gibt es nur zwei Höfe. Einer ist verlassen, und die Bewohner des anderen sind gerade auf den Kanarischen Inseln, also hast du auf jeden Fall keinen Mandanten besucht.« Ein

weiterer Zug aus der Zigarette. »Ich glaube, du hast den Tatort angeschaut, an dem Siri ermordet wurde.«

Ich wusste nicht, was ich antworten sollte.

Ein Hauch von Ungeduld lag in seiner Stimme.

»Habe ich recht, Mikael?«

Ich seufzte.

»Ja, du hast recht.«

»Aber warum? Welches Interesse kann dieser alte Fall für …«

Er stutzte. »Aron, verdammt! Dahinter kann nur Aron stecken. Er will, dass du den Fall wiederaufnimmst, stimmt's?«

Ich nickte.

Er lehnte sich zurück, und ich hörte das kratzende Geräusch, als er sich über die Bartstoppeln strich.

»Du bist nicht gerade begeistert, oder?«

»Nein, das bin ich nicht. Im Gegenteil«, sagte er. »Du kannst das nicht verstehen. Kein Außenstehender kann sich vorstellen, welche Auswirkungen das damals hatte, welch ein Schock es für uns alle war. Wir sind eine enge Gemeinschaft, jeder kennt jeden, und alle sind irgendwie miteinander verbunden. Wie ich schon sagte, Anne war meine Kusine. Nach ihrem Tod war ich am Boden zerstört, und ihre Familie, meine Tante und mein Onkel sind nicht mehr dieselben. Mein Onkel schwand dahin. Er lebt noch, aber es ist nichts mehr von ihm übrig.«

»Kennst du auch Aron?«

»Natürlich kenne ich Aron. Oder besser gesagt, ich habe ihn gekannt. Er kommt nie hierher.«

»Nicht einmal zum Einkaufen oder um auf die Post zu gehen?« Ich war erstaunt.

»Nein. Ich habe ihn kein einziges Mal gesehen, seit er rausgekommen ist. Er weiß schon, warum er sich nicht blicken lässt.«

Frank beugte sich über den Tisch und gestikulierte mit der Zigarette. »Der Mann ist schuldig, Mikael. Ich kannte ihn. Er ist ein paar Jahre jünger als ich, aber wir sind zusammen aufgewachsen. Er ist nicht ganz richtig im Kopf. Nichts ist richtig an ihm.«

»Wie meinst du das?«, fragte ich.

Frank schüttelte nur den Kopf.

»Das ist nicht so leicht zu erklären, aber wir wussten alle, dass er nicht normal ist, dass er … zu allem fähig war.«

»Auch zu einem Doppelmord? Bloß, weil er merkwürdig und etwas anders als die anderen war, ist er gleich ein Doppelmörder?«

»Er ist schuldig, Mikael. Es gab nicht den geringsten Zweifel damals, weder bei uns auf Vestøy noch bei der Polizei oder der Gerichtsverhandlung. Herrgott, der Mann hat gestanden! Er hat sie beide umgebracht, Anne und Siri. Glaub mir, er war es.«

»Ich weiß, dass es damals keinen Zweifel gegeben hat«, sagte ich. »Und genau das stört mich. Diese kollektive Schuldzuweisung. Niemand hat je in Erwägung gezogen, dass ein anderer der Täter gewesen sein könnte. Und ich habe die Akten der Ermittlung gelesen, Frank. Eine dürftige Beweisgrundlage. Indizien, Annahmen, Gerüchte und der Mangel an anderen Verdächtigen haben Aron zu Fall gebracht. Dieses Geständnis …« Ich schüttelte den Kopf. »Er war doch nur ein Junge. Du weißt selbst, was geschieht, wenn du einen wie Aron tagelang verhörst. Das Geständnis ist nicht viel wert. Ich bin keineswegs von seiner Schuld überzeugt.«

»Ich wünschte, du würdest das nicht tun, Mikael. Da kommt nichts Gutes bei raus.«

Ich zuckte mit den Schultern.

»Höchstwahrscheinlich kommt überhaupt nichts dabei raus. Die Wiederaufnahme alter Verfahren zu erreichen ist schwer. Sehr schwer. Aber ich habe den Auftrag nun einmal angenommen, da muss ich es wenigstens versuchen.«

Er sah mich düster an, ohne zu antworten. Eine weiche Bluesgitarre und eine charakteristische Stimme drangen aus dem Nebenzimmer und füllten die Stille zwischen uns.

»You can send me dead flowers every morning. Send me dead flowers by the mail.«

»Ich kenne diesen Song«, sagte ich, um die Stimmung aufzuhellen. »Es ist ein Stones-Song, von *Sticky Fingers*, glaube ich. Wer ist das? Ziemlich gut, die Version.«

»Ziemlich gut!«, rief Frank empört. »Das ist Townes van Zandt, Mann! Ziemlich gut! Sag nicht, dass du noch nie von Townes van Zandt gehört hast!«

Ich schüttelte den Kopf.

»Kann ich nicht behaupten.«

»Van Zandt ist Legende. Der Mann war ein Genie, er hatte einen Wahnsinns-IQ. Keiner hat bessere Songs geschrieben, aber Alkohol und Heroin haben ihn kaputtgemacht.«

»Ich dachte, Dope sei etwas für Rocker, nicht für Cowboys.«

Franks sah mich voller Geringschätzung an.

»Wo hast du dein Leben bisher verbracht, Mikael? Hast du etwa noch nie von Johnny Cash gehört? Van Zandt starb völlig heruntergekommen am 1. Januar 1997, das sind auf den Tag genau vierzig Jahre nach einer anderen Legende, die sich ebenfalls selbst fertiggemacht hat: Hank Williams. Und ›Dead Flowers‹ ist eigentlich ein Van-Zandt-Song, damit du es ein für alle mal weißt. Richards und Jagger haben ihn nämlich von ihm geklaut.«

»Bist du sicher?«

»Todsicher. Hör doch mal zu. So etwas hätte dieser Possenreißer Mick nie schreiben können. Das ist echte Ware. Echte Country.«

»Egal, wer es geschrieben hat, es ist gut. Sogar ein Stadtjunge wie ich kann das hören.«

»Es ist verdammt gut«, sagte Frank.

Als er mich zur Tür begleitete und ich mich für den Kaffee bedankte, sagte er plötzlich: »Du willst bestimmt auch den Ort sehen, an dem Anne ermordet wurde. Der ist nicht so leicht zu finden. Ich kann ihn dir morgen zeigen, wenn du willst.«
Ich sah ihn überrascht an.
»Das würdest du tun? Ich dachte, es sei dir nicht recht, dass ich …«
»Du würdest es sowieso tun. Ich kann dir ebenso gut helfen, dann bist du schneller fertig. Ich hole dich morgen nach dem Frühstück ab.«

In der Zwischenzeit hatte es zu regnen begonnen, und ich war triefnass und fror, als ich zurückkam.
Magda saß an einem Tisch im Café. Vor ihr lag ein Stapel Papier, anscheinend Rechnungen. Sie kaute an einem Kugelschreiber, schrieb Zahlen auf ein Blatt, schaute aber auf und lächelte, als sie mich bemerkte.
»Hei, Mikael. Mein Gott, du siehst aus wie eine ersoffene Katze. Ist das Wetter so schlecht geworden?«
»Ja, es schüttet.«
»Du musst was Trockenes anziehen, sonst wirst du krank«, sagte sie und berührte meine Hand. Es war eine spontane, unbewusste Regung. Schon gestern war mir aufgefallen, dass sie keine Scheu vor Körperkontakt hatte. Plötzlich fielen mir meine Phantasien von ihr wieder ein. Vielleicht las sie es in meinen Augen, denn sie senkte den Blick und errötete leicht.
»Wir sehen uns beim Abendessen«, sagte ich.

Aber beim Abendessen war sie nicht da. Hinter der Bar stand eine ältere, humorlose Frau und nahm ohne ein Lächeln Bestellungen entgegen. Als ich nach Magda fragte, erfuhr ich, dass sie freihatte. An diesem Abend war das Lokal fast leer und die Stimmung mäßig. Ich trank ein Bier nach dem Essen, aber

keiner redete mit mir. Die wenigen Gäste waren mit sich selbst beschäftigt.
Ich ging auf mein Zimmer und versuchte in den Akten zu lesen, aber ich konnte mich nicht konzentrieren und fühlte mich deprimiert. Im Unterbewusstsein lauerten schon die Gespenster der letzten Nacht. Ich hörte ihre Stimmen wie fernes Hundegebell und spürte, wie sie näher kamen. In meiner Reisetasche lag eine Flasche Cognac. Ich holte ein Wasserglas und schenkte es halb voll. Schon nach dem ersten Schluck verbreitete sich die Wärme im ganzen Körper. Die Gespenster zogen sich zurück. Die Stimmen verstummten. Ich füllte das Glas erneut.

## Kapitel 22

Als Frank am nächsten Morgen kam, saß ich noch beim Morgenkaffee.

»Trinkst du eine Tasse mit mir, bevor wir gehen?«, fragte ich.

Er nickte und holte sich eine Tasse Kaffee.

»Du siehst nicht besonders fit aus, Mikael. War wohl spät gestern Abend?«

Ich schüttelte den Kopf, was ich sofort bereute. Die Kopfschmerzen hatten sich in meinen Schläfen festgekrallt. »Nein, ich habe bloß schlecht geschlafen, das ist alles.«

»Okay«, sagte Frank.

Der Tag war still, grau und feucht. Als hätten die Wolken sich durch ihr eigenes Gewicht zu Boden gesenkt und die Insel in ein seltsames, schimmerndes Halblicht getaucht. Wir folgten der Straße nach Süden. Am Ortsende öffnete Frank ein Gatter und führte mich auf einem fast nicht zu erkennenden Pfad quer über die Felder. Frank schwieg und ging schnell voran, bis wir den höchsten Punkt der Insel erreichten. Dort blieb er neben einer halb zerfallenen Steinpyramide stehen, die als Wegmarkierung diente.

»Eigentlich wollte ich sie schon lange wieder aufbauen«, sagte er und trat gegen den Steinhaufen, »aber irgendwie komme ich nie dazu.« Dann zeigte er nach Westen. »Da drüben liegt das offene Meer, Mikael. Der Ozean.«

Ich konnte es riechen und hören, ein fast unmerkliches Brausen, das stärker und schwächer wurde, aber sehen konnte ich das Meer nicht. Alles war in Nebel und grauem Dunst verborgen. Frank lief weiter. Es ging wieder bergab, und er war gut zu

Fuß, sprang von Bulte zu Bulte, von Stein zu Stein. Ich musste mich anstrengen, um mitzukommen. Wir überquerten ein Moor, dann wurde das Gelände wieder flacher, und der Pfad machte eine Biegung nach Westen. Wir kletterten über eine kleine Bergkuppe, und endlich sah ich das Meer, aber nur als dunkle, stille Fläche, die sich im Nebel verlor. In gutem Abstand vom Ufer verlief der Pfad über flache Geröllfelder nach Süden. Obwohl er leicht begehbar war, ging Frank plötzlich langsamer. Er zögerte. Vielleicht bereute er, dass er mich mitgenommen hatte.

»Ist es noch weit?«, fragte ich, und er schüttelte den Kopf.

»Nein, wir sind gleich da.«

Wir kamen an eine Stelle, wo die Felsen eine Art natürliche Treppe bildeten, stiegen hinab und standen auf einem großen Absatz, der sich leicht zum Meer hin neigte, aber flach wie ein Tisch war. Am hinteren Ende des Plateaus lagen einzelne Steine, manche so groß wie ein Sessel, andere wie ein Auto. Frank setzte sich auf einen der kleineren und drehte sich eine Zigarette.

»Hier ist sie gestorben«, sagte er. »Oder jedenfalls hat man sie hier gefunden. In der Mitte des Plateaus.«

Er redete leise und ruhig, aber ich sah, dass seine Finger zitterten. Ich wusste nicht, was ich sagen sollte. Er nahm mehr Tabak aus dem Päckchen und bekam endlich eine brauchbare Zigarette hin, zündete sie an und inhalierte gierig. »Sie hatte nur ein Kleid an. Keinen Mantel, obwohl sie einen getragen hatte, als sie von zu Hause weggegangen war.« Die Zigarette glühte erneut auf. »Nur ein Kleid. Ein geblümtes, dünnes Sommerkleid. Vielleicht hat das Meer den Mantel fortgespült. Er wurde jedenfalls nie gefunden. Und Anne … sie hätte ebenso fortgespült werden können. Dann hätten wir vielleicht nie erfahren, was passiert war. Eigentlich unglaublich, dass sie hier lag. Es war ein stürmischer Tag, die Wellen waren hoch, und da ist es gefährlich hier. Vor vielen Jahren hat das Meer hier vier Studenten geholt. Sie wollten den Sturm beobachten, hatten keine Ahnung, was sie taten. Die Wellen haben sie davongefegt.«

Ich ging zur Kante des Plateaus. Glatte, steile Felsen fielen zum Wasser hin ab. Ich konnte kaum glauben, dass die Wellen bis hier hinaufkamen, aber warum hätte Frank lügen sollen? Obwohl das Meer heute still und glänzend dalag, war es lebendig, stieg und fiel, prustete und stöhnte. Wenige Meter vom Ufer wölbte sich die Dünung über eine Schäre, bevor die Wellen wieder zurücksanken und der Felsen wie ein Ungeheuer aus der Tiefe auftauchte. Kleine Nebelschwaden fegten wie Rauch über das Wasser. Mich schauderte. Der Ort war mir unheimlich. Ich sah Anne in der Mitte des Plateaus liegen und musste an eine alte Opferstätte denken, an der junge Frauen einem gnadenlosen Gott dargebracht wurden.

»Wir können auch am Ufer weitergehen«, sagte Frank. »Ein Stück weiter dort drüben liegt das Bethaus. Dieser Pfad ist eine Abkürzung, aber fast nur Jugendliche benutzen ihn. Für Ältere ist es leichter, auf dem Weg zu gehen. Sollen wir zum Bethaus gehen und dann über den Weg zurück?«

»In Ordnung.«

Er erhob sich schwerfällig.

»Anne kam von dort an jenem Abend, vom Bethaus«, sagte er nach einer Weile.

»Was hat sie dort getan?«, fragte ich, obwohl ich es aus den Akten wusste.

»Sie war beim Vorsteher des Bethauses gewesen.«

»Salomonsen?«

»Ja, Kristian Salomonsen. Damals ging fast das ganze Dorf ins Bethaus. Die Erweckungsbewegung hatte großen Zulauf entlang der Küste, und Anne war, glaube ich, in der Bibelstunde, so genau weiß ich das nicht mehr. In der Abenddämmerung hat sie die Abkürzung nach Hause genommen. Und hier … hier hat sie Aron getroffen.«

»Vielleicht«, sagte ich. »Auf jeden Fall hat sie jemanden getroffen.«

»Aron. Sie hat Aron getroffen.« Sein Gesicht war grau im schwachen Tageslicht, er sah müde, faltig und alt aus.

»Vielleicht hast du recht, Frank, ich weiß es nicht. Du hast ihr nahegestanden, nicht wahr?«

»Ja, ich habe sie sehr gemocht. Und ich habe sie nie vergessen. Andere können vergessen, aber nicht ich. Sie verdient es, dass man sich an sie erinnert.«

Das Bethaus war dunkel und still, als wir vorbeigingen. Das kleine, zweistöckige Haus war den Herbststürmen so ausgesetzt, dass man es mit Stahlseilen und tief im Fels verankerten Bolzen befestigt hatte. Ich fragte, ob es noch in Gebrauch sei, und er nickte.

»Die Gemeinde existiert noch, auch wenn es nicht mehr wie früher ist. Heute kommen fast nur noch alte Leute hierher. Die Jugend …« Er winkte ab. »Du weißt ja, wie das ist.«

»Und du?«

»Ob ich ins Bethaus gehe?« Er lächelte. »Nein. Ich bin den Freuden und Versuchungen des irdischen Lebens zu sehr erlegen, um mich um das Jenseits zu kümmern, fürchte ich.«

»Der Vorsteher, Salomonsen, wohnt immer noch hier, nicht wahr?«

»Ja. Seine Wohnung ist im ersten Stock, aber es sieht so aus, als wäre er nicht zu Hause. Er geht viel spazieren. Man trifft ihn überall auf der Insel. Er sagt immer, dass er das Werk des Schöpfers bewundert. Willst du mit ihm reden?«

»Ich kann ihn ein andermal besuchen.«

Wir gingen den Weg entlang.

»Nett von dir, dass du mich mitgenommen hast«, sagte ich, und er zuckte mit den Schultern.

»Ich wünschte, du würdest die Sache nicht wieder aufrollen, Mikael, aber es spricht nichts dagegen, dass du den Ort siehst, wo Anne gestorben ist. Nicht alle wissen mehr, wo es geschah.« Er blieb stehen und drehte sich zu mir um. »Trotzdem weiß ich nicht, was das Ganze soll. Hat es dir irgendetwas gebracht?«

»Ich wollte einfach nur den Tatort sehen.«

»Ja. Aber hast du irgendetwas Neues erfahren, was dir helfen könnte?«

Ich schüttelte den Kopf.

»Nein, aber …«

»Du verschwendest deine Zeit«, sagte er und ging weiter. »Du wirst nur Unruhe verbreiten und die Leute unglücklich machen.«

## Kapitel 23

Die Decke war niedrig, als wäre das Haus zu einer Zeit gebaut worden, als die Menschen noch kleiner waren – oder demütiger. Die alte Frau, die mir öffnete, war auf jeden Fall so bucklig, dass sie den Kopf schräg legen musste, um mich anzusehen.

»Frau Jensen?«, fragte ich. Sie nickte, und ich sagte, dass ich Rechtsanwalt sei, und murmelte etwas von einem alten Fall. Sie sah verwirrt aus, aber ich fragte, ob ich hereinkommen dürfe. Aus Sitte und Gewohnheit blieb niemand hier vor der Tür stehen, also nickte sie und schlurfte vor mir durch die dunklen Zimmer.

Ich balancierte auf der Kante eines kleinen, gepolsterten Stuhles und fühlte mich wie ein Riese. Aus der Küche hörte ich Geschirr klappern, wahrscheinlich holte sie mit zitternden Händen Tassen und Servietten hervor. Ein Sofa, ein Kaffeetisch und zwei Stühle füllten das Zimmer. Es war leicht zu sehen, wo ihr Lieblingsplatz war, das Sofakissen unter dem Fenster war platt gesessen und abgewetzt, und über der Armlehne hing eine Strickdecke. Eine Illustrierte lag aufgeschlagen auf dem Tisch neben einer Brille. Auf dem Sofa lag Strickzeug, und gegenüber stand ein altmodischer Fernseher, aber irgendetwas sagte mir, dass er nicht oft benutzt wurde.

Links vom Sofa hingen Fotografien an der Wand. Ich stand auf, duckte mich unter den tiefen Deckenbalken und betrachtete die Bilder näher. Alle waren von Siri. Siri als Baby. Siri mit dem Schulranzen auf dem Rücken. Auf einem Bild hatte sie eine festliche Tracht an, auf einem anderen stand sie im Badeanzug am Strand, mit nassen Haaren und einem breiten Lächeln, ein Mädchen an der Schwelle zur Frau. Auf den meisten Bildern war sie allein, nur auf einem standen ein großer, ernst dreinblickender Mann und eine Frau neben ihr, wahrscheinlich dieselbe, die gerade Kaffee für mich kochte.

Eine ganz normale Kleinfamilie. Vielleicht glücklich, jedenfalls mehr oder weniger, dachte ich. Die Eltern auf dem Bild sahen stolz aus. Der Mann legte eine Hand auf die Schulter seiner Tochter, die Mutter hielt sie im Arm und lächelte. Siri sah völlig durchschnittlich aus. Ein norwegischer Teenager, in sicheren Verhältnissen aufgewachsen, eine liebevolle Familie, Kindheit in einem kleinen norwegischen Dorf. Die Wahrscheinlichkeit, dass sie einen gewaltsamen Tod finden würde, war minimal, und trotzdem war es geschehen. Die kleine Galerie in der Ecke zeigte Augenblicke ihres Lebens, und ich musste an das Bild denken, das nicht dort hing. Aus irgendeinem Grund trug ich es noch in der Jackentasche. Das Bild von Siri am Boden, mit hochgezogenem Kleid und dem blonden, blutbefleckten Haar über dem Gesicht. Das letzte Bild.

Hinter mir quietschte die Tür, und ich drehte mich um. Sie mühte sich mit einem großen Tablett ab, auf dem zwei Tassen Kaffee und ein Teller Kekse standen. Ich nahm es ihr ab, und sie ließ sich dankbar aufs Sofa fallen.

»Bitte schön, bedienen Sie sich«, sagte sie.

Der Kaffee war dünn und schmeckte wie Abwaschwasser, die Kekse waren trocken und geschmacklos, aber ich trank und kaute tapfer. Sie sah mir zufrieden zu, aus ihrem Blick sprach keine Neugier. Jetzt, wo ich einmal hier saß, schien sie vergessen zu haben, dass sie mich nicht kannte und ich den Grund meines Besuchs noch nicht genannt hatte. Es reichte, dass ich ihr Gesellschaft leistete, Kaffee trank und Kekse aß.

»Danke, das war gut«, sagte ich, und sie lächelte und nickte.

»Ihr Mann«, fuhr ich fort, »ist er tot?«

Sie nickte.
»Ja, er ist vor ein paar Jahren gestorben.«
»Das wusste ich nicht«, sagte ich. »Mein Beileid.«
Sie nickte erneut, sagte aber nichts.
»Aber eigentlich wollte ich mit Ihnen über Siri reden.«
»Siri?« Sie sah mich verständnislos an, mit glänzenden, braunen Rehaugen.
»Ja, Ihre Tochter Siri. Ich wüsste gern, ob …«
»Siri, ja!« Sie lächelte, aber dann verzog sie das Gesicht, öffnete den Mund und begann zu weinen, bitterlich und hemmungslos wie ein Kind. Sie griff unter das Sofakissen neben ihr und zog ein Foto hervor. »Siri ist tot«, schluchzte sie. »Siri ist tot. Sie war so ein schönes und gutes Mädchen, aber sie ist tot.«
Ich stand auf, legte sanft eine Hand auf ihre Schulter und sah das Foto in ihrem Schoß an. Es war ein Porträt von Siri, wie es professionelle Fotografen von Schulklassen machen. Ihr Daumen streichelte unaufhörlich die Wangen des Mädchens, und das ehemals glänzende Bild war matt und abgenutzt.
Langsam beruhigte sie sich, und nach einer Weile legte sie das Bild wieder unter das Kissen. Ich trank mehr Kaffee im Halbdunkeln. Dann redeten wir über das Wetter und darüber, dass wir uns auf den Frühling freuten. Aber Siri erwähnten wir nicht mehr. Ich wusste nicht einmal mehr, was ich sie eigentlich fragen wollte, und selbst wenn ich es gewusst hätte, hätte ich es nicht übers Herz gebracht. Fünfundzwanzig Jahre waren seit dem Mord vergangen, aber Frau Jensens Trauer war so stark wie am ersten Tag, die Wunde war nie verheilt. Ich bedankte mich und ging zurück in mein Zimmer über dem Café, mit dem unbehaglichen Gefühl, dass ich mich in etwas eingemischt hatte, was mich nichts anging.

An diesem Abend aß ich auf dem Zimmer. Nach dem Essen wollte ich in den Akten lesen, aber wieder konnte ich mich

nicht konzentrieren. Die Wörter verschwammen vor meinen Augen, die Sätze ergaben keinen Sinn. Ich stand vom Schreibtisch auf und ging spazieren.
Die wenigen Straßen des kleinen Ortes waren leer, Asphalt und Pflastersteine glänzten nass vom Regen. Ich fühlte mich unruhig und nahm rasch den Pfad nach Süden, den Frank und ich am Morgen gegangen waren. Hier gab es keine Beleuchtung mehr, die Dunkelheit war so dicht, dass sie mir wie eine Barriere vorkam. Ich ging instinktiv langsamer und streckte die Arme aus, als befände ich mich in einem dunklen Zimmer. Ich zögerte, wollte umkehren, aber nach einer Weile wurde meine Nachtsicht besser. Erst nach einer Viertelstunde drehte ich um.
Zurück in meinem Zimmer, sah ich, dass Synne eine SMS geschickt hatte: »Wie geht's? Alles in Ordnung?«
»Alles OK, es geht mir gut«, schrieb ich zurück.
Auf der Fensterbank stand die Cognacflasche, immer noch fast halbvoll. Ich beschloss, einen Schluck vorm Schlafengehen zu trinken. Nur einen.

## Kapitel 24

Im Nahkauf saß dieselbe Übergewichtige an der Kasse. Sie kaute Kaugummi und starrte leer vor sich hin. Ich nahm einen roten Plastikkorb und spazierte zwischen den Regalen umher, kaufte Kekse, Obst und Mineralwasser. Auf einer Bank neben der Kasse saßen drei ältere Frauen und unterhielten sich. Als ich bezahlte, verstummte ihr Gespräch, und sie starrten mich an. Eine von ihnen sagte etwas, aber sie sprach so leise, dass ich es nicht verstehen konnte.

»Kann ich hier etwas vom nächsten Alkoholladen bestellen?«, fragte ich die Kassiererin, »oder muss ich dafür aufs Festland fahren?«

»Was möchten Sie haben?«

»Eine Flasche Cognac.«

»Das geht in Ordnung, aber sie kommt erst morgen früh mit dem Boot. Wie war Ihr Name?«

Als ich bezahlt hatte und mich umdrehte, stand eine der drei Frauen direkt vor mir. Die beiden anderen standen Schulter an Schulter hinter ihr. Ihre Blicke waren feindselig.

»Sie sind Anwalt Brenne, nicht wahr?«

Ich nickte abwartend.

»Hören Sie auf, die Leute zu belästigen!«

»Wie bitte?«

»Sie sollen aufhören, die Leute hier zu belästigen, habe ich gesagt!«

»Ich habe niemanden …«

»Sie waren bei Solveig. Die Arme war total verstört danach. Schämen Sie sich denn gar nicht? Alle wissen doch, dass sie seit Siris Tod nicht mehr dieselbe ist. Die Hälfte der Zeit glaubt sie, das Mädchen sei noch am Leben, den Rest der Zeit weint sie. Und neuerdings ist sie auch noch senil geworden. Sie haben sich schändlich benommen.« Ihre Stimme war schrill und ihr Gesicht rot vor Wut.

»Ich konnte doch nicht wissen, dass …«, hob ich an, wurde aber sofort von einem Chor übertönt.

»… schändlich!«

»… einfach hierherzukommen und alte Wunden aufzureißen!«

»… anständige Leute zu belästigen.«

Da ging die Tür auf, und ein großer, dunkelhaariger Mann platzte mitten in die lautstarke Runde. Er sah die wütenden Frauen fragend an, und mit einem Mal wurde es still. Die großen braunen Augen und der traurige Blick fielen mir sofort auf.

»Was ist los?«, fragte er leise.

»Pastor«, sagte die Frau, die das Wort geführt hatte, und machte einen Knicks. »Dieser Mann hat die arme Solveig Jensen aufgesucht und mit Fragen über Siri gequält, und wir …«

Der Mann hob die Hand.

»Ich weiß«, sagte er. »Ich komme gerade von Solveig. Es geht ihr gut, aber ich werde mit Anwalt Brenne reden, wenn er nichts dagegen hat. Ich bin sicher, dass er niemanden verletzen wollte.«

Er legte eine Hand auf meine Schulter, und ich ließ mich willig in Sicherheit bringen.

»Puh!«, sagte ich, als die Tür hinter uns zuging, und tat, als ob ich mir den Schweiß von der Stirn wischte.

Er lachte nicht, aber ein Anflug von Humor lag in seinen Augen.

»Ja, mit den drei Furien ist nicht zu spaßen.« Er streckte die Hand aus. »Kristian Salomonsen. Vorsteher des Bethauses von Vestøy.«

Sein Händedruck war kräftig, er war gut gebaut. Gleichmäßige Gesichtszüge, weiße, gerade Zähne und sonnengebräunte Haut. Er musste ein schöner Mann gewesen sein, und selbst jetzt, mit weit über fünfzig und grauem Haar, hatte er etwas Anziehendes an sich.

»Hören Sie, Salomonsen«, sagte ich. »Das mit Solveig Jensen tut mir leid. Ich wusste nicht, wie es um sie steht, aber als ich es bemerkte, habe ich sofort das Thema gewechselt und wir sprachen nicht mehr über Siri.«

»Schon in Ordnung«, sagte er. »Ich habe gehört, dass Sie Rechtsanwalt sind und die alte Tragödie wieder ausgraben. Sie müssen verstehen, dass Sie sich hier auf dünnem Eis bewegen. Was damals mit Anne und Siri geschah, hat tiefe Wunden hinterlassen. Nicht nur bei den Angehörigen, sondern bei der gesamten Gemeinde. Die Menschen hier draußen sind eng miteinander verbunden.«

»Das habe ich schon oft gehört«, sagte ich, »aber ich habe einen Job zu erledigen. Ich werde versuchen, so rücksichtsvoll wie möglich vorzugehen, aber ich habe einen Auftrag zu erfüllen.«

Er sah mich an.

»Tun Sie, was Sie für richtig halten«, sagte er. »Sie wirken nicht wie ein rücksichtsloser Mensch, aber man kann auch mit guten Absichten Schaden anrichten.«

Plötzlich hatte ich es satt, dass alle mir sagten, was ich zu tun und zu lassen hatte. Anstatt in die Pension zurückzugehen, ging ich weiter den Berg hinauf und dann nach rechts. Ich lief kurz in den engen Gassen umher, fand aber bald die richtige Straße und ging bis an ihr Ende, wo zwischen Efeu und abgeschnittenen Rosenbüschen ein weiteres weißes Holzhaus stand. Die Frau, die mir öffnete, war nicht viel jünger als Solveig Jensen, aber ihr Rücken war gerade und ihr Blick klar und direkt. Ich stellte mich vor.

»Was wollen Sie?«, fragte sie.
»Ich komme von einer Anwaltskanzlei. Es geht um einen alten Fall, über den ich gern mit Ihnen reden würde. Wenn ich vielleicht hereinkommen dürfte?«
»Welcher alte Fall?«
»Es geht um Anne.«
»Anne?« Ich hätte ihr ebenso gut eine Ohrfeige versetzen können. Sie wurde erst leichenblass und dann knallrot, als wäre erst alles Blut aus ihrem Gesicht gewichen, um es gleich darauf mit Röte zu überfluten. Ich nickte und wartete ab.
»Meine verstorbene Tochter Anne?« wiederholte sie ungläubig. »Sie wollen mit mir über Anne reden? Und Sie sind Rechtsanwalt, sagen Sie?«
»Jurist.«
Eine Männerstimme rief etwas, was ich nicht verstand, und sie drehte sich um.
»Ich komme gleich, Kjell«, antwortete sie. »Mein Mann. Er ist nicht mehr so gut zu Fuß. Wen vertreten Sie?«
»Ich komme von der Kanzlei Bergstrøm, und …«
Sie mochte alt sein, aber altersschwach war Frau Vestøy nicht. Sie war präzise wie ein Chirurg.
»Danach habe ich nicht gefragt. Wer ist Ihr Mandant?«
Ich räusperte mich.
»Ich vertrete Aron Sørvik.«
»Aron?«
»Ja. Ich habe …«
»Verschwinden Sie.«
»Frau Vestøy«, sagte ich. »Ich möchte Ihnen bloß ein paar einfache Fragen stellen.«
Aber bevor ich den Satz beendet hatte, hatte sich die Tür geschlossen.

## Kapitel 25

Ja, das stimmt«, sagte der Mann und lächelte. »Ich bin Runar Wiesner.«

Er war ein untersetzter Mann mit roten Wangen und großen, roten Händen, die er an seinem weißen Arbeitskittel abwischte, bevor er mir die Hand reichte. Es war eine Erleichterung, dass mir jemand einmal nicht mit Aggression begegnete.

»Mikael Brenne.«

Ich schaute mich neugierig um. Die Fischannahmestelle lag für sich in einer kleinen Bucht südlich des Dorfes. Sie bestand aus einer ziemlich großen Anlegestelle mit einem rostigen Kran, einem zweistöckigen Betongebäude und einem alten, schiefen Lagerhaus. »Das gehört alles Ihnen, nicht wahr?«

»Ja. Die Familie Wiesner betreibt hier seit mehreren hundert Jahren die Fischannahme. Die Fischerei läuft gut hier draußen und ist der einzige Grund, dass hier Leute wohnen.« Er sagte dies voll Stolz und Selbstbewusstsein, als existiere ganz Vestøy nur aufgrund seiner Gnade.

Der Kai war sauber und ordentlich. Die Türen des Lagerhauses standen offen. An einer Wand waren weiße Styroporkisten aufgestapelt, mitten im Lager stand ein orangener Palettenheber, aber ich sah niemanden arbeiten.

»Nicht viel los hier?«

»Nein. Mit Fisch ist kaum noch Geschäft zu machen. Der Dorsch ist so gut wie verschwunden aus der Nordsee, und trotzdem sind die Preise so tief, dass wir kaum etwas verdienen.«

»Ist der Betrieb stillgelegt?«

»Nein. Wir arbeiten, aber nur in kleinem Maßstab und hauptsächlich aus sentimentalen Gründen. Wir sind seit Generationen hier, wie gesagt, und es gibt immer noch drei oder vier Fischkutter auf der Insel. Ohne uns könnten sie ihren Fang nirgendwo abliefern.«

»Und Sie verkaufen weiter an den Lebensmittelhandel?«

»Der Fisch wird auf Eis gelagert, und wir schicken ihn nach Hanstholm in Dänemark, wo er versteigert wird. Aber die Preise sind instabil und niedrig. Es kommt vor, dass wir Geld verlieren.«

»Wovon leben Sie dann?«

Er lächelte und streckte den Zeigefinger aus.

»Gleich hinter der Landzunge da drüben ist eine Zuchtanlage, und wir haben noch eine im Süden der Insel. Die Lachszucht hat auch ihre Höhen und Tiefen erlebt, aber die Wiesner AG hat genug Reserven, um schlechte Zeiten zu überstehen, und zurzeit ist eine Zucht so gut wie eine eigene Gelddruckerei. Und wir haben noch andere Pläne. Dort drüben am Strand werde ich Ferienwohnungen bauen, Rorbuer, vor allem für den deutschen Markt. Außerdem haben wir noch ein paar andere Geschäftsinteressen auf dem Festland. Uns geht es gut.«

»Hört sich so an«, sagte ich. Ein kleiner Kutter umrundete die Landzunge und kam auf uns zu. Das langsame Tuckern des Dieselmotors drang über das Wasser.

»Aber Sie interessieren sich sowieso mehr für die Vergangenheit, Brenne?«

»Sie wissen, warum ich hier bin?«

Er lächelte.

»Ja, das weiß ich.«

»Neuigkeiten verbreiten sich wirklich schnell hier.«

»Und wie. Ich habe Sie schon fast erwartet.«

»So? Warum denn?«

»Damals war viel los hier. Ich hatte Arbeit für alle, die sich ein paar Kronen extra verdienen wollten. Sie haben beide hier gearbeitet, Anne und Siri, deshalb dachte ich mir, dass Sie bestimmt bald auftauchen würden.«

»Aron hat auch hier gearbeitet, nicht wahr?«

Er zuckte mit den Schultern.

»Ab und zu, soweit ich mich erinnern kann, aber das war eher Wohltätigkeit von unserer Seite. Aron war nicht wie die anderen. Er war nett und freundlich, aber unkonzentriert. Ließ sich leicht ablenken.«

»Welches Verhältnis hatte er zu Anne und Siri? Haben Sie etwas Besonderes bemerkt?«

»Schwer zu sagen. Ich hatte keinen engen Kontakt zu den Jugendlichen, wissen Sie. Es gab feste Angestellte, und ich saß meistens im Büro. Mir ist jedenfalls nichts Besonderes aufgefallen.«

»Und die Mädchen?«

»Was meinen Sie?«

»Vielleicht könnten Sie einfach ein wenig von ihnen erzählen?«

»Es waren zwei völlig normale Teenager. Sie unterschieden sich durch nichts von den anderen, soweit ich mich erinnere, aber es ist schon lange her. Anne war lebhaft, glaube ich, Siri eher ein stiller Typ.«

»Sie hatten also nicht viel mit ihnen zu tun?«

»Nein, warum sollte ich? Es waren so viele, die hier arbeiteten.«

Der kleine Kutter glitt langsam an den Kai. Runar Wiesner ergriff die Trosse, die an Land geworfen wurde. »Hei, Gustav«, sagte er. »Was hast du heute für mich?«

Ich schaute in das Boot und erkannte die vernarbten Wangen und das dunkle Haar des wütenden jungen Mannes, der das Café nicht verlassen wollte.

»Hallo«, sagte ich und nickte, aber sein Blick war kalt und abweisend, und anstatt zu antworten, drehte er den Kopf weg und spuckte ein Stück Kautabak ins Wasser. Runar Wiesnar war zu beschäftigt, er vertäute das Boot und bemerkte nichts. Jetzt drehte er sich zu mir.

»Ich muss arbeiten, Brenne. Kommen Sie doch morgen zum Abendessen, dann können wir uns in Ruhe unterhalten. Ich glaube zwar nicht, dass ich Ihnen groß weiterhelfen kann, aber wir leben ziemlich isoliert hier draußen, und da tut es gut, ab und zu ein neues Gesicht zu sehen.«

Hinter der Theke stand das nette junge Mädchen, das mir bei der Ankunft mein Zimmer gezeigt hatte. Ich bestellte Abendessen, aber sie senkte den Blick, als ich sie anredete, und erwiderte nicht mein Lächeln. Ich aß ein Zwiebelsteak und trank Rotwein. Während ich das etwas zu zähe Fleisch kaute, schaute ich mich um.

Es war Donnerstagabend, das Wochenende rückte näher, und das Lokal war voller, als ich es bisher gesehen hatte. Der Einzige, der meinen Blick erwiderte, war Gustav, der Fischer. Er saß am selben runden Tisch wie beim letzten Mal, mit denselben lauten Freunden und ebenso vielen leeren Bierflaschen vor sich. Als er mich bemerkte, starrte er mich herausfordernd an, bis ich mich wegdrehete.

Langsam bekam ich das unbehagliche Gefühl, dass alle im Lokal über mich sprachen. Ich spürte die Seitenblicke und war überzeugt, dass ich im Zentrum des Interesses stand, obwohl alle so taten, als gäbe es mich nicht. Vielleicht war es Einbildung, vielleicht war ich paranoid, aber das Gefühl war deutlich zu spüren.

Später am Abend kam Magda. Ich fand, dass sie müde aussah, sie hatte Schatten unter den Augen, und ihre Mundwinkel zeigten leicht nach unten. Das machte sie verletzlich, aber nicht weniger attraktiv. Ich lächelte sie an. Sie lächelte zurück,

aber es war ein bleiches Lächeln, und sie schaute schnell wieder weg.
Ich bestellte mehr Rotwein in der Hoffnung, besser schlafen zu können.

Nach elf begann das Café sich zu leeren. Ich beschloss, vor dem Schlafengehen ein wenig Luft zu schnappen. Draußen war es kalt und dunkel. Meine Schritte hallten in den engen Gassen, sonst war es still. Ich ging den Berg bis zum Ortsende hinauf, wo die Straße in einem Wendehammer endete. Dort lehnte ich mich auf ein Geländer. Unter mir lag das Dorf, ein Miniaturstädtchen aus alten Holzhäusern und schmalen Gassen.
Ich trug keine Jacke. Solange ich in Bewegung gewesen war, hatte der Pullover ausgereicht, aber nun begann ich zu frieren. Trotzdem blieb ich stehen. Ich hob den Blick von den Lichtern unter mir und bemerkte, dass ich von undurchdringlicher Dunkelheit umgeben war. Einen Augenblick war mir schwindlig, und ich begriff, dass ich leicht betrunken war.
Ich hatte keine Schritte gehört. Hatte überhaupt nichts gehört. Nicht, bevor irgendetwas mit einem dumpfen, ekligen Laut gegen meinen Schädel knallte. Der Laut schien von innen zu kommen, nicht von außen.
Als ich am Boden lag und den dunklen Umriss des Angreifers vor einem noch dunkleren Nachthimmel sah, hörte ich noch immer nichts. Es war, als wäre ich mit einem Mal taub und fast blind geworden. Ich sah nur einen Stiefel auf mich zukommen, schnell und lautlos wie der Schatten einer Eule. Dann wurde alles schwarz.

Die Klingel summte zum hundertsten Mal, und ich klopfte an die Tür, dass die Scheiben klirrten. Ich wischte das Blut vom rechten Ohr und zitterte vor Kälte und Schock. Schon überlegte ich, ob ich die Scheibe an der Tür einschlagen sollte, als das

Licht endlich anging. Ein Schatten erschien hinter der Tür, dann kam Magdas schlaftrunkenes Gesicht im Türspalt zum Vorschein.
»Mein Gott«, sagte sie und schlug die Hand vor den Mund.
»Tut mir leid«, sagte ich. »Ich wollte dich nicht wecken, aber ich habe den Schlüssel vergessen.«

»Du brauchst einen Arzt«, sagte sie noch einmal. »Am Ende hast du einen Schädelbruch. Das Ambulanzschiff kann in weniger als einer Stunde hier sein.«
»Nein, das ist nicht nötig.« Ich presste ein Tuch auf die rechte Augenbraue. »Es blutet stark, aber es ist nur ein Schnitt.« Mit der anderen Hand tastete ich den Hinterkopf ab und fühlte eine Beule von der Größe eines Hühnereis. Sie tat weh, aber ich hielt sie nicht für gefährlich, weil mir weder übel noch schwindlig war.
Sie sah mich resigniert an.
»Warum müssen Männer immer so idiotisch stark sein?«
Es war eine rhetorische Frage, ich antwortete nicht. Nachdem der erste Schock vorbei gewesen war, hatte sich Magda als geschickt und tatkräftig erwiesen. Sie hatte mich hinauf in ihre Wohnung gebracht, mich im Bad auf einen Schemel gesetzt und mir die blutverschmierten Kleider vom Oberkörper gezogen. Nun stand sie vor mir.
»Leg den Kopf zurück«, sagte sie. »Ich will versuchen, die Blutung zu stillen.«
Ich tat wie geheißen, und sie beugte sich über mich. An der hervorstehenden Zungenspitze konnte ich sehen, wie konzentriert sie war. Sie trug einen hellgrünen Bademantel. In meinem warmen Kopf pochte es.
»Au!«, sagte ich, als sie die Wunde berührte.
»Nicht bewegen«, sagte sie. »Mal sehen … wenn ich nur … So! Ich habe die Wunde zusammengedrückt und ein Pflaster

draufgeklebt. Hoffentlich hält es. Komm, ich wasche dir das Gesicht ab, du siehst ja unmöglich aus.«

Ich schloss die Augen. Hörte das Wasser ins Waschbecken laufen. Fühlte einen feuchten, angenehm warmen Waschlappen auf dem Gesicht. Die Fingerspitzen ihrer anderen Hand berührten sanft meine Wangen. Ich öffnete die Augen. Ihr Bademantel hatte sich etwas geöffnet, und der Ansatz ihrer großen Brüste war nur zehn Zentimeter von meinen Augen entfernt. Auch dort hatte sie Sommersprossen. Ohne nachzudenken, legte ich eine Hand auf ihre Wange. Sie atmete tief ein und hielt inne. In ihrer Halsgrube sah ich ihren Pulsschlag. Ihre Augen fanden meine, und ich atmete ihren Duft ein, ein warmes, süßliches Aroma, das mich an Südsee und Tropennächte erinnerte. Sie biss sich auf die Unterlippe, als müsse sie eine schwere Entscheidung treffen, dann trat sie einen Schritt zurück und legte den Waschlappen auf den Beckenrand.

Ich öffnete den Mund, aber bevor ich etwas sagen konnte, legte sie die Handflächen flach auf meine Brust. Ihre Hände waren warm.

»Wie dünn du bist«, sagte sie leise. »Viel zu dünn. Du musst mehr essen.« Dann beugte sie sich vor und küsste mich.

## Kapitel 26

»Wo ist Magda heute?«, fragte Frank und schaute sich um. »Sonst ist sie immer zum Frühstück hier.«

»Ich weiß nicht, wo sie ist«, sagte ich. »Wahrscheinlich schläft sie noch.«

Er antwortete nicht.

»Erzähl mir noch einmal, was gestern Abend passiert ist, aber diesmal etwas genauer.«

Das tat ich, und Frank notierte alles mühsam auf einem kleinen Notizblock. Ab und zu hielt er die Hand hoch, um zu signalisieren, dass ich zu schnell war, und zweimal stellte er Fragen. Dann klappte er den Block zu, blieb sitzen und kratzte sich die Bartstoppeln, ohne ein Wort zu sagen.

»Was glaubst du?«, fragte ich schließlich. »Kann es ein Raubüberfall gewesen sein?«

»Ein Raubüberfall?« Er schnaubte verächtlich. »Ist dir vielleicht etwas gestohlen worden?«

»Ich hatte kein Geld dabei. Es kann ein versuchter Raubüberfall gewesen sein.«

»Ziemlich idiotischer Vorschlag. Niemand begeht Raubüberfälle auf Vestøy.«

»Warum bist du so sauer, Frank? Ich hab doch nichts falsch gemacht. Ich bin das Opfer, nicht der Täter.«

Er seufzte. »Ich weiß, aber …«

»Aber was?«

»Du weißt ebenso gut wie ich, was hinter diesem Überfall steckt, Mikael. Du rennst hier herum und fischst im Trüben, belästigst die Leute mit Fragen, stocherst in alten Wunden. Es ist völlig klar, was gestern Abend geschehen ist. Jemand hat dir deutlich gezeigt, was er von deinem Auftrag hält.«

»Vielleicht«, sagte ich. »Oder jemand hat Angst, dass die Wahrheit ans Licht kommt.«

Er sah mich resigniert an.

»Sag mir, hast du bis jetzt irgendetwas herausgefunden? Irgendeine Spur? Hast du wenigstens eine Theorie, wer der Schuldige sein könnte?«

»Nein.«

»Warum sollte dann jemand so viel Angst vor deinen Nachforschungen haben, dass er dich niederschlägt?«

Ich zuckte mit den Schultern.

»Ich weiß es nicht. Aber ich glaube, dass es Gustav war.«

»Gustav? Der Fischer?«

»Ja.«

»Warum glaubst du das? Du hast doch gerade gesagt, du hättest keinen Verdächtigen.«

Ich erzählte von der Begegnung mit Gustav an der Fischannahmestelle, und wie er mich im Restaurant angestarrt hatte.

»Er grüßt dich nicht. Am Abend sieht er dich drohend und herausfordernd an. Und deshalb glaubst du gleich, dass er dich niederschlägt?« Frank schüttelte den Kopf. »Das sind nicht gerade handfeste Beweise. Aber okay, ich werde mich umhören, und ich werde auch mit Gustav reden.« Er stand auf, zögerte kurz, dann sagte er: »Ich wünschte, du würdest von hier verschwinden, Mikael. Ich mag dich nämlich, und ich will nicht, dass dir etwas zustößt.«

Später am Vormittag ging ich in den Laden, um Zeitungen zu kaufen. Es war milder geworden, und zwischendurch kam sogar die Sonne zwischen den Wolken hervor. Auf einer Bank vor dem Laden saß Per Tveit, wie immer im grünen Overall und braunen Seestiefeln. Er lachte laut, als er mich sah.

»Was für ein Veilchen! Es heißt, Sie hätten heute Nacht Prügel bezogen, Brenne? Muss wohl so sein. Falls der andere Kerl nicht noch schlimmer aussieht!«
Er lachte wieder. Ich grinste matt.
»Der andere Kerl sieht aus wie immer, fürchte ich.«
Die übergewichtige Kassiererin kommentierte mein Aussehen nicht, obwohl sie genauer hinsah.
»Hier«, sagte sie nur, »Ihre Flasche ist angekommen«, und reichte mir den Cognac, den ich bestellt hatte, in einer braunen Papiertüte.
»Den hatte ich ganz vergessen«, sagte ich, und sie verdrehte die Augen.

Draußen winkte Per mir zu und bedeutete mir, dass ich mich zu ihm setzen solle. Ich ließ mich neben ihm auf die Bank fallen. »Wenn Sie schon von dem Überfall gehört haben, dann wissen Sie vielleicht auch, wer es war?«, fragte ich.
Die Frage brachte ihn wieder zum Lachen. Seine Zähne waren braun und schief, ein Eckzahn fehlte.
»Und Sie glauben, das würde ich Ihnen sagen? Einen aus Vestøy verraten, um einem Fremden zu helfen?«
»Wissen Sie es denn?«
Er schüttelte den Kopf.
»Nein. Darüber schweigen die Gerüchte. Aber wenn ich es gehört hätte, dann wüsste Frank es auch, und dann hätte es Ärger gegeben. Dann hätte der Schurke eine ordentliche Abreibung bekommen.«
»Eine Abreibung? Er hätte ihn wohl verhaftet.«
»Wir regeln die Dinge lieber unter uns hier draußen. Wenn es sich vermeiden lässt, ziehen wir keine Außenstehenden mit rein.«
Wir blieben eine Weile schweigend sitzen. Ich dachte über seine Worte nach. Andere Kunden gingen an uns vorbei in den

Laden. Sie grüßten Per mit einem Nicken und gafften mich neugierig, aber wortlos an.

»Was wollen Sie jetzt tun?«, fragte er. »Fahren Sie wieder in die Stadt zurück?«

»Nein. Ich führe erst die Untersuchung zu Ende.«

»Glauben Sie, dass Sie etwas erreichen?« Etwas in seinem Ton machte mich wütend. Es klang, als würde er sich insgeheim über mich lustig machen.

»Mal sehen. Heute Abend bin ich bei Runar Wiesner zum Essen eingeladen.«

»Sie haben es also herausgefunden?«

Ich öffnete den Mund und wollte fragen, was er damit meinte, aber dann schloss ich ihn wieder und nickte nur.

»Ja, er mochte kleine Mädchen, der Runar, das steht fest«, fuhr er fort. »Alle Männer mögen junge Dinger, das ist es nicht, aber Wiesner liebte sie zu sehr. Ja, die Vigdis hat es nicht immer leicht gehabt mit ihm.«

Außer den Zeitungen hatte ich Kopfschmerztabletten gekauft. Zurück in der Pension, nahm ich zwei davon und legte mich ins Bett.

Als ich wieder aufwachte, dämmerte es schon. Mir fiel ein, dass ich Magda den ganzen Tag nicht gesehen hatte. Ich zog mich an und ging hinunter, aber sie war nicht im Café. Ich drehte mich um und stieg die Treppe wieder hinauf.

Als ich vor ihrer Tür stand, zögerte ich kurz, aber dann klopfte ich vorsichtig an. Nach einer Weile öffnete sie.

»Hei«, sagte ich und verstummte.

»Hei. Gehst du aus?«

»Ja, ich bin zum Abendessen bei Runar Wiesner eingeladen. Kannst du mir sagen, wo er wohnt?«

»Du gehst nach Süden in Richtung Bethaus, dann biegst du zur Fischannahmestelle ab, aber bevor du runter ans Meer kommst, gehst du nach rechts. Dann siehst du es schon. Sein Haus ist das größte auf Vestøy.«

»Okay, danke.« Ich schluckte. »Vielleicht … Vielleicht könnten wir uns danach sehen?«

Sie biss sich auf die Unterlippe, wie ich es schon einmal bei ihr gesehen hatte. »Ich will mich nicht aufdrängen«, fügte ich hinzu. »Ist vollkommen in Ordnung, wenn du nicht willst.«

Sie errötete.

»Doch, ich will«, sagte sie, und ihre Stimme klang etwas heiser. »Gern.«

Sie berührte sanft meine Hand, und ich fühlte einen Stoß durch meinen Körper.

## Kapitel 27

»Vestøy ist seit Urzeiten besiedelt, vielleicht schon seit der älteren Steinzeit.«

»Aber damals hat es die Familie Wiesner noch nicht gegeben«, sagte ich und versuchte vergeblich, lustig zu sein.

»Nein, aber wir sind schon lange hier.«

»Haben Sie Kinder, die den Betrieb übernehmen?«, fragte ich, bereute es aber sofort. Frau Wiesner zuckte zusammen, als hätte sie eine Ohrfeige bekommen, und ihr Mann senkte den Blick.

»Nein, leider nicht«, sagte er leise. Eine peinliche Pause entstand, aber dann schmetterte er das Thema ab.

»Im siebzehnten Jahrhundert gab es einen wirtschaftlichen Niedergang an der Küste«, sagte er, »aber im achtzehnten Jahrhundert erholte sich die Fischerei wieder, und die alten Fischerdörfer erlebten eine neue Blütezeit. Mein Vorfahr Gerhard Wiesner, der aus unbekannten Gründen aus Pommern eingewandert war, bekam vom König eine Schankerlaubnis für die Insel. Das war eine begehrte Position, und mit ihr als Ausgangspunkt wurde er rasch zur Schlüsselfigur des Handels, sowohl auf lokaler Ebene als auch mit Bergen.«

»So etwas wie ein Handelskönig?«, fragte ich.

Runar Wiesner schenkte mir unaufgefordert mehr Wein ein.

»Nein, nicht ganz. Dieses System ist typisch für Nordnorwegen und entstand, weil der König einzelnen Dorfbesitzern Handelsprivilegien gab. Die Großkaufleute hatten ein Monopol, das ihnen volle Kontrolle über die Lokalbevölkerung gab. So extrem war das hier in Westnorwegen nicht. An der Küste von

Møre gab es den sogenannten Dorfzwang, das war auch nicht viel besser. Die Fischer eines Dorfes waren gezwungen, ihren Fang an den Dorfbesitzer zu verkaufen, der den Preis im Nachhinein festlegen konnte. Solche Zustände hatten wir hier unten nie.«

»Nein«, sagte ich. »Aber mächtig war die Familie Wiesner trotzdem.«

»Ja, das will ich nicht leugnen. Sehr mächtig. Aber das war früher. Die Zeiten ändern sich.«

»Wenn ich mich recht erinnere, sagten Sie gestern, dass die Fischer ihren Fang nirgendwo anders abliefern können. Das ist doch auch eine gewisse Machtposition?«

Er zuckte mit den Schultern. Sein wohlgenährtes Gesicht war rötlich von viel gutem Essen und Wein.

»Das stimmt vielleicht, aber das gilt ja für viele Arbeitgeber. Außerdem gibt es nicht mehr so viele Fischer hier. Möchten Sie noch etwas zu essen, Brenne?«

»Nein danke, ich bin satt«, sagte ich und drehte mich zu Vigdis Wiesner. »Vielen Dank für das gute Essen. Das war eine willkommene Abwechslung von der Speisekarte im Café.«

Sie nickte, sagte aber nichts. Frau Wiesner war eine zarte, kleine und korrekte Frau, ihr Haar war stramm hochgebunden, keine einzige Strähne durfte auf Abwege geraten. Während des Essens hatte sie kaum ein Wort gesagt.

»Sie haben schöne alte Möbel und Antiquitäten«, sagte ich in der Hoffnung, sie ins Gespräch einzubeziehen, aber sie kniff die Lippen zusammen und schüttelte den Kopf, als hätte ich etwas Unpassendes gesagt.

»Das meiste kommt von meinen Eltern«, sagte Runar Wiesner. »Meine Mutter hatte großes Interesse an Kunst, Möbeln und so weiter. Vigdis sind solch irdische Dinge eher egal.«

»Ich räume den Tisch ab«, sagte sie und stand auf. Ich stand ebenfalls auf, um ihr zu helfen.

»Nein, nein, lassen Sie es stehen, Brenne. Vigdis macht das schon. Wir können einen Kaffee trinken, und vielleicht einen kleinen Cognac dazu?«

Ich ließ mich ins Wohnzimmer führen. Wiesner schenkte die Gläser voll. Aus der Küche hörte ich das Klappern von Geschirr und laufendes Wasser, und plötzlich musste ich an meine Mutter denken. In meiner Kindheit verkündete Geschirrklappern Unheil. Jedes Mal, wenn Mutter mit Vater gestritten hatte, machte sie mehr Lärm beim Abwasch, als wolle sie alle Teller zerschmettern. Schließlich verließ sie uns, und mein Vater musste den Abwasch für den Rest seines Lebens selbst erledigen.

»Entschuldigung, was sagten Sie?«, fragte ich. »Tut mir leid, ich war kurz in Gedanken versunken.«

»Ich habe gefragt, ob Sie mit Ihren Nachforschungen weitergekommen sind?«

»Nein, das kann ich nicht behaupten. Aber ich bin noch dabei.«

»Das sehe ich«, sagte er und nickte angesichts meines geschwollenen, blauen Auges. »Ich habe von dem Überfall gehört, und es hat mich keineswegs überrascht. Vestøy ist ein altes Fischerdorf. Wissen Sie eigentlich, was das norwegische Wort *fiskevær* bedeutet?«

Ich sah ihn fragend an.

»Nun, es gibt mehrere Theorien. *Vær* kann einfach nur ›Fangort‹ bedeuten, aber vielleicht ist es auch von dem altnordischen *varar* abgeleitet, was so viel wie ›Eid‹ bedeutet. Man glaubt, dass die Fischer früher den Eid abgelegt haben, ihr Dorf gemeinsam gegen Angriffe von außen zu verteidigen. Auf Vestøy besteht immer noch ein starker Zusammenhalt.«

»Verstehe. Sie meinen, dass ich sowieso nicht weiterkomme, weil mir niemand etwas sagt.«

Er zuckte mit den Schultern.

»So ungefähr. Aber ist nicht trotz allem höchstwahrscheinlich Aron der Schuldige? Er wurde schließlich verurteilt.«

»Doch«, räumte ich ein. »Ich will nur sichergehen, dass damals kein Fehler gemacht wurde.« Ich stand auf, ging zum Fenster und versuchte über das Meer zu schauen, aber ich sah nur mein Spiegelbild. Ich drehte mich um.

»Sie haben gesagt, dass Sie die beiden Mädchen nicht besonders gut kannten?«

»Stimmt.«

»Wirklich? Ich habe das Gegenteil gehört. Es heißt, Sie hätten eine Schwäche für junge Mädchen gehabt.«

»Was soll das heißen?«

Ich antwortete nicht, da ich nichts Konkretes wusste. Mit hochrotem Gesicht baute er sich vor mir auf. »Das ist eine verdammte, gemeine Lüge!«

Mein Schweigen stachelte ihn an. »Gemeine Lügen, an diesen Gerüchten ist nichts dran. Ich war nie so veranlagt und habe nie etwas mit jungen Mädchen gehabt, aber seit dreißig Jahren muss ich mit diesen Gerüchten leben. Der verdammte Prediger hat sie in die Welt gesetzt.«

»Der Prediger? Salomonsen?« Ich war verblüfft. »Warum sollte er solche Gerüchte verbreiten?«

»Der Mann spinnt! Ein Fanatiker. Bevor er hierherkam, war dies eine normale Dorfgemeinschaft. Aber dann kam Kristian Salomonsen, und plötzlich reichte es nicht mehr aus, an den lieben Gott zu glauben und an den Feiertagen in die Kirche zu gehen. Nein, es gab Erweckungsversammlungen, Tränen, Zungenrede und die Vergebung aller Sünden. Der Mann ist von der Sünde besessen!«

»Ich verstehe nicht …«

»Hören Sie zu, Brenne. Die Jugendlichen arbeiteten bei mir, nicht wahr? Sie taten es gern, es war eine der wenigen Möglichkeiten, ein paar Kronen zu verdienen. Außerdem war es ein

Zufluchtsort. Sie blieben nach der Arbeit da, saßen am Kai, flirteten und spielten Musik wie alle normalen Jugendlichen. Manchmal tanzten sie, und ich will nicht leugnen, dass sie dabei auch ein paar Flaschen Bier tranken. Ich habe sie in Ruhe gelassen, solange es nicht ausartete. Herrgott, junge Menschen müssen auch mal jung sein dürfen, sie müssen Erfahrung sammeln, ohne dauernd von Lehrern, Eltern oder Priestern kontrolliert zu werden. Wenn Sie mich fragen, habe ich der Gesellschaft einen Dienst erwiesen. Aber dann kam Salomonsen, und für ihn war die Fischannahmestelle ein Sündenpfuhl. Er betrieb eine regelrechte Hasskampagne gegen mich! Es war unglaublich. Das ist meine Insel!«

»Von wem redet ihr?«

Er zuckte zusammen. Keiner von uns hatte Vigdis Wiesner kommen hören. Runar Wiesner antwortete nicht, und sie fragte noch einmal mit scharfer Stimme, was ich nicht von ihr erwartet hätte.

»Wir reden von Salomonsen«, sagte ich. »Ich verstehe, dass Ihr Mann nicht viel für ihn übrighat.«

»Kristian Salomonsen ist ein fantastischer Mensch«, antwortete Vigdis Wiesner. »Er hat viele Seelen vor der Verdammnis gerettet.«

Aber sie sah mich nicht an, sondern starrte unablässig ihren Mann an, mit Augen schwarz und kalt wie Glasperlen.

Runar Wiesner begleitete mich hinaus. Er war immer noch höflich, aber seine Herzlichkeit war wie fortgeblasen.

»Kümmern Sie sich nicht um diese Gerüchte«, sagte er. »Das ist eine falsche Spur.«

»Vielen Dank für die Einladung«, sagte ich.

»Seien Sie vorsichtig auf dem Heimweg, Brenne. Es ist dunkel da draußen.«

Es war dunkel, so dunkel, dass man nicht die Hand vor Augen sah. Die Kopfschmerzen, die ich während des Essens vergessen hatte, machten sich wieder bemerkbar, und die Erfahrung der letzten Nacht hatte mich schreckhaft gemacht. Jeder Schatten, jeder Zweig, der sich in der schwachen Brise bewegte, trieb meinen Puls in die Höhe. Ich dachte an Runar Wiesner. Ein Mann, der bestritt, dass er Macht besaß, obwohl er die Zukunft der Fischer in der Hand hielt. Gustav war Fischer, und deshalb war er Wiesners Mann. Der Gedanke war nicht abwegig. Ich dachte daran, wie vehement er das Gerücht abstritt, dass er junge Mädchen mochte, und ich dachte an Vigdis Wiesner. Anfangs hatte ich sie für ein zaghaftes, unterwürfiges Wesen gehalten, aber nachdem ich gesehen hatte, wie sie ihren Mann anstarrte, wusste ich, dass dies nicht der Fall war. Es konnte nicht leicht für Runar Wiesner sein, mit einem Menschen zusammenzuleben, dessen Blick so gnadenlos und ohne jede christliche Vergebung war.

Zu meiner großen Erleichterung tauchte bald das rote Schild des Vestøy Café auf. Die Fenster waren dunkel und die Tür verschlossen, aber diesmal hatte ich den Schlüssel nicht vergessen. Die Treppe knarrte, als ich in den ersten Stock ging. Ich ging auf mein Zimmer und hängte meinen Mantel auf. Die Cognacflasche stand auf dem Nachttisch und funkelte goldbraun, aber heute Abend drehte ich ihr den Rücken zu und ging still hinaus auf den Korridor.

## Kapitel 28

Hinterher war sie vollkommen entspannt. Ein dünner Schweißfilm hatte sich wie eine glänzende zweite Haut auf ihrem Körper gebildet, und wie sie so dalag und sich schamlos streckte, erinnerte sie an eine große Katze. Dann legte sie sich auf die Seite, stützte den Kopf in die Hand und schaute mich an. Bis dahin hatte ich nicht bemerkt, dass ihre Augen grün gesprenkelt waren.

»Bist du müde, Mikael?«

»Nein, ich bin nicht müde, ich habe nur nachgedacht. Seit Tagen irre ich durchs Dorf und stelle Fragen, aber keiner erzählt mir etwas.« Ich setzte mich auf und stopfte ein Kissen hinter den Rücken. »Du hast Siri und Anne doch auch gekannt. Kannst du mir nicht ein wenig von ihnen erzählen?«

»Ich weiß wirklich nichts, was für die Sache irgendwie von Bedeutung sein könnte.«

»Das spielt keine Rolle. Erzähl mir einfach, wie sie waren, was sie mochten und was nicht, wie sie in der Schule waren und so.«

»Und das würde dir helfen?«

Ich seufzte.

»Ich weiß es nicht, Magda, aber mein Bild von den zwei Mädchen ist so undeutlich. In den Ermittlungsakten ist alles korrekt, ich kann keine Fehler finden, außer dass die involvierten Personen irgendwie nicht lebendig werden. Ich lese und lese, aber sie bleiben Schablonen, Klischees. Und Verbrechen …« Es fiel mir schwer, die richtigen Worte für meine Gefühle zu finden. »Dir ist sicher schon aufgefallen, dass bei der Beschreibung besonders schlimmer Verbrechen oft das Wort ›unmenschlich‹ fällt?«

»Und?«

»Nun, das stimmt einfach nicht. Das Gegenteil ist der Fall. Nichts ist menschlicher als ein Verbrechen. Es kann noch so schockierend sein, aber selbst wenn einem von der Beschreibung schlecht wird, ist es immer zutiefst menschlich. Menschen sind zu allem fähig, zu jeder Perversion. Nur die Kultur, oder unsere Zivilisation, wenn man so will, hält uns zurück.«

»Ist das nicht ein furchtbar zynisches Menschenbild?«

»Das finde ich nicht. Es ist nur realistisch. Und ich glaube, dass selbst die schlimmsten Menschen unter uns Potenzial zum Gegenteil haben, zu Selbstlosigkeit und … Edelmut. Das sollte meine Sicht auf die Menschen etwas abmildern.«

»Aber was hat das mit Anne und Siri zu tun?«

»Verbrechen geschehen selten in einem Vakuum. Sie haben ihre eigene Motivation, ihre Logik, ihre pervertierte Rationalität. Zwischen Täter und Opfer besteht immer eine soziale Dynamik. Darum kann es mir helfen, etwas über die Personen in der Tragödie zu erfahren.«

Magda dachte nach.

»Ich verstehe, was du meinst. Aber es ist schon so lange her. Ich weiß nicht richtig, woran ich mich erinnere. Stört es dich, wenn ich rauche?«

»Ich wusste gar nicht, dass du rauchst.«

»Nur ab und zu. Bei speziellen Anlässen.«

Sie ging nackt durchs Zimmer und holte Zigaretten und einen Aschenbecher.

»Erzähl mir von ihnen«, sagte ich noch einmal. Sie nahm einen Zug aus der Zigarette und blies eine Rauchwolke an die Decke.

»Am besten erinnere ich mich daran, wie unterschiedlich sie waren.«

»In welcher Hinsicht?«

»Anne war hübsch. Auf die freche Art, wenn du weißt, was ich meine. Sie war frühreif. Siri war eher normal. Süß, aber naiv und unschuldig. Siri war fleißig in der Schule und erfüllte immer ihre Pflicht, Anne war das egal. Dumm war sie nicht, glaube ich, sie hatte bloß kein Interesse an der Schule und keinen Respekt vor Autorität. Und sie hatte vor nichts und niemandem Angst. Siri dagegen hatte vor allem Angst.«

»Hatten sie überhaupt etwas miteinander zu tun? Ich habe nicht den Eindruck, dass sie eng befreundet waren.«

»Irgendwie hat hier jeder mit jedem zu tun, aber dafür, dass sie gleichaltrig waren, hatten sie wenig Kontakt miteinander, glaube ich. Ich weiß nicht, was Siri darüber dachte, aber ihre Mutter wäre bestimmt nicht begeistert gewesen, wenn sie oft mit Anne zusammen gewesen wäre.«

»Warum nicht?«

Sie sah mich verblüfft an.

»Ist das nicht völlig klar? Du hast Frau Jensen doch gesehen. Sie ist die Schicklichkeit in Person. Und Anne war eine echte Schlampe.«

Jetzt war ich an der Reihe, verblüfft dreinzuschauen.

»Eine Schlampe? Was meinst du damit?«

»Na, was wohl? Eine Schlampe, ein Flittchen, ein echtes kleines Luder. Es gab kaum einen geschlechtsreifen Jungen, der ihr damals nicht an die Wäsche gegangen war. Warum so erstaunt, Mikael? Mädchen sind unterschiedlich, und an den meisten Orten gibt es mindestens eine von der Sorte. Frühreif, neugierig auf Sex und mit großem Aufmerksamkeitsbedürfnis. Meistens werden irgendwann ganz normale Leute aus ihnen.«

»Ja, ich weiß. Es ist nur … Darüber stand nichts in den Akten.«

Sie zuckte mit den Schultern.

»Das wundert mich nicht. Sie war tot, und wer will schon

schlecht über eine Tote reden. Warum sollte das auch wichtig sein?«

»Ich weiß nicht, aber auf jeden Fall bestätigt es meinen Eindruck, dass die Akten nicht die ganze Wahrheit erzählen. Du sagst, sie sei mit fast allen zusammen gewesen, aber mit wem war sie denn am häufigsten zusammen? Hatte sie einen Freund oder bevorzugten Liebhaber? Jemanden, der vielleicht eifersüchtig auf die anderen war?«

Ich sah ihr an, das sie mir etwas verschwieg. Sie biss sich auf die Unterlippe.

»Du kannst versuchen, mit Stina zu reden«, sagte sie. »Stina war sozusagen ihre beste Freundin.«

»Sozusagen?«

»Ja, sie bewunderte Anne. Lief ihr die ganze Zeit hinterher, versuchte sie nachzumachen. Es war kein ausgeglichenes Freundschaftsverhältnis. Stina ist etwas einfach gestrickt.«

»Und wo finde ich Stina?«

»Im Haus hinter dem Laden. Du erkennst es sofort, es ist ziemlich heruntergekommen.«

Sie gähnte und streckte sich.

»Ich muss jetzt schlafen. Ich muss früh aufstehen und Frühstück machen.«

»Ja, klar«, sagte ich. »Ich gehe in mein Zimmer.«

»Es ist besser so, Mikael. Du weißt, wie schnell sich hier Gerüchte verbreiten. Vielleicht findest du mich altmodisch, aber ich habe nicht das Bedürfnis, mein Liebesleben mit dem ganzen Dorf zu teilen.«

## Kapitel 29

Das Haus hinter dem Laden war wirklich heruntergekommen. An der nördlichen Wand blätterte die Farbe großflächig ab, der Garten war mit Unkraut überwuchert und das offene Gartentor verrostet. Aus der löchrigen Dachrinne tropfte es gleichmäßig. Ich drückte auf die Klingel, aber es war kein Ton zu hören. Dann klopfte ich, bekam aber keine Antwort. Ich drückte die Klinke hinunter, und die Tür ging auf. Triefend nass trat ich in einen schmalen, dunklen und unordentlichen Flur und stolperte fast über ein Paar Kinderschuhe.

»Hallo«, rief ich. »Hallo, ist jemand zu Hause?«

Eine Tür öffnete sich und ein schlaftrunkenes Gesicht sah mich zunächst fragend und dann verschreckt an.

»Bitte entschuldigen Sie, wenn ich Sie geweckt habe«, sagte ich. »Mein Name ist Mikael Brenne. Ich möchte gern mit Ihnen reden, aber wenn es gerade nicht passt …«

»Nein, nein, ich hab nur geschlafen. Der Junge ist im Kindergarten. Kommen Sie herein.«

Sie ging vor mir ins Wohnzimmer, wo ein voller Aschenbecher und schmutzige Kaffeetassen auf dem Couchtisch standen. Auf dem Sofa lag eine zusammengeknüllte Decke, der Boden war mit Spielzeug übersät. Sie setzte sich auf das Sofa, legte sich die Decke um und strich sich durch das strubbelige Haar. Eine kleine, magere Frau mit hohlen Wangen. Die kleine Stupsnase und das flache Kinn gaben ihr ein leicht dümmliches Aussehen.

»Was wollen Sie?«, fragte sie leise und näselnd.

»Wie gesagt, ich heiße Mikael Brenne. Ich bin Jurist.«

»Der Anwalt aus der Stadt, ja. Dann weiß ich, wer Sie sind. Sie wollen Aron helfen.«

»Das stimmt.«

Sie sah mich trotzig an.

»Das schaffen Sie nie. Den Aron hätten sie auf so einen Stuhl setzen sollen für das, was er Anne und Siri angetan hat.«

»Stuhl?« Ich begriff nicht gleich, was sie meinte, aber dann dämmerte es mir. »Einen elektrischen Stuhl? Sie meinen, er hätte hingerichtet werden sollen? Wir haben aber keine Todesstrafe in Norwegen.«

Sie zuckte mit den Schultern.

»Auf jeden Fall hätte er es verdient, der Dreckskerl.«

»Sind Sie so sicher, dass er es war?«

»Ja, natürlich war er es. Er wurde doch verurteilt und alles. Und er hat selbst gesagt, dass er es getan hat.«

»Aber was, wenn das nicht stimmt. Was, wenn er unschuldig ist und ein anderer Mörder frei auf Vestøy herumläuft? Haben Sie je an diese Möglichkeit gedacht?«

Sie sah mich verschreckt an, dann schaute sie sich unwillkürlich um, als könnten meine Worte einen Mörder hervorzaubern. Schließlich schüttelte sie den Kopf.

»Nein, das glaube ich nicht. Der Aron hat es getan.« Sie lehnte sich nach vorn und sagte in einem dramatischen Flüsterton: »Er war total verrückt nach Frauen. Wissen Sie, wie oft er mich angegrapscht hat? Er hat versucht, mir unter den Pullover und in die Hose zu greifen. Er bekam nie genug, und stark war er auch, der Aron.«

»Hat er auch Anne und Siri angegrapscht?«

»Er hat alle angegrapscht. Er war krank im Kopf.«

»Aber er war bestimmt nicht der Einzige, der so etwas getan hat, nicht wahr, Stina?«

»Wie meinen Sie das?«

»Sie wissen doch, in einem bestimmten Alter denken die Jungs

nur an eins.« Sie nickte und lächelte. »Es gab bestimmt auch andere als Aron, die gern ein bisschen fummelten?«
»Nein.«
»Und Anne? Sie hat die Jungs doch gemocht, oder?«
Sie zögerte.
»Sie war schön. Die Jungs liebten sie.«
»Und Anne mochte Jungs.« Diesmal war es keine Frage, sondern eine nüchterne Feststellung. Stina sah mich unsicher an, wand sich, wusste nicht, worauf ich hinauswollte. Ich ließ die Worte wirken. Sie schlug die Augen nieder, knabberte an einem Fingernagel.
»Erzählen Sie mir von Anne und ihrem Verhältnis zu den Jungs. War sie beliebt?«
»Ja, sehr. Das hab ich doch gesagt.«
»Hatte sie einen Freund?«
»Natürlich. Sie hatte viele.«
»Gleichzeitig?«
Sie lachte.
»Nein, natürlich nicht. Oder … manchmal vielleicht doch.«
Ich lehnte mich nach vorn.
»Aber gab es vielleicht jemand Speziellen? Einen, der nicht so war wie die anderen?«
»Wie denn das?«
»Ich weiß nicht. Sie haben sie gekannt. Ein heimlicher Freund vielleicht, aus irgendeinem Grund. Oder einer, der sie nicht gehen lassen wollte, der vielleicht eifersüchtig war. Irgendeiner, Stina, der aus der Reihe der verliebten Jungen hervorstach.«
Sie wand sich wieder.
»Ich weiß es nicht.«
»Bitte denken Sie nach, Stina. Es könnte wichtig sein.«
»Da war etwas …«
»Ja?«
»Ab und zu sagte sie, dass die Jungs sich nie verändern. Dass

sie immer nur das eine wollen … Sie wissen schon … ficken. So hat sie es ausgedrückt. Dass es egal ist, ob sie alt oder jung sind, weil sie doch nur dasselbe wollen. Und deshalb kann man als Mädchen immer bekommen, was man will, sagte sie, wenn man nur nicht zimperlich ist.«

»Ja?«

»Ja, und deshalb glaube ich, dass sie mit einem zusammen war, der ziemlich alt war. Weil sie das gesagt hat, meine ich.«

»Das ist interessant«, sagte ich und dachte, dass sie vielleicht doch nicht so einfach gestrickt war. »Aber wer könnte das gewesen sein?«

Sie schüttelte den Kopf.

»Keine Ahnung.«

Ich stand auf.

»Vielen Dank, Stina. Sie waren eine große Hilfe.«

Sie lächelte. Ihren anfänglichen Widerwillen hatte sie vergessen, nun freute sie sich über das Lob.

»Fällt Ihnen vielleicht noch etwas ein? Andere Freunde, die auf irgendeine Art besonders waren? Sie kannten sie trotz allem am besten. Wenn sie sich jemandem anvertraut hat, dann Ihnen.«

»Nein, ich glaube nicht. Höchstens … höchstens ihr Vetter. Er war total verrückt nach ihr. Anne hat mir erzählt, dass er sie überallhin verfolgt hat und ihr die ganze Zeit Liebesbriefe geschrieben und kleine Geschenke gemacht hat.« Sie kicherte. »Ich fand das romantisch, aber Anne war da ganz anderer Meinung. Sie war total sauer deswegen.«

»Vetter? Welcher Vetter?«

»Sie hatte nur einen. Frank, natürlich.«

»Frank war in sie verliebt? Davon stand nichts in den Polizeiakten.« Mit einem Schulterzucken deutete sie an, dass in offiziellen Dokumenten wohl nie etwas von Bedeutung stand, und vielleicht hatte sie recht.

»Es gab nicht viele, die es wussten, und außerdem spielt es sowieso keine Rolle. Frank hat sie geliebt, er hätte Anne nie etwas getan.«

Ich wusste, dass dies keineswegs so war. Die Menschen, die wir lieben, verletzen wir viel öfter als Fremde.

## Kapitel 30

Am Abend ging ich ins Bethaus. Die Plakate waren nicht zu übersehen gewesen, sie hingen an allen Laternen und vor dem Laden und kündigten eine abendliche Versammlung mit Gebeten und Bibellesung an. Wieder einmal nahm ich den schmalen, kurvigen Pfad nach Süden, aber an diesem Abend war ich nicht allein. Einzeln oder paarweise gingen die Bewohner über die Bergkuppe und die Heide, alle leicht nach vorn gebeugt, um gegen die feuchten Windstöße vom Meer her anzukämpfen.

Als ich ankam, hatten die meisten schon ihre Plätze eingenommen. Die Tür war einen Spalt geöffnet, aber ich blieb draußen stehen und schaute mich um. Die Silhouetten der Klippen zeichneten sich in der einsetzenden Nacht ab. Das Meer glich einer undurchdringlichen Finsternis, aber ich wusste, dass es da war, und hörte das dumpfe Rauschen der Brandung. Jemand berührte meinen Arm, und ich zuckte zusammen. Es war Kristian Salomonsen.

»Brenne«, sagte er. »Ich hatte erwartet, dass Sie kommen würden, aber dass Sie zur Versammlung kommen, hätte ich nicht gedacht. Sie werden doch bei uns sein heute Abend?«

»Eigentlich bin ich kein religiöser Mensch.«

Ein schwaches Lächeln umspielte seinen Mund.

»Wir haben Platz für alle. Gott hat Platz für alle. Wollen Sie nicht hereinkommen? Wir fangen jetzt an.«

»Doch, entschuldigen Sie. Natürlich komme ich herein. Ich habe nur die Aussicht bewundert.«

»Ja, großartig, nicht wahr? Es ist wie Gottes Angesicht. Schön, aber auch schrecklich ob seiner Macht. Deshalb habe ich das Bethaus hier draußen errichtet, damit wir der Größe von Gottes Schöpfung gewahr sind, aber auch, um uns daran zu erinnern, dass weder das Leben noch der Tod oder der lebendige Gott ohne Gefahren sind. Aber jetzt müssen wir hineingehen. Ich fühle den Geist über mich kommen«, sagte er, als wäre es das Natürlichste der Welt.

Ich setzte mich in die letzte Reihe. Ich weiß nicht, was ich erwartet hatte. Vielleicht Langeweile und Tristesse, passend zum Geruch nasser Wolle, der mir entgegenschlug, als ich eintrat, oder zu dem bescheidenen, schmucklosen Saal. Die Holzbänke waren hart, und die Menschen, die meisten von ihnen weit über die Lebensmitte hinaus, saßen geduckt wie schwarze Vögel auf den Bänken. Ich weiß nicht, aber auf jeden Fall hatte ich nicht das erwartet, was ich nun miterlebte. Kristian Salomonsen war einer jener seltenen Menschen, die eine Menge vom ersten Augenblick vollkommen in ihren Bann zogen. Er war ein Naturtalent und hätte, wenn er gewollt hätte, Politiker, Fernsehstar oder Staranwalt werden können.

Er marschierte direkt aufs Podium, drehte sich zu der Versammlung um und blieb lange mit gesenktem Kopf stehen. Es wurde vollkommen still im Saal. Dann hob er den Kopf, öffnete die Augen, und auf unerklärliche Weise durchfuhr mich ein elektrischer Stoß, als ginge eine Kraft von ihm aus, die mich an die Bank nagelte.

»Wir leben in dieser Welt«, sagte er leise. »Selbst wir, Gottes auserwählte Kinder, die die Sünde scheuen und nach Gottes Nektar dürsten, die tief aus der Quelle der Gnade trinken, selbst wir leben in dieser Welt.«

Ein kollektiver Stoßseufzer ging durch die Versammlung.

»Manchmal spüren wir Gottes Odem nachts auf unseren Lippen, leicht und sanft wie der Atem eines Kindes. Andere Male erfüllt uns der Heilige Geist bis zum Bersten mit lodernden

Flammen, so dass wir nicht mehr still sitzen und schweigen können, sondern in Jubel und Lobgesang ausbrechen …«
»Halleluja!«, tönte es aus dem Saal. Vor Schreck wäre ich fast von der Bank gefallen, denn solche Ausbrüche hatte ich von diesen soliden, wortkargen Gottesdienern nicht erwartet.
»… Aber selbst dann sind wir ein Teil dieser Welt.«
Ein neuer Seufzer, dieses Mal wie ein Windhauch, ging durch den Saal.
»Denn selbst wenn unser Angesicht im Licht der Gnade badet, stehen unsere Füße tief im Morast der Sünde. Im Labyrinth unserer Seele keimt irgendwo die schwarze Blume der Sünde, die nicht vom klaren Licht des Tages, sondern von den stinkenden Gasen des Abgrundes ernährt wird. Wir können beten, weinen und den Herrn um Gnade anflehen, aber er erhört uns nicht. Denn der Herr will uns unsere Prüfungen nicht ersparen, deshalb hat er alle Dinge erschaffen, auch die Niedertracht in unserem Herzen.«
Mit einem Mal sah er unendlich traurig aus, als würde er gleich aufgeben, als könne er nicht mehr. Die Versammlung stöhnte laut auf.
»Weh uns!«, rief einer.
Salomonsen ließ den Blick auf mir ruhen, jedenfalls bildete ich es mir ein, und plötzlich dachte ich, dass er über mich sprach und dass ich die Prüfung war, die der Herr geschickt hatte und die sie an die Trauer und den Verlust erinnerte. Mikael Brenne, ein Abgesandter Gottes, ein Kreuz für die Gläubigen auf Vestøy. Ich versuchte, im Stillen zu lächeln, aber es gelang mir nicht.
So ging es immer weiter. Kristian Salomonsen predigte fast zwei Stunden in seinem eigenartigen Stil voller Bilder und Metaphern, die er nicht nur aus der Bibel, sondern auch aus Dichtung und Literatur hatte. Er flüsterte, er schrie, er weinte fast, er jubelte, und immer hielt er die Versammlung in seinem eisernen Griff. Sie lebten mit ihm, sie stöhnten, seufzten, wein-

ten und knirschten mit den Zähnen. Ich sah Tränen im faltigen Gesicht einer uralten Frau, wie Flüsse in einer Wüstenlandschaft. Ich sah einen erwachsenen Mann aufstehen und den Herrn preisen. Sein Gesichtsausdruck war so entrückt, dass er nichts mehr Menschliches hatte. Und dann sah ich Vigdis Wiesner. Ihr strenges, abweisendes Gesicht war so verändert, dass ich sie kaum wiedererkannte. Es war offen, schwankte zwischen Freude, Trauer und Ekstase.

Und ich, Zyniker, Rechtsanwalt, eingefleischter Ungläubiger, saß wie festgenagelt auf der Bank. Ich wurde nicht bekehrt oder vom Heiligen Geist erfüllt, aber ich fühlte, dass ich an eine Art gemeinsames Kraftwerk angeschlossen war, dass ich mit den Menschen um mich herum fühlte und dass diese Gefühle aus einer Quelle kamen, die mir bis dahin verschlossen gewesen war. Keine übernatürliche oder göttliche Quelle, sondern eine zutiefst menschliche Kraft, die mich am Ende erschöpft und erschüttert zurückließ.

Es war warm gewesen im Saal. Nass geschwitzt trat ich in die Nacht hinaus, wo der Wind wie ein Messer in meine Haut schnitt. Ich war in einer seltsamen Stimmung, erhaben und niedergedrückt zugleich. Zwei der Frauen, die mich im Laden beschimpft hatten, nickten mir zu. Ihre Augen glänzten. Vigdis Wiesner kam heraus.

Fast wäre ich zu ihr gegangen, aber ich beherrschte mich. Ich musste mit ihr reden, aber dies war nicht der richtige Zeitpunkt. Ich wartete auf Kristian Salomonsen.

»Wollen Sie mit mir über den alten Fall reden, Brenne? Ich nehme an, dass Sie deshalb gekommen sind, auch wenn Sie hoffentlich etwas von unserer Versammlung hatten.«

Ich nickte.

»Ja.«

»Das müssen wir leider verschieben. Nach einer solchen Pre-

digt bin ich leer und erschöpft.« Er massierte sich die Schläfen und lächelte. Dann verzog er das Gesicht, als hätte er heftige Kopfschmerzen. »Gottes Gnade hat ihren Preis, fürchte ich, und er wird von Jahr zu Jahr höher. Sie sind jederzeit willkommen, nur nicht heute Abend.«
»Ich komme ein andermal wieder. Nur eine Kleinigkeit. Ich habe Frau Wiesner hier gesehen, aber wie ich höre, haben Sie kein gutes Verhältnis zu Runar Wiesner. Stimmt das?«
»Runar Wiesner ist ein schlechter Mensch. Aber jetzt müssen Sie mich entschuldigen, Brenne.«

Der Rest der Gemeinde hatte sich bereits auf den Heimweg begeben, und ich blieb allein stehen. Es war stockdunkel, aber am Nachthimmel brach die Wolkendecke auf und ein paar Sterne waren zum Vorschein gekommen. Der Wind war stärker geworden, und die Brandung rauschte lauter als vorher, aber ich hörte noch einen anderen Laut. Einen seltsam summenden Basston, den ich nicht gleich identifizieren konnte. Schließlich fand ich heraus, dass er von den Stahlseilen kam, mit denen das Bethaus verankert war. Ich legte die Hand auf eines der Seile und fühlte die Vibrationen am ganzen Körper.
Gottes Hochspannungsleitung, dachte ich.

# Kapitel 31

Synne rief an.

»Mikael, wie geht es dir?«, fragte sie.

Ich freute mich, ihre Stimme zu hören.

»Hei, Synne«, sagte ich. »Schön, von dir zu hören.«

»Kommst du gut voran?«

»Es tauchen ständig Dinge auf, die nicht in den Polizeiakten stehen. Kleine Geheimnisse, die die Leute hier oben für sich behalten haben. Vielleicht hat das etwas zu bedeuten, vielleicht nicht. Aber wenn du wissen willst, ob ich etwas gefunden habe, womit wir eine Wiederaufnahme des Falls erreichen können, dann ist die Antwort nein.«

»Was hast du von Arons Mutter erfahren?«

»Ich habe noch nicht mit ihr geredet.«

»Warum nicht?«

»Ich war noch nicht bei ihnen. Sicher hätte ich das längst tun sollen, aber ich hatte gehofft, dass ich mit guten Neuigkeiten zu ihnen kommen könnte. Ich werde es bald nachholen.«

Wir schwatzten ein bisschen, dann sagte sie:

»Ich habe heute Rune Seim im Gericht getroffen.«

»Und?«

»Er bittet dich, ihn anzurufen.« Sie zögerte. »Soweit ich weiß, ist der Prozess gegen dich anberaumt.«

»Okay. Ich spreche mit ihm.« Mein Magen verkrampfte sich, aber ich beherrschte meine Stimme. »Was gibt es sonst Neues?«

»Nicht viel. Einer deiner alten Mandanten hat angerufen, er braucht wieder einen Anwalt und hat gehört, dass du bei mir arbeitest. Das können wir uns näher ansehen, wenn du wieder da bist.«

»Gut. Das ist eine gute Nachricht.«

Im Hintergrund hörte ich eine Tür, Musik und eine Männerstimme.

»Wo bist du, Synne? Ich dachte, du wärst im Büro.«

»Nein, ich bin zu Hause.«

»Und wer redet da im Hintergrund?«

»Das ist Svein.«

»Svein? Der braungebrannte Börsenmakler?«

»Er ist kein Börsenmakler. Er arbeitet in der Währungsabteilung einer Bank.«

»Ach so. Entschuldige, das ist natürlich etwas ganz anderes.«

»Vergiss nicht, Rune anzurufen«, sagte Synne.

Ich rief ihn an. Der Prozess gegen mich sollte in vier Wochen beginnen.

»Du musst bald zurückkommen, Mikael«, sagte Rune. »Die Zeit wird knapp.«

»Ich komme bald.«

Zum Abendessen gab es pochierten Lachs mit Gurkensalat und Sauerrahm. Normalerweise hätte es mir geschmeckt, aber nun stocherte ich appetitlos auf meinem Teller herum. Ich bestellte eine halbe Flasche guten Weißwein dazu. Er schmeckte wie Wasser. Unruhe hatte mich ergriffen. Ein einziges Telefongespräch, und die Wirklichkeit hatte mich eingeholt. Seit fast einer Woche lief ich umher und spielte Ermittler, eine Aufgabe, für die ich nicht qualifiziert war. Abends und nachts war ich in den Rausch geflüchtet, zuerst mit Cognac und dann in Magdas Arme. Beides war nichts anderes als Realitätsflucht, sinnloser Zeitvertreib mit dem einzigen Zweck, meinen wirklichen Problemen auszuweichen. Ich überlegte, ob ich auf mein Zimmer gehen sollte, aber alles, was mich dort erwartete, waren tiefe Depression und eine Flasche Branntwein. Ich blieb sitzen und bestellte noch einen Weißwein.

Magda arbeitete. Ab und an warf sie mir einen Blick zu, und einmal kam sie zu mir. Ihre Worte und ihre Stimme waren neutral, aber als sie sich über den Tisch beugte und abräumte, drückte sie kurz die Hüfte gegen meinen Oberkörper und lächelte. Ich lächelte zurück, aber es war ein steifes, künstliches Lächeln.

Etwas später kam Frank zur Tür herein. Er ging quer durchs Lokal und ließ sich neben mich auf den Stuhl fallen, ohne vorher zu fragen.

»Ein Glas Weißwein?«, fragte ich und hob die Flasche, aber er schüttelte den Kopf.

»Nein danke«, sagte er. »Ich mag keinen Weißwein. Auch keinen roten, übrigens.«

Er bestellte ein Bier, leerte es in einem Zug und winkte, um Nachschub zu bekommen. Ich bemerkte, dass er schon vorher getrunken hatte. Seine Augen waren wässrig, der Mund ein wenig schlaff und die Handbewegungen unkoordiniert.

»Wie läuft es, Mikael?«, fragte er. »Hast du deinen Mörder gefunden?«

Er redete zu laut, die Gäste drehten sich zu uns um.

»Nein«, sagte ich. »Ich suche keinen Mörder. Ich bin kein Privatdetektiv. Ich prüfe nur die Beweise und kontrolliere, ob damals keine Fehler gemacht worden sind.«

»Was zum Beispiel? Wonach suchst du eigentlich?«

»Das kann alles Mögliche sein.«

»Jetzt mal ehrlich, Mikael.« Er lehnte sich über den Tisch und redete mit einer Heftigkeit, die oft typisch für Betrunkene ist. Sein Atem roch nach Bier und Nikotin. »Erzähl keinen Bullshit. Vergiss nicht, dass ich Polizist bin. Wonach suchst du?

Was ist deine Hypothese? Erzähl mir bloß nicht, dass du völlig im Dunkeln tappst!«
Ich zögerte.
»Nun, es würde schon helfen, wenn ich jemand anderen fände, der ein Motiv gehabt hat. Zum Beispiel jemanden, der sich an den Mädchen vergriffen hat oder eifersüchtig war. Klassische Totschlagsmotive.«
Er zog eine Grimasse.
»Also suchst du doch einen Mörder.«
Ich zuckte mit den Schultern.
»Ich suche nach unbeantworteten Fragen.«
»Es waren zwei Morde, Mikael. Wie stimmt das mit deiner Theorie überein? War der Täter auf beide eifersüchtig?« Sein Tonfall war höhnisch, und ich zuckte erneut mit den Schultern.
»Vielleicht hat eine von ihnen etwas gesehen oder gewusst.«
»Wie meinst du das?«
Ich dachte daran, was Stina über Franks hoffnungslose Verliebtheit gesagt hatte und dass er dies nie selbst zugegeben hatte.
»Es muss nicht unbedingt dasselbe Motiv hinter beiden Morden stecken, auch wenn es so aussieht. Anne starb zuerst, nicht wahr? Siri könnte etwas gesehen haben, oder vielleicht hat sie etwas gewusst, was für den Täter gefährlich war.«
Er starrte mich an.
»Das ist ziemlich spekulativ.«
Ich starrte zurück.
»Was ist mit dem Überfall auf mich? Hast du irgendetwas unternommen, oder findest du auch, dass ich bekommen habe, was ich verdiene?«

Kurz darauf kam Magda und setzte sich zu uns, genau wie am ersten Abend. Frank war inzwischen ziemlich betrunken, und auch ich spürte den Alkohol. Wir waren nicht besonders gesprächig, weshalb Magda mehr redete als sonst. Frank schwieg, also wandte sie sich an mich. Ihr Lachen war laut und klang leicht gezwungen. Frank sah immer saurer aus.

»Hör zu«, sagte ich und versuchte, die Stimmung zu wenden. »Ich brauche ein Boot.«

»Wohin willst du?«, fragte Magda.

»Ich muss Aron besuchen. Er kommt nicht gern hierher, also muss ich zu ihm. Kennt ihr jemanden, der mich übersetzen kann?«

»Ich kann dich hinbringen«, sagte Frank, und ich sah ihn überrascht an.

»Du? Ich hätte nicht gedacht, dass du Aron sehen willst.«

»Ich brauche ja nicht auszusteigen und ihm guten Tag zu sagen, oder? Aber ich kann dich übersetzen, wenn du es nicht zu eilig hast. Ich habe nämlich nur ein Segelboot.«

»Ist es weit?«

»Ungefähr eineinhalb Stunden.«

»Okay«, sagte ich. »Kannst du morgen?«

»Abgemacht«, sagte Frank. Dann stand er auf, schwankte etwas und hielt sich an der Stuhllehne fest. »Aber dann sollte ich jetzt besser schlafen gehen.«

Er sagte gute Nacht und schwankte zur Tür hinaus.

»Weshalb habt ihr gestritten?«, fragte Magda.

»Gestritten?«

»Ich habe die Stimmung gespürt, als ich kam. Ich dachte, …«

»Er war nur schlecht gelaunt. Du weißt doch, was Frank von meinem Auftrag hier hält.«

»Du bist auch nicht gerade gut gelaunt«, sagte Magda. Plötzlich sah sie müde aus. Sie nahm ihr Glas und leerte es. »Ich bin müde heute, Mikael. Zu wenig Schlaf letzte Nacht. Ich gehe ins Bett.«

## Kapitel 32

Fjellbergøy«, sagte Frank und zeigte auf die Insel.

Es war fast sein erstes Wort auf der ganzen Tour, abgesehen von ein paar Kommandos. Er sah nicht sonderlich fit aus, war bleich und hatte dunkle Ringe unter den Augen. Ein paar Mal hatte ich ihn dabei ertappt, dass er mich durchdringend anstarrte, mit einem Blick, den ich nicht genau deuten konnte.

Aus der Ferne sah Fjellbergøy wie ein Hut aus. Ein schwarzer Berg erhob sich mitten auf der Insel, umgeben von flachen Wiesen. Frank nahm Kurs auf eine Bucht an der Ostseite, deren kreideweißer Strand es verdient hätte, auf wärmeren Breitengraden zu liegen. Mitten in der Bucht ragte eine L-förmige Mole ins Wasser, auf deren Innenseite ein kleines Motorboot vertäut war.

»Die Bucht ist zu flach«, sagte Frank, »ich kann nur an der Außenseite anlegen. Das geht aber nur, solange der Wind nicht dreht.«

Er schaute auf, studierte die Wolken, die rasch über den Himmel zogen. »Das Wetter sieht ziemlich instabil aus. Ich betätige das Nebelhorn, wenn der Wind zu stark wird. Dann müssen wir schnell aufbrechen.«

Ich ging über die Mole und die Felder auf das weiße, zweistöckige Haus mit den Sprossenfenstern zu, das durch den Berg vor dem Westwind geschützt wurde. Mit der rot gestrichenen Scheune und zwei niedrigen Außengebäuden war es ein hübscher, kleiner Hof. Niemand war zu sehen, aber aus dem Schornstein stieg Rauch. Auf der Wiese weidete eine kleine

Schafherde. Als ich näher kam, hoben sie den Kopf und sahen mich an, dann rannten sie davon. Wahrscheinlich waren sie keine anderen Menschen als Aron und seine Mutter gewohnt. Ihre Glöckchen bimmelten laut. Kurz danach stand Aron auf der Eingangstreppe. Er winkte und kam mir freudig und erwartungsvoll entgegen.

»Willkommen, willkommen«, sagte er. »Ich habe Sie gar nicht gehört.« Er warf einen raschen, wachsamen Blick zur Mole. »Ein Segelboot? Sie sind doch nicht selbst hierhergesegelt? Wer hat Sie gebracht?«

»Frank.«

»Der Polizist?«

»Ja.« Ich nickte. »Er kommt nicht. Er wartet im Boot, bis wir fertig sind.«

Das beruhigte ihn. Ein schwarzer Hund mit weißen Flecken tauchte plötzlich aus dem Nichts auf, tanzte um mich herum und kläffte. Auf der Treppe erschien eine Frau. Sie rief ein scharfes Kommando, und der Hund legte sich auf den Boden, als sei er erschossen worden.

»Meine Mutter«, sagte Aron.

Arons Mutter war größer als er, eine dürre, hochgewachsene Frau, mit großen Händen und grauem Haar, das in einem strammen Knoten zusammengebunden war. In ihrer Strickjacke und dem langen Wollkleid sah sie aus wie aus einer anderen Zeit, wie eine jener abgekämpften Frauen, die mit verschlossener Miene aus alten Familienbildern starren. Sie sagte nicht viel, aber sie hatte Kaffee gekocht und Kekse gebacken. Als ich die Tasse zum Mund hob, bemerkte ich Arons verschreckten Gesichtsausdruck und den strengen Blick seiner Mutter. Ich stellte die Tasse schnell wieder hin, während Frau Sørvik den Kopf neigte und ein Tischgebet sprach.

Ich stellte ein paar Fragen über den Hof, und ob es nicht einsam sei, zu zweit auf der Insel zu wohnen. Frau Sørvik antwortete einsilbig und sah mir selten in die Augen, Aron jedoch war sehr gesprächig, aber er redete etwas zusammenhanglos. Zwischendurch trank er Kaffee und stopfte gierig Kekse in sich hinein, bis nur noch einer in der Schüssel lag. Er streckte die Hand aus, da traf ihn die Stimme seiner Mutter wie ein Peitschenhieb.

»Aron!«, rief sie. »Gott sieht dich!« Er duckte sich, schaute verschreckt zur Decke und hielt eine Hand über den Kopf, als wolle er sich vor der Strafe des Herrn schützen. »Wir haben einen Gast, Aron. Du kannst nicht den letzten Keks essen.«

»Schon in Ordnung«, sagte ich. »Ich bin satt. Es war sehr gut.«

Ein zorniger Blick streifte mich.

»Wir haben Regeln«, sagte sie. Dann stand sie auf und sagte, dass sie in den Stall müsse und wir sicher einiges zu besprechen hätten.

»Ja«, sagte ich, »das haben wir. Aber wenn es in Ordnung ist, würde ich danach gern auch mit Ihnen reden.« Sie nickte, fast resigniert. »Ja, das müssen wir wohl.«

»Was haben Sie herausgefunden?«, fragte Aron. Er sah mich erwartungsvoll an, wie ein kleiner Junge an Weihnachten, aber ich schüttelte den Kopf.

»So funktioniert das nicht, Aron. Ich habe keine neuen, bahnbrechenden Ergebnisse. Ich bin hier, um Ihnen ein paar Frage zu stellen.«

»Oh!«, sagte er. »Okay.«

»Aber Sie müssen ehrlich antworten, in Ordnung? Auch wenn die Fragen unangenehm oder intim sein sollten.«

Er nickte ernst.

»Okay«, sagte er noch einmal.

»Ich möchte, dass Sie mir von Anne und Siri erzählen. Wie sie waren, was Sie von ihnen hielten. Welches Verhältnis Sie zu ihnen hatten. Und ob Sie auf irgendeine Art sexuellen Umgang mit ihnen hatten.« Aron sah verwirrt aus. »Sie wissen schon.

Ob Sie sie geküsst haben, oder angefasst, oder sie dazu bewegt haben, Sie anzufassen. Solche Sachen«, fügte ich hinzu.
Er wurde rot, schaute sich hektisch um.
»Ich … Versprechen Sie, meiner Mutter nichts davon zu erzählen?«
»Selbstverständlich. Das bleibt unter uns.«
»Siri war meine Freundin.«
»Wirklich? Das haben Sie damals nicht der Polizei gesagt.«
»Nein. Es war ein Geheimnis. Siri wollte nicht, dass es jemand erfährt. Wir … Wir haben uns geküsst.«
»Ach so«, sagte ich langsam. »Und an dem Tag, als sie ermordet wurde, haben Sie sie da auch geküsst?«
Er nickte.
»Ja. Ich traf sie, und wir unterhielten uns, und dann küssten wir uns. Dann bin ich gegangen. Ich ging zuerst, weil keiner uns zusammen sehen sollte.«
»Haben Sie noch mehr gemacht? Mehr als nur Küssen, meine ich?«
Er wurde wieder rot.
»Nein. Vielleicht ein bisschen, aber dann wollte Siri nicht mehr. Sie war ein anständiges Mädchen.«
»Und Anne? Wie war sie?«
Er neigte den Kopf, wurde noch roter.
»Jemand hat mir erzählt, dass Sie sie angefasst haben, Aron.«
»Das stimmt nicht!«, protestierte er. »Sie war eine Hure! Ein Luder! Wissen Sie, was sie getan hat? Sie hat mich provoziert. Sie hat vor meinen Augen den Rock hochgezogen und hatte nichts drunter, und als ich … da hat sie mich ausgelacht.«
Er war hochrot im Gesicht, fuhr sich mit der Hand durch die Haare, dass sie nach allen Seiten abstanden.
Ich zögerte. »Sind Sie ganz sicher, dass Sie sie nicht getötet haben, Aron? Wenn Sie es getan haben, verschwenden wir beide nur unsere Zeit. Schließlich haben Sie Ihre Strafe abgesessen.

Und ich bin keineswegs sicher, ob Sie wirklich nach Vestøy zurückziehen können, selbst wenn wir eine Wiederaufnahme des Falls erreichen. Dort sind alle davon überzeugt, dass Sie der Schuldige sind.«

Er sah mich mit einer Mischung aus Trotz und Verzweiflung an. »Sie haben mich immer gehasst. Aber ich habe es nicht getan. Ich habe diese Mädchen nicht angerührt. Und nun kann ich nirgendwo hinfahren, kann nicht einmal mit einem Mädchen reden, ohne dass es Todesangst bekommt. Sie sehen mich an und denken, ich sei ein Monster, einer, der Mädchen umbringt, ich kann es in ihren Augen lesen. Ich will einfach nur ein normales Leben haben. Das ist doch nicht zu viel verlangt, oder? Ein normales Leben. Einen Job. Ein nettes Mädchen treffen. Diese Insel ist ein Gefängnis. Nein, sie ist schlimmer als ein Gefängnis. Hier gibt es nichts. Nichts. Nur Schafe … und Wind und Regen.«

Zum ersten Mal weckte er mehr als professionelles Interesse in mir. Ich hatte den Fall widerstrebend angenommen, weil ich nichts anderes hatte. Es war mir mehr darum gegangen, meine eigenen Probleme zu vergessen, als Aron zu helfen. Aber nun erkannte ich seinen Schmerz und konnte nachvollziehen, was aus seinem Leben geworden war und was er durchgemacht hatte. »Ich werde versuchen, Ihnen zu helfen, Aron«, sagte ich. »Ich habe noch nicht aufgegeben.«

Sie saß auf der Stuhlkante, als wäre sie eine Fremde im eigenen Heim, der Rücken gestreckt und die Hände im Schoß gefaltet. Ihr unerschütterliches Schweigen ließ mich zu viel reden. Ich erklärte den Fall, was ich bereits getan hatte und wie ich Aron vielleicht helfen konnte, und je mehr ich redete und gestikulierte, desto stiller wurde sie. Ich versuchte, sie über ihren Sohn auszufragen, aber ihre Antworten waren kurz und nichtssagend. Die Pausen wurden immer länger.

»Hören Sie, Frau Sørvik«, sagte ich. »Mir ist aufgefallen, dass Sie weder bei der Polizei noch im Strafprozess eine Aussage gemacht haben.«
»Sie sagten, dass ich nicht dazu verpflichtet sei.«
»Das stimmt. Aber ich dachte, Sie hätten es vielleicht getan, um Aron zu helfen.«
Ein langes Schweigen folgte. Ich glaubte schon, dass sie nicht mehr antworten würde, da sagte sie plötzlich:
»Sie sind kein religiöser Mensch, Anwalt Brenne?«
»Ich glaube vielleicht, dass es irgendetwas gibt, das …«
Ihr Blick war gnadenlos.
»Aber Sie glauben nicht an Gott. Sie glauben nicht an einen allmächtigen Gott, der jeden Sperling kennt, der auf die Erde fällt, und der die Lebenden und die Toten richten wird.«
»Nein, daran glaube ich nicht.«
»Aber ich. Ich glaube an einen gerechten Gott. Ich weiß, dass er seine Hand über mich und die Meinen hält und dass nichts ohne seinen Willen geschieht, auch wenn wir nicht immer einen Sinn darin sehen.«
Ich war verwirrt.
»Ja, ich verstehe. Aber ich verstehe nicht, was das mit dem Fall zu tun hat.«
Sie kniff die Lippen zusammen, die Furchen und Falten in ihrem Gesicht sahen wie eingraviert aus. Nur langsam dämmerte mir, was sie meinte. »Sie glauben, dass er es getan hat? Ist es das, was Sie mir sagen wollen? Sie glauben, dass Aron die zwei Mädchen getötet hat!« Ich war tief erschüttert. »Sie glauben, dass es zu Gottes Plan gehörte … dass es einen Sinn hatte?«
Meine Stimme versagte. Wie konnte ihr unerschütterlicher Gottesglaube solche schrecklichen Ausmaße annehmen? Die felsenfeste Überzeugung, dass alles, was geschah, ein Baustein in Gottes Plan war. Nein, ein solcher Glaube ließ keinen Raum für Menschlichkeit, Liebe oder Gnade.

»Kein Sperling fällt auf die Erde, ohne dass Gott es will«, sagte Frau Sørvik wieder. »Und Aron trägt die Sünde in sich. Das hat er immer getan. Warum glauben Sie, dass Sie ändern können, was geschehen ist?«

Wir saßen uns gegenüber und starrten uns an, zwei Fremde mit so unterschiedlichen Weltbildern, dass jedes gegenseitige Verständnis unmöglich war.

»Für uns ist es am besten, hier zu wohnen«, fügte sie hinzu. »Am besten für mich und für Aron, damit er nicht … Es ist am besten für *alle.*«

Das Schweigen umgab uns wie eine zähe Masse, es wurde immer bedrückender. Ich war erleichtert, als plötzlich Franks Nebelhorn erklang. Ein klagender Ton, der langsam anstieg, dann wieder schwächer wurde und schließlich mit einem traurigen Seufzer erstarb.

## Kapitel 33

Sobald wir in offeneres Fahrwasser kamen, merkte ich den Unterschied. Durch die heftigen Windstöße neigte sich das Boot zur Seite, der Wind heulte in der Takelage und ließ Stagen und Trosse vibrieren. Frank hatte mich aufgefordert, Segelkleidung und Rettungsweste anzuziehen. Dann reichte er mir ein Seil mit jeweils einem Karabinerhaken am Ende.

»Sicherheitsleine!«, rief er und zeigte mir, wie ich das eine Ende an der Rettungsweste und das andere an einem dicken Haken an der Cockpitbank befestigen sollte. Das Meer war aufgewühlt, die kabbeligen Wellen warfen das Boot hin und her. Wenn uns eine Windbö erfasste, hatten wir so viel Schlagseite, dass Wasser ins Boot schwappte. Ich klammerte mich mit einem Arm an die Reling hinter mir und starrte in die schwarze See, die über das Deck schäumte.

Über uns wurde es immer dunkler. Von Westen her zogen kohlschwarze Wolken auf und bedeckten schnell den ganzen Himmel. Nur im Norden war noch ein Streifen Licht zu sehen, aber auch er verschwand bald. Der Lärm des Windes veränderte sich, als wechsle er in eine höhere Tonart, während er in ein kontinuierliches und nervenaufreibendes Heulen überging. Frank kämpfte mit dem Ruder. Bei jeder Windbö stemmte er die Füße gegen die Bank und lehnte sich zurück, um das Boot auf Kurs zu halten.

»Geht es?«, rief ich und bekam ein rasches Nicken und Lächeln als Antwort. Aber es beruhigte mich nicht, denn das Lächeln war steif und Franks Augen leuchteten seltsam fiebrig. Ich konzentrierte mich darauf, mich festzuhalten.

Inzwischen waren wir auf offener See. Vor dem Bug sah ich die endlosen Reihen der Wellen heranrollen, und ich fühlte, wie die Bewegungen des Bootes sich veränderten. Keine kurzen, heftigen Schläge mehr gegen die Bordseiten, sondern echter Seegang, der den Bug in einer Korkenzieherbewegung anhob, höher und höher, bis ich nur noch Himmel sah. Dann, als ich schon dachte, wir würden uns rückwärts überschlagen, riss Frank das Ruder herum, und wir waren über den Kamm hinaus und donnerten ins nächste Wellental, ins schäumende und sprudelnde Chaos. Ich klammerte mich am Cockpit fest, atmete auf jedem Wellenkamm aus, biss die Zähne fest zusammen und wartete auf die nächste Welle. Nach einer Weile erkannte ich, dass die Wellen nicht gleichmäßig waren, sondern eine aufgerührte Landschaft in ständiger Bewegung, mit spitzen Gipfeln, aber auch längeren, ruhigen Tälern dazwischen. Wann immer es möglich war, steuerte Frank in die Täler und vermied die weißen Brecher, er segelte im Zickzack den Weg des geringsten Widerstandes.

Er schien zu wissen, was er tat, und behielt die Kontrolle. Ich wurde ruhiger und drehte mich zu Frank, öffnete den Mund und wollte ihm zurufen, dass alles in Ordnung sei. Und genau in diesem Moment krachte es.

Ein Geräusch wie ein Peitschenknall durchschnitt das Heulen des Windes. Ich hatte keine Ahnung, woher es kam, wusste aber, dass etwas zerbrochen war und dass dies nichts Gutes bedeuten konnte. Unmittelbar auf den Knall folgten ein schrecklicher Lärm und ein heftiges Zittern, als würde das Boot in tausend Stücke gerissen. Ich spürte, wie wir an Fahrt verloren, und als die nächste Welle anrollte, kam Frank mit dem Bug nicht mehr gegen den Wind an. Aus den Augenwinkeln sah ich eine Wasserwand über meiner Schulter.

»Festhalten!« schrie Frank, und ich klammerte mich an die Reling, während das Boot krängte. Dann brach sich die Welle, und ich wurde von etwas getroffen, das sich wie eine Tonne eiskaltes Seewasser anfühlte. Als ich mich wieder aufrichtete, war mir schwindlig, und ich war desorientiert wie nach einem Unfall.

»Das Genuafall ist gerissen«, schrie Frank mir ins Ohr, und als ich ihn verständnislos ansah, zeigte er auf den Bug. »Das Tau, das das Vorsegel spannt. Wir müssen das Segel bergen und es am Dollbord befestigen, bevor es das ganze Rigg zerfetzt.«

Ich schaute nach vorn. Das Vorsegel, das vorher prall im Wind gestanden hatte, hing wie ein Sack vor dem Bug. Jedes Mal, wenn wir in ein Wellental sausten, füllte es sich mit Wasser. Ein Ruck ging durch den Rumpf, als das Boot sich von dem tonnenschweren Gewicht befreien wollte, das den Bug nach unten zog.

»Du musst die Schot losmachen, um den Druck aus dem Segel zu nehmen«, rief Frank gestikulierend. »Dann musst du nach vorn und das Segel befestigen, sonst kann es sich im Ruder verheddern.«

Ich sah ihn ungläubig an.

»Nach vorn? Ist das dein Ernst?«

»Willst du lieber das Ruder übernehmen?«

Ich löste die Sicherheitsleine und kroch auf allen vieren nach vorn. Die letzten Meter auf dem offenen Vordeck waren am schlimmsten. Ich wartete, berechnete die Zeit zwischen zwei Wellen und schnellte im richtigen Augenblick zum Bug. Meine Hände fanden die Reling, und ich klammerte mich fest, während der Bug wieder nach oben schoss, nur um aufs Neue unter einer Welle begraben zu werden. Ich schloss die Augen und klammerte mich fest, kämpfte ums nackte Überleben, während die Wassermassen an mir rissen. Im nächsten Wellental gelang es mir, die Sicherheitsleine einzuhaken. Ich fühlte mich etwas sicherer, drehte den Wellen den Rücken zu und versuchte, das Segel festzumachen.

Es war unglaublich anstrengend. Nicht nur, weil ich das nasse Segel kaum aus dem Wasser bekam und es schwer am Dollbord zu befestigen war, sondern auch, weil ich die meiste Kraft brauchte, um mich aufrecht zu halten. Es war, als ritte ich einen wilden Hengst, der mich um jeden Preis abwerfen wollte. Zu allem Überdruss wurde mir noch übel. Solange ich still dasaß und der Bewegung der Wellen folgen konnte, hatte ich keine Probleme, aber sobald ich den Kopf neigte und mich auf die Arbeit konzentrierte, schlug die Seekrankheit zu. Ich schuftete, schwitzte, fror und erbrach mich. Das Segeltuch war steif, glatt und widerspenstig, es flatterte wild im Wind. Auch meine Finger waren steif und ungeschickt vor Kälte, ich brauchte eine Ewigkeit, um einen einfachen Knoten zu knüpfen. Ich hatte keine Ahnung, wie lange es gedauert hatte.
Als das Segel endlich halbwegs sicher am Dollbord vertäut war, setzte ich mich ans Bugende, hielt mich krampfhaft an der Reling fest und ließ den Kopf hängen. Ich konnte nicht einmal daran denken, mich zu bewegen. Ich hörte Frank rufen, verstand aber nicht, was er sagte. Er winkte mich zurück zum Cockpit. Ich nickte, hielt aber eine Hand hoch.
»Fünf Minuten«, rief ich mit übertriebenen Lippenbewegungen, und er nickte.

Nach einer Weile fühlte ich mich besser und erhob mich vorsichtig auf die Knie. Ich löste die Sicherheitsleine und setzte ein Bein auf, bereit, das glatte Vordeck zu überqueren. Die Bewegungen des Bootes waren etwas ruhiger, nachdem das Vorsegel geborgen war. Frank hob eine Hand, um zu signalisieren, dass ich warten solle. Er hatte einen besseren Überblick als ich. Sein Blick schweifte über die rollende See. Er ließ die Hand weiterhin oben und studierte das Meer, während die andere Hand automatisch kleine Kurskorrekturen vornahm. Ich wartete und wartete. Es waren ungefähr drei Meter bis zum Cockpit.

Frank winkte mir, sein Mund bewegte sich, er rief etwas. »Jetzt, jetzt«, glaubte ich zu hören. Ich warf mich nach vorn, geduckt wie ein Sprinter, der vom Startblock schnellt. Machte einen Schritt, und noch einen, und war fast in Sicherheit. Streckte den Arm aus, um den Mast zu ergreifen, war zwanzig Zentimeter entfernt, als das Deck unter meinen Füßen verschwand. Mit einem Mal schwebte ich schwerelos in der Luft. Und ehe ich begriff, was passiert war, ehe ich überhaupt Angst bekommen konnte, schloss sich das dunkle Wasser über meinem Kopf.

Ich schwamm allein im Meer. Ab und zu brach eine Welle über meinem Kopf. Mit meiner Rettungsweste schaukelte ich wie eine Ente auf dem Wasser. Einige Minuten lang hatte ich den Mast des Bootes gesehen, aber inzwischen war er längst verschwunden. Jedes Mal, wenn ich auf einen Wellenkamm gehoben wurde, reckte ich den Hals und hielt nach Booten Ausschau, oder nach weißer Gischt, die an irgendeine Schäre brandete. Aber um mich herum waren nur das stürmische Meer und der heulende Wind, der lange Streifen Schaum über die bleigraue See trieb.
Langsam wurde mir klar, dass ich nicht ertrinken würde. Ich würde lange vorher erfrieren. Am Anfang war die Kälte ein physischer Schmerz gewesen. Der erste Schock hatte mir den Atem geraubt und mich fast gelähmt. Danach hatte ich ein Brennen auf der Haut verspürt, einen glühenden Schmerz, der immer tiefer drang, bis es sich anfühlte, als brenne selbst mein Rückenmark. Dann hatte der Schmerz langsam nachgelassen. Zuerst dachte ich, ich hätte mich an die Kälte gewöhnt, aber bald wurde mir klar, dass das nicht stimmte. Das kalte Wasser nahm mir unmerklich das Leben. Diese Erkenntnis gab mir einen Stoß, aber auch die Angst war bald vorbei und ging in eine benommene Teilnahmslosigkeit über.

»Ich muss mich bewegen«, sagte ich zu mir selbst. »Ich muss schwimmen. Mich in Bewegung halten. Hörst du, Mikael. Schwimm, sonst stirbst du.«
Ich versuchte es. Drehte den Wellen den Rücken zu, strampelte mit den Beinen und streckte die Arme aus. Ein Zug, und noch einer. Es spielte keine Rolle, ob ich vorwärtskam, ich musste weitermachen, immer weiter.
Aber es war, als hätte ich mich in zwei Personen aufgespalten. Eine, die die Zähne zusammenbiss und um ihr Leben kämpfte, und eine, die daneben stand und zusah. Und dieser andere Mikael Brenne grinste verächtlich über all die Schinderei und sagte sich, dass es eigentlich egal sei. Dass es eine Erleichterung sei, alle Probleme hinter sich zu lassen und sich die Erniedrigung eines Prozesses und den tiefen Fall vom Staranwalt zum Strafgefangenen zu ersparen.
Die Schwimmzüge wurden immer kraftloser und ineffektiver. Ich wurde schwächer und schwächer, bis ich jede zielstrebige Bewegung einstellte. Arme und Beine hoben und senkten sich in der aufgewühlten See, und mein unterkühltes Herz schlug so langsam, dass jeder neue Schlag eine Überraschung war.

## Kapitel 34

Ich erwachte im Halbdunkel zum gleichmäßigen Tuckern eines Dieselmotors und wusste nicht, wo ich war. Auf mir lag ein Stapel Decken, aber trotzdem klapperte ich mit den Zähnen, zitterte und fröstelte. Die Kälte saß mir in Mark und Bein und wollte mich nicht loslassen.

Kurz darauf beugte sich Frank über mich. Sein Gesicht war bleich im schwachen Licht. Er wickelte die Decken um meinen nackten Körper.

»Wir sind gleich da, Mikael«, sagte er.

Ich wollte ihn fragen, wie er mich gefunden hatte und wohin wir fuhren, aber bevor ich ein Wort herausbekam, verschwand er wieder, und ich war allein. Ich wollte nicht allein sein. Ich war auf dem Meer, dem einsamsten Ort der Welt, herumgetrieben, eine verlorenen Seele zwischen turmhohen Wellen. Ich wollte ihn rufen, schaffte es aber nicht und bekam Angst.

Dann glitt ich wieder weg, in eine Dunkelheit, die alles fortnahm, auch die Angst und die Kälte.

Als ich wieder erwachte, erblickte ich ein neues Gesicht. Magda. Ich fühlte weiche Bettwäsche auf der schmerzenden Haut. Ein grelles Licht blendete meine Augen, und eine unbekannte Stimme redete tief und langsam. Eine Hand hob meinen Kopf an, und ich schmeckte eine bittere Tablette auf der Zunge. Ein Wasserglas wurde an meine Lippen gehoben, Wasser lief mir aus dem Mundwinkel auf meine Brust, als wäre ich ein Baby oder ein Greis.

Kälte und Hitze. Ich zitterte und schwitzte, klapperte mit den

Zähnen und dampfte. Rang nach Luft. Meine Brust fühlte sich eng und schwer an, als läge ein Gewicht auf mir. Jedes Mal, wenn ich aufwachte, war Magda da, sie saß auf der Bettkante und las, ich hörte es rascheln, wenn sie umblätterte. Sie verströmte einen Duft nach Vanille und Blumen.

Aber als ich einmal die Augen aufschlug, war sie weg, und Frank saß an ihrer Stelle. Ich konnte ihn riechen, bevor ich ihn sah, eine Mischung aus Zigarettenrauch, Schweiß und Alkohol. Sein Blick hing an meinem Gesicht, als wolle er etwas darin ablesen, aber als ich ihn ansah, wich er meinem Blick aus.

»Mikael«, sagte er. »Wie geht es dir?«

»Es geht besser, danke«, flüsterte ich. »Kann ich etwas Wasser haben?«

Er sprang auf, holte Wasser und Tabletten und schüttelte meine Decke und mein Kissen auf.

»Du hast mich gefunden«, sagte ich. »Ich dachte … Ich dachte, das war's.«

»Ich auch. Es war schwerer Seegang, fast unmöglich, bei den Wellen einen Menschen ausfindig zu machen. Ich hatte kaum noch Hoffnung, bin einfach hin und her gesegelt, weil ich nicht aufgeben wollte. Und als ich dich fand, bist du völlig leblos an der Oberfläche getrieben. Dein Gesicht war kreideweiß. Ich war sicher, dass du tot warst.«

Sein Blick war fern, als wäre er noch einmal dort draußen im Sturm, und seine Hände zitterten. Aber ich hörte ihm nicht wirklich zu. Ich dachte an etwas anderes. Denn genau in jenem Augenblick, als ich den Halt verlor und ins Meer gefegt wurde, hatte ich Frank direkt angesehen. Ich hatte das Zucken in seinem Gesicht gesehen und wie er das Ruder jäh herumriss. Irgendetwas lag in seinem Blick. Raserei, Verzweiflung, ein dunkler Zug, und ich hatte den Verdacht, dass ich nicht durch ein Unglück über Bord gegangen war. Dass Frank mich hatte

umbringen wollen. Und als ich im eiskalten Wasser lag und auf das Ende wartete, war mir klargeworden, dass er in diesem Fall den perfekten Mord begangen hätte.
Ich schloss die Augen.
»Ich muss jetzt schlafen«, sagte ich.

Als ich das nächste Mal aufwachte, war ich allein. Es war dunkel im Zimmer, und die Angst packte mich erneut.

Am Tag darauf stand ich ein paar Stunden auf, und am nächsten Tag machte ich einen Spaziergang. Die Luft war klar und die Farben deutlich und rein, aber von Norden wehte ein kalter Wind. Ich fror, obwohl ich alles anhatte, was mein Koffer an warmen Sachen hergab. Langsam spazierte ich zwischen den kleinen Häusern umher, war schwach und zittrig, und dennoch tat es gut, an der frischen Luft zu sein.
Ich fand eine windgeschützte Bank, setzte mich und drehte das Gesicht zur Sonne. Die Wärme prickelte angenehm auf der Haut. Die Leute gingen vorbei, grüßten und nickten. Alle Feindseligkeit war wie weggeblasen. Ich war auf offener See verunglückt und beinahe gestorben. Sie hatten Erfahrung mit dem Meer und wussten, wie launisch es war und wie schnell etwas passieren konnte. Die Menschen hier hatten seit jeher Söhne, Ehemänner und Brüder an das Meer verloren und wussten, dass es ein Wunder war, wenn das Meer jemanden losließ, den es einmal in den Klauen hatte, und deshalb lächelten sie mich an. Ich nickte und lächelte zurück.
Per Tveit ließ sich neben mich auf die Bank fallen.
»Ich habe gehört, dass Sie ein Herbstbad genommen haben. Wie geht es Ihnen? Frieren Sie noch?«
Ich sah ihn überrascht an.
»Ja, und wie. Mir ist nie richtig warm.«
Er lachte.

»Ich bin schon zweimal über Bord gegangen«, sagte er. »Ich war Fischer, wie mein Vater, Großvater und Urgroßvater. Beim ersten Mal ist unser Boot vor der Küste der Finnmark vereist. Dort kommt die Kälte manchmal von der Hochebene. Die Kaltluft fließt wie flüssiger Sauerstoff das Altatal hinab und legt sich über den Fjord. Sie können sich nicht vorstellen, wie kalt es war. Wenn die Gischt an Deck spritzte, gefror sie sofort zu Eis. In kürzester Zeit hatten wir mehrere Tonnen Eis an Deck, machten eine Rolle und schwammen kieloben. Aber wir hatten es kommen sehen und ein ›Mayday‹ auf Kanal 16 gefunkt. Nach zehn Minuten wurden wir aus dem Meer gefischt.« Er starrte nachdenklich vor sich hin. »Aber es waren die kältesten zehn Minuten meines Lebens. Sie haben mir noch jahrelang in den Knochen gesteckt.«

»Und das zweite Mal?«

»Das war nicht weit von hier.« Er zeigte nach Westen. »Es war eine wirklich stürmische Nacht. Eine Welle hat mich erfasst und über Bord gespült. Ich war sicher, dass mein letztes Stündlein geschlagen hatte. Bei dem Wetter hätte mich keiner gefunden.«

»Und was geschah?«

»Die nächste Welle hob mich hoch, wirbelte mich herum, bis ich nicht mehr wusste, wo oben und unten war, und setzte mich brav wieder an Deck ab, wo ich hergekommen war.« Er lachte. »Ich hatte mehr Glück als Verstand. Danach hatte ich die Schnauze voll. Ich ging an Land und kaufte den Laden.«

»Ihnen gehört der Laden?« Ich hatte ihn zwar jedes Mal dort getroffen, aber das Einzige, was er getan hatte, war, sich mit den Kunden zu streiten.

»Dachten Sie, ich würde nur herumstehen und dummes Zeug schwätzen? Nein, der Laden gehört mir. Aber meine Schwiegertochter betreibt ihn jetzt, ich passe nur auf, dass alles seine Ordnung hat.« Er stand steif auf. »Das Meer ist unersättlich. Es ist immer gut, wenn ihm jemand entkommt«, sagte er.

Frank ließ sich nicht mehr blicken, aber Magda war die ganze Zeit da. Sie brachte mir Essen aufs Zimmer, ließ meine Sachen waschen und sorgte für frisches Bettzeug und dafür, dass ich meine Medikamente nahm. Sie pflegte mich, als wäre ich ein kleines Kind oder als wären wir ein Ehepaar, und als ich kräftig genug war, kam sie in der Nacht zu mir. Ihre Fingerspitzen brachten meine Haut zum Zittern. Sie setzte sich auf mich, und zum ersten Mal seit meiner Rettung vergaß ich Kälte und Dunkelheit und mir wurde warm.

Ich lag im Bett und döste, während ihre Finger Muster auf meiner Brust und meinen Oberarm zeichneten.
»So könnte ich für immer liegen bleiben«, sagte ich. »Vielleicht sollte ich meinen Job aufgeben und hierherziehen, was meinst du?«
Ihre Finger hielten inne. Ich öffnete die Augen und sah, dass sie die Stirn runzelte.
»Ich war schon einmal verheiratet, wusstest du das?«
»Nein.«
»Ich war gerade zwanzig. Ziemlich jung und ziemlich dumm. Er war …«
»Wie hieß er?«
»Thomas. Er hieß Thomas, und er war schön. Schwarze Augen, schwarzes Haar, wie viele an der Küste. Schiffbrüchige Seeleute aus Portugal und Spanien haben hier ihre Gene hinterlassen, weißt du. Ich konnte nicht genug von ihm kriegen. Wir haben im Mai geheiratet, damit wir immer zusammen sein konnten. So bekam ich das Café und die Pension. Sie gehörte ihm, er hatte sie von seinen Eltern geerbt.«
»Und was ist passiert?«
Sie verzog den Mund.
»Er war schön, wie gesagt, und charmant, aber ein vollkommener Nichtsnutz. Er war einfach nicht in der Lage, die alltäg-

lichen, aber notwendigen Dinge zu erledigen. Ein Wirtshaus zu betreiben hieß für ihn, dass er den ganzen Abend rumsitzen, gratis trinken und sich mit seinen Freunden amüsieren konnte. Ich habe nichts gemerkt, dumm, wie ich war. Eines Tages ist er einfach verschwunden.«

Ich setzte mich auf.

»Mach keine Witze!«

»Nein, es stimmt, er ist einfach verschwunden. Erst dachte ich, er sei tot, hätte einen Unfall gehabt oder so. Aber dann erfuhr ich, dass man ihn gesehen hatte, zuerst auf der Fähre und dann im Bus nach Süden. Ich musste akzeptieren, dass er mich verlassen hatte. Ich hatte sowieso keine Zeit, darüber nachzugrübeln. Ein paar Wochen nachdem er verschwunden war, kam der Chef der Bank zu mir und erklärte, was Sache war. Hohe Schulden, ein bis zum Limit überzogenes Konto, zu geringe Einkünfte. Er fand, es sei ein hoffnungsloses Projekt, und empfahl mir aufzugeben, aber ich … Ich hatte ja nichts anderes, also machte ich weiter. Es war eine reine Pro-forma-Lösung, aber ich konnte den Betrieb fortsetzen. Ich lernte den Job, und jetzt läuft es gut.«

»Und Thomas?«, fragte ich.

»Nach fast einem Jahr fand ich ihn. Er wohnt in derselben Stadt wie du.« Sie lachte. »Du hättest sein Gesicht sehen sollen, als ich plötzlich vor seiner Tür stand. Zuerst wollte er mich nicht reinlassen. Er wohnte mit einem dunkelhaarigen Mädchen zusammen, das nicht sehr begeistert war. Schließlich gingen wir in ein Café, und das Mädchen schrie uns Drohungen hinterher.«

»Was hat er gesagt?«

Sie lachte verbittert.

»Dass das Leben als verheirateter Mann und Wirtshausbesitzer nichts für ihn sei. Ich fragte, ob er zurückkommen wolle, aber er sagte, er werde nie wieder einen Fuß auf Vestøy setzen. Er sah ziemlich heruntergekommen aus und trank drei Bier in der halben Stunde, die wir dort saßen. Seitdem habe ich ihn nicht mehr gesehen.«

»Wann war das?«

»Vor fünfundzwanzig Jahren.«

Sie legte die Finger wieder auf meinen Oberarm und streichelte mich.

»Warum erzählst du mir das?«, fragte ich.

»Damit du mich verstehst. Ich komme allein zurecht. Ich wusste nicht, dass ich dazu imstande bin, aber ich habe es geschafft. Und ich mag es, selbst über mein Leben zu bestimmen. Ich will keinen Partner oder Mitbewohner oder – Gott bewahre – neuen Ehemann. Ich habe ab und zu Liebhaber, und mehr will ich nicht. So gefällt es mir.«

»Ich meinte nur …«

»Egal, was du meinst«, sagte sie. »Ich mag dich, Mikael, und ich bin gern mit dir zusammen, aber das ist alles, nur damit du es weißt.«

Ich sagte, es sei in Ordnung. Das war es auch, gewissermaßen. Ich hatte den Vorschlag nicht ernst gemeint, es war nur ein schöner Tagtraum, aber trotzdem war mein Stolz ein wenig verletzt. Es wäre mir lieber gewesen, wenn sie mich mehr gebraucht hätte als ich sie.

»Ich muss bald nach Hause«, sagte ich. »Ich habe einiges zu erledigen.«

## Kapitel 35

Es regnete, als ich erneut zum Bethaus ging. Die Tür war offen, aber im Saal war es dunkel und kalt. Ich blieb kurz stehen und sah mich um. Der Saal war charakterlos, ja fast schäbig. Vor den Fenstern hingen Tüllgardinen, die einmal weiß gewesen waren. Auf den Fensterbänken lagen tote Fliegen. Ich ging langsam durch den Raum, trat auf das kleine Podest an der Stirnseite und drehte mich um, genau wie Salomonsen, als ich das letzte Mal hier gewesen war.

Im fahlen Licht, das durch die Fenster drang, wurden alle Farben grau und alle Konturen verschwammen. Die Leere des Raums war beinahe aufdringlich, und ich konnte mich nur noch vage an die Glut und Intensität der Gefühle erinnern, die sich an jenem Abend wie Ringe im Wasser hier verbreitet hatten. Es war eine Erfahrung, der ich bereits misstraute, weil sie nicht in meine Wirklichkeit passte.

Kristian Salomonsen hatte an genau derselben Stelle gestanden und seinen Blick durch den Saal schweifen lassen. Aber seine Augen sahen nichts Schäbiges, und sein Blick hatte große Wirkung. Eine Kraft hatte Kristian Salomonsen erfüllt, für die ich keine Worte fand.

Mich schauderte. Es war kalt in dem Saal.

Ich ging hinaus und drehte ein Runde um das Haus. Alle Fenster waren dunkel, aber aus dem Schornstein stieg dünner Rauch, der sofort vom ewigen Wind erfasst wurde. Auf der Rückseite war eine weitere Tür, die wahrscheinlich in Salomonsens Privatwohnung führte. Sie war verschlossen, und niemand kam, als ich anklopfte. Unschlüssig blieb ich stehen.

Es war ein grauer Tag, und selbst die zerklüftete Küste sah eher melancholisch als dramatisch aus.
Ich wollte gerade gehen, als ich ihn sah. Er ging von Norden her an den Klippen entlang, denselben Weg, den Frank und ich beim ersten Mal genommen hatten. Als er mit wehenden Mantelschößen und verblüffend leichtfüßig für sein Alter von Stein zu Stein sprang, sah er aus der Entfernung aus wie ein flatternder Eissturmvogel. Er erblickte mich schon von weitem und winkte. Ich winkte zurück.

»Eigentlich weiß ich nicht, warum ich abschließe«, sagte er, zog den Schlüssel unter der Fußmatte hervor und öffnete die Tür. »Alle wissen, wo der Schlüssel liegt. Kommen Sie herein.«
Er zog Regenmantel und Südwester aus und hängte sie im Flur auf. Dann ging er voran in sein Wohnzimmer, das erstaunlich gemütlich war. Die Decke war niedrig, es gab keinerlei Luxus, aber die Wände waren voller Bücherregale, und die wenigen Möbel waren alt und bequem.
»Kakao?«, fragte er, und ich nickte.

Als wir beide vor unserer dampfenden Tasse saßen, sah er mich neugierig an.
»Ich habe Sie erwartet, Brenne, und mich schon gefragt, ob Sie überhaupt noch kommen würden.«
»Ich reise morgen ab.«
»Und Ihre … Nachforschungen? Sind Sie weitergekommen?«
Ich hatte mich längst daran gewöhnt, dass alle auf Vestøy wussten, was ich tat.
»Nein, nicht wirklich. Es gibt einige Aspekte, die damals nicht erwähnt wurden und die mich nachdenklich stimmen, aber wirklich weitergekommen bin ich nicht.«
»Aspekte?« Er lächelte mild, als amüsierten ihn meine Worte. »Ist das Anwaltssprache?«

Ich wand mich.
»Ich meine nur …«
»Sie denken bestimmt an Anne. Wer sie war und wie sie war. Dass sie nicht nach Gottes Wort lebte.«
»Nach Gottes Wort? So kann man es wohl auch nennen, wenn man kein Anwalt ist«, sagte ich, was mir einen missbilligenden Blick einbrachte. »Aber es stimmt. Ich habe mitbekommen, dass sie eine ziemlich lockere Sexualmoral hatte. Ich dachte, dass sie …«
»Ja?«
»Sie kannten diese Menschen. Sie gehörten alle zu Ihrer Gemeinde.«
»Gottes Gemeinde, nicht meine.«
Ich winkte ab.
»Ja, ja. Aber ich frage mich, ob … Glauben Sie, dass sie von jemandem missbraucht worden sein könnte?«
»Anne?« Er sah schockiert aus. »Was in aller Welt bringt Sie auf diesen Gedanken?«
»Es geschieht oft, dass sexuell auffällige Mädchen missbraucht werden. Und jemand hat mir einen Hinweis darauf gegeben.«
»Missbraucht? Nein, das glaube ich nicht.« Er stand auf, offenbar entsetzt über meine Frage. »Ich kannte sie gut. Anne war schon als kleines Mädchen ziemlich wild. Unmöglich im Zaum zu halten. Ihre Eltern haben es wirklich versucht. Und ich auch. Wie oft habe ich mit ihr geredet, aber sie war … Sie war nicht in Gott.«
Und dies war das endgültige Urteil über Anne. Sie war nicht in Gott.
»Und ihre Eltern?«
»Sind gute Menschen. Gute Christen.«
»Wüssten sie es, wenn sich jemand an Anne vergriffen hätte?«
»Jedenfalls haben sie mir nie etwas Derartiges erzählt.« Er sah mir in die Augen. »Aber wofür soll das gut sein? Wollen Sie

Kjell fragen? Er sitzt im Rollstuhl und hat Alzheimer. Und die Mutter hat genug durchgemacht, finden Sie nicht auch? Es gibt keine Möglichkeit mehr, dies herauszufinden. Alles, was Sie damit erreichen, ist Trauer und Verzweiflung.« Er sah aufrichtig empört aus.

Nach ein paar Sekunden fragte ich:

»Sie glauben also, dass Aron schuldig ist? Dass er die Mädchen getötet hat?«

Er seufzte.

»Ich konnte es nicht glauben. Ich mochte Aron. Er war eine einfache Seele, aber er hatte einen klaren und starken Glauben. Er stand in der Gnade.«

»Er wurde aufgrund Ihrer Aussage verurteilt.«

»Nein, nein.«

»Doch. Sie sagten damals aus, dass Sie ihn ungefähr eine halbe Stunde vor Annes Tod gesehen hätten, und zwar hier, in der Nähe des Tatorts.«

»Was hätte ich denn tun sollen? Die Polizei und das Gericht anlügen? Wäre das richtig von mir gewesen, Anwalt Brenne? Hätte ich lügen sollen, um einen Jungen zu retten, den ich mochte, ist es das, was Sie meinen?«

»Nein, natürlich nicht. Tut mir leid, diese Sache hat mich frustriert. Aber glauben Sie, dass er es getan hat? Wäre er in der Lage gewesen, die beiden Mädchen zu töten?«

»Ich weiß es nicht.« Ich konnte die Verzweiflung in seinen Augen sehen. »Ich weiß es nicht. Menschen sind zu fast allem imstande. Die Sünde ist eine Tatsache in dieser Welt. Wir reden oft von der Sünde, als wäre sie ein Art theoretische Übung, aber so ist es nicht. Die Sünde, das Böse, ist etwas ganz Konkretes. Sie besitzt einen Geruch, eine Farbe und eine Form, und sie ist überall. Also ja«, sagte er leise, »er könnte es getan haben. Er … und jeder andere.«

»Ja, das weiß ich.«

Plötzlich war der Unterschied zwischen uns nicht mehr so groß, der Unterschied zwischen Rechtsanwalt und Prediger. Obwohl wir nicht dieselben Worte und Bilder gebrauchten, besaßen wir eine gemeinsame Menschenkenntnis.

»Ich habe Aron und seine Mutter besucht«, sagte ich nach kurzem Schweigen. »Und dieser Besuch hat mich verstört. Ich habe viel darüber nachgedacht.«

»So?« Sein Blick war freundlich und fragend.

»Frau Sørvik glaubt, dass ihr Sohn schuldig ist, wussten Sie das? Ihr eigener Sohn!«

»Ja, ich weiß.«

»Und ihre Begründung ist … theologisch. Ich habe sie so verstanden, dass Gott es nie zugelassen hätte, dass Aron verurteilt wird, wenn er nicht schuldig wäre. Weil Gott alles weiß und über alles gebietet, so etwas in der Art.« Ich zögerte. »Ich glaube nicht einmal an Gott und weiß gar nicht, warum mich das so bedrückt, aber dieser Gedankengang wirkt so streng und ohne jeden Handlungsspielraum.«

»Ich verstehe Sie, aber ich kann Sie nicht trösten, fürchte ich. Gott sieht alles und gebietet über alles. Er ist in allem und es existiert kein Handlungsspielraum.« Dann lächelte er, und sein strenges Gesicht erhellte sich. »Aber das bedeutet nicht, dass wir ihn verstehen können oder dass alles, was geschieht, unabwendbar ist. Dies zu glauben ist ebenfalls Sünde. Gottes Wege sind unergründlich.«

»Dann hat Frau Sørvik also unrecht?«

Er zuckte mit den Schultern.

»Sie kennt natürlich ihren Sohn, aber Gottes Willen kennt sie ebenso wenig wie Sie und ich.«

## Kapitel 36

Auf dem Rückweg ging ich den Pfad an der Küste entlang. Die nassen Felsen waren glatt unter meinen Stiefeln. Vom Meer kamen Wind und Regen, und ich musste die Kapuze aufsetzen. Es war ein trostloser Tag. Weit draußen im Westen verschmolz das graue Meer mit dem Himmel. Als ich zu dem Felsabsatz kam, wo Anne gefunden wurde, blieb ich stehen und schaute mich um. Mitten zwischen dem Geröll, ungefähr an der Stelle, wo sie gelegen hatte, erregte ein kleiner, dunkler Gegenstand meine Aufmerksamkeit. Ich konnte nicht erkennen, was es war. Irgendetwas, das das Meer angespült hat, dachte ich. Ich ging näher heran und bückte mich. Es war ein kleiner Strauß Rosen. Sie waren nass und verwelkt, die Stiele schwarz. Das Dunkelrot der Blütenblätter erinnerte mich an geronnenes Blut.

Ich ließ die Blumen liegen und ging mit hochgezogenen Schultern weiter. Ein Refrain ging mir durch den Kopf. »You can send me dead flowers every morning. Send me dead flowers by the mail. Send me dead flowers to my wedding, and I won't forget to put roses on your grave«, sang Townes van Zandt.

Vigdis Wiesner öffnete die Tür und verzog keine Miene, als ich mich für neulich bedankte.

»Runar ist im Betrieb«, sagte sie.

»Ich wollte eigentlich mit Ihnen reden«, sagte ich. »Darf ich kurz hereinkommen?«

Sie machte keine Anstalten, mich hereinzulassen.

»Worüber wollen Sie mit mir reden?«

»Über alte Zeiten. Sie wissen, warum ich auf Vestøy bin, nicht wahr? Wegen der Morde an Anne und Siri.«
»Das weiß ich.«
»Kannten Sie sie?«
»Ich wusste, wer sie waren.«
»Aber beide arbeiteten bei der Fischannahmestelle …«
»Das war Runars Sache. Ich war selten dort unten.«
»Er kannte sie also besser als Sie?«
»Ja.«
»Wie gut kannte er sie?«
Sie wurde misstrauisch.
»Wie meinen Sie das?«, fragte sie nach kurzem Zögern.
»Ich habe gewisse Gerüchte gehört.«
»Sie sollten nicht auf Gerüchte hören.«
»Ich glaube, dass Ihr Mann möglicherweise ein Verhältnis mit den Mädchen hatte.«
Sekundenlang geschah nichts. Ich konnte keinerlei Reaktion erkennen, außer dass sie vielleicht noch bleicher wurde.
»Sie irren sich. Mein Mann hätte nie etwas mit diesen Ludern angefangen«, sagte sie.
»Ich dachte, Sie kannten sie nicht?«
»Nicht persönlich, aber ich hatte von ihnen gehört.«
»Waren Sie eifersüchtig?«
»Ich glaube nicht, dass ich mir das länger anhören muss«, sagte Vigdis Wiesner, und das Klicken des Türschlosses beendete das Gespräch.

Stina machte ein trotziges Gesicht wie ein Kind. Auf dem schmalen Flur hinter ihr saß ein kleiner Junge auf dem Boden und quengelte, immer noch in Overall und Seestiefeln.
»Wir kommen gerade aus dem Kindergarten«, sagte sie. »Ich muss jetzt Mittagessen kochen.«
»Soll ich wiederkommen, wenn der Junge schläft?«

»Ich habe Ihnen nichts mehr zu sagen.«
»Ich habe nur eine Frage. Es geht um etwas, was Sie neulich sagten.«
»Was denn?«
»Sie sagten, dass Anne vielleicht ein Verhältnis mit einem älteren Mann hatte, und ich frage mich …«
»Das habe ich nie gesagt.«
»Doch. Anne hat Ihnen angeblich gesagt, dass alle Männer nur an eins denken, egal …«
»Verschwinden Sie«, sagte Stina.
Langsam hatte ich genug davon, dass man mir die Tür vor der Nase zuschlug.

Am Abend lud mich Magda zum Essen in ihre Wohnung ein.
»Ich kann mich nicht entspannen, wenn ich unten esse«, sagte sie. »Dort habe ich immer das Gefühl, dass ich arbeiten muss.«
»Ich habe über das nachgedacht, was du von deiner Ehe erzählt hast«, sagte ich beim Kaffee. »Ihr seid geschieden, nehme ich an?«
»Willst du um meine Hand anhalten, Mikael? Nein, ich bin nicht geschieden. Den ganzen Ärger habe ich mir erspart.«
»Habt ihr die Trennung überhaupt nicht geregelt? Was ist mit dem Wirtshaus? Wem gehört es?«
»Rein formell Thomas.«
»Du weißt doch wohl, dass er jederzeit auftauchen und die Hälfte verlangen kann? Oder sogar alles, weil er es in die Ehe eingebracht hat.«
Sie schüttelte den Kopf.
»Als ich ihn damals besuchte, sagte er, dass er nicht das geringste Interesse hätte und ich den ganzen Plunder behalten könnte.«
»Hast du das schriftlich?«
Sie schüttelte den Kopf und sah mich unschlüssig an.

»Das bringt dich in eine ziemlich ungünstige Lage, Magda. Soll ich versuchen, das für dich zu regeln?«

»Wenn du möchtest.«

»Ich kann es versuchen.«

»Danke, Mikael. Können wir jetzt über etwas Angenehmeres reden?«

»Ja«, sagte ich. »Erzähl mir, wie es war, hier aufzuwachsen. Als Stadtkind kann ich mir das kaum vorstellen.«

Und Magda erzählte vom Knarren der Ruder in den Dollen, von klaren Sommertagen, von glücklichen Augenblicken, in wen sie verliebt gewesen war, wie sie sich gefreut hatte, wenn die Austernfischer zurückkehrten, ein sicheres Zeichen, dass der Frühling kam; sie beschrieb die Blumen in den Felsspalten und berichtete von Tagen, an denen die Fische ums Boot schwärmten und die Angelschnur so schwer war, dass man sie kaum herausziehen konnte.

»Das hört sich idyllisch an«, sagte ich.

Sie lächelte.

»Das war natürlich nicht immer so. Trotzdem schien alles so leicht zu sein – damals.«

»Ja«, sagte ich. »Gut, dass wir nicht wussten, was das Leben uns bringen würde.«

Sie biss sich auf die Unterlippe, und ich wusste, dass sie sich unsicher fühlte.

»Ich weiß, was geschehen ist. Dass du verhaftet wurdest und deine Zulassung verloren hast.«

»Ach ja?«

Sie nickte.

»Ja, ich habe es in der Zeitung gelesen, aber ich wollte nichts sagen.«

»Warum erwähnst du es dann jetzt?«, fragte ich und merkte, dass meine Stimme abweisender klang als beabsichtigt.

»Ach, Mikael, versteh das nicht falsch. Ich weiß, dass du nichts

getan hast, ich habe nur Angst um dich. Du musst deshalb zurück, stimmt's?«
»Unter anderem. Außerdem glaube ich nicht, dass ich hier weiterkomme.«
»Aber was werden sie mit dir anstellen?«, fragte sie, und ich seufzte.
»Keine Ahnung, Magda.«

Als ich aus ihrem Bett aufstand, murmelte sie irgendetwas. Ich beugte mich zu ihr und küsste sie. Sie schlief schon, und ich fühlte mich einsam. Es war spät, aber ich war nicht müde, und anstatt ins Bett zu gehen, zog ich mich an und ging leise hinaus in die Nacht.
Unser Gespräch hatte die innere Unruhe wieder geweckt, die ich seit Tagen nicht mehr verspürt hatte. Ich zog den Kopf ein und ging mit großen Schritten aufs Geratewohl durch die dunklen Gassen. Eine Katze schlich wie ein lautloser Schatten um eine Ecke, kein Mensch war unterwegs. Als ich zum Hafen kam, bog ich nach links und ging am Wasser entlang. Ich passierte den Fähranleger mit den zwei einsamen Laternen, die ihr gelbes Licht aufs Wasser warfen. Dann folgte ich einem Pfad, der sich hinter den alten Bootsschuppen den Hügel hinaufschlängelte, bis er sich im Gebüsch verlor. Erst da drehte ich um.
Auf dem Heimweg ging ich an der Rückseite des Ladens vorbei. Ich wollte eine Abkürzung finden, was sich rasch als vergeblich herausstellte. Ein schmaler Pfad führte zwischen einem Lagerschuppen und einer Hecke hindurch. Nach ein paar Metern machte er eine Biegung nach rechts, und ich blieb stehen. Das war die falsche Richtung. Plötzlich hörte ich das Knarren einer Tür und dann leise Stimmen. Ich schaute vorsichtig durch die Hecke.
Zwei Menschen küssten sich auf der Türschwelle. Ich sah den

breiten Rücken des Mannes, der die Frau umarmte. Er befreite sich sanft aus ihrer Umarmung, trat einen Schritt zurück und murmelte ein paar Worte. Da erkannte ich Stinas zarte Gestalt. Es musste ihr Garten sein. Sie zog ihn noch einmal an sich, und sie küssten sich wieder. Dann drehte der Mann sich um. Für einen Augenblick sah ich deutlich sein Gesicht, bevor er durch das Gartentor in der Dunkelheit verschwand. Es war Runar Wiesner.

## Kapitel 37

Auf der Fähre zum Festland stand ich auf dem Achterdeck, solange wir an der Küste entlangfuhren. Als wir die letzte Schäre im Nordosten passiert hatten und die schwere, graue Dünung die Fähre ergriff und zum Rollen brachte, schauderte es mich, und ich ging hinein. Den Rest der Überfahrt dachte ich nach.

Ich dachte an Runar Wiesner.

Der Mann, der junge Mädchen mochte. Stina war nicht mehr jung, aber sie war viel jünger als er, und in seinem Alter konnte er kaum wählerisch sein. Wie lange ihr Verhältnis wohl schon dauerte? Auf einmal erinnerte ich mich an die Reaktion des Ehepaares, als ich fragte, ob sie Kinder hätten. Und ich erinnerte mich an Stinas ausweichende Antwort, als ich nach dem Vater des kleinen Jungen fragte.

Auf jeden Fall hatte jemand Stina davor gewarnt, weiter mit mir zu reden. Nach dem ersten Gespräch hatte es keine Unstimmigkeiten gegeben. Stina war ganz bei der Sache gewesen und hatte sich sogar gefreut, dass sie mir helfen konnte. Beim zweiten Mal war sie total abweisend gewesen. Wahrscheinlich hatte Wiesner sie gewarnt.

Danach dachte ich an Frank.

Ich würde es nie beweisen können, aber ich glaubte immer noch, dass er versucht hatte, mich umzubringen. Und der einzige Grund, den ich mir denken konnte, war meine offen ausgesprochene Theorie, dass Eifersucht als Mordmotiv in Frage kam. Frank war in seine Kusine Anne verliebt gewesen, so verzweifelt verliebt, wie es nur ein junger Mann sein kann. Er hatte sie vergöttert, aber leider war Anne ein Flittchen, ein Dorfluder, das mit jedem ins Bett ging. Außer mit Frank, der als Einziger eine Abfuhr bekommen hatte. Jeder Mann konnte deswegen durchdrehen.

Ich seufzte und wusste, dass ich mich auch irren konnte. Vielleicht hatte Frank mich gar nicht umbringen wollen und ich hatte die Situation missverstanden. Er war trotz allem zurückgekommen und hatte mich gerettet. Aber vielleicht war er auch nur hin und her gesegelt, damit es aussah, als wolle er mich retten, und hatte dann zufällig meinen leblosen Körper entdeckt. Vielleicht hatte er es auch bereut. Oder geglaubt, ich sei tot. Ich wusste es nicht.

Ich schleppte mich die Gangway hinunter, ebenso beladen wie vor drei Wochen, aber der Lösung keinen Schritt näher. Alles, was ich hatte, waren luftige Theorien ohne einen einzigen handfesten Beweis. Mein Auto stand immer noch am Kai, mit graubraun verschmierten Scheiben. Ich hievte das Gepäck in den Kofferraum und wollte mich gerade ans Steuer setzen, als jemand meinen Namen rief. Ich drehte mich um und sah Frank, der über den Kai spurtete.

»Hei«, sagte er. »Ich habe gehört, dass du heute heimfährst, und wollte dir nur tschüss sagen.«

Wir kauften zwei Pappbecher Kaffee am Hafenkiosk, setzten uns auf eine Bank und schauten über das Wasser. Vestøy war bloß als kleine Verdichtung am diesigen Horizont sichtbar.

»Hast du in den drei Wochen etwas erreicht?«

»Du meinst meine Nachforschungen?«

»Ja. Hast du irgendwelche Beweise für Arons Unschuld gefunden?«

Seine Haare hingen schwarz und feucht in die Stirn, er sah müde aus.

»Nein«, sagte ich. »Kann ich nicht behaupten.« Sah ich Erleich-

terung in seinen Augen? »Du bist bestimmt froh, dass du mich loswirst«, fügte ich hinzu, und er zuckte mit den Schultern.
»Wir hatten doch auch unseren Spaß.«
Er begleitete mich zum Auto und streckte die Hand aus. »Vielleicht solltest du dich einfach damit abfinden, dass Aron schuldig ist, Mikael. Wie ich von Anfang an gesagt habe.«
»Vielleicht«, sagte ich, und er lachte kurz.
»Du bist vielleicht stur! Du wirst es nie akzeptieren, oder? Aber sei doch mal realistisch, Mikael. Es waren fünf Fremde auf der Insel, als die Morde geschahen, und alle hatten sichere Alibis. Und egal, was du dir einbildest, Aron ist und bleibt ein seltsamer Mensch. Von allen auf Vestøy ist er der Einzige, den ich mir als Mörder vorstellen kann.«
»Vielleicht hast du recht«, sagte ich ohne Überzeugung. »Danke für alles, Frank.«

Erst als ich wieder im Auto saß und der Motor beim dritten Versuch ansprang, registrierte mein Gehirn, was Frank gesagt hatte. Ein Detail stimmte nicht mit den Akten überein. Ich versuchte mir einzureden, dass es bloß ein Schnitzer war, der unmöglich von Bedeutung sein konnte, aber trotzdem drehte ich den Zündschlüssel wieder um und stieg aus. Frank war fast hinter einem der charakterlosen Betongebäude verschwunden, die das Zentrum des kleinen Ortes dominierten. Ich rief seinen Namen, und er drehte sich um. Als ich hinter ihm herrannte, sah er mich verdutzt an.
»Was ist denn los?«
»Was hast du gerade gesagt?«, fragte ich.
»Was willst du?«
»Du hast gerade etwas über die Fremden auf der Insel gesagt, dass alle ein Alibi hatten. Wie viele Besucher waren zu dem Zeitpunkt auf der Insel?«
»Fünf, warum?«

Ich schüttelte den Kopf.
»Das stimmt nicht. Es waren nur drei.«
Jetzt schüttelte er den Kopf.
»Nein, du irrst dich. Ich kenne den Fall, Mikael. Er hat mein Leben geprägt, und ich habe die Akten genau gelesen. Am Tag des Mordes waren fünf Besucher auf Vestøy, fünf Menschen, die nicht dort lebten. Fünf Fremde.«
»Warum steht dann in meinen Akten nur etwas von drei Touristen, kannst du mir das sagen? Wo sind die andern beiden geblieben?«
»Was meinst du?«
»Wo sind die zwei anderen Fremden geblieben?«

## Kapitel 38

Synne sah mich nachdenklich an.

»Zwei Fremde stehen nicht in den Akten? Das ist interessant. Wenn es kein Missverständnis ist.«

»Ein Missverständnis?«

»Du weißt schon, was ich meine. Eine verzerrte Erinnerung. Oder es ist eine Frage der Definition. Vielleicht haben die beiden früher auf Vestøy gewohnt und der alten Heimat nur einen Besuch abgestattet. Dann ist nicht klar, ob man sie als Fremde bezeichnen könnte, oder?«

»Ja, natürlich könnte es so gewesen sein«, sagte ich widerstrebend. »Aber ich glaube es nicht. Frank war sich seiner Sache sicher. Ich habe jedenfalls alle Akten noch einmal durchforstet und finde weiterhin nur drei Besucher an den betreffenden Tagen. Zwei Klempner, die in einem Neubau arbeiteten, und ein Handlungsreisender. Sie haben alle drei im Café gewohnt, und alle hatten ein Alibi.«

»Und die zwei, die nicht in den Akten stehen? Weiß dein Freund, der Polizist, wer sie waren?«

»Er erinnert sich nicht an die Namen oder andere Details, aber er ist sicher, dass es Touristen waren.«

»Ist das alles?«

»Ich fürchte ja. Aber irgendeiner muss sich doch an sie erinnern!«

»Vielleicht.« Synne schüttelte den Kopf. »Aber es hört sich seltsam an. Zeugen verschwinden doch nicht einfach aus einem Strafprozess, Mikael. Ein Verhörprotokoll kann man vielleicht verlegen oder es kann sonst wie verschwinden, aber es würde wenigstens im Aktenverzeichnis stehen. Hast du das nachgeprüft?«

»Was denkst du von mir? Laut Verzeichnis fehlt kein einziges Protokoll.«

»Noch eine Frage: Wenn ich dich recht verstehe, glaubst du, dass dieser Frank der Mörder sein könnte?«

Ich nickte.

»Weil er versucht hat, dich zu töten?«

»Und weil er ein Motiv hat. Eifersucht. Er war total verliebt in seine Kusine.«

»Bist du sicher, dass er dich umbringen wollte?«

»Nein, ich kann mich irren.« Ich rieb mir die Stirn. »Es gibt eine Reihe anderer möglicher Erklärungen. Aber aus dem Bauch heraus …«

»Du glaubst also, dass es Absicht war.«

»Ja, das glaube ich.«

»Okay, das akzeptiere ich. Aber wenn er der Mörder ist, Mikael, warum sollen wir dann glauben, was er uns über die beiden Fremden erzählt? In dem Fall würde er eher versuchen, den Verdacht von sich abzulenken und dich auf eine falsche Fährte zu locken.«

»Ja, wenn er der Mörder ist. Aber das wissen wir nicht.«

Sie kratzte sich nachdenklich an der Nase.

»Und was willst *du* jetzt tun?«

»Ich werde zweigleisig fahren. Die verschwundenen Zeugen suchen, wenn sie existieren, und gleichzeitig Frank unter die Lupe nehmen.«

»Und das Ehepaar Wiesner?«

»Ich weiß nicht. Kannst du vielleicht die Bilanzen der Wiesner Fisk AG aus dem Register in Bronnøysund anfordern?«

»Wofür soll das gut sein?«

Ich zuckte mit den Schultern.

»Weiß der Geier. Runar Wiesner hat so oft gelogen, dass ich

gern wüsste, ob er wirklich so gut dasteht, wie er es darstellt. Aber wie geht es dir überhaupt, Synne? Wie hast du es die ganze Zeit nur ohne mich ausgehalten? Einsam und traurig, von Sehnsucht gepeinigt?«
»Ja, Mikael. Heiße Tränen und schlaflose Nächte.«
»Was ist mit deinen Haaren geschehen? Warst du beim Friseur?«
Sie fuhr sich automatisch durch die Haare.
»Erstaunlich. Du hast es bemerkt. Wie findest du es?«
»Es ist … Warum ist es schief?«
Synne seufzte.
»Das ist Absicht. Hättest du nicht einfach sagen können, dass es gut aussieht?«
»Du hast mir vorher besser gefallen.«

Das Büro war noch enger, als ich es in Erinnerung hatte, und Frau Sørensen noch mütterlicher. Sie quetschte sich zwischen Schreibtisch und Wand, stellte eine Tasse frischen Kaffee vor mich hin und sah mich forschend an.
»Synne hat mir erzählt, dass Sie ins Wasser gefallen sind«, sagte sie und schauderte. »Aber Sie sehen gut aus, sogar besser als vorher.«
»Und Sie sind genauso wunderschön wie immer, Frau Sørensen«, sagte ich, und sie lachte herzlich.
»Was ist eigentlich mit Synne los?«, fragte ich.
»Sie denken wohl an den jungen Mann, Svein Jensen?«
»Glauben Sie, dass es etwas Ernstes ist?«
Es machte ihr sichtlich Freude, über das Liebesleben ihrer Chefin zu tratschen.
»Ich glaube, diesmal schon. Er ist jedenfalls schon länger aktuell als die meisten anderen.«
»Oh, hat es so viele junge Männer gegeben?«
»Eine ganze Menge, ja, aber keiner hat sich lange gehalten.

Aber diesmal … Ich weiß nicht, sie telefonieren ständig miteinander, und sie blüht regelrecht auf. Es würde ihr guttun, das kann ich Ihnen sagen. Sie arbeitet viel zu viel, und sie ist viel zu dünn.«

Vielleicht war sie das, aber als sie ein paar Stunden später in der Tür stand, sah ich nur perfekte Konturen.
»Du musst Rune anrufen.«
Ich sagte nichts.
»Er ist schon ganz verzweifelt, Mikael. Er sagt, dass du nicht ans Telefon gehst.«
Weil ich immer noch nichts sagte, seufzte sie, kam herein und zwängte sich auf den Stuhl zwischen Schreibtisch und Wand.
»Scheiße, ist das eng hier«, sagte sie. Sie fluchte selten. Ich hätte sie am liebsten gebeten zu gehen, brachte es aber nicht über mich. Sie war für mich da gewesen, als kein anderer mir geholfen hatte, sie kümmerte sich um mich, und ich konnte es mir nicht leisten, sie noch einmal zu verlieren.
»Ich …« Weiter kam ich nicht. »Ich habe tierische Angst«, sagte ich endlich. »In drei Wochen beginnt der Prozess gegen mich, und ich weiß, dass ich verurteilt werde.«
»Das ist nicht sicher! Es ist gut möglich, dass …«
»Ich kann diesen Prozess nicht gewinnen, Synne. Es hilft nichts, sich selbst zu betrügen. Sie werden mich zu einer langen Gefängnisstrafe verurteilen. Ich wette, dass du Rune längst gefragt hast, wie es aussieht, und du weißt, dass ich recht habe.«
»Wir haben darüber geredet«, räumte sie ein. »Aber es hilft nichts, den Kopf in den Sand zu stecken. Du hast nicht verloren, bevor das Urteil gefällt ist. Und wenn es wirklich so kommen sollte, dann ist das nicht das Ende der Welt. Das Leben geht weiter.«
Ich schüttelte den Kopf.
»Nein. Das ist das Ende der Welt.«

Sie wollte protestieren, aber ich ließ sie nicht zu Wort kommen. »Ich bin Anwalt, Synne. Das ist alles, was ich kann. Ich habe nie einen anderen Job gehabt, und alle meine Freunde sind Anwälte und Richter. Ich habe keine Familie, keine Kinder, keine Geschwister, keine Ehefrau. Der Einzige, der mir geblieben ist, ist mein Vater, und der hat Alzheimer. Hinzu kommt die finanzielle Lage. Ich werde mein Haus verlieren. Ich fühle mich, als hätte jemand eine tödliche Krankheit bei mir diagnostiziert. Was die Zukunft angeht, kann ich nicht weiter als drei Wochen vorausdenken. Danach wird alles schwarz.«

Synne blieb wortlos sitzen.

»Das ist sicher richtig«, sagte sie schließlich, »und vielleicht sollte ich den Mund halten. Wahrscheinlich kann ich mir gar nicht vorstellen, wie es dir geht. Aber wie ich die Sache sehe, hast du nur zwei Möglichkeiten. Du kannst aufgeben oder weiterkämpfen. Und du hast immer gekämpft, egal, wie die Chancen standen. Das habe ich immer an dir bewundert. Dass du nie aufgibst.«

Plötzlich stieg Wut in mir auf. Ich wollte ihr ins Gesicht schreien, dass sie kein Recht hatte, Forderungen zu stellen, dass sie sich zum Teufel scheren sollte mit ihrem guten Rat, dass sie nicht die geringste Ahnung hatte, wie es war, in meiner Haut zu stecken. Aber stattdessen stand ich auf.

»Ich muss gehen«, sagte ich.

»Wohin?«

»Meinen Vater besuchen. Ich habe ihn seit Ewigkeiten nicht gesehen.«

»Ruf Rune an«, rief sie mir nach. »Es hilft nichts zu verdrängen. Die Sache verschwindet nicht von selbst.«

Mein Vater saß im Aufenthaltsraum. Der Fernseher lief, und die meisten Alten starrten auf die Mattscheibe. Mein Vater auch, aber seine Augen und sein Gesicht sahen leblos aus, als wären die grellen Farben und flimmernden Bewegungen nur abstrakte Muster ohne Bedeutung und Wiedererkennungswert.

»Vater«, sagte ich und beugte mich über ihn.

Er drehte den Kopf, und seine Augen leuchteten auf. Die Freude über das Wiedersehen war unverfälscht.

»Du bist es«, sagte er, aber dann verschwand das Leuchten ebenso schnell aus seinen Augen, wie es gekommen war. Mir war klar, dass er entweder meinen Namen vergessen hatte oder nicht mehr wusste, in welcher Beziehung wir zueinander standen.

»Schön, dich zu sehen, Vater«, sagte ich und betonte das letzte Wort. »Ich bin Mikael. Dein Sohn Mikael.«

Er nickte langsam, als wäre ein Verdacht bestätigt worden. »Ja, du bist es, Mikael. Du siehst gut aus.«

»Du auch, Vater.«

»Ich habe dich lange nicht mehr gesehen.«

»Ja, Vater. Zu lange. Sollen wir auf dein Zimmer gehen? Wir können uns alte Bilder ansehen.«

Die Augen leuchteten wieder auf.

»Das würde ich gern.«

Es war, wie wenn man eine alte Schallplatte wieder und wieder auflegte. Dieses Gespräch hatten wir schon oft geführt, und es verlief fast jedes Mal gleich. Ich half ihm auf die Beine, er hakte sich bei mir unter, und wir gingen langsam über den Korridor. Er beäugte jede Tür. Sein Mund bewegte sich lautlos, und ich wusste, dass er sich jedes Namensschild vorlas, weil er nicht genau wusste, wo sein Zimmer war. Er ging diesen Korridor mehrmals täglich hinauf und hinunter, aber er wusste nicht, wo er wohnte.

Zum ersten Mal dachte ich, dass ich ihn nun völlig verloren hatte, aber der Prozess war so langsam gewesen, dass ich nicht mehr sagen konnte, wann es geschehen war. Wahrscheinlich war ich viel zu beschäftigt mit mir selbst gewesen, um den Augenblick zu bemerken. Und in diesem Fall hatte es keine tröstende Zeremonie gegeben, kein Ritual, das mich mit dem Verlust hätte versöhnen können.

Alles, was übrig war, war das ewig gleiche Gespräch, dieselben Worte, die fast keine Bedeutung mehr hatten, derselbe Korridor, der niemals aufhörte, Türen mit unbekannten Namen und die kurzen, schlurfenden Schritte meines Vaters auf dem Weg in unbekanntes Terrain.

## Kapitel 39

Es hat dich immer gestört, dass ich Anwalt bin«, sagte ich. »Immer wenn ich dich um Hilfe gebeten habe, hast du gesagt, dass ich auf der falschen Seite stehe, du auf der Seite des Guten und ich auf der Seite des Bösen.«

»Stimmt. Verteidiger sind des Teufels eingeborene Söhne.«

»Und jetzt«, fuhr ich fort, ohne mich irritieren zu lassen, »jetzt, wo ich nicht mehr Anwalt bin, willst du mir auch nicht helfen. Bist du nie zufrieden?«

Der Sonnenkönig war Ermittler im Rauschgiftdezernat, und wir kannten uns seit vielen Jahren. Obwohl wir beide uns nichts anmerken ließen, bestand zwischen uns eine Art Freundschaft. Er warf mir einen langen, ausdruckslosen Blick zu, bevor er sein Bierglas in einem Zug leerte. Dann rülpste er und wischte sich mit dem Handrücken den Mund ab.

»Du bist ein Anwalt mit Berufsverbot«, sagte er. »Das ist viel schlimmer. Es bedeutet, dass du nicht einmal genug Moral besitzt, um den unmoralischsten Beruf der Welt auszuüben.«

»Witzig«, sagte ich. »Sehr witzig. Heißt das, dass du mir nicht helfen willst?«

»Warum belästigst du immer mich mit deinen unmöglichen Anfragen? Kennst du keine anderen Staatsdiener, die für dich die Gesetze brechen können?«

»Nein.«

»Holst du noch ein Bier, Mikael?«

Das tat ich. Es war ein gutes Zeichen, dass er nicht gleich aufgestanden und gegangen war.

»Hat dir nie jemand erzählt, dass bei der Polizei ein starker

Korpsgeist herrscht?«, fragte er, als ich mit dem Bier zurückkam. »Dass wir uns, wenn nötig, beschützen und decken? Das habe ich jedenfalls irgendwo gelesen. Und du willst, dass ich einen Kollegen verrate?«

»Ich will nicht, dass du ihn verrätst, Karl Petter«, sagte ich. Den Spitznamen »Sonnenkönig« hatte er aufgrund seiner imponierenden Haarpracht bekommen, einer Wolke aus roten Locken, die seinen Kopf wie eine Krone umgab. Sie war eines Alleinherrschers würdig, genau wie seine Arroganz. »Ich bitte dich nur darum, ihm ein bisschen auf den Zahn zu fühlen. Welchen Ruf er hat, ob er irgendwelche Schwierigkeiten gehabt hat, du weißt schon, was ich meine. Außerdem ist er kein Kollege, er ist nur ein mickriger Landpolizist.«

Er grunzte. »Sehr witzig, Mikael. Wie heißt diese Kanaille noch mal? Frank Lande?«

Ich nickte, und er schrieb den Namen in ein kleines Notizbuch, das in seinen dicken Pranken fast verschwand.

»Wie läuft es bei dir?«, fragte er, als wir vor der Kneipe standen und uns verabschieden wollten.

»Tja«, sagte ich. »Was sagt die Gerüchteküche in der Polizeibehörde? Ihr seid doch immer gut informiert.«

»Dass deine Chancen geringer sind als die einer Nonne in einem Mönchskloster. Dass der Staatsanwalt dich in den Arsch ficken wird, dass du einen Monat nicht sitzen kannst, und dass du zu hundert Jahren Zwangsarbeit verurteilt wirst.«

»Offenbar freut euch das alle in der Allerhelgensgate. Wie die Kinder vor Weihnachten.«

Er zuckte mit den Schultern.

»Nun ja, die Meinungen sind geteilt. Natürlich hast du dir im Lauf der Jahre dort Feinde gemacht. Verteidiger sind bei uns von vornherein nicht so beliebt, und das aus gutem Grund.

Hinzu kommt die allgemeine Schadenfreude, wenn reiche und mächtige Männer vom Sockel gestürzt werden. Aber einige von uns finden, dass du gar nicht so übel bist, Mikael. Ziemlich viele, sogar. Persönlich bin ich mir sicher, dass du noch irgendwas aus dem Hut zaubern wirst, damit dieser aufgeblasene Wichtigtuer von einem Staatsanwalt den Schwanz einzieht.«

Ich konnte mir ein Grinsen nicht verkneifen.

»Ich werde mein Bestes tun«, sagte ich, aber das Grinsen erstarb schnell. Es war ein schönes Bild, und das Vertrauen des Sonnenkönigs tat gut, aber im Grunde stimmte das, was man sich bei der Polizei erzählte. Der Staatsanwalt würde mich in den Arsch ficken, und ich konnte nichts dagegen tun.

»Warum wollen Sie das wissen?« Die Stimme am anderen Ende der Leitung war zutiefst misstrauisch. Geduldig erklärte ich alles noch einmal, dass ich die Wiederaufnahme eines alten Falls bearbeitete und deshalb mit einigen Ermittlern von damals reden wollte.

»Und woher wissen Sie, dass die Personen, die Sie genannt haben, in diesem Fall ermittelt haben?« Die Stimme war immer noch misstrauisch.

»Weil ich die Polizeiakten von damals vor mir liegen habe«, sagte ich.

»Wir geben keine Privatadressen und Telefonnummern unserer Angestellten heraus«, sagte die Stimme.

»Hören Sie zu. Ich sagte Ihnen bereits, dass ich von einer Anwaltskanzlei aus anrufe und es um eine Strafsache geht. Ich habe die zugehörigen Akten von der Polizei bekommen, auf Grundlage des Strafprozessgesetzes. Dann sollte es wohl möglich sein …«

»Sorry, das geht nicht.«

»Wahrscheinlich sind die meisten dieser Leute längst pensioniert, aber es muss doch möglich sein …«

»Sorry«, sagte die Stimme noch einmal, und der Hörer wurde aufgelegt.
Ich fluchte und begann im Internet zu suchen.

Die Liste bestand aus sieben Namen, die ich mühsam aus allen Dokumenten zusammengeklaubt hatte. Sieben gewöhnliche norwegische Namen. Die Sache lag fünfundzwanzig Jahre zurück, und nichts in den Akten deutete auf das Alter der Ermittler hin. Wahrscheinlich hatten sie längst den Wohnsitz gewechselt oder waren sogar verstorben. Der erste Name, den ich suchte, war Edvard Karlsen. Er ergab neunundzwanzig Treffer, drei davon in der Nähe, der Rest war über das Land verteilt. Ich seufzte und begann zu telefonieren.

Am Abend war ich müde und frustriert. Synne schaute herein und sah mir sofort an, wie es lief.
»Hast du keinen Einzigen von ihnen erreicht?«
»Doch, zwei. Einer arbeitet bei der Polizei in Bodø, der andere ist seit zehn Jahren arbeitsunfähig, weil er bei einer Schlägerei mit einem Psychopathen einen Rückenschaden davontrug. Ich musste mir seine ganze Geschichte anhören.«
»Aber hast du auch etwas über unseren Fall erfahren?«
»Nein, nicht die Bohne.« Sie sagte nichts, zog eine Augenbraue hoch, und ich fuhr fort. »Keiner konnte sich an den Fall erinnern.«
»Das ist doch nicht möglich, bei so einem schweren Verbrechen.«
»Ja, an das Verbrechen erinnern sie sich. Aber sie wissen nicht, wie viele Fremde damals auf Vestøy waren oder ob sie mit zwei Touristen gesprochen oder von ihnen gehört haben. Es ist einfach zu lange her.«
Synne seufzte.
»Das war fast zu erwarten. Was ist mit den anderen fünf?«

»Vielleicht stehen sie nicht im Telefonbuch, vielleicht sind sie tot, was weiß ich.«

»Aber hast du gefragt, ob die beiden wissen, wo ihre früheren Kollegen heute arbeiten?«

»Wie?«

»Polizisten halten doch bestimmt oft Kontakt zu alten Kollegen. Und wenn nicht, können sie auf jeden Fall leicht herausfinden, wo sie jetzt arbeiten. Sie brauchen nur zu sagen, dass sie ihren alten Kumpel anrufen wollen.«

»Daran habe ich nicht gedacht.«

Sie lächelte strahlend.

»Was würdest du ohne mich tun, Mikael?«

Der Polizist mit dem Rückenschaden hieß Nils Skaare. Er war sehr zuvorkommend gewesen, also rief ich zuerst ihn an und erklärte mein Problem.

»Sagen Sie mir die Namen«, sagte er.

Ich las ihm die Liste vor.

»An den letzten kann ich mich überhaupt nicht erinnern. Das heißt, ich kann mich nur an den Namen erinnern, aber ich weiß nicht mehr, wie er aussah. Bescheuert, was? Ein alter Kollege und trotzdem völlig aus dem Gedächtnis verschwunden.«

Ich stimmte ihm zu.

»Und die anderen?«

»An die erinnere ich mich. Bei zwei weiß ich sogar, wo sie heute arbeiten.«

»Können Sie mir ihre Adressen …«

»Ihr Mann ist Gunnar Skeie. Er hat die Ermittlungen geleitet. Und der Mann hatte ein legendäres Gedächtnis. Wenn Ihnen jemand helfen kann, dann er.«

»Wo finde ich ihn?«

»Ich bin mir nicht sicher. Vielleicht ist er schon pensioniert. Ja, ich glaube schon. Aber ich kann bestimmt seine Telefonnummer herausfinden.«

»Das wäre fantastisch.«

»Geben Sie mir Ihre Handynummer, ich werde sehen, was ich tun kann.«

## Kapitel 40

Gunnar Skeie wohnte nicht weit von der Stadt in einem jener ehemals friedlichen Dörfer, wo alle miteinander verwandt waren oder zumindest jeder jeden kannte. Aber dann kamen die Straßen und Fähren, und danach die Brücken, und innerhalb weniger Jahre wurden die traditionellen Inselgemeinden im Umkreis der Stadt zu Trabantenstädten mit Einkaufszentren und neuen kommunalen Bauten, Jugendclubs und Altersheimen, und die Dörfer verloren ihre Seele. Gunnar Skeie lebte in einem Wohngebiet, in dem alle Häuser unterschiedlich und doch gleich aussahen.

Eine freundliche, rundliche Frau um die sechzig öffnete die Tür und schüttelte den Kopf, als ich nach ihrem Mann fragte.

»Nein, er ist nicht hier. Er ist mit Terje auf den Spielplatz gegangen. Unser Enkel, wir passen heute auf ihn auf. Der Spielplatz ist gleich am Ende der Straße.«

Der Spielplatz sah genauso trostlos aus wie der Rest des Ortes, grau, staubig und abgenutzt, obwohl er relativ neu sein musste. Ein kleiner Junge saß allein im Sandkasten, und mitten auf dem Platz stand ein schlanker, rüstiger Mann, der die Hände tief in den Taschen seiner Lederjacke vergraben hatte. Das Eingangstor quietschte laut, und er drehte sich zu mir um.

»Gunnar Skeie? Ich bin Mikael Brenne. Ihre Frau hat mir gesagt, wo ich Sie finde.«

Er hatte kurzes, graues Haar, eine Frisur wie ein amerikanischer Pilot, ein faltiges Gesicht und einen festen Händedruck.

Der kleine Junge im Sandkasten schaute auf, als er uns reden hörte. Ich begrüßte ihn und lächelte, aber er sah mich nur ernst an, neigte den Kopf und grub weiter.

»Sie verstehen sicher, dass ich auch als Rentner keine Auskünfte geben kann, für die Schweigepflicht gilt«, sagte Gunnar Skeie.

»Ja, aber ich glaube nicht, dass dies ein Problem ist.«

»Um welchen Fall geht es?«

»Aron Sørvik. Doppelmord, zwei Mädchen.«

»Anne und Siri, ja. Ich erinnere mich an den Fall. Doppelmord ist nicht gerade etwas Alltägliches.« Er räusperte sich. »Was möchten Sie wissen?«

»Ich vertrete Aron Sørvik, nur damit Sie es wissen. Mein Auftrag ist es, zu untersuchen, ob es irgendwelche Grundlagen zur Wiederaufnahme des Falls gibt.«

»Ja, mir ist aufgefallen, dass so etwas sehr beliebt geworden ist«, sagte er trocken.

»Glauben Sie etwa, dass niemals Fehler in der …«

Er winkte ungeduldig ab.

»Nein, nein. Alle machen Fehler, auch wir. Auch die Polizei. Aber die allermeisten, die von norwegischen Gerichten für schwere Verbrechen verurteilt werden, sind schuldig. Wenn man die Zeitungen liest, könnte man meinen, es sei umgekehrt.«

»Ich weiß«, sagte ich. »Und da stimme ich Ihnen zu. Aber das verhindert nicht, dass …«

»Schauen Sie sich diesen gottverlassenen Ort an«, sagte er mit einer ausladenden Geste. Ich schaute mich um: niedrige, windschiefe Büsche, die sich hinter Felskuppen verkrochen hatten, gelbes Gras und rostfarbenes Heidekraut, eingerahmt von grauem Himmel und grauem Meer. »Kalt, windig und armselig. Wir sind hierher gezogen, um näher bei den Kindern zu wohnen. Sie wissen, Enkelkinder, billige Grundstücke, eigenes Haus. In der Stadt hatten wir immer in Mietwohnungen gewohnt, und meine Frau dachte, es wäre schön, wenn wir einen

Garten hätten. Aber in diesem verdammten Wind wächst nichts.«

Ich wartete, aber er sagte nichts mehr.

»Aron Sørvik war …«, begann ich erneut, aber er unterbrach mich wieder.

»Aron Sørvik war ein verdammt seltsamer Typ.«

»Das bedeutet nicht automatisch, dass er schuldig ist.«

»Nein, das stimmt. Aber er war es.«

»Warum sind Sie da so sicher?«

Gunnar Skeie legte einen Zeigefinger auf die Nase.

»Ich habe in Hunderten, nein Tausenden von Kriminalfällen ermittelt, Brenne. Ich weiß selbst nicht mehr, wie viele Kriminelle ich verhört habe. Dadurch sammelt man Erfahrung. Aron Sørvik ist schuldig. Außerdem hat er gestanden.«

Ich hatte es satt, an dieses Geständnis erinnert zu werden. »Er war damals nur ein verwirrter Junge«, sagte ich. »Es kann nicht allzu schwer gewesen sein, ein Geständnis aus ihm herauszupressen.«

Er sah mich schweigend an.

»Vielleicht haben Sie recht«, sagte ich nach ein paar Sekunden. »Vielleicht ist Aron wirklich schuldig, ich weiß es nicht. Aber ich muss die Sache untersuchen, es ist mein Job.«

Dann erklärte ich, was ich wissen wollte.

»Fünf Fremde auf Vestøy?« Er starrte mit zusammengekniffenen Augen in die Landschaft.

»Ja. Drei davon stehen in den Akten. Zwei Handwerker und ein Handlungsreisender.«

»Und die beiden anderen nicht?«

»Nein.«

»Warum glauben Sie dann, dass sie existieren?«

»Eine Quelle. Eine glaubwürdige Quelle, die mit Nachdruck behauptet, dass es zwei mehr waren. Zwei Touristen, wahrscheinlich ein Ehepaar.«

Er sah mir nicht in die Augen. Sein Blick ruhte auf einem Punkt in weiter Ferne, wo Himmel und Meer am diesigen Horizont ineinander übergingen.

»Opa, ich friere«, rief der kleine Junge mit quengeliger Stimme. Er saß im Sand und streckte beide Hände aus, sie waren rot vor Kälte. Unter seiner Nase hing ein grüner Streifen Rotz.

Gunnar Skeie ging neben ihm in die Hocke und nahm die kleinen Händchen in seine.

»Wir gehen heim zu Oma und trinken Kakao«, sagte er. Dann drehte er sich zu mir um und sagte: »Tut mir leid, Brenne, ich kann Ihnen nicht helfen.«

»Heißt das, dass Sie sich nicht an die zwei Touristen erinnern?«

»Wenn sie existieren würden, hätten Sie sie in den Akten gefunden. Zeugen werden nicht einfach aus einer Strafsache gestrichen.«

»Ich habe gehört, dass Sie ein fantastisches Gedächtnis haben«, sagte ich leicht verärgert, aber er zuckte nur mit den Schultern.

»Wir werden alle älter. Tut mir leid, dass Sie den weiten Weg umsonst gemacht haben.«

»Schon in Ordnung«, sagte ich und riss mich zusammen. »Danke, dass Sie mir Ihre Zeit geopfert haben.«

Im Rückspiegel erblickte ich noch einmal den schlanken alten Mann und den kleinen Jungen, Hand in Hand auf dem Weg zu Omas Kakao. Sie sahen klein aus im Spiegel, als würden sie in der öden Landschaft verschwinden. Irgendwie hatte ich das Gefühl, dass etwas nicht stimmte, aber ich konnte nicht sagen, was es war, also verdrängte ich es.

## Kapitel 41

Es hat also niemand von den zwei Touristen gehört, nach denen du suchst?«, fragte Synne.

»Nein. Ich habe zwar noch nicht alle Ermittler gefunden, aber …«

»Du hast mit dem Leiter der Ermittlungen gesprochen.«

»Gunnar Skeie, ja. Das stimmt.«

»Und er hat behauptet, dass sie nicht existieren?«

»So ungefähr.«

»So ungefähr? Was soll das heißen?«

»Er sagte, dass ich sie in den Akten gefunden hätte, wenn es sie gegeben hätte.«

»Genau das habe ich auch gesagt! Ich glaube nicht, dass sie existieren, Mikael. Frank hat die Sache als Ablenkungsmanöver erfunden.«

»Vielleicht hast du recht.«

Es war spät am Nachmittag. Frau Sørensen war schon nach Hause gegangen. Synne lehnte sich in ihrem Bürosessel zurück und legte die Füße auf den Schreibtisch. Sie trug Jeans und Stiefeletten, war ungeschminkt und hatte die Haare zu einem wirren Pferdeschwanz zusammengebunden. Keine Gerichtstermine, keine wichtigen Mandanten und kein Geliebter auf dem Programm heute, dachte ich. Sie gähnte laut und streckte sich.

»Ich habe heute übrigens die Bilanzen der Wiesner Fisk AG bekommen«, sagte sie.

»Gut. Schieß los.«

»Sie haben in den letzten Jahren massig Geld verdient, hauptsächlich mit der Lachszucht. Gute Ergebnisse, solides Eigenkapital. Kurz gesagt, alles in Ordnung.«

»Dann stimmt also zumindest in dem Fall die Fassade mit der Realität überein. Runar Wiesner ist ein wohlhabender Mann.«

»Ja«, sagte Synne und gähnte wieder. »Obwohl eigentlich seine Frau die Wohlhabende ist. Streng genommen besitzt Runar Wiesner nichts.«

»Wie bitte?«

»Vigdis Wiesner besitzt alle Aktien der Gesellschaft und das Haus, das habe ich sicherheitshalber nachgeprüft.«

»Das gibt's doch nicht! Das Vermögen stammt doch aus seiner Familie. Warum sollte Vigdis ...«

Synne zuckte mit den Schultern.

»Ich weiß es nicht, aber ich nehme an, dass er irgendwann einmal wirtschaftliche Probleme hatte und alles auf seine Frau übertragen hat, um sich vor Gläubigern zu schützen.«

»Ja, natürlich«, sagte ich. »Natürlich hast du recht. Deshalb halten sie also zusammen ...«

»Wie meinst du das?«

»Sie mögen sich nicht, und er hat eine Liebhaberin, mit der er möglicherweise ein Kind hat, aber er kann seine Frau nicht verlassen. Sonst würde er alles verlieren.«

»Und sie? Warum verlässt sie ihn nicht, wenn sie ihn so wenig mag?«

»Ich weiß es nicht. Weil es für sie eine Niederlage wäre. Oder um ihn zu strafen. Ehe kann pervers sein. Außerdem ist Frau Wiesner tief religiös. Vielleicht verstößt Scheidung gegen ihre Überzeugung.«

»Ist das für uns irgendwie relevant?«

»Gute Frage, Synne. Ich habe mich gefragt, ob Runar Wiesner eines der Mädchen oder sogar beide missbraucht und sie dann umgebracht hat, um die Tat zu vertuschen. Aber vielleicht hatte Vigdis ein ebenso starkes Motiv.«

»Glaubst du, sie wäre imstande, einen Menschen zu töten?«
Ich dachte daran, wie sie ihren Mann angesehen hatte, eiskalt und ohne jedes Mitleid, aber auch, wie sie im Bethaus vor religiöser Ekstase geglüht hatte. Das war eine gefährliche Kombination.
»Ja, sie wäre dazu imstande«, sagte ich.
Synne gähnte wieder. Dann richtete sie sich im Stuhl auf und ließ die Füße auf den Boden knallen. »Jetzt muss ich aber nach Hause, sonst schlafe ich ein.«
»Ich mach auch gleich Feierabend.«
»Okay.« Sie zog den Mantel an und wickelte einen bunten, selbstgestrickten Schal um den Hals. »Hast du Rune Seim angerufen?«
»Ich werde ihn anrufen.«

Aber ich rief nicht Rune Seim an, sondern Magda. Obwohl es erst ein paar Tage her war, hörte sich ihre Stimme anders an. Das Gespräch war unbeholfen und gekünstelt, als wären wir uns schon fremd geworden.
»Mikael, wie geht es dir?«
»Ganz gut. Hör zu, kannst du mir vielleicht einen Gefallen tun?« Ich erklärte ihr, was sie für mich tun sollte.
»Zwei Touristen von vor fünfundzwanzig Jahren? Machst du Witze? Daran erinnert sich doch keiner.«
»Normalerweise nicht, aber schließlich sind in der besagten Woche zwei Morde begangen worden. Diese Tage müssen im Gedächtnis vieler eingebrannt sein. Außerdem meinte Frank, die beiden seien öfter auf Vestøy gewesen.«
»Sollte das nicht lieber Frank übernehmen?«
Ich wollte nicht sagen, dass ich ihm nicht vertraute, und überhörte die Frage.
»Sei so lieb, Magda. Kannst du dich nicht ein wenig umhören?«

»Okay. Hast du etwas über Thomas herausgefunden? Ob er noch in der Stadt wohnt, meine ich?«
Es dauerte einen Moment, bis ich begriff, von wem sie sprach. Ich hatte vollkommen vergessen, dass ich ihr versprochen hatte, die Papiere in Ordnung zu bringen.
»Ich bin noch nicht dazu gekommen«, log ich. »Aber morgen kümmere ich mich darum.«

Es regnete nicht, als ich hinausging, aber der letzte Schauer war noch nicht lange her, und der nächste würde nicht lange auf sich warten lassen. Die Nachtluft war kalt und feucht und roch nach halb verrottetem Laub und Salzwasser. Es war der Duft meiner Stadt. Einer Stadt, in der in neun von zwölf Monaten Herbst ist, wo sich Ampeln und Neonreklamen stets in nassem Asphalt spiegeln, das Kopfsteinpflaster immer frisch gewaschen glänzt und die schwarzen Wolken manchmal monatelang wie eine Dauerdepression zwischen den Bergen hängen.
Eigentlich wollte ich nach Hause gehen, aber stattdessen führten mich meine Füße in eine dunkle Kneipe in einer kleinen Seitenstraße. Sie war so heruntergekommen, dass sogar meine früheren Mandanten dort nicht verkehrten. Es war ein Ort für Menschen, die nicht einmal zum Verbrecher taugten. Alles, was sie konnten, war Bier trinken, und das war gut so, denn plötzlich ging es mir ebenso.
Ich dachte an meinen Vater. An alles, was ungesagt geblieben war zwischen uns. Nun war es zu spät. Meine Mutter hatte uns verlassen, als ich noch ziemlich klein war. Ich hatte sie nie wiedergesehen, wusste nicht, wo sie wohnte und ob sie überhaupt noch am Leben war. Nachdem sie gegangen war, hatte ich meinen Vater gefragt, wann sie zurückkomme. Jeden Tag hatte ich gefragt, beim Aufstehen, beim Abendessen und beim Schlafengehen. Wochenlang ging das so weiter, bis ihm eines Tages der Kragen platzte. Er tat mir nichts, fasste mich nicht einmal

an, sondern sagte nur mit völlig ruhiger Stimme, dass sie nie mehr zurückkommen werde und wir sie nie wiedersehen würden, dass sie uns nicht liebe und wir ihr egal seien und dass er nie, nie wieder ihren Namen in seinem Haus hören wolle.
Das Schlimmste waren nicht seine Worte, denn sie bestätigten nur meine Befürchtungen. Sie waren ein Echo der Gedanken, die mich jeden Abend lautlose Tränen in mein Kissen weinen ließen. Was mich wirklich erschreckte, waren seine Augen, als er sie aussprach. Die Verzweiflung, die sie ausdrückten, grenzte an Wahnsinn. Eine dicke Ader pochte an seiner Schläfe. Die Angst, auch ihn zu verlieren, traf mich wie ein Schlag, und ich erwähnte Mutter nie wieder in seiner Gegenwart.

Ich bestellte noch ein Bier und dachte an Synne. Wie sie am Nachmittag im Büro ausgesehen hatte, wie unkonventionell, ja fast schlampig sie gekleidet gewesen war. Ihre Aufmachung hatte unterstrichen, wie jung sie war. Sie hatte ausgesehen wie ein schlaksiges Mädchen, das sich Papas Büro auslieh. Im Spiegel über der Bar sah ich mein Gesicht. Graue Haare, nicht mehr nur distinguierte Schläfen. Tiefe Falten um den Mund, Ringe unter den Augen. Mein Blick war so lebensmüde und zynisch, dass ich noch ein Bier bestellen musste.
Tief im Unterbewusstsein rumorten die Gedanken an meinen Strafprozess, eine schwarze Unwetterwolke, die Tag für Tag näher kam. Ich konnte den Druck fühlen, spürte, wie die Atmosphäre sich elektrisch auflud. Ich wollte nicht daran denken, bestellte einen Aquavit und ein Bier, um den Druck hinunterzuspülen. Ich prostete mir selbst im Spiegel zu. Mikael Brenne, Exanwalt. Einsamer Ritter. Verängstigt.
Und Gott sei Dank bald betrunken.

Ich bestellte noch einen Aquavit, und danach noch einen. Ein Echo aus Vestøy erreichte mich durch den geistigen Nebel, der mich einhüllte: »Wir können beten, weinen und den Herrn um Gnade anflehen, aber er erhört uns nicht. Denn der Herr will uns unsere Prüfungen nicht ersparen, deshalb hat er alle Dinge erschaffen, auch die Niedertracht im Herzen der Menschen.«

Es waren Kristian Salomonsens Worte. Von weit weg hörte ich seine Stimme, aber irgendetwas stimmte nicht mit ihr. Sie klang anders als in meiner Erinnerung. Plötzlich ging mir auf, dass ich selbst Salomonsens Worte mit steifen Lippen gemurmelt hatte. Der Barkeeper sah mich an.

»Noch einer, Kumpel? Hört sich an, als könntest du noch einen gebrauchen.«

## Kapitel 42

»Was ist denn mit dir los?« Der Sonnenkönig sah mich verwundert an, aber dann grinste er. »Ach so. Vergiss die Frage. Mineralwasser, Fahne, zitternde Hände und rote Augen. Hast wohl gestern einen feuchtfröhlichen Abend gehabt. Aber …« Er warf einen Blick auf die Uhr. »Es ist Nachmittag, fast Abend, und du siehst aus, als wärst du gerade erst aufgewacht. Ich will gar nicht wissen, wie es dir heute Morgen ging.«

»Ich auch nicht.«

Er grinste wieder und trank einen Schluck von seinem Bier. Mir wurde schon vom Anblick übel.

»Hast du was für mich?«, fragte ich.

»Mal sehen.« Er breitete einen Zettel aus und zog eine Brille aus der Tasche. »Frank Lande, Landpolizist. Arbeitete nach der Polizeischule ein Jahr in Oslo, wusstest du das?«

»Ja.«

»Okay. Danach zog er wieder zurück, um *ever after* auf derselben lokalen Wache zu arbeiten. Er ist nicht besonders ehrgeizig, meiner Quelle zufolge. Guter Polizist, aber nicht an einer Beförderung interessiert. Mag keine Papierarbeit oder Personalverantwortung, … hm … mag überhaupt keine Verantwortung, steht hier, glaube ich. Eher praktisch veranlagt. Ein Mann der Tat, resolut, kann gut mit Menschen umgehen, natürliche Autorität.« Er sah mich über die Brille hinweg an. »Könnte auch eine Beschreibung von mir sein.«

»Wo bekommst du alle diese Informationen her?«

*»Friends in low places«*, sagte der Sonnenkönig. »Ich kenne viele bei der Polizei.«

»Das glaube ich. Ist das alles? Nichts Negatives?«
»Nun, er steht im Ruf, etwas hart zuzupacken.«
»Das heißt?«
»Offenbar geht er gern unsanft mit der Klientel um. Hat ein paar Rüffel dafür bekommen.«
»Aber keine Anzeigen oder andere Beschuldigungen?«
»Nein, außer einer Sache vor etlichen Jahren, aus der nichts wurde.«
Ich schaute auf.
»Ja? Was war das?«
»Eine Frau zeigte ihn wegen versuchten Totschlags an.«
»Du meine Güte! Nicht gerade eine Bagatelle.«
»Das kann man wohl sagen. Aber die Sache erledigte sich von selbst. Die Frau zog die Anzeige zurück. Meiner Quelle zufolge wurde trotzdem ermittelt, aber sie kamen zu dem Schluss, dass es nur ein Liebesgeplänkel war, Eifersucht, die außer Kontrolle geraten war. Die Akte wurde stillschweigend geschlossen.«
»Hat sie ihn aus Eifersucht verleumdet oder war er der Eifersüchtige und hat die Kontrolle verloren?«
»Ich weiß nicht, ich kann nur meine Quelle zitieren.«
»Okay, aber das sind zwei ziemlich verschiedene Ausgangssituationen, oder etwa nicht? Du hättest etwas näher nachfragen können.«
Der Sonnenkönig wand sich.
»Herrgott, Mikael, ich habe dir einen Gefallen getan. Das hier ist keine Ermittlung. Was ist eigentlich mit diesem Kerl los, warum interessierst du dich so sehr für ihn?«
»Es geht um einen alten Fall, dessen Wiederaufnahme ich erreichen will. Und Frank Lande ist mein einziger Verdächtiger.«
»Was soll er getan haben?«
»Er hat vielleicht zwei junge Mädchen getötet.«
Er starrte mich an.
»Im Ernst? Welche Art von Mord?«

»Wenn ich recht habe, geht es um Eifersuchtsmord.«
Der Sonnenkönig rieb sich das Kinn.
»Ich kann meine Quelle noch mal anrufen, wenn du willst.«
»Das wäre gut.«
»Glaubst du wirklich, dass ein Polizist …?«
»Ich weiß nicht, Karl Petter. Nur weil er Polizist ist, schließt ihn das als Täter wohl nicht aus, oder?«
Der Gedanke schien ihn zu bedrücken.
»Ja, das stimmt. Nichts ist undenkbar.«

Ich hatte mich schon hingelegt und das Licht ausgemacht, als das Telefon klingelte. Es war Magda. Ich lag im Dunkeln, mit ihrer weichen Stimme im Ohr, und plötzlich vermisste ich sie, ihre Gesellschaft und ihre Körperwärme, jemanden, der mich tröstete. Aber ich sagte nichts, fragte nur, ob sie etwas herausgefunden habe.
»Ja, das habe ich«, sagte sie, und ich fuhr hoch.
»Schieß los.«
»Ein paar der Alten erinnern sich an sie«, sagte sie. »Offenbar sind sie jahrelang jedes Jahr hierhergekommen.«
»Haben sie in der Pension gewohnt?«
»Nein, sie schliefen im Zelt. Ein älteres Ehepaar, sie waren leidenschaftliche Vogelbeobachter … Wie heißt das noch mal, Mikael?«
»Ornithologen.«
»Ja, genau. Sie waren Hobbyornithologen. Wohnten wochenlang im Zelt in einer kleinen Bucht im Norden der Insel.«
»Okay. Hast du ihre Namen?«
»Hm, da war sich keiner mehr so sicher. Wir hatten eine regelrechte Konferenz im Laden und diskutierten wie wild herum. Zum Schluss meinte eine alte Frau, dass sie Sørensen hießen, und die meisten stimmten zu. Der Mann hieß Harald mit Vornamen, das ist so gut wie sicher.«

Ich stand auf und ging über den kalten Boden.

»Warte bitte, das muss ich aufschreiben.« Im Morgenmantel tappte ich in mein Arbeitszimmer, fand ein Blatt Papier und einen Kuli, der funktionierte. »Harald Sørensen, okay. Und wie hieß sie?«

»Keine Ahnung, Mikael, das wusste keiner mehr.«

»Gut. Aber die beiden waren auf Vestøy, als Anne und Siri ermordet wurden?«

Die Pause war länger, als mir lieb war.

»Ich glaube schon.«

»Was heißt das?«

»Was ich sage. Manche sind sich nicht sicher, aber zwei alte Frauen meinen sich zu erinnern, dass sie zu dieser Zeit hier waren.«

»Meinen sich zu erinnern«, wiederholte ich. »Das reicht leider nicht.«

»Nun, mehr habe ich nicht für dich.«

Ich seufzte.

»Verstehe. Übrigens habe ich noch nicht mit deinem Ex gesprochen, aber ich habe seine Adresse herausgefunden. Er wohnt immer noch hier in der Stadt. Ich werde ihn so bald wie möglich aufsuchen.«

»Mach dir keinen Stress. Ich habe über zwanzig Jahre damit gelebt.«

»Ich habe dir versprochen, es zu regeln, und dann tue ich es auch. Du verdienst es als Dank für deine Hilfe.«

## Kapitel 43

Du hast eine Verabredung morgen früh um neun«, war das Erste, was Synne sagte, als ich das Büro betrat.

»Ein neuer Mandant?«

»Nein, der Mandant bist du. Ich habe einen Termin mit Rune Seim für dich vereinbart.«

Ich seufzte.

»Hat er angerufen?«

»Nein, Mikael, ich habe ihn angerufen. Es hilft nichts, den Kopf in den Sand zu stecken und zu tun, als ob …«

Der Rest ihres Satzes wurde abgeschnitten, als ich die Tür hinter mir zuknallte.

In dieser Stadt wimmelte es von Menschen namens Sørensen, aber nur drei davon hießen Harald mit Vornamen. Der Erste, den ich anrief, klang jung und fröhlich, als wäre das Leben ein Spiel und der Anruf eines gescheiterten Rechtsanwalts mit morgendlich heiserer Stimme genau das, worauf er gewartet hatte. Als ich sagte, dass ich nach einer Person suche, die vor fünfundzwanzig Jahren auf Vestøy gewesen war, lachte er laut.

»Ich könnte dort gewesen sein«, sagte er, »aber nur im Bauch meiner Mutter. Ich bin vierundzwanzig.«

»Okay«, sagte ich. »Entschuldigen Sie die Störung.«

»Macht nichts.«

»Da fällt mir ein … wie heißt Ihr Vater?«

»Mein Vater?« Ein erneutes Lachen. »Jedenfalls nicht Harald. Er heißt Edvin Dahl.«

Ich machte weiter mit der Liste. Manche waren freundlich,

manche griesgrämig, die meisten höflich neutral. Gemeinsam war allen, dass sie vor fünfundzwanzig Jahren nicht auf Vestøy gewesen waren.

Als ich aufgab, war meine Stimme heiser und mein Ohr rot. Keine passionierten Vogelbeobachter, keiner, der auf Vestøy gewesen war. Auch keine Familienmitglieder, auf die die Beschreibung passte.

Eine Frau fragte, ob ich »dieser Brenne« sei. Als ich fragte, was sie damit meine, antwortete sie: »Der Anwalt, der wegen eines Überfalls angeklagt ist.«

»Ja«, sagte ich. »Nicht wegen eines Überfalls, sondern …«

»Ich dachte, Sie säßen im Gefängnis, und stattdessen dürfen Sie einfach so Leute anrufen?«

»Ja, das darf ich.«

»Unglaublich. Na ja, ich war sowieso nie auf Vestøy. Ich weiß nicht einmal, wo das ist.« Dann legte sie auf.

Rune Seim machte ein ernstes, bekümmertes Gesicht. Er erinnerte mich an meinen Vater, wenn ich etwas getan hatte, was ihn enttäuschte. Eine Zeitlang hatte ich diesen Gesichtsausdruck oft gesehen. Rune schüttelte den Kopf.

»Wie soll ich meine Arbeit machen, Mikael, wenn du nicht mit mir reden willst. Von allen Menschen müsstest du das am besten wissen.«

Ich fühlte mich wie ein trotziger Teenager, dennoch hatte ich ein schlechtes Gewissen.

»Du kannst sowieso nicht viel tun.«

»Kein Fall ist hoffnungslos, Mikael, das weißt du genau. Hast du je einen Fall gehabt, bei dem du gedacht hast, dass du rein gar nichts ausrichten kannst? Dass du ebenso gut nicht vor Gericht erscheinen könntest und dich und deinen Mandanten deshalb nicht vorbereiten müsstest?«

Ich dachte nach.

»Nein, vielleicht nicht. Aber ich habe Fälle gehabt, bei denen ich wusste, dass an der Schuldfrage nicht zu rütteln war. Jede Menge sogar.«

»Ja, gut. Solche Fälle gibt es, das weiß jeder Verteidiger. Aber sag, hast du dich in solchen Fällen nie geirrt? Hast du nie einen unerwarteten Freispruch erreicht?«

Ich zuckte mit den Schultern.

»Das geschieht ziemlich selten.«

»Ja, aber es geschieht. Und weißt du, warum?« Er wartete keine Antwort ab. »Weil jede Rechtssache ihre eigene Dynamik hat – zum Glück. Niemand kann den Verlauf einer Hauptverhandlung hundert Prozent vorhersagen, bloß weil er die Akten gelesen hat. Ich rege mich längst nicht mehr auf, wenn irgendein Juraprofessor in der Zeitung ein Urteil als falsch bezeichnet oder ein Verfahren kritisiert, ohne dass er im Gerichtssaal anwesend war. Eine Strafsache ist nicht die Summe der Beweise. Wenn das so wäre, könnten wir das Urteil auch allein am Schreibtisch fällen. Nein, ein Gerichtsprozess ist eine lebendige, unvorhersehbare Vorstellung.« Er lehnte sich über den Schreibtisch und sah engagierter aus, als ich ihn je erlebt hatte.

»Das Einzige, was wir von vornherein wissen, Mikael, ist, dass wir *nicht* wissen, wie die Verhandlung laufen wird. Es geschieht immer etwas Unerwartetes. Und wenn dies geschieht, wenn wir plötzlich einen Hoffnungsschimmer am Horizont erblicken, weil zum Beispiel ein Zeuge ein neues Licht auf die Sache wirft, dann müssen Verteidiger und Mandant ihre Hausaufgaben gemacht haben, um die Chance zu ergreifen. Die Faulen und Hochnäsigen schaffen das nicht, sie erkennen die Chance nicht einmal.«

Ich sah ihn erstaunt an. Dies war ein anderer Rune Seim als der, den ich zu kennen glaubte, ein Mann mit mehr Engagement und Kampfwillen, als ich ihm zugetraut hatte.

»Was für eine Rede, Rune«, sagte ich, und er schien peinlich berührt.
»Na ja, du weißt ja. Ich bin kein Staranwalt. Mir fehlt dein natürliches Talent, das muss ich mit harter Arbeit ausgleichen. Das ist gewissermaßen mein Markenzeichen.«
Jetzt war ich peinlich berührt.
»Ich fürchte, dass mein natürliches Talent diesmal nicht viel helfen wird.«
»Na gut, Mikael, dann können wir vielleicht meine Methode versuchen und mit der Arbeit beginnen?«

Es war ein seltsames Erlebnis. Für eine Weile vergaß ich, dass es um mein eigenes Schicksal ging. Die grünen Ordner, die Systematik, das Format, die ungelenke und gestelzte Sprache, die so typisch für Polizeiakten ist, alles war so bekannt und im Grunde so alltäglich für mich, dass ich automatisch in den Anwaltsmodus umschaltete. Ich las, vertiefte mich in den Sachverhalt, machte Notizen und schätzte die Lage ein. Aber zwischendurch wurde ich immer wieder auf den Boden der Tatsachen zurückgeholt. Jedes Mal, wenn mein Name, meine Telefonnummer, Kontonummer oder andere persönliche Dinge vorkamen, durchfuhr mich ein elektrischer Stoß. Es war wie eine kalte Dusche, die mir den Atem raubte. Dieser Wechsel zwischen professioneller Konzentration und kleinen Panikanfällen machte mich müde und gereizt. Nach ein paar Stunden schob ich die Papierstapel von mir und sagte, dass ich nicht mehr könne.
»Okay, Mikael«, sagte Rune. »Ich weiß, wie anstrengend das ist, aber wir sind noch lange nicht fertig. Bitte lass mich nicht wieder im Stich. Du musst der Sache ins Auge sehen, sie löst sich nicht von selbst.«
»Ich weiß.«
Er deutete auf die Dokumente.

»Hat es dir etwas gebracht?«

»Nein. Nur die Erkenntnis, dass ich hoffnungslos verloren bin.«

»Nicht eine einzige Idee? Gibt es keine Unstimmigkeiten, ein Teil, das nicht ins Puzzle passt?«

»Du meinst Abweichungen?«

»Genau.«

»Nein. Ich habe stundenlang Morten Ålekjærs Kontoauszüge gecheckt, nur um herauszufinden, dass er ein armer Schlucker war. Wenig Zahlungseingänge, wenig Ausgaben. Für einen *Outlaw Biker* scheint er aber immer brav seine Rechnungen bezahlt zu haben.« Ich gähnte. »Braver als ich, jedenfalls.«

Rune lachte.

»Können wir übermorgen zur selben Zeit weitermachen?«

»Okay.«

»Versprochen, Mikael?«

»Ja, ich komme.«

## Kapitel 44

Es waren nicht mehr viele Sørensens übrig. Alle, die in der Stadt wohnten, hatte ich bereits angerufen, und nun weitete ich die Suche auf die Nachbargemeinden aus. Wie ein routinierter Telefonverkäufer leierte ich meinen Text herunter, erzählte gerade so viel von einem alten Doppelmord, um Neugier zu wecken, und passte gleichzeitig auf, dass ich niemanden beunruhigte. Keiner sollte befürchten, in eine unangenehme Sache verwickelt zu werden. Es war eine haarfeine Balance, aber ich hatte gelernt, den Unterschied zwischen den Ängstlichen und den Sensationsgierigen herauszuhören, und richtete mich danach.

Meinen Namen unterschlug ich fortan. »Ich rufe im Namen der Kanzlei Bergstrøm an«, reichte den meisten als Information aus. Es war das erste Mal im Leben, dass ich meine Identität verleugnete.

Aber keiner auf der langen Liste gehörte zu den Gesuchten. Das Einzige, was sie verband, war der Name Sørensen. Die unbekannten Zeugen von Vestøy nahmen immer noch keine Gestalt an, und ich zweifelte immer mehr an ihrer Existenz. Vielleicht hatte sich die Versammlung im Laden von einer kollektiven Fehlerinnerung leiten lassen. Menschen in einer Gruppe können sich auf absurde Weise gegenseitig beeinflussen, bis sie Erinnerungen fabrizieren, die wenig oder nichts mit der Wirklichkeit zu tun haben.

Ich hatte aufgegeben und wollte gerade nach Hause gehen, als das Telefon klingelte. Nach einigem Zögern hob ich ab.

»Brenne.«
»Hei, Mikael, hier ist Finn. Hast du mit Peter gesprochen? Hat er dich angerufen?« Wie immer kam er sofort zur Sache.
»Peter mich angerufen? Nein, wir sind nicht gerade …«
Er fluchte leise, und das war so ungewöhnlich, dass ich verstummte.
»Es geht ihm schlecht. Sehr schlecht. Und ich weiß, dass er gern mit dir reden würde. Er sagte, er wolle dich anrufen, aber wahrscheinlich hat ihn der Mut verlassen. Oder die Kraft.«
»Die Kraft? Wie schlecht geht es ihm, Finn?«
»Ziemlich schlecht. Geh auf ihn zu, Mikael. Egal, wie sauer oder verletzt oder was auch immer du bist.«
»Ich weiß nicht …«
»Mach, was du willst. Aber du wirst es bereuen, wenn du es nicht tust.«

Unn öffnete die Tür. Einen Augenblick lang stand sie unschlüssig da, als könne sie nicht glauben, dass ich wirklich gekommen war.
»Hei, Unn«, sagte ich. »Ich hoffe, ich störe nicht.«
»Mikael«, sagte sie und öffnete die Tür weit. »Nein, du störst überhaupt nicht. Im Gegenteil.« Sie zog mich herein und umarmte mich lange. Sie war fast so lange mit Peter verheiratet, wie ich ihn kannte.
»Wie geht es ihm?«, fragte ich, als ich meinen Mantel aufgehängt hatte.
»Nicht so gut.«
»Aber kann er Besuch empfangen?«
»Ja, natürlich.«
Ich schluckte.
»Ist es falsch, dass ich gekommen bin? Vielleicht will er mich gar nicht sehen?«
Unn schüttelte langsam den Kopf.

»Nein Mikael, es ist nicht falsch. Es ist …« Sie hielt ein. »Herrgott, ihr seid erwachsene Männer, keine kleinen Jungen, auch wenn ihr euch manchmal so benehmt. Ihr könnt selbst darüber reden.«

Ich versuchte ein Lächeln.

»Was erwartest du, Unn? Wir sind Männer, wie du selbst sagst. Wir unterhalten uns über Fußball und Blasmusik und so was, nicht über sentimentale Themen wie Freundschaft und Gefühle.«

»Klar«, sagte sie. »Wo ihr doch beide so große Blasmusik-Fans seid. Geh ins Wohnzimmer und mach es dir bequem, Mikael, ich sage ihm, dass du hier bist. Er ruht sich gerade aus.«

Ich hatte geglaubt, ich sei vorbereitet. Wahrscheinlich ist es unmöglich, sich auf das Verschwinden eines Menschen vorzubereiten, der einem so nahegestanden hat. Als ich Peter sah, dachte ich, dass er uns schon verlassen hatte.

Schuld waren nicht die schlackernden Kleider. Auch nicht, dass sein Hals wie ein verwelkter Blumenstiel aus dem Kragen ragte oder dass die weißen, schmalen Handgelenke wie die eines Kindes aussahen. Schuld war allein der Ausdruck seiner Augen. Er war irgendwie mild und fern, weit entfernt von der überspannten Energie, die er früher ausgestrahlt hatte. Die Veränderung verschlug mir die Sprache.

»Ich freue mich, dass du gekommen bist, Mikael«, sagte er. »Wenn du es nicht getan hättest, hätte ich dich angerufen.«

Ich fand meine Stimme wieder.

»Wirklich?«

»Ja«, sagte er. »Ich habe keine Zeit mehr, mich um Prestige oder Stolz zu kümmern. Natürlich hätte ich dich angerufen. Ich habe dich vermisst.«

Ich hatte einen dicken Kloß im Hals und brauchte eine Weile, bis ich wieder reden konnte.

»Wie geht es dir?«

»Ich werde sterben«, sagte Peter. »In ein paar Wochen oder vielleicht Monaten. Genauere Prognosen kriegt man aus den Ärzten nicht heraus. Sie sind schlimmer als Juristen mit ihren Vorbehalten. Vielleicht wissen sie es ja wirklich nicht, aber mir bleiben höchstens ein paar Monate.« Er strich sich über die Glatze. »Ist vielleicht auch besser so. Die Behandlungen machen mich fertig.«

»Wunder geschehen.«

»Nein, Mikael«, sagte er. »Es gibt keine Wunder. Ich habe genug geweint und gebangt, habe Gott und den Teufel verflucht und die Ungerechtigkeit der Welt beklagt. Aber von allen Menschen wissen wir Anwälte am besten, dass Gerechtigkeit nur in den Köpfen der Menschen existiert. Die Natur kennt keine Gerechtigkeit. Ich habe mich mit der Realität versöhnt. Ich will nicht … Wie ging doch gleich dieses Gedicht, Mikael?«

»Welches Gedicht?«

»Das du mir einmal beigebracht hast. War das nicht von Dylan Thomas?«

*»Do not go gentle into that good night«*, sagte ich langsam. *»Old age should burn and rage at close of day; Rage, rage against the dying of the light.«*

»Genau. Ich habe es immer gemocht. Ein Aufruf, sich nicht mit dem Schicksal abzufinden, sondern bis zuletzt zu kämpfen. Das Gegenteil der christlichen Demut, die ich nie ganz verstanden habe. Aber irgendwann muss man der Wahrheit ins Auge schauen, und ich will meine letzten Tage nicht damit verbringen, das Unvermeidliche zu beklagen. Ich will die Zeit gut nutzen, sie mit Menschen verbringen, die ich liebe, mit Unn und den Kindern reden … und mit guten Freunden. Wichtige Dinge aussprechen, vielleicht, oder einfach nur mit ihnen zusammen sein. Es ist gut, dass du gekommen bist.«

Bis zu diesem Moment hatte ich es nicht wahrhaben wollen.

Aber seine Worte waren hart und klar wie Diamanten. Selbst wenn ich es versucht hätte, hätte ich die Tränen nicht zurückhalten können.

»Ich bin nicht gekommen, damit du mich tröstest«, sagte ich hinterher. »Das sollte eigentlich umgekehrt sein.«

»Vielleicht nicht«, sagte Peter. »Ich brauche keinen Trost. Was ich brauche, ist Mut. Der Tod ist unheimlich.«

»Ich weiß nicht, ob ich dir so viel Mut geben kann. Ich habe ja selbst keinen.«

»Doch. Du bist einer der mutigsten Menschen, die ich kenne.«

Ich sah ihn verdutzt an.

»Ich bin alles andere als mutig.«

»Doch. Du gibst nie auf. Egal, wie schlecht die Chancen stehen oder wie hoffnungslos ein Fall ist, du wirfst nie das Handtuch, sondern machst unverdrossen weiter.«

»Manche würden das vielleicht Dummheit nennen.«

Sein Lachen war befreiend.

»Das ist es auch, Mikael. Das ist es auch.«

Danach redeten wir über alltägliche Dinge. Über die Branche, über Kollegen, über gewonnene und verlorene Fälle. Dann wurden wir nostalgisch, schwelgten in Erinnerungen an die Studienzeit und die guten, alten Tage, an verschwundene und verstorbene Freunde. Unn brachte uns Tee, und wir scherzten, dass es vor ein paar Jahren Bier oder Whisky gewesen wäre.

»Ja«, sagte Unn. »Und Mikael hätte im Gästezimmer übernachtet, und keiner von euch wäre am nächsten Morgen aus den Federn gekommen. Ich hätte im Büro anrufen und Termine verschieben müssen, und alle Sekretärinnen hätten mich angeschnauzt. Die gute, alte Zeit.«

»Ja«, sagte Peter, »es war eine gute Zeit. Wir waren bloß viel zu beschäftigt, um es zu bemerken.«

Mit einem Mal sah ich, wie müde er war. Er war bleich und seine Gesichtszüge verrieten, dass er Schmerzen hatte. Ich stand auf und sagte, dass ich gehen müsse.

»Wir haben noch gar nicht über dich geredet, Mikael. Wie läuft es mit deinem Prozess?«

»Gut«, log ich. »Ich habe alles unter Kontrolle. Ich komme wieder, Peter, ruh dich jetzt aus.«

»Wenn du ihn noch einmal besuchen willst, solltest du dich beeilen«, sagte Unn, als ich auf der Treppe stand und wir uns verabschiedeten.

Ihre Augen waren feucht.

»Geht es so schnell?«

»Er stirbt mir unter den Händen weg, Mikael. Und was er dir auch gesagt hat, er hat Angst, und er braucht dich. Bitte komm wieder, sobald du kannst. Es war ein schöner Abend.«

Es war spät geworden. Der nächtliche Nebel verlieh den Laternen eine geheimnisvolle Aura. Ich war allein auf der Schnellstraße. Die Reifen zischten auf dem nassen Asphalt. Die Reflektoren am Straßenrand tauchten als glitzerndes Band aus dem Nebel auf und verschwanden gleich wieder. Ich bekam das seltsame Gefühl, dass ich stillstand, dass nicht *ich* in Bewegung war, sondern alles um mich herum. Dass mein Auto der einzige feste Punkt in einer Welt war, die sich ständig veränderte. Meine Mutter, mein Vater und jetzt Peter, alle sausten in rasender Geschwindigkeit an mir vorbei, um dann wie Glühwürmchen im Dunkeln zu erlöschen.

## Kapitel 45

Der Mann, der die Tür öffnete, erinnerte mich kurz an Peter. Sein Gesicht war fast ebenso abgemagert und eingefallen, und die Haut spannte über den Schädelknochen. Jedoch war dieses Gesicht nicht von Krankheit gezeichnet, sondern von einem intensiv gelebten Leben. Es strahlte keine milde Ruhe aus, sondern eine beinahe primitive Brutalität, die typisch für viele Alkoholiker ist.

»Ja?«, sagte er mit leiser, heiserer Stimme. »Was wollen Sie?« Sein Atem roch nach Zigaretten und schlechten Zähnen.

»Sind Sie Thomas Jæger? Mein Name ist Mikael Brenne, von der Kanzlei Bergstrøm. Ich komme im Auftrag Ihrer Frau, Magda Jæger.«

»Meiner Frau?« Er lachte laut. »Kommen Sie rein.«

Die Wohnung war klein und dunkel. Thomas Jæger bot mir einen Platz auf dem Sofa an. Er zog einen Stuhl in die Mitte des Zimmers, setzte sich breitbeinig darauf und stützte sich auf die Rückenlehne. Er war mager, aber seine Unterarme sahen kräftig aus, mit Muskeln wie geflochtenes Tauwerk. Sein Haar war schwarz und nach hinten gekämmt, er hatte tiefe Geheimratsecken.

Magda zufolge war er ein schöner Mann gewesen, mit glühenden Augen, die Frauen anzogen.

»Und?«, fragte er. »Wie geht es ihr?«

»Magda? Gut.«

»Hat sie einen neuen Mann?«

»Nicht, dass ich wüsste. Ich glaube nicht.«

»Schade. Sie war eine tolle Frau, die Magda, wenn sie sich mal

gehen ließ. Am Anfang war sie etwas verklemmt, aber sie war gelehrig.« Er grinste und zeigte seine braunen Zähne. »Schade, dass keiner davon was hat.«
Ich unterdrückte einen Schauder.
»Sie sind immer noch verheiratet.«
»Ja, das stimmt wohl.« Erneutes Grinsen. »Vielleicht sollte ich hinfahren und mein Recht einfordern.«
»Sie sind nur auf dem Papier verheiratet. Ich habe die Scheidungsunterlagen hier.«
»Okay.« Er sah mich abwartend an.
»Außerdem muss die Güterteilung geklärt werden. Tatsache ist, dass Magda das Wirtshaus mit dem gesamten Hausrat übernommen hat und es seit über zwanzig Jahren allein betreibt. Ihrer Aussage zufolge war dies eine mündliche Abmachung zwischen Ihnen beiden. Sie sollen gesagt haben, dass sie den ganzen Plunder behalten könne.« Ich machte eine kurze Pause. »Wenn Sie nicht zu dieser Abmachung stehen, bin ich darauf vorbereitet, rechtliche Schritte zu ergreifen. Magda hat ihr halbes Leben in diesen Betrieb gesteckt. Als Sie sie verließen, stand er kurz vorm Konkurs.«
Seine Augen verrieten nicht, was er dachte.
»Das Wirtshaus läuft also gut?«
»Ja, so einigermaßen. Es wirft ein akzeptables Auskommen ab, obwohl es keine Goldgrube ist. Sie können es selbst nachprüfen, ich habe die Bilanzen der letzten fünf Jahre dabei. Und einen Entwurf zur Güterteilung, inklusive einer Übertragungserklärung für die Aktien der Betreibergesellschaft.«
Ich reichte ihm den Papierstapel. Er nahm ihn und blätterte ziellos darin herum.
»Mit anderen Worten, alles ist schon geregelt. Ich soll nur noch unterschreiben, und dann bekomme ich keine einzige Krone. Sollte da nicht etwas mehr für mich drin sein?«
»Nicht nach meiner Auffassung.«

»Warum kommt sie nicht selbst, anstatt einen blöden Anwalt vorzuschicken?«

»Ich habe sie in Verbindung mit einem anderen Fall kennengelernt und ihr meine Hilfe angeboten.«

»Welcher andere Fall?«

»Sie erinnern sich an Anne und Siri, nehme ich an? Ich strebe eine Wiederaufnahme der Sache Aron Sørvik an.«

»Und haben Sie was erreicht?«

»Mal sehen. Meine Arbeit ist noch nicht abgeschlossen.«

Die dunklen Augen musterten mich.

»Ich mag Magda«, sagte er. »Habe sie immer gemocht. Im Gegensatz zu mir hat die Frau Rückgrat. Und ich habe geschworen, nie wieder einen Fuß auf Vestøy zu setzen, solange ich lebe. Haben Sie einen Stift?«

Ich reichte ihm einen billigen Kugelschreiber. Er blätterte den Stapel durch und kritzelte rasch einen unleserlichen Namenszug unter die Formulare und Verträge.

»Danke«, sagte ich und stand auf.

»Richten Sie ihr einen schönen Gruß aus und wünschen Sie ihr Glück.«

Auf der Schwelle drehte ich mich noch einmal um.

»Wann genau haben Sie eigentlich Vestøy verlassen, Herr Jæger?«

Er sah mich mit einer Miene an, die noch unbeweglicher geworden war, falls dies überhaupt möglich war.

»Ich weiß es nicht mehr«, antwortete er.

Als ich ins Büro zurückkam, rief ich gleich Magda an.

»Er hat sofort alles unterschrieben. Ich schicke dir morgen die Dokumente.«

»Thomas? Wirklich? Hat er auch auf die Aktien verzichtet?«

»Ja. Zuerst dachte ich, er wolle verhandeln, aber dann hat er einfach alles unterschrieben.«

»Fantastisch.«
»Er kam mir ziemlich betrunken vor. Ich bin überrascht, dass er nicht versucht hat, etwas herauszuschlagen.« Ich zögerte kurz. »Magda, wie lange lagen die Morde zurück, als er abgehauen ist?«
Am anderen Ende war es lange still.
»Vergiss es, Mikael. Thomas hatte nichts mit den Morden zu tun, der Gedanke ist absurd. Vergiss es einfach. So einer war er nicht. Überhaupt nicht.«
»Schon gut, ich hab ja nur gefragt. Du kennst ihn besser.«
»Ja, das stimmt. Und Thomas ist kein Mörder, das kann ich dir garantieren. Er war ein Taugenichts, aber kein böser Mensch.«
»Schon in Ordnung. Aber sag mir bitte trotzdem, wann er dich verlassen hat. Wie lange nach den Morden war das?«
»Zwei Monate. Aber das ist purer Zufall.«

Als Synne am Nachmittag vom Gericht kam, saß ich in ihrem Büro, hatte die Füße auf den Schreibtisch gelegt und kaute nachdenklich an einem Kugelschreiber. Sie sah mich mit hochgezogenen Augenbrauen an.
»Hast du mein Büro annektiert? Bin ich wieder zur Referendarin degradiert worden?«
»Nein, aber diese Abstellkammer macht mich manchmal verrückt, und du warst ja nicht hier. Aber setz dich ruhig, du störst mich nicht.«
»Danke, lieber Mikael Brenne, sehr großzügig von dir.«
Sie ließ sich in einen der Besucherstühle fallen und schleuderte die Schuhe von sich. Ich erzählte von meinem Besuch bei Thomas Jæger und dem Gespräch mit Magda.
»Er ist kurz nach den Morden von der Insel abgehauen?«
»Mm. Und als ich erzählt habe, dass ich an dem Fall arbeite, hat er sofort alles unterschrieben.«
»Nun, das ist vielleicht etwas auffällig, aber es beweist nichts.«

»Nein. Aber ich habe gleich danach den Sonnenkönig angerufen und so lange genervt, bis er nachgesehen hat, ob irgendetwas gegen Thomas Jæger vorliegt.«

»Und …?«

»Er hat gesessen. Ziemlich lange, er ist erst vor ein paar Jahren rausgekommen. Und rate mal, für was er gesessen hat?«

»Sag schon.«

»Körperverletzung und Vergewaltigung. Ziemlich übel. Er hat die Frau halb totgeschlagen, bevor er sich an ihr verging.«

»Scheiße …« Sie runzelte die Stirn. »Und die Polizei hat keinerlei Zusammenhänge entdeckt?«

»Nein, warum sollten sie? Er hat zu dem Zeitpunkt ja schon hier gewohnt, nicht auf Vestøy. Und die dortigen Mordfälle galten als aufgeklärt, der vermeintliche Mörder saß hinter Schloss und Riegel.«

Wir sahen uns an.

»Verdammte Scheiße«, wiederholte sie leise.

## Kapitel 46

Hallo?«

»Ja, hallo. Sind Sie es, Brenne?«

»Ja, hier ist Mikael Brenne.«

»Ich bin es, Per.« Wer immer es war, er schrie ins Telefon. Ich hielt den Hörer weiter vom Ohr weg.

»Per? Welcher Per?«

»Per aus Vestøy. Aus dem Laden.« Er betonte jede Silbe, als wäre ich schwer von Begriff. Und das war ich vielleicht, denn es dauerte eine Weile, bis der Groschen fiel.

»Hallo? Sind Sie noch dran? Erinnern Sie sich an mich?«

Endlich dämmerte es mir. Der alte Mann im grünen Overall. Der Ladenbesitzer.

»Ja, natürlich erinnere ich mich an Sie.«

»Ich habe gehört, dass Sie nach zwei Touristen suchen, die damals hier waren, als Aron Amok lief.«

»Ja, das stimmt. Magda hat mir erzählt, dass …«

»Egal, das stimmt jedenfalls nicht.«

»Was meinen Sie? Dass es Touristen waren? Aber Magda sagte, dass alle im Laden …«

Ein deutliches Schnauben kam durch die Leitung.

»Alle im Laden? Das sind doch alles gackernde Hühner, alte Schrullen, die sich an nichts erinnern.«

»Warum haben Sie das dann nicht richtiggestellt?«

»Ich war krank.«

Ich richtete mich im Stuhl auf, klemmte den Hörer mit der Schulter fest und nahm einen Stift zur Hand.

»Nichts Ernstes, hoffe ich?«

»Ich hab's überlebt. Und nun sage ich ihnen, wie es wirklich war. Die beiden, die damals hier zelteten, waren keine Touristen. Sie kamen jeden Herbst für mehrere Wochen, denn der Mann war Ornithologe. Er arbeitete an der Universität und zählte und registrierte Seeadler. Er war Forscher, kein Tourist.«
»Sind Sie sicher?«
Erneutes Schauben.
»Völlig sicher. Ich kannte sie gut. Ich habe sie immer mit dem Boot auf die Nordseite der Insel gefahren und ihnen ein paar Mal pro Woche Proviant gebracht.«
»Ich habe nämlich alle Sørensens im ganzen Bezirk angerufen, und keiner von ihnen ist Ornithologe oder mit einem verwandt.«
»Weil sie nicht Sørensen heißen.«
»Was? Aber Magda hat doch gesagt …«
»Sie heißen Wiig-Sørensen. Ich sagte doch, alles gackernde Hühner. Erinnern sich an nichts. Harald und Inger Wiig-Sørensen. Es waren nette Leute.«
»Okay. Wie schreiben sie sich?«
Er buchstabierte den Namen.
»Danke. Vielen Dank, Per. Ich hoffe, ich finde sie im Telefonbuch. Wenn nicht, kann mir vielleicht die Universität weiterhelfen.«
»Ja. Aber Sie können die alte Telefonnummer auch von mir haben. Kann ja sein, dass sie sich nicht geändert hat.«

Genauso war es. Frau Inger Wiik-Sørensen hatte eine angenehme Stimme und drückte sich kultiviert aus. Beinahe hätte ich sie blindlings mit meinen Fragen bestürmt, aber ich beherrschte mich und fragte, ob ich sie besuchen dürfe.
»Worum geht es?«, fragte sie verwundert.
»Es hat mit Vestøy zu tun«, sagte ich. »Man hat mir gesagt, dass Sie und Ihr Mann oft dorthin gefahren sind.«

»Ja, das stimmt.«
»Gut. Ich möchte gern ein paar Informationen nachprüfen und glaube, dass Sie mir helfen können.«
Sie zögerte nicht lange.
»Gern. Passt es Ihnen heute am frühen Abend? Um sechs Uhr, zum Beispiel?«

Ihre Stimme hatte nicht gelogen. Die Wiig-Sørensens wohnten hoch oben am Berg, mit Aussicht über die Stadt und den Fjord. Ich ging direkt vom Büro dorthin, stieg steile Wege und enge Gassen hinauf, zwischen Holzhäusern, die aneinanderlehnten. Nach einer Weile stachen meine Lungen, und die Beine schmerzten, aber die körperliche Aktivität tat mir gut. Die alten Holzhäuser wurden weniger und ich ging immer weiter, bis ich mein Ziel erreicht hatte. Dann blieb ich stehen und schaute über die Stadt, bis sich mein Puls beruhigt hatte.

Ich hatte Perlenkette, Dauerwelle und Kaffee aus dünnen Porzellantassen erwartet, aber stattdessen bekam ich einen seltsam gewürzten Tee im Keramikbecher, serviert von einer kleinen Frau in abgewetzten Jeans. Sie hatte kreideweißes, kurzes Haar und ein braunes, faltiges Gesicht.
»Gut für die Verdauung«, sagte sie.
»Ist Ihr Mann nicht zu Hause?«
»Oje, ich dachte, das wüssten Sie. Er ist tot.«
»Das tut mir leid.«
Sie winkte ab.
»Das ist elf Jahre her. Inzwischen habe ich gelernt, allein zu leben. Wollten Sie lieber mit Harald reden?«
»Nein, nicht unbedingt. Sie waren ja immer zusammen auf Vestøy, nicht wahr?«
»Stimmt. Wir waren viele Jahre lang jeden Herbst ein oder zwei Wochen dort.«

»Um Vögel zu beobachten?«
»Seeadler. Wissen Sie etwas über Seeadler?«
»Nein, nicht wirklich.«
»Wundervolle Vögel. In den Sechzigerjahren war die Art durch Umweltverschmutzung und Abschuss bedroht, aber seit 1968 steht der Seeadler unter Naturschutz, und nun sind sie wieder über die gesamte Küste verbreitet, von der Finnmark bis Vest-Agder. Mein Mann hat das ganze Land bereist, um Seeadler zu zählen und zu registrieren.«
»Schön, dass es solche Erfolgsgeschichten gibt. Wo man ständig von aussterbenden Tierarten hört.«
»Ja, aber glauben Sie nicht, dass der Seeadler gerettet ist. Jetzt wollen sie überall an der Küste Windräder bauen, und das ist eine Katastrophe. Windräder töten Seeadler.« Ihre Augen funkelten, sie war immer noch vital und engagiert. »Aber genug davon. Ich muss gestehen, dass Sie mich neugierig gemacht haben. Womit kann ich Ihnen helfen?«
»Vor fünfundzwanzig Jahren wurden auf Vestøy zwei Morde verübt.«
Sie nickte.
»Ja, daran erinnere ich mich gut. Anne und … Siri, glaube ich, zwei junge Mädchen.«
»Stimmt. Ich wollte einfach wissen, ob Sie und Ihr Mann auf Vestøy waren, als die Morde begangen wurden?«
Sie musterte mich eindringlich.
»Warum wollen Sie das wissen, Herr Brenne?«
»Ich vertrete Aron Sørvik, der damals für die Morde verurteilt wurde. Mein Mandant möchte eine Wiederaufnahme des Falls.«
»Ich verstehe.«
»Waren Sie damals dort?«
»Ja, sicher, aber wir wohnten völlig isoliert am Nordende der Insel. Soweit ich mich erinnere, erfuhren wir erst Tage später,

was geschehen war. Aber es war … Ja, das können Sie sich vorstellen. Die ganze Insel stand Kopf.«

Ich schluckte. Sie waren dort gewesen. Sie existierten, waren kein Ablenkungsmanöver von Frank.

»Ja, das kann ich mir vorstellen.«

»Aber ich verstehe nicht ganz. Wenn Sie mit dem Fall befasst sind, müssen Sie doch wissen, dass wir dort waren.«

»Was meinen Sie? Warum?«

»Sie haben doch wohl Zugang zu den Polizeiakten? Sonst wäre die Sache ja zwecklos, nehme ich an. Also sollten Sie wissen, dass wir dort waren.«

»Wollen Sie damit sagen, dass Sie von der Polizei verhört wurden?«

»Natürlich wurden wir das.«

»Aber ich kann kein Verhörprotokoll in den Akten finden, das ist das Problem.«

»Können solche Dokumente einfach so verschwinden?«

»Normalerweise nicht.« Ich zuckte mit den Schultern. »Ich weiß nicht, was geschehen ist. Der Fall ist schon Jahre her.«

Ich stand auf, spürte die Anspannung im ganzen Körper, ging ein paar Schritte hin und her.

»Ich hoffe, Sie können sich erinnern, was Sie damals ausgesagt haben. Ich weiß, es ist lange her, aber ich wäre Ihnen sehr dankbar, wenn Sie es versuchen könnten.«

Die Aussicht aus dem Wohnzimmerfenster war fantastisch. Die ganze Stadt lag unter uns.

»Ja«, sagte sie zögernd. »Ich will es versuchen. Aber wir hatten nicht viel zu erzählen. Wir wussten ja von nichts. Wir kannten weder die Betroffenen, noch hatten wir etwas gesehen oder gehört. Wir waren die ganze Zeit in der Nähe unseres Zeltes. Natürlich konnte das keiner bestätigen, wir gaben uns gegenseitig ein Alibi. Aber ich glaube, die Polizei hat schnell begriffen, dass ein harmloses Forscherehepaar kaum als Täter für einen Doppelmord in Frage kam. Im Grunde konnten wir nichts von Bedeutung beisteuern.«

Ich weiß nicht, ob ich enttäuscht war. Im Grunde hatte ich gewusst, dass dieses Gespräch keine neue Erkenntnisse bringen würde, aber ich musste jeden Stein umdrehen und auch die kleinste Möglichkeit nachprüfen, um guten Gewissens Aron gegenüberzutreten und zu gestehen, dass es unmöglich war. Dass eine Zeugenaussage verschwunden war, hatte mein Jagdfieber geweckt, aber offenbar war diese Entdeckung ohne Belang.

Ich stellte noch ein paar Fragen, über Kleinigkeiten, die sie vielleicht gesehen hatten, ohne deren Bedeutung zu verstehen, aber eigentlich wusste ich schon vorher, dass es sinnlos war. Dann leerte ich den Becher mit dem bitteren Tee, genoss ein letztes Mal die Aussicht und bedankte mich.

Ich war schon unten bei den Holzhäusern angekommen. In Gedanken schmiedete ich Pläne, wie ich mit den Nachforschungen über Thomas Jæger, Frank und vielleicht das Ehepaar Wiesner weiterkommen könnte, als mein Handy klingelte.

»Hier ist Frau Wiig-Sørensen. Mir ist noch etwas eingefallen«, sagte sie. »Es ist sicher nicht wichtig, aber …«

»Ja?«

»Es gab da ein paar Bilder.«

»Bilder?«

»Ja. Die Polizei hat ein paar Fotografien mitgenommen.«

Als ich wieder vor ihrer Tür stand, war ich verschwitzt und außer Atem.

»Welche Fotografien?«

»Kommen Sie mit in Haralds Arbeitszimmer.«

An den Wänden des großen Zimmers standen Regale voller

Bücher, Zeitschriften, Ordner und Kisten. Am einzigen freien Fleck der Wand hing ein großes Bild eines Seeadlers. Der Fotograf hatte ihn abgelichtet, kurz bevor er die Krallen in ein Beutetier schlug. Das Bild war gestochen scharf. Die krummen Krallen, der weiße Schwanz, jede einzelne braune Feder in den ausgebreiteten Flügeln war deutlich sichtbar. Die Augen des Adlers waren gelb wie Bernstein.

»Was für ein Bild«, sagte ich.

»*Haliaeetus albicilla* in all seiner majestätischen Pracht«, sagte sie. »Einen Meter lang. Eine Flügelspannweite von fast zweieinhalb Metern. Nordeuropas größter Raubvogel.« Sie stieg auf einen Schemel, um das obere Regal zu erreichen. »Nehmen Sie«, sagte sie und reichte mir mehrere kleine graue Schachteln. »Seien Sie so nett und stellen Sie sie auf den Schreibtisch.«

Auf jeder der Schachteln stand die Jahreszahl 1984 und ein Code aus römischen Zahlen. Aus einem anderen Regal holte sie einen Ordner, auf dem dieselbe Jahreszahl stand.

»Wir haben alle registriert und fotografiert, wissen Sie. Harald wollte die Ausbreitung der Adler kartieren und herausfinden, wie sesshaft sie sind. Da brauchten wir natürlich ein System. Wann sind die Morde geschehen?«

Ich gab ihr die Daten, sie schlug in dem Ordner nach und zog drei kleine Umschläge aus den Schachteln. »Hier sind die Negative. Die Polizei hat alle Bilder aus diesem Zeitraum mitgenommen, soweit ich mich erinnere. Wir haben sie nie zurückbekommen.«

»Aber warum? Was haben sie gesucht?«

»Keine Ahnung. Ich glaube nicht, dass sie etwas Spezielles gesucht haben. Wahrscheinlich wollten sie nur unsere Alibis nachprüfen. Ich glaube auch nicht, dass sie etwas Interessantes gefunden haben. Jedenfalls haben wir nichts mehr von ihnen gehört. Wenn Sie mich fragen, wollten die nur so gründlich wie möglich sein und alles nachprüfen, was irgendwie von Bedeutung sein konnte.«

Das konnte stimmen. Mordkommissionen sind in der Regel gründlich, und das meiste, was sie aufdecken, ist für den jeweiligen Fall bedeutungslos.

»Darf ich die mitnehmen?«

»Ja, bitte schön. Aber ich möchte sie gern zurückhaben. Schließlich ist das alles Haralds Lebenswerk, und …«

Ich steckte die Umschläge in die Tasche und versprach, die Negative zurückzubringen.

## Kapitel 47

Øyvind Jordan und ich waren bis zum zehnten Schuljahr in eine Klasse gegangen, bis auf das Jahr, das er mit seinem Vater in Spitzbergen verbracht hatte. Als er zurückkam, war er der einzige Junge der Klasse, der schon Schamhaare hatte, was ihn auf der ganzen Schule berühmt machte. Damals war ich neidisch gewesen, aber als ich ihn später bei einem Bier an die Geschichte erinnerte, schaute er finster drein. »Es war die Hölle«, sagte er. »Jedes Mal, wenn wir Sport hatten, weinte ich schon am Abend vorher. Es war die schlimmste Zeit meines Lebens.«

Inzwischen hatte er eine Glatze, und ich fragte mich, ob ihn das ebenso bekümmerte.

»Mikael«, sagte er erstaunt, als ich vor seiner Tür stand. Wir hatten uns seit drei Jahren nicht gesehen.

»Ich brauche deine Hilfe«, sagte ich. »Du hast doch bestimmt noch eine Dunkelkammer?«

»Eine Dunkelkammer? Heute ist alles digital, Mikael. Ich schicke meine Bilder per E-Mail an die Zeitung. Was soll ich mit einer Dunkelkammer?«

»Ich dachte …«

Er grinste. »Na gut. Ich habe noch eine. Aus nostalgischen Gründen. Aber sag es keinem. Willst du reinkommen?«

Während wir warteten, holte er ein paar Dosen Bier. Ich war unkonzentriert und ungeduldig. Øyvind erzählte von seiner Scheidung, und ich antwortete zerstreut und schaute ständig auf die Uhr. Am Ende seufzte er und stand auf.

»Verdammt, Mikael, du bist ja wirklich eine Stimmungskanone. Drei Jahre haben wir uns nicht gesehen, und du guckst nur in die Luft und sagst ja und amen. Was ist denn an diesen Bildern so wichtig?«
»Adler.«
»Hä? Adler?«
»Ja, hauptsächlich. Und vielleicht noch etwas. Lass uns nachsehen.«

Es waren hauptsächlich Adler. Adler, die in der Luft schwebten, Adler, die Aas fraßen, Adler auf Fischfang. Nur Bilder von Adlern, bis auf eins, das eine splitternackte Inger Wiig-Sørensen zeigte. Eine schlanke, braungebrannte Frau in den besten Jahren, die mit einem Gesichtsausdruck in die Kamera lächelte, der mich neidisch auf den verstorbenen Harald machte.
»Tolle Frau«, sagte Øyvind. »Hast du die gesucht?«
»Nein, das hier habe ich gesucht«, sagte ich und nahm eines der Bilder. »Kannst du mir das vergrößern? Scheiß auf den Adler, mir geht es um den Hintergrund.«
»Wie groß willst du es haben?«
»So groß wie möglich, ohne dass es unscharf wird.«
»Ich werd's versuchen.«

Es dauerte eine Weile. Ich wartete geduldig in der Küche, trank noch ein Bier und blätterte in einer Zeitung. Ich versuchte, meine Gedanken im Zaum zu halten und nicht darüber zu spekulieren, was ich glaubte, gesehen zu haben. Aber die Wörter in der Zeitung verschwammen, und meine Schläfen pochten, als zählte mein Pulsschlag die Sekunden. Als Øyvind endlich aus der Dunkelkammer kam, sah ich ihn nur fragend an.
»Es ist ganz gut geworden«, sagte er und reichte mir den noch nassen Abzug. Am linken Rand war ein dunkler verschwommener Fleck.

»Da ist ein Stück Adlerflügel mit draufgeraten«, sagte Øyvind, »aber der Rest ist in Ordnung, oder?«
Es war ein gutes Bild. Ich betrachtete eingehend das Ruderboot. Sein Kielwasser durchschnitt die Wellen. Die Ruderblätter waren im Wasser, man konnte die Wirbel deutlich erkennen. Der Mann, der im Boot saß, setzte gerade mit vollem Körpereinsatz zum Ruderschlag an. Ich konnte förmlich sehen, wie seine Oberarmmuskeln unter dem groben Wollpullover anschwollen. Auf jeden Fall erkannte ich deutlich sein Gesicht. Das Bild war fünfundzwanzig Jahre alt, aber es bestand kein Zweifel.
Ich schaute noch einmal die Vergrößerung und dann das Original an. Der Adler, der am grauen Himmel schwebte, war so jung, dass er noch keinen weißen Schwanz hatte. Im Hintergrund, zwischen den Holmen und Schären, befand sich das Boot in ruhigem Fahrwasser. Noch einmal prüfte ich das Datum, an dem das Bild gemacht wurde, und, um ganz sicher zu sein, auch noch einmal die Uhrzeit.
»Verdammte Scheiße«, sagte ich.

# Teil 3

## Kapitel 48

Frank Lande? Nein, tut mir leid, der hat heute frei. Er hat erst am Wochenende wieder Dienst«, sagte die freundliche Frauenstimme auf der Polizeiwache. »Kann ich ihm etwas ausrichten? Oder vielleicht kann Ihnen jemand anders hier weiterhelfen?«

Ich saß im Auto auf dem Weg nach Norden, durch eine Landschaft, die im Spätherbst wie ausgestorben wirkte. Warum konnte es nicht kräftig schneien, damit die nassen Braun- und Grautöne und das kränkliche Gelb unter einer weißen Schneedecke verschwinden würden?

»Nein danke«, antwortete ich. »Ich muss mit ihm reden. Es ist wichtig. Wo kann ich ihn finden?«

Sie zögerte.

»Ich bin Rechtsanwalt«, sagte ich. »Es geht um einen Rechtsfall. Ich habe neue und entscheidende Informationen.«

Sie gab mir zwei Telefonnummern.

Niemand antwortete auf seiner Festnetznummer. Auch nicht auf seinem Handy. Es klingelte und klingelte, und schließlich bekam ich seine Mailbox. Ich dachte eine Weile nach, bevor ich noch einmal anrief und eine Nachricht hinterließ. »Hei, hier ist Mikael Brenne«, sagte ich. »Ich bin unterwegs nach Vestøy und habe wichtige Neuigkeiten. Können wir uns treffen?«

Ich schlug Treffpunkt und Zeit vor und sagte, dass es wichtig sei. Und das war es auch. Ich würde einen Mörder treffen.

Ich fuhr schnell, weil ich nicht im Dunkeln ankommen wollte. Nach ein paar Telefonaten fand ich jemanden, der bereit war, mich gegen Bezahlung nach Vestøy überzusetzen. Als ich am Fähranleger parkte, lag sein Boot schon am Kai. Ich nahm die Schultertasche, das einzige Gepäckstück, das ich dabeihatte, und stieg in das robuste kleine Motorboot.

»Konrad Seglem«, stellte er sich vor und reichte mir die Hand. »Wir hatten einen Sturm hier. Nur damit Sie es wissen, es wird ziemlich schaukeln.«

Als wir die Mole passierten und die ersten Wellen den Bug ergriffen, bekam ich einen leichten Panikanfall. Böse Erinnerungen stiegen in mir auf. Seglem musste gesehen haben, wie ich den Holzgriff umklammerte, bis meine Knöchel weiß wurden.

»Keine Angst, es wird nichts passieren«, sagte er beruhigend und schob beide Gashebel nach vorn, bis die Motoren aufheulten und das Boot auf die anrollenden Wellen zuschoss. »Dieser Seegang ist ein Kinderspiel, absolut kein Problem.«

Es war unangenehm, aber Konrad Seglem hatte recht. Das Boot meisterte die Wellen problemlos – im Gegensatz zu mir. Nach wenigen Minuten wurde ich seekrank, und schon bald kotzte ich in regelmäßigen Abständen in eine Plastiktüte.

»Wir sind bald da«, rief er.

Ich nickte. Es fühlte sich an, als wären wir schon eine Ewigkeit unterwegs.

»Gut«, sagte ich. »Ich möchte nicht im Hafen anlegen, könnten Sie mich an der alten Fischannahmestelle absetzen?«

Es war wunderbar, wieder festen Boden unter den Füßen zu haben. Ich setzte mich auf ein paar alte Fischkisten am Kai und ruhte mich aus, bis ich mich etwas besser fühlte. Ich schaute mich um. In der Fischannahme herrschte Stille, obwohl es nicht einmal sechzehn Uhr war. Die Türen der Fabrikhalle waren geschlossen, kein Mensch war zu sehen. Frank ging noch immer nicht ans Telefon. Ich schickte ihm eine SMS, dann ging ich den steilen Berg hinauf.

Mit einem Mal bereute ich, dass ich hierhergekommen war. Vielleicht wäre es vernünftiger gewesen, zu Hause zu bleiben. Aber ich wusste nicht, ob ich mit meiner Schlussfolgerung richtiglag, und dachte, dass eine Konfrontation die beste Methode sei, die Wahrheit herauszufinden. Nun war ich mir nicht mehr so sicher.
Ich erinnerte mich an Franks schroffe Reaktion, als es am ersten Abend beinahe Krach gegeben hätte, an den Respekt, den die Leute ihm hier zollten. Er war ein starker Mann. Vielleicht kommt er nicht, dachte ich, aber andererseits war mir klar, dass er nicht widerstehen konnte. Nicht, wenn er meine Nachricht bekommen hatte.
Auf der Anhöhe blieb ich stehen, mir war warm, und ich war außer Atem. Auf der linken Seite schimmerte Wiesners Haus zwischen den Bäumen hindurch. Aus dem Schornstein stieg Rauch; sie waren zu Hause. Ich sah sie vor mir, zwei Menschen, die unter demselben Dach lebten und sich nichts mehr zu sagen hatten, die Luft verpestet von unausgesprochenen Anschuldigungen und altem Groll. Ich ging weiter und schaute immer wieder auf mein Handy.
Keine Nachrichten.
Kein Anruf.

Kurze Zeit später hörte ich das Meer. Der Sturm war abgeflaut. Nur ab und zu kam noch eine Windbö, die sich aber gleich wieder legte. Doch die See war immer noch in Aufruhr, und der Lärm der Brandung klang wie aus der Ferne anrollender Donner.
Das Bethaus lag still und dunkel da. Im Erdgeschoss waren die Fensterläden geschlossen. Ich umrundete das Haus, dann versuchte ich es an der Tür zum Versammlungssaal. Sie war offen, und ich ging hinein, aber drinnen war niemand, und es war stockdunkel.

»Der Teufel soll dich holen, Frank«, murmelte ich. »Wo bleibst du?«

Ich weiß nicht, wo er herkam. Als ich wieder ins Freie trat, war er einfach da, direkt neben mir, so nahe und unerwartet, dass mein Herz einen Satz machte.
»Guten Tag, Mikael Brenne«, sagte Kristian Salomonsen. »Ich dachte, wir würden Sie nie wiedersehen.«
»Ich … ich bin mit jemandem hier verabredet«, sagte ich. »Haben Sie jemanden gesehen?«
Er schüttelte den Kopf.
»Nein. Hier bin nur ich. Es war Sturm letzte Nacht, und ich wollte gerade die Fensterläden wieder öffnen. Ich halte sie nicht gern geschlossen, es sieht so abweisend aus.«
Ich half ihm beim Öffnen. Als wir fertig waren, nickte er zufrieden.
»Ich möchte nur ein paar Vorbereitungen treffen. Heute Abend ist Versammlung. Es dauert nicht lange. Danach kann ich Ihnen einen Kaffee anbieten, wenn Sie wollen.«
Ich folgte ihm in den Saal und setzte mich auf eine Bank in seiner Nähe.
»Wen wollten Sie hier treffen?«, fragte er.
Ich antwortete nicht. Meine Hand schloss sich um einen Metallgegenstand in meiner Tasche, den ich herauszog und neben mich auf die Bank legte. Salomonsen ging hin und her, holte Reservestühle aus einer kleinen Kammer hinter dem Podium und steckte frische Kerzen auf die Halter. Seine Bewegungen waren routiniert und ökonomisch. Hunderte Male hatte er alles für das Kommen der Gemeinde vorbereitet, für das Treffen mit ihm und Gott. Noch einmal fiel mir auf, dass Kristian Salomonsen ein attraktiver Mann war. Sein Gesicht strahlte Stärke und Ruhe aus, sein Körper war agil, nur der leicht gekrümmte Rücken verriet sein Alter. Er hatte sein Leben der Aufgabe

geweiht, hier draußen das Wort zu verkünden, am Rand der Ewigkeit, er hatte sich buchstäblich an diesem Ort verankert. Es war sein Lebenswerk, und es war schwierig, ihn nicht dafür zu bewundern. Ich hörte nie auf, mich über die Menschen zu wundern. Wie komplex und unvorhersehbar waren sie, und wie schwer war es, ihre Tiefen auszuloten.

Er holte noch mehr Stühle und reihte sie an der Wand auf. Ich drehte mich um, um ihn im Blick zu behalten.

»Ich verstehe es nicht«, sagte ich.

»Was verstehen Sie nicht?«

»Warum Sie sie getötet haben. Es ist mir ein absolutes Rätsel. Warum haben Sie das getan?«

## Kapitel 49

»Was? Was haben Sie gesagt?«

Ich wusste genau, dass er mich gehört hatte. Er hatte mitten in einer Bewegung innegehalten, wie eingefroren stand er da und hielt einen Stuhl zwanzig Zentimeter über dem Boden.

»Ich fragte, warum Sie Anne und Siri getötet haben.«

Er stellte den Stuhl langsam ab. Dann setzte er sich genauso langsam darauf, plötzlich unsicher und zögerlich.

»Wie … Wie können Sie so etwas Schreckliches sagen?« Aber seine Stimme war kraftlos, die Entrüstung klang gekünstelt.

»Ich habe ein Foto gefunden. Es wurde an dem Tag aufgenommen, als Anne Vestøy ermordet wurde. Der Fotograf war ein Ornithologe namens Harald Wiig-Sørensen. Das Bild entstand im Zusammenhang mit seinen wissenschaftlichen Forschungen, weshalb Zeit und Ort genau dokumentiert sind, und beides ist wichtig.« Ich zog das Bild aus der Tasche.

»Das Bild wurde am frühen Abend aufgenommen, um fünf Minuten nach halb sieben. Das stimmt mit dem Zeitpunkt von Annes Tod überein. Ort der Aufnahme ist eine kleine Bucht im äußeren Norden der Insel, genauer gesagt, im Nordwesten. Das Motiv ist ein Seeadler, der gerade einen Fisch erbeutet, aber im Hintergrund ist ein Mann in einem Ruderboot zu sehen. Ich habe es vergrößern lassen, und es gibt keinen Zweifel, wer es ist. Wissen Sie, wer der Mann auf dem Bild ist?«

»Nein.« Er schüttelte den Kopf, sah resigniert und traurig aus.

»Es ist Aron Sørvik. Er ist allein im Boot. Achtern liegen ein paar Reusen. Sehen Sie selbst. Ich bin sicher, dass Sie ihn wiedererkennen werden.«

Er nahm das Bild und hielt es vor sich, aber seine Augen starrten ins Leere.
»Ich habe die Entfernung mit dem Tempo eines Ruderbootes verglichen. Wenn Aron um 18.35 Uhr an der Nordspitze von Vestøy war, kann er unmöglich Anne in der Zeitspanne getötet haben, die die Gerichtsmediziner für realistisch hielten. Es ist schlicht und einfach unmöglich. Verstehen Sie, was ich meine, Salomonsen?«
»Was? Ja. Ja, doch.«
»Wie Sie sicher verstehen, habe ich mich über diesen Fund gefreut. Das Bild reicht als Beweis für einen Freispruch, ich hätte nie gedacht, dass ich so etwas finden würde. Aber nachdem die Freude sich gelegt hatte, kam ich ins Grübeln. Als Erstes fragte ich mich, warum Aron verurteilt wurde. Es waren mehrere Gründe, natürlich, eine lange Reihe von Indizien, aber ein wichtiges Glied in der Beweiskette war, dass er zu diesem Zeitpunkt angeblich hier in der Nähe gesehen wurde. Und diese Aussage stammte von Ihnen.«
Ich war mir nicht sicher, ob er überhaupt zuhörte, aber ich redete weiter.
»Das Bild beweist nicht nur, dass Aron nicht Annes Mörder sein kann, es beweist auch, dass Sie die Polizei angelogen haben. Und diese Lüge schickte einen etwas einfältigen und seltsamen, aber unschuldigen Jungen für zwanzig Jahre ins Gefängnis. Was treibt einen Menschen zu einer so schicksalsschweren Lüge? Die einzig sinnvolle Antwort ist, dass Sie Anne getötet haben. Dass Sie der Mörder sind.«
Ein leiser Seufzer entfuhr ihm.
»Sie waren der Letzte, der sie lebend gesehen hat, allein deshalb hätten Sie zu den Verdächtigen zählen müssen. Aber Sie hatten Glück, weil alle Augen von Anfang an auf Aron gerichtet waren. Ich nehme an, dass Sie schnell begriffen, woher der Wind weht, und dass es die einfachste Sache der Welt war, ihn

zum Sündenbock zu machen. Als er gestand, waren Sie aus dem Schneider.«

Kristian Salomonsen sagte keine Wort. Stille breitete sich zwischen uns aus, wurde groß und schwer, zu einer fast physischen Kraft, aber das schien ihn nicht zu stören. Er starrte weiter ins Leere, und schließlich brach ich das Schweigen.

»Ich habe mir das Hirn zermartert, um ein mögliches Motiv zu finden, und die einzig sinnvolle Erklärung scheint mir, dass Sie sich an den Mädchen vergriffen haben.«

»Nein!«

Er sprang auf, vor Entsetzen bleich. »Nein, nein, so war es nicht! So etwas hätte ich nie getan. Niemals! Das war nicht der Grund.«

»Dann verstehe ich den Grund nicht.«

Er ließ sich wieder auf den Stuhl fallen, und ich glaubte schon, er würde erneut in Schweigen versinken, als er den Mund aufmachte. Seine Stimme klang nun fast alltäglich, er sprach klar und deutlich.

»Ich habe es getan, um sie zu retten«, sagte er.

»Was? Um sie zu retten? Sie haben sie doch ermordet. Wie können Sie …«

»Nein. Um die anderen zu retten.«

»Wie meinen Sie das?«

»Ich musste sie vor dem Sündenfall retten.« Er sah mich beinahe flehend an. »Sie müssen verstehen … Damals gehörten alle auf dieser Insel zur Gemeinde. Jung und Alt, alle kamen hierher, und alle wurden sie erlöst. Eine Welle der Erweckung hatte den Distrikt ergriffen, die letzte große ihrer Art. Es war nicht wie heute, wo alles niedrig und schmutzig ist.« Wut und Bitterkeit lagen in seiner Stimme.

»Sie kamen zu mir, und sie waren die Meinen, und ich liebte sie alle, besonders die Jugendlichen. Nicht auf die schmutzige Art und Weise, wie Sie es angedeutet haben. Ich liebte sie wie ein

Hirte seine Herde liebt, wenn ich einen biblischen Ausdruck gebrauchen darf. Ich hatte die Vision … Ja, es war meine große Hoffnung, dass wir hier, an diesem stürmischen Ort am Rande der Welt, Gottes Reich auf Erden verwirklichen würden. Ich träumte, dass wir nach dem Buch leben und in Gottes Liebe baden würden. Die ganze Insel sollte in der Gnade stehen. Frei von Sünde.«

In seinem Gesicht sah ich einen schwachen Abglanz der Glut, die er beim Predigen an den Tag gelegt hatte.

»Meine Hoffnung war so groß. Vielleicht war dies meine Sünde, dass ich mir zu viel erhoffte und meine Träume zu vermessen waren. Vielleicht war ich hochmütig.«

»Und was war mit …?«

»Sie verdarb alles. Sie steckte alle mit ihrer Unreinheit an. Sie war wie die Pest, eine Seuche.«

»Anne Vestøy?«

»Ja, Anne Vestøy.« Er spuckte den Namen geradezu aus. »Ich hatte sie lange beobachtet und gesehen, wie sie sich nach und nach veränderte, wie die Jungen immer mehr um sie herumschwärmten. Ihr unverschämtes Auftreten, ihr allwissendes Grinsen, die Augen, die irgendwie älter wirkten.«

»Sie war ein ganz normales Mädchen«, sagte ich. »Vielleicht ein wenig unbekümmert, aber …«

Er schüttelte energisch den Kopf und unterbrach mich.

»Nein. Sie war mehr als das. Die Jungen kamen schon bald zu mir. Einige von ihnen weinten, andere hatten mit recht Angst um ihr Seelenheil. Anne Vestøy quälte sie, sie lockte sie und riss sie in den Abgrund. Sie gab sich allen hin. Sogar Aron, das unschuldige Kind, war völlig verzweifelt und verschreckt wegen ihr. Ich hätte nie gedacht, dass ein Mädchen so … so sehr in der Gewalt des Teufels stehen kann.«

Es war so kalt im Saal, dass man den Atem sah, aber Kristian Salomonsens Gesicht glänzte vor Schweiß.

Hinter ihm fiel ein Schatten in den Saal, und ich begriff, dass jemand im Windfang an der Eingangstür stand und zuhörte.

»Und was haben Sie getan?«, fragte ich und war überrascht, wie ruhig meine Stimme war.

»Ich bat sie, hierherzukommen«, sagte er. »Ich wollte mit ihr reden, zusammen mit ihr beten. Ich hoffte, dass ich ihr mit Gottes Hilfe das Böse austreiben könnte. Wir saßen hier in diesem Raum, und ich fiel vor ihr auf die Knie und betete. Ich betete, dass sie die Gnade und das Licht Gottes erfahren solle, aber sie lachte mich nur aus und fragte, warum ich so viel Angst vor dem Werk des Schöpfers hätte.«

»Dem Werk des Schöpfers?«

»Ja. Sie saß vor mir auf der Bank und hatte den Mantel ausgezogen. Er lag sauber zusammengefaltet neben ihr. Sie lehnte sich zurück, zog ihr Kleid hoch und fragte, ob es das war, wovor ich Angst hatte. Sie trug nichts unter dem Kleid, sie war völlig … Und in diesem Moment wusste ich …«

»Was wussten Sie?«

»Dass sie verloren war.«

»Und dann brachten Sie sie um?«

Er sah mich hilflos an. »Was hätte ich denn tun sollen?«

Die Antwort ließ mich kurz verstummen.

»Haben Sie sie hier getötet?«

»Nein. Sie lief davon. Aber ich war schneller, und unten am Meer holte ich sie ein. Danach betete ich für ihre Seele. Jeden Tag habe ich seitdem für ihre Seele gebetet. Jeden Tag.«

»Sie wollten die anderen retten, sagten Sie. Aber stattdessen haben Sie auch noch Arons Leben zerstört.«

»Ich weiß«, sagte er nach einigen Sekunden. »Das war nicht meine Absicht. Ich wollte nie …«

»Aber Sie haben es getan. Haben Sie auch für seine Seele gebetet? Oder für Ihre eigene? Was Sie Aron angetan haben, können Sie nie wiedergutmachen.«

Er zögerte kurz, aber plötzlich sah er mir in die Augen. »Doch«, sagte er. »Das kann ich.«
In diesem Moment ließ ich mich hängen. Mir war übel, und ich wollte das Gespräch nur beenden.
»Und Siri? Warum musste sie sterben? Sie war wohl keine …«
»Siri? Die brave, kleine Siri?« Sein Lachen kam völlig unerwartet. »Ha! Sie war alles andere als ein Unschuldslamm. Aron, fragen Sie ruhig Aron … Sie hat ihn mit ihren Augen und ihrem Körper in Versuchung geführt, mit ihrem ganzen Wesen. Ich habe sie für ihn umgebracht, um seine Seele zu retten, bevor er auch der Sünde verfallen wäre.«
Das Schweigen breitete sich wieder aus. Ich schaltete das kleine Aufnahmegerät aus, das neben mir auf der Bank gelegen hatte, und steckte es in die Tasche. Der Schatten hinter der Eingangstür war verschwunden. Meine Schultern und mein Rücken waren steif, und hinter der linken Schläfe kündigten sich Kopfschmerzen an. Ich stand auf.
»Lassen Sie uns nach draußen gehen, Salomonsen«, sagte ich. »Ich brauche frische Luft.«

Draußen wartete Frank Lande.

## Kapitel 50

Zu meiner großen Verwunderung schien draußen die Sonne. Die Wolken lagen immer noch wie ein Deckel über Vestøy, aber im Westen war der Himmel klar. Die Nachmittagssonne stand tief und tönte den Himmel rot und orange, aber die warmen Farben waren eine Illusion, denn die Luft war kalt und roch nach Tang und Salzwasser.

Frank stand mit dem Rücken zu uns und rauchte. Kristian Salomonsen erstarrte, als er ihn sah.

»Frank«, sagte ich. »Ich habe deinen Schatten gesehen, das konntest nur du sein. Du hast dich verspätet.«

Er zuckte nur mit den Schultern.

»Hast du unser Gespräch mit angehört?«, fragte ich, und er nickte.

»Ja. Ich wollte euch nicht unterbrechen, deshalb habe ich im Windfang gewartet. Aber ich habe alles gehört.«

»Gut«, sagte ich. »Ich habe es auch aufgenommen. Nur vorsichtshalber.«

Frank schien Kristian Salomonsen völlig zu ignorieren. Der Prediger wurde nervös, er trat von einem Bein aufs andere. Plötzlich sah Frank ihn mit eiskalten Augen an.

»Ich verhafte dich«, sagte er, »wegen Doppelmordes.«

Ich öffnete den Mund, aber Salomonsen kam mir zuvor.

»Frank«, sagte er. »Es tut mir leid … Ich wollte nicht …«

»Halt's Maul«, sagte Frank. »Halt einfach dein Maul.«

Aber das tat er nicht. Stattdessen trat er näher an Frank heran und schüttelte den Kopf.

»Du hast sie geliebt, nicht wahr? Ich weiß es, Frank. Aber es wäre niemals gutgegangen mit euch. Sie hätte auch dich in den Abgrund gezogen, in denselben Schmutz, in dem sie sich wälzte. Glaub mir, sie …«

Weiter kam er nicht, denn Franks Fäuste packten ihn am Kragen und hoben ihn hoch.

»Noch ein Wort, und ich bring dich um!«, schrie Frank.

Ich weiß nicht, was in diesem Augenblick in Salomonsens Kopf vorging.

Vielleicht hatte er Angst. Vielleicht hatte Frank eine latente Aggressivität in ihm geweckt. Oder ihm war egal, was mit ihm geschehen würde. Auf jeden Fall schlug er plötzlich zu. Es war ein ungeschickter Fausthieb, aber er kam völlig überraschend und traf Franks Kinn. Frank ließ ihn los, wankte ein paar Schritte zurück, guckte verwirrt und fiel hintenüber.

Kristian Salomonsen drehte sich um und rannte davon.

Frank kam fluchend wieder auf die Beine und rannte hinterher. Sein Blick war auf den Rücken der Gestalt fixiert, die mit großen Schritten auf die Klippen zueilte. Deshalb sah er das Drahtseil nicht, mit dem das Bethaus im Fels verankert war. Er stolperte und fiel nach vorn, als hätte jemand auf ihn geschossen. Dann rollte er auf den Rücken, schrie laut und hielt sich das Knie.

»Frank«, rief ich und beugte mich über ihn. »Bist du okay?«

Sein Gesicht war weiß vor Schmerz, aber er biss die Zähne zusammen und stand auf.

»Du darfst nicht … Hör zu, Frank, es ist zu spät, es hat keinen Zweck …«, sagte ich, aber da hatte er mich schon zur Seite geschubst und fegte hinter Salomonsen her. Ich fluchte und folgte ihm.

Hundert Meter vor uns lief Kristian Salomonsen. Er hatte fast sein ganzes Leben hier draußen verbracht und jeden Tag und bei jedem Wetter lange Wanderungen unternommen. Er war fit, kannte die Insel wie seine Westentasche und war das unwegsame Gelände gewohnt. Von weitem sah er nicht aus wie ein alter Mann. Leichtfüßig wie ein Jugendlicher sprang er von Stein zu Stein. Bald hatte er die Klippen erreicht, wo er kurz stehen blieb. Das Meer war immer noch aufgewühlt, ich sah seinen Umriss wie ein Scherenschnitt vor der Brandung, die sich als weiße Wand hinter ihm auftürmte, wenn die Wellen auf die Klippe trafen. Er drehte sich nach Norden und hastete weiter den Pfad entlang.

Weit hinter ihm kam Frank. Er humpelte, und ab und zu blieb er stehen und hielt sich das Knie. Sogar von hinten konnte ich sehen, wie rasend und verbissen er war. Er würde bis zum Umfallen weitermachen.

Ich rannte so schnell ich konnte den steinigen Pfad entlang, aber der Abstand zwischen uns wurde nicht kleiner. Manchmal rief ich Frank, aber er reagierte nicht. Wahrscheinlich war die Brandung zu laut.

An der Kante der Klippen bog ich nach rechts. Vor mir erstreckte sich ein bizarres Geröllfeld bis zum Wasser hinab. Die Felsbrocken sahen aus wie umgestürzte Dominosteine. Auf den flachen Steinen kam ich besser voran. Rechts erhob sich eine niedrige, aber steile Klippenwand.

Als noch ungefähr dreißig Meter zwischen uns lagen, ging Frank plötzlich langsamer. Zuerst dachte ich, es sei wegen der Schmerzen oder seines enormen Zigarettenkonsums. Ich selbst atmete schwer. Aber dann begriff ich, warum er es nicht mehr eilig hatte. Fünfzig Meter weiter hatte Kristian Salomonsen innegehalten. Er stand völlig ruhig an der Stelle, wo er Anne ermordet hatte.

Aber das war nicht der Grund, warum er stehen geblieben war. Er kam nicht mehr weiter. Eine zehn Meter hohe Felswand versperrte ihm den Weg ins Innere der Insel. Das Plateau fiel zum Meer hin ab, aber dort spülten die Wellen über den glatten

Fels, bis sie sich an der Felswand brachen. Der Pfad nach Norden war ein siedender, tödlicher Mahlstrom geworden.

Fünf natürliche Treppenstufen führten auf das Plateau hinab. Frank machte sich gerade auf den Weg, als ich ihn einholte.
»Warte, Frank«, sagte ich und legte die Hand auf seine Schulter. Er wollte sich losreißen, aber diesmal hielt ich ihn fest. »Er kann nirgendwo hin, Frank. Warte kurz und hör mir zu.«
Er sah ein, dass ich recht hatte, und blieb stehen. Salomonsen stand immer noch mit hängenden Armen da, es sah aus, als hätte er aufgegeben.
»Was ist?«, fragte Frank.
»Es ist zu spät, Frank. Du kannst ihn nicht verhaften.«
»Wieso?«
»Es ist fünfundzwanzig Jahre und drei Monate her, dass er sie ermordet hat.«
»Na und?«
»Die Morde sind verjährt.«
»Verjährt?«, fragte er mit leerem Blick.
»Ja, sie sind seit drei Monaten verjährt.«
Er schwieg lange.
»Er … er kommt ohne Strafe davon? Er hat Anne getötet. Meine Anne. Und er soll ungeschoren davonkommen?«
Ich hatte Wut und Empörung erwartet, aber Frank klang einfach nur verwundert. Verwundert und traurig.
»Ja«, sagte ich, »Er kommt davon. Wenn ihn jemand richten wird, dann Gott.«

Wir standen schweigend nebeneinander. Es war ein einsamer, furchterregender und zugleich schöner Anblick. Der schiefergraue Fels, das braune Heidekraut, das in den Spalten wuchs, das gelbe Gras, das in dem kleinsten Fleckchen Erde Wurzeln schlug, alles war von der untergehenden Sonne in goldenes

Licht getaucht. Endlose Wellen mit türkis leuchtenden Kämmen rollten vom Horizont an, türmten sich vor dem Ufer auf und krachten gegen die Felsen.
Kristian Salomonsen war ein großer Mann, aber vor dieser Naturkulisse sah er klein aus. Er stand mit dem Rücken zum Meer und starrte uns an, als erwarte er ein endgültiges Urteil. Ich hob eine Hand, um ihn zu uns zu winken.
»Warte«, sagte Frank, und seine Stimme klang seltsam. »Warte, Mikael.«
Ich sah ihn an und folgte seinem Blick.

Weit draußen rollten drei gewaltige Wellen hintereinander an, viel größer als die anderen. Zuerst sah es aus, als stünden sie am Horizont still, eingefroren in der aufgewühlten See, doch plötzlich waren sie ganz nah. Ich öffnete den Mund und wollte schreien, aber dann zögerte ich.
Kristian Salomonsen wartete immer noch.
Franks Gesicht war bleich und abgekämpft, seine Augen starr. So hatte ich ihn schon einmal gesehen.
Ich schaute wieder zu Salomonsen. Er hatte sich nicht vom Fleck gerührt und die Augen geschlossen. Vielleicht hatte er in unseren Gesichtern gelesen, was geschehen würde, oder den heranrollenden Lärm gehört. Der Zorn der Nemesis. Seine Lippen bewegten sich, und ich wusste, dass er betete.
Die erste Welle detonierte gegen die Klippenkante, und ich hob instinktiv beide Arme vors Gesicht. Für einen Augenblick verschwand Salomonsen hinter weißer Gischt. Als die Welle sich zurückzog, sah ich zu meiner Überraschung, dass er immer noch dastand.
Die zweite Welle traf auf den Rückschlag der ersten und erstarb in einem wirbelnden Chaos, bevor sie das Land erreichte.
Dann kam die dritte. Sie erhob sich unter Missachtung der Schwerkraft, stieg und stieg, bis die Sonne grün durch den bre-

chenden Wellenkamm glitzerte. Mit dem Lärm eines Güterzugs rollte sie die Felsen hinauf und brandete über das Plateau. Ein Schleier aus Gischt hing vor unseren Augen, und als wir das kleine Plateau wieder sahen, war Kristian Salomonsen verschwunden.

## Kapitel 51

Wir waren wie zwei verwundete Soldaten, erschöpft, nass und frierend. Frank hinkte und stützte sich auf meine Schulter. Am Bethaus blieben wir stehen. Die Tür stand offen und schwang in der schwächer werdenden Abendbrise. Ich machte sie zu und schloss ab. Den Schlüssel gab ich Frank. Er sah mich fragend an, und ich zuckte mit den Schultern.
»Ist vielleicht besser so«, sagte ich. »Ist schließlich so was wie ein Tatort.«

Am Horizont berührte die rote, aufgeblähte Sonne die Linie zwischen Himmel und Meer. Dort klammerte sie sich einen Augenblick lang fest, aber dann musste sie loslassen und versank rasch. Als wir zurückgingen, senkte sich langsam die Dunkelheit über die Insel.
Auf dem Schotterweg kamen wir besser voran, und nach einer Weile ließ Frank meine Schulter los. Als wir uns dem Dorf näherten, kamen uns die ersten Leute entgegen. Ein älteres Ehepaar war zeitig losgegangen, weil die Frau schlecht zu Fuß war. Ich erzählte Frank von der Versammlung, und er hielt die Alten an und sagte, das Treffen sei abgesagt. Als sie nach dem Grund fragten, sagte er nur, dass ein Unglück geschehen sei und das Meer Kristian Salomonsen geholt habe. Sie wurden bleich, die Frau begann zu weinen. Der Mann versprach, zu warten und dem Rest der Gemeinde Bescheid zu sagen. Wir gingen weiter und trafen noch mehr ältere Menschen. Sie nickten uns zu und grüßten. Wir grüßten zurück, sagten aber nichts.

Als wir ein paar hundert Meter gegangen waren, drehte ich mich um. Die kleine Gemeinde stand dicht beisammen. Im schwächer werdenden Tageslicht sahen sie klein und schemenhaft aus, wie verschwindende Schatten. Vielleicht sind sie das auch, dachte ich. Das Bethaus war ein wichtiger Teil ihres Lebens gewesen, und nun war es vorbei. Niemand mehr würde den schmalen, kurvigen Weg hinaufgehen, um zu beten und den Herrn zu preisen. Das Haus würde verfallen, und in wenigen Jahren würde die Farbe abblättern. Die Winterstürme würden die Fenster zertrümmern und die Schiefersteine vom Dach fegen. Schließlich würden auch die Stahlseile in der feuchten Seeluft durchrosten, und das Bethaus würde wie Herbstlaub davongeweht werden, hinaus ins Meer und in die Ewigkeit.

Das Café war fast leer. Nur an einem Tisch saß ein alter Mann und aß. Er schaute nicht einmal auf, als wir hereinkamen. Aber Magda sah uns und rannte uns entgegen.
»Mikael?«, sagte sie. »Was machst du hier? Und was ist mit deinem Fuß, Frank? Was ist geschehen?«
»Beruhig dich, alles ist in Ordnung. Es ist nichts passiert«, gab ich als idiotische Antwort und handelte mir einen strengen Blick ein.
»Ihr seid ja beide klatschnass!«

Sie nahm uns mit hinauf in die Wohnung, zog zwei Bademäntel aus dem Schrank, und während wir uns umzogen, holte sie Essen aus der Küche des Cafés. Franks Bademantel passte perfekt, meiner war viel zu klein.
Sie kam mit zwei großen Portionen Fleischbällchen zurück. Plötzlich hatte ich einen Riesenhunger. Ich stürzte mich auf das Essen und schlang es gierig hinunter. Frank stocherte auf seinem Teller herum und aß nur ein paar Bissen.

»Ich habe keinen Hunger«, sagte er.
Als wir fertig waren, war auch Magdas Geduld zu Ende. Anstelle einer langen Erklärung stellte ich nur das Aufnahmegerät auf den Tisch und spielte ihr die Aufnahme vor. Die Qualität war nicht besonders. Sie beugte sich über das kleine Gerät und hörte gespannt zu. Ich bekam nur einzelne Wörter und Phrasen ohne Zusammenhang mit. »Gottes Reich auf Erden …«, sagte er, »Sünde … liebte sie … Hirte … Pest.« Es war, als übermittelte ein Geist kurze Meldungen aus dem Totenreich. Aber dann, ein ganzer Satz, vorgetragen mit schmerzvoller, verwunderter Stimme: »Was hätte ich denn tun sollen?«
Das Tragische ist, dass Kristian Salomonsen keine andere Möglichkeit als Mord gesehen hat, dachte ich.
Magda war bleich und still.
»Wo ist Salomonsen?«, fragte sie, und ich antwortete nur: »Das Meer hat ihn geholt.«
Frank sagte kein Wort.

Später ging Magda wieder nach unten, um zu arbeiten. Frank hätte nach Hause gehen können, aber das tat er nicht. Er saß schweigend da und starrte ins Kaminfeuer. Nur einmal hob er den Kopf und sagte, ohne mich anzusehen:
»Sie war nicht so, wie alle sagen. Sie war keine Hure und auch kein leichtes Mädchen.«
Nach einer kurzen Pause fuhr er fort: »Ich vermisse sie. Manchmal gehe ich hinaus auf die Klippen und lege dort Blumen hin. Ich will sie nicht vergessen. In Wirklichkeit war sie eine starke Frau. Sie tat, was sie wollte, und kümmerte sich nicht um Regeln oder alte, verstockte Normen. Sie war eine freie Seele, und das hat sie das Leben gekostet.«
»Ich weiß«, sagte ich. Nicht, weil es unbedingt der Wahrheit entsprach, sondern weil es für Frank wichtig war.

Magda kam wieder herauf und ging in die kleine Küche, um Abendessen zu machen. Frank stand sofort auf und half ihr. Ich beobachtete sie durch die offene Küchentür. Sie schnitten Brot und holten Teller und Besteck. Frank rührte ein Omelette an, und mir fiel auf, dass er sich in Magdas Küche wie zu Hause fühlte. Er wusste genau, wo alles war.

Ich konnte nicht hören, was sie sprachen, aber sie drehte sich zu ihm um, legte die Hand auf seinen Arm, lächelte und stimmte ihm zu. Ihr Lächeln und ihre Körpersprache verrieten, dass sie miteinander vertraut waren. Wahrscheinlich hatten sie ein Verhältnis gehabt oder hatten immer noch eins. Plötzlich war ich mir sicher.

»Ich habe ab und zu Liebhaber, und mehr will ich nicht«, hatte Magda zu mir gesagt. Ich hätte es wissen müssen. Hätte die Anzeichen sehen sollen, aber ich war zu beschäftigt mit mir selbst gewesen. Aber nun sah ich es klar und deutlich vor mir. Als wir gemeinsam mit angesehen hatten, wie die Wellen auf Kristian Salomonsen zurollten, hatte ich mich an Franks Gesichtsausdruck von damals erinnert. Mein Verdacht stimmte, er hatte das Ruder herumgerissen und mich mit Absicht über Bord gehen lassen. Er hatte versucht, mich zu töten, aber nicht, weil er ein Verbrechen vertuschen wollte. Franks Motiv war viel banaler. Er hatte Angst gehabt, dass er Magda verlieren würde. Er war eifersüchtig gewesen.

Nach dem Essen machte Magda ein Zimmer für mich fertig, und Frank und ich blieben allein zurück.

»Weißt du eigentlich, dass du mein Hauptverdächtiger warst?«, fragte ich.

Er zuckte zusammen.

»Du spinnst wohl! So etwas könnte ich nie tun. Ich bin kein Mörder.«

»Nein«, sagte ich, »das nicht. Aber ich glaube, dass wir unter bestimmten Umständen alle in der Lage sind zu töten. Manchmal gehört nicht viel dazu, zum Mörder zu werden.«

»Kristian Salomonsen hätte sich retten können«, sagte er nach kurzem Zögern. »Wahrscheinlich wollte er lieber sterben, als die Schande und Demütigung zu ertragen, auch wenn er ohne Strafe davongekommen wäre.«

»Ich habe nicht von Salomonsen gesprochen«, sagte ich.

Er sah mir kurz in die Augen, dann starrte er wieder ins Feuer. Aber in diesem kurzen Augenblick waren wir beide wieder auf dem grauen, stürmischen Meer und sahen eine rote Rettungsweste vor uns, klein und kaum zu erkennen in den tiefen Wellentälern. Und ich glaube, dass wir beide dachten, wie zerbrechlich und zufällig das Leben sein kann.

## Kapitel 52

»Ein alter Mordfall? Wo denkst du hin, Mikael? Du bist kein Anwalt mehr und wirst es auch nie wieder sein, wenn du so weitermachst! Der einzige Fall, an den du jetzt denken sollst, ist dein eigener!« Rune Seims normalerweise freundliches Gesicht war feuerrot, seine Stimme zitterte vor Wut.

»Ja, Rune.«

»Wir hatten eine Verabredung, oder? Du hast hoch und heilig versprochen, dass du kommst. Und trotzdem bist du nicht hier.«

»Ja, Rune, aber …« Ich gab auf. Er wollte nichts hören von Aron Sørvik und Kristian Salomonsen und der Aufklärung alter Mordfälle. Ich hatte es versucht, aber er kannte kein Pardon. Rune Seim schien nur noch eine einzige Aufgabe im Leben zu haben.

»Dein Fall, Mikael, deiner! Konzentrier dich auf ihn und auf nichts anderes!« Er wiederholte es wieder und wieder, wie ein heiliges Mantra, und ich nickte und sagte ja, obwohl ich längst den Glauben verloren hatte, dass die Erlösung durch das Studium von Akten kommen könnte. Nach einer Weile stand ich auf und gähnte.

»Tut mir leid, aber es geht nicht. Ich weiß, dass wir arbeiten müssen, aber nicht heute.«

Er sah mich mit offenem Mund an, konnte kaum glauben, was er da hörte.

»Willst du mich verarschen?«

Ich gähnte wieder.

»Ich habe seit zwei Tagen kaum geschlafen, Rune. Es ist so viel passiert, zuerst das mit Salomonsen, und dann hat mich die Polizei stundenlang befragt. Und danach bin ich den ganzen Weg wieder zurück nach Hause gefahren. Ich bin physisch und psychisch fertig. Wir sehen uns morgen.«

»Ich lege mein Mandat nieder!«, schrie er mir nach. »Unter solchen Bedingungen kann ich, verdammt noch mal, nicht dein Verteidiger sein!«

Ich glaubte nicht, dass er es ernst meinte, aber in diesem Moment war es mir egal. Ich hatte genug damit zu tun, die Augen offen zu halten und nach Hause zu fahren.

Ich erwachte in voller Montur in meinem Bett, desorientiert, mit voller Blase, leerem Magen und heftigen Kopfschmerzen. Im kalten Schein der Neonröhren im Bad sah ich krank aus. Die bleiche Haut hatte einen ekligen Blauton, die Augen waren rot und geschwollen, die Bartstoppeln grau. Zum Gott weiß wievielten Mal beschloss ich, die Beleuchtung im Badezimmer auszuwechseln.

Ich schleppte mich in die Dusche und blieb dort, bis das Wasser kalt wurde. Dann trocknete ich mich ab, zog saubere Kleider an und fragte mich, ob es Nacht oder Tag, Abend oder Morgen war.

Wie sich herausstellte, war es früh am Morgen. Es war Viertel nach fünf, ich hatte fünfzehn Stunden am Stück geschlafen. Der Kanten in der Brotdose war steinhart, aber ich hatte noch Knäckebrot, Käse und Saft, dessen Haltbarkeitsdatum ich geflissentlich ignorierte, und vor allem hatte ich Kaffee. Nach zwei Tassen fühlte ich mich wieder halbwegs menschlich, aber irgendetwas war anders. Etwas war mit mir geschehen, während ich schlief. Ich war rastlos, aber gleichzeitig fühlte ich mich leer. Ich trank noch eine Tasse Kaffee und dachte, dass es sicher eine Reaktion auf die Ereignisse der jüngsten Vergangenheit sei. Kristian Salomonsen war vor meinen Augen ge-

storben. Ich sah es noch vor mir, wie die Welle ihn mit gnadenloser Kraft fortriss.
Aber in Wirklichkeit bekümmerte mich etwas anderes. Arons Fall und die Erlebnisse auf Vestøy hatten meinem Leben einen Sinn und ein Ziel gegeben. Ich hatte meine eigenen Schwierigkeiten verdrängt, mich selbst vergessen und mich mit dem Leben und dem Tod anderer Menschen beschäftigt. Aber das war jetzt vorbei, und nichts stand mehr zwischen mir und der Realität. In sieben Tagen würde ich als Angeklagter vor Gericht stehen. Und wenn das Urteil gesprochen war, würde mein gewohntes Leben höchstwahrscheinlich zu Ende sein. Diese Gewissheit erfüllte mich mit Grauen, als stünde ich vor einem dunklen Tunnel.
Ich stand vom Küchentisch auf und holte die Post und die Zeitungen. Die Zeitung von heute war noch nicht gekommen, also vertiefte ich mich in die Schlagzeilen des Vortages: fehlende Pflegeheimplätze, hohe Strompreise und gute Zeiten für Lachszüchter, was mich an Runar Wiesner erinnerte. Es war eine willkommene Ablenkung, aber als ich Seite sieben aufschlug, grinste mich ein großes Porträt von Staatsanwalt Ulv Garmann an.
»Auf dem Weg nach oben«, lautete die Überschrift. Garmann hatte sich auf die Stelle als Oberster Staatsanwalt beworben, und dem Journalisten zufolge war er einer der aussichtsreichsten Kandidaten. Der Artikel gab die Höhepunkte seiner juristischen Laufbahn wieder. Ich sah die Ironie des Ganzen. Unsere Karrierekurven würden sich bald vor Gericht kreuzen, seine auf dem Weg nach oben und meine auf dem Weg nach unten. Ein bitteres Lachen entfuhr mir.

Mein Handy lag auf der Arbeitsplatte in der Küche und blinkte blau. Ungläubig starrte ich auf das Display, das siebenundvierzig unbeantwortete Anrufe anzeigte.
Irgendetwas musste geschehen sein. Als Erstes dachte ich an

meinen Vater und dann an Peter, und es lief mir kalt den Rücken hinunter. Mit zitternden Fingern rief ich die Nummern auf. Synne hatte angerufen, aber alle anderen Nummern waren mir unbekannt. Ich schickte eine nach der anderen zur Auskunft. Es piepste eifrig, als die Antworten kamen. Sämtliche Nummern waren von Zeitungen und anderen Nachrichtenmedien. BA, VG, BT, *Dagbladet*, verschiedene Radiosender und TV-Kanäle. Offenbar hatte jemand von der Polizei die Vestøy-Sache durchsickern lassen.

Meine Zeit im Rampenlicht war noch nicht vorbei.

»Mikael!«, rief Synne und umarmte mich fest. »Du hast es geschafft! Du hast es geschafft!«

Sie zog mich in ihr Büro und wollte alles wissen. Ich hatte ihr nur das Wichtigste am Telefon erzählt. Als ich fertig war, schüttelte sie den Kopf und sah mich streng an. »Du riskierst immer so viel, Mikael. Du hast verdammt viel Glück gehabt, dass du nicht ertrunken bist.«

Ich zuckte mit den Schultern.

»Die Presse hat schon gestern angerufen«, sagte ich. »Jemand hat etwas durchsickern lassen.«

Sie lächelte. »Ich weiß, sie haben auch hier angerufen.«

»Hast du mit ihnen geredet?«

»Natürlich habe ich mit ihnen geredet! Das ist die beste Reklame für die Kanzlei Bergstrøm. Leider konnte ich ihnen nicht viel erzählen. Du kannst den ganzen Tag der Presse widmen.«

»Ein paar Stunden vielleicht, aber nicht mehr.«

»Warum nicht?«

»Ich muss mich auf den Strafprozess vorbereiten.«

Ihr Lächeln verschwand.

»Ja, natürlich. Das hatte ich kurz vergessen.«

Am meisten erstaunte mich die Böswilligkeit der Journalisten. Normalerweise kann ich mit Medienvertretern gut umgehen. Sie kennen meine Rolle, und ich weiß, was sie wissen wollen, und gebe es ihnen, ohne allzu viele geschriebene und ungeschriebene Regeln zu brechen. So hatte es viele Jahre lang funktioniert, aber jetzt nicht mehr.

»Mikael Brenne, ja«, sagte der Erste, den ich anrief. »Gut, dass Sie zurückrufen, ich habe oft versucht, Sie zu erreichen. Es geht um die Sache von Vestøy.«

»Das ist mir klar.«

»Ja. Sie haben einen Mörder entlarvt, und Aron Sørvik wird freigesprochen.«

»Noch ist er nicht freigesprochen. Zuerst muss die Sache durch die Wiederaufnahmekommission, und danach …«

»Ja, aber es ist doch klar, dass er freigesprochen wird.«

»Ziemlich wahrscheinlich«, sagte ich.

»Wie fühlt es sich an, für einen anderen einen Freispruch zu erreichen, während Sie selbst auf dem Weg ins Gefängnis sind?«

»Verzeihung?«

»Ich sagte: Wie fühlt es sich an, dass Aron Sørvik freigesprochen wird, und Sie …«

»Ich habe Sie verstanden«, sagte ich. »So sehen Sie das also?«

»Ja«, sagte er. »Sehen Sie denn nicht die Ironie? Ein Staranwalt kurz vor seiner Verurteilung als Verbrecher, und das Letzte, was er tut, ist, einen anderen Mann reinzuwaschen. Das ist doch …«

Ich legte auf, aber das nächste Gespräch war nur eine Variante des ersten, und das folgende auch. Die Reporterin des *Dagbladet* setzte dem Ganzen die Krone auf. Sie fragte mich sofort, ob ich nicht das Gefühl hätte, Kristian Salomonsen in den Tod getrieben zu haben.

## Kapitel 53

»Wenigstens bist du diesmal pünktlich.«

Ich antwortete nicht, und Rune Seim sah mich müde und resigniert an. »Warum setzt du dich nicht, Mikael? Es hilft nicht viel, wenn du die ganze Zeit hin und her läufst.«

»Was soll ich deiner Meinung nach tun?«

»Dich professionell benehmen.«

»Wie meinst du das? Ich bin hier der Angeklagte, nicht der Anwalt! Wie zum Teufel kann ich in dieser Situation professionell sein?«

»So war das nicht gemeint, Mikael. Ich meinte nur, dass du …«

Ich ließ mich auf den Stuhl fallen.

»Ich weiß, Rune, ich weiß. Ich bin so verdammt frustriert. Ich bewege mich im Kreis. In Gedanken bin ich die Sache tausend Mal durchgegangen, ohne einen Schritt weiterzukommen. Ich habe Lust … Ich habe große Lust zu schreien.«

Er stand auf.

»Komm«, sagte er, »zieh den Mantel an.«

»Wo gehen wir hin?«

»Wir machen eine kleine Bergtour. Vielleicht kommen wir da oben auf klarere Gedanken. Ein bisschen frische Luft tut mir auch gut.«

Die Luft war frisch dort oben, auf jeden Fall frischer als im Stadtzentrum. Wir hatten einen weiten Blick über Fjorde und Inseln, aber direkt unter uns lag die Stadt, verborgen im Dunst der Schornsteine und Autoabgase. Rune steckte die Hände in die Taschen, eine rundliche Gestalt, eingepackt in Mantel und

Schal. Auf dem Kopf trug er eine rote Strickmütze. Seine Sekretärin war hinter ihm hergerannt und hatte sie ihm gebracht. Die Mütze sah etwas lächerlich aus, aber nach kurzer Zeit fror ich an den Ohren und hätte selbst gern eine gehabt. Es war kalt und feucht, wir trafen kaum Menschen.

»Geh einen Schritt zurück, Mikael«, sagte er. »Vergiss für einen Augenblick, dass es um dich geht.«

Ich lachte.

»Das ist leichter gesagt als getan. Ich habe versucht …«

»Nein, das hast du nicht. Du bist nur verzweifelt umhergeirrt. Als hättest du die ganze Sache verdrängt. Das verstehe ich gut, aber es hilft uns nicht weiter. Du musst es versuchen. Man kann jeden Fall gewinnen. Oder dreh den Spieß um, betrachte es von Ulv Garmanns Seite aus. Keine Anklage ist perfekt. Wo liegen bei ihm die Schwachpunkte?«

Wir gingen weiter. Die Steine knirschten unter unseren Sohlen. Ich machte größere Schritte als Rune, wir gingen nicht im Takt.

»Morten Ålekjær«, sagte ich. »Der Schwachpunkt ist Morten Ålekjær.«

»Warum?«

»Er war ein notorischer Verbrecher. Ein Schurke mit einem langen Strafregister. Wie oft wurde er verurteilt?«

Es war, als hätte ich einen Knopf gedrückt. Rune rezitierte Morten Ålekjærs Verbrecherkarriere aus dem Kopf. Er machte seine Arbeit gründlich, das musste man ihm lassen. Rune trug eine lange, deprimierende Liste von Drogendelikten, Gewalttaten und Ruhestörungen vor, die Morten Ålekjær seit seiner Jugend immer wieder ins Gefängnis gebracht hatten. Das letzte Urteil war von 2004, eine Gefängnisstrafe von wenigen Monaten.

»Ungefähr, wie ich es mir gedacht habe«, sagte ich. »Kann man einem solchen Mann überhaupt glauben?«

»Im Prinzip kaum oder gar nicht. Das Problem ist das Telefongespräch und die vielen kleinen Details, die seine Glaubwürdigkeit unterstützen, und …«

Ich unterbrach ihn.

»Ich weiß. Aber wie du selbst sagst, sind das alles nur Indizien. Eigentlich hängt alles an Morten Ålekjær. Er hat mich beschuldigt, der Auftraggeber zu sein. Seine Aussage ist von zentraler Bedeutung.«

»Ja, Mikael, das stimmt. Aber was heißt das für uns? Was können wir damit anfangen?«

»Es gibt nur zwei Möglichkeiten. Entweder wir zerstören seine Glaubwürdigkeit, oder wir finden den wirklichen Auftraggeber.«

»Zu dumm, dass er tot ist«, sagte Rune. »Wie zerstört man die Glaubwürdigkeit eines Toten?«

Darauf wusste ich keine Antwort. Wir gingen schweigend weiter. Kurze Zeit später drehten wir um und gingen denselben Weg zurück. Ich spürte ein Kitzeln in der Hirnrinde. Es war nur eine Kleinigkeit, aber irgendetwas stimmte nicht. Wir gingen nach rechts und dann in die Stadt hinunter.

»Es ist schon Jahre her, seit ich zum letzten Mal hier war«, sagte Rune. »Es ist schön hier oben. Ich frage mich, warum ich so selten hierherkomme.«

Plötzlich wusste ich, was mich gestört hatte.

»Warum ist es so lange her, seit Morten Ålekjær zum letzten Mal verurteilt wurde?«

»Wie meinst du das?«

»Seine letzte Strafe war 2004, hast du gesagt?«

»Ja. Sechs Monate wegen Körperverletzung. Er hat Geld eingetrieben, glaube ich.«

»Mm. Das ist lange her.«

»Nicht so lange.«

»Doch. Für Morten Ålekjær sind sechs straffreie Jahre eine lan-

ge Zeit. So viel Zeit ist sonst nie zwischen seinen Verurteilungen verstrichen. Ich frage mich, warum. Ist er plötzlich anständig geworden oder nur klüger und vorsichtiger?«
»Spielt das eine Rolle?«
»Nein, vielleicht nicht. Aber es ist das Einzige, was nicht ins Bild passt.«

Der Sonnenkönig sah mich lange schweigend an. Ich hatte ihn angerufen, und wenige Stunden später hatten wir uns wie üblich in der Kneipe getroffen, und ich hatte wie üblich Bier bestellt.
»Morten Ålekjær also?« sagte er schließlich.
Ich nickte.
»Genau.«
»Ich weiß, wer er ist. Wer er war, meine ich.« Er machte eine lange Pause.
»Was ist los?«
»Ich habe dir schon oft geholfen, Mikael, und meistens haben wir irgendwie aus demselben Interesse gehandelt. Du warst Straftätern auf der Spur oder hast es zumindest geglaubt, und mich hast du benutzt, um einen Verdacht zu bestätigen oder zu entkräften. Zum Beispiel mit diesem Landpolizisten, den du verdächtigt hast.«
»Frank Lande? Er ist unschuldig.«
»Ja, aber das spielt keine Rolle.« Er sah mich betrübt an. »Mein Punkt ist, dass dieser Fall anders liegt. Du bist kein Anwalt mehr, du bist der Angeklagte. Ich bin Polizist, Mikael. Ich darf keinen Verbrechern helfen, das geht nicht.«
Ich schaute in mein Bierglas. Betrachtete die funkelnde, goldene Flüssigkeit, hob das Glas gegen das Licht und stellte es wieder hin, ohne zu trinken.
»Wie lange kennen wir uns schon, Karl Petter?«
»Weiß der Teufel. Viele Jahre.«

»Ja, viele Jahre, bestimmt fünfzehn. Und obwohl wir auf verschiedenen Seiten stehen und du mir immer deutlich gesagt hast, was du von Verteidigern hältst, haben wir allmählich … Was ich sagen will, ist, dass ich dich als Freund betrachte.«
Er rutschte auf dem Stuhl hin und her, hasste solche Situationen.
»Ich sitze in der Klemme, Karl Petter. Wenn ich in den nächsten Tagen nichts finde, ist alles vorbei. Dann werde ich spurlos versinken. Ich brauche wirklich Hilfe. Aber wenn du mich für schuldig hältst, dann …«
Jetzt war es an ihm, in sein Glas zu schauen.
»Okay, Mikael, okay. Ich werde es nachprüfen.«

## Kapitel 54

Peter lag im Bett, als ich kam. Unn erzählte mir, dass er in den letzten Tagen nicht mehr aufgestanden war und große Schmerzen hatte. Aber ich sei zum richtigen Zeitpunkt gekommen, weil er gerade eine frische Dosis Schmerzmittel bekommen hatte. Sie versuchte zu lächeln, aber es wurde nur eine schiefe, traurige Grimasse.

Die Krankheit hatte das letzte Fleisch von seinen Knochen geätzt, seit ich ihn das letzte Mal gesehen hatte. Stramm und dünn wie Pergament lag die Haut über seinen Wangenknochen, und auf den Unterarmen und Händen sah ich ein dünnes Netz blauer Adern.

»Wie geht es dir?«, fragte ich, und er lachte.

»Was für eine Frage, Mikael. Sieh mich an!« Ich stimmte in sein Lachen ein.

Er wollte nicht über sich reden. »Erzähl mir von der Sache auf Vestøy. Ich habe es in der Zeitung gelesen. Erzähl mir, was passiert ist.«

Ich erzählte es ihm, und er hörte mir zu, sein Gesichtsausdruck war lebendig und interessiert. Zwischendurch vergaß ich fast, wie krank er war. Er stellte intelligente Fragen, erkannte an der Art, wie ich über Magda sprach, dass ich ein Verhältnis mit ihr gehabt hatte, und lachte mich aus, als ich es halbherzig abstritt. Erst am Ende der Geschichte merkte ich, dass seine Aufmerksamkeit langsam nachließ.

»Sehr gut«, sagte er, als ich fertig war. »Ein typischer Mikael-Brenne-Job. Klassische Mischung aus Glück, Zufällen und Durchhaltevermögen.«

»Du hast die Intelligenz vergessen«, sagte ich, aber sein Lächeln war blass.

»Und was ist mit deinem Prozess?«

»Wird schon gehen.«

»Ich weiß, wie schlecht es für dich aussieht. Noch rede ich mit den Leuten. Aber du musst mir versprechen, dass du nicht aufgibst.« Er hustete und winkte schwach mit einer Hand. »Ich habe nachgedacht. Du musst mit dem anfangen, was du weißt.«

»Was meinst du?«

»Es hat keinen Zweck zu spekulieren, wer wirklich dahintersteckt. Damit kommst du nicht weit, es könnte jeder sein. Du musst mit Morten Ålekjær anfangen. Du hattest doch nicht etwa eine Rechnung mit ihm offen?«

Ich schüttelte den Kopf. »Nein.«

»Dann ist die Frage, warum er dich als Auftraggeber denunziert hat.«

»Weil es ihm jemand aufgetragen hat.«

Er sah mich ungeduldig an.

»Das ist zu undifferenziert. Natürlich hat ihm jemand gesagt, dass er es tun sollte, aber warum?«

»Weil Morten Ålekjær ein professioneller Geldeintreiber war. Er verprügelte Menschen gegen Bezahlung. Die Schuld auf mich zu schieben gehörte zu seinem Auftrag.«

»Die Antwort heißt also Geld?«

»Ich nehme es an«, sagte ich nachdenklich. »Aber dieses Geld war natürlich nicht auf seinem Konto.«

»Das spielt keine Rolle. Er hat entweder Cash bekommen oder besaß Konten, von denen niemand etwas weiß. Außerdem muss es nicht unbedingt um Geld gegangen sein. Vielleicht hatte ihn auch jemand in der Hand. Das sind die einzigen beiden Möglichkeiten. Du musst weitersuchen, Mikael. Jedes Verbrechen hinterlässt eine Spur.«

Er gähnte. »Ich glaube, ich muss mich ein wenig ausruhen.«

Er gähnte erneut und schloss die Augen. Wenige Minuten später war er eingeschlafen. Ich blieb sitzen und sah ihn an. Peters Anblick war mir so vertraut, aber ich konnte mich nicht daran erinnern, ihn je schlafend gesehen zu haben. Der Schlaf veränderte ihn, er sah ruhig aus, aber auch verschlossen und geheimnisvoll. Unter den dünnen Augenlidern bewegten sich ruckartig die Augäpfel, und ein paarmal stieß er kurze Klagelaute aus. Ich fragte mich, ob er Schmerzen hatte. Ich lehnte mich im Sessel zurück, legte den Kopf auf die Rückenlehne, und nach kurzer Zeit schlief ich ebenfalls ein.

Als ich aufwachte, war mein Mund trocken, und das Zimmer war voller Schatten.

»Du hast geschnarcht«, sagte Peter. Sein Gesicht war nur ein ovaler Umriss im Dunkeln.

»Tut mir leid.«

Er schüttelte fast unmerklich den Kopf.

»Bist du sauer auf mich, Mikael?«

»Sauer auf dich?«

»Für das, was ich getan habe … Weil ich zu schwach war, mich für dich einzusetzen, und mich überreden ließ, dich aus der Firma zu werfen.«

»Ich war sauer, Peter, aber das spielt jetzt keine Rolle mehr.«

»Vielleicht nicht. Aber ich hätte es nicht tun sollen.«

Er schwieg lange. Ich dachte schon, er sei wieder eingeschlafen, aber plötzlich redete er weiter.

»Es hat auch gute Zeiten gegeben, oder?«

»Wir haben viel zusammen erlebt, Peter«, sagte ich. »Und das meiste habe ich nicht bereut.«

Er suchte im Dunkeln nach meiner Hand, wie ein Kind, das Sicherheit brauchte. Dann schlief er wieder ein. Ich fühlte, wie seine Hand schlaff wurde. Ab und zu zuckte er und drückte zu. Nicht fest. Gerade so, dass ich wusste, dass er lebte.

## Kapitel 55

Als ich die Stelle passierte, wo Morten Ålekjær durch die Luft geflogen war, bevor sein kurzes, brutales und eher sinnloses Leben ein Ende fand, umklammerte ich unwillkürlich das Steuer und nahm den Fuß vom Gas. Es kam mir wie eine Ewigkeit vor, aber in Wirklichkeit war es nicht einmal zwei Monate her.

Zwei Monate, in denen ich der Antwort auf die Frage, wer es auf mich abgesehen hatte, keinen Schritt näher gekommen war. Die Antwort hat Morten Ålekjær mit ins Grab genommen, dachte ich, aber vielleicht war dieser Schluss voreilig. »Jedes Verbrechen hinterlässt eine Spur«, hatte Peter gesagt, und er hatte recht. Die Möglichkeiten waren vielfältig: physische Spuren, Dokumente, Geld oder ein Zeuge, der etwas gesehen hat, ohne zu wissen, wie wichtig es war.

Morten Ålekjær war nicht allein gewesen, er hatte eine Partnerin gehabt. Ich hielt es für unwahrscheinlich, dass sie etwas wusste, und abgesehen davon würde sie sowieso nicht mit mir reden. Als sie mich das letzte Mal gesehen hatte, hatte ich ihrem Freund gerade in die Eier getreten, und wahrscheinlich gab sie mir die Schuld an seinem Tod. Aber ich hatte keinen anderen Anhaltspunkt und nicht mehr viel Zeit.

Der Hof sah genauso aus, wie ich ihn in Erinnerung hatte, aber im Gegensatz zum letzten Mal war der Himmel voller Regenwolken, die sich bald entleeren würden. In dem schwachen, grauen Licht sahen die Gebäude, die letztes Mal so rot geleuchtet hatten, alt und verfallen aus. Diesmal hielt ich nicht am

Waldrand, sondern fuhr bis auf den Hofplatz. Der weiße Opel stand immer noch dort, und die Reifenspuren im Gras deuteten darauf hin, dass er regelmäßig benutzt wurde.

Das hohe Gras war nass, es herrschte vollkommene Stille. Ich neigte den Kopf und lauschte, hörte aber weder Mensch noch Tier. Die Scheunentür war angelehnt. Ich schielte durch den Spalt in der irrationellen Erwartung, eine fette Harley vorzufinden, aber natürlich war die Scheune leer. Dann ging ich wieder über den Hofplatz, und meine Jeans wurden nass bis zu den Knien. Aus dem Schornstein kam kein Rauch. Keine getigerte Katze war zu sehen.

»Hallo!«, rief ich, aber meine Stimme klang zögerlich und unbeholfen, als hätte ich Angst, mich zu erkennen zu geben. Ich riss mich zusammen und rief noch einmal laut und deutlich hallo, ohne dass ich Antwort bekam.

Ich klopfte an die Haustür, wartete kurz und drückte die Klinke herunter. Die Tür war offen, und ich trat zögernd in den dunklen Flur. Eine schmale Treppe führte in den ersten Stock, eine geschlossene Tür weiter ins Erdgeschoss. Ich öffnete sie.

Die Gardinen waren zugezogen und alle Lichter ausgeschaltet, aber ich sah genug, um das Chaos zu registrieren. Überall lagen Gegenstände herum. Papiere und Kissen waren im Zimmer verstreut. Eine Lampe war umgeworfen. Ein Stuhl sah aus, als hätte ihn jemand aufgeschnitten, die Füllung quoll aus dem Polster. Jemand war vor mir hier gewesen, hatte etwas gesucht und sich nicht darum gekümmert, wie er den Tatort hinterließ. Keine Spur von Morten Ålekjærs Freundin.

Die Küchentür stand offen. Ein kurzer Blick bestätigte, dass es dort ebenso aussah. Links war eine geschlossene Tür, die wohl ins Schlafzimmer führen musste. Ich erinnerte mich, wie ich Ålekjær und seine Freundin beim Sex überrascht hatte. Ich legte die Hand auf die Türklinke, und plötzlich überkam mich ein schlechtes Gefühl, eine böse Vorahnung. Trotzdem zwang

ich mich, die Tür zu öffnen und das halbdunkle Zimmer zu betreten. Ich sah zugezogene Gardinen, einen Stuhl und ein Doppelbett. Unter einer Decke zeichneten sich die Konturen eines Körpers ab, und am Kopfende ragte blondes Haar hervor. Der Geruch von Blut und Tod stieg mir in die Nase, zumindest bildete ich mir dies ein.
Ich holte tief Luft und schlug die Decke mit einer raschen Bewegung zur Seite.
Und bekam fast einen Herzinfarkt, als die nackte Frau sich aufrichtete und schrie.

Der Kaffee war lauwarm, als sie endlich ins Wohnzimmer kam. Es hatte lange gedauert, sie zu beruhigen, aber als sie endlich begriffen hatte, dass ich sie nicht vergewaltigen wollte, hatte sie mich zum Kaffeekochen in die Küche geschickt und war ins Bad gegangen. Nun trug sie einen zerschlissenen Bademantel, der vielleicht einmal rosa gewesen war. Ein wenig Schminke hatte sie auch aufgetragen, aber nicht genug, um die Spuren von Alkohol, langen Nächten und rauhen Männern zu verbergen, die die Jahre in ihr Gesicht geätzt hatten. Sie zündete sich eine Zigarette an und nahm einen ersten tiefen Zug, hustete feucht, trank einen Schluck Kaffee und schüttelte den Kopf.
»Sie haben mich zu Tode erschreckt.«
»Tut mir leid«, sagte ich noch einmal. »Ich habe geklopft und gerufen, aber niemand hat geantwortet.«
»Es ist früh am Morgen. Ich stehe nie vor zwölf auf.«
»Daran habe ich nicht gedacht. Und als ich bemerkte, wie es hier aussieht, habe ich befürchtet, jemand hätte Ihnen etwas angetan.«
Sie starrte mich verständnislos an, und mir wurde plötzlich klar, dass es hier immer so aussah. Niemand hatte die Zimmer durchsucht und auf den Kopf gestellt.
»Warum sollte mir jemand was tun?«, fragte sie.

»Weil …« Ich unterbrach mich. »Ich kenne nicht einmal Ihren Namen. Wie heißen Sie?«

»Randi.«

»Ich bin Mikael Brenne.«

»Ich weiß, wer Sie sind, ich habe von Ihnen gelesen. Und wir haben uns schon einmal gesehen.« Sie neigte den Kopf und blies eine lange, blaue Rauchsäule in die Luft. »Sie haben zugesehen, wie Morten mich gefickt hat.«

»Das wollte ich nicht. Ich konnte ja nicht wissen …«

»Dafür sind Sie aber ganz schön lange stehen geblieben.« Sie lehnte sich auf dem Sofa zurück. Ich vermied ihren Blick.

»Tut mir leid«, sagte ich, und sie lächelte, als kenne sie alle meine Geheimnisse. »Aber wenn Sie von mir gelesen haben, dann wissen Sie sicher, warum ich hier bin?«, fuhr ich fort.

»Ich weiß, dass Sie angeklagt sind, weil Sie Morten den Prügeljob gegeben haben.«

»Nennt man das Prügeljob? Das wusste ich gar nicht. Aber stimmt, die Polizei behauptet, ich hätte ihm den Auftrag gegeben.«

»Aber das haben Sie nicht?«

Ich schüttelte den Kopf.

»Nein, ich habe ihm überhaupt keinen Auftrag gegeben, aber das ist nicht so leicht zu beweisen. Derjenige, der Morten den Auftrag erteilt hat, muss ihn aufgefordert haben, die Schuld auf mich zu schieben. Da kann er nicht selbst draufgekommen sein, wir hatten keine Rechnung miteinander zu begleichen. Also dachte ich … Vielleicht wissen Sie etwas?«

Sie zündete sich die nächste Zigarette an, und wieder kam eine Rauchsäule aus ihrem rot geschminkten Mund.

»Und warum sollte ich Ihnen helfen, Mikael Brenne? Sie haben mir meinen Mann genommen.«

»Das war ich nicht. Es war ein Unglück. Er fuhr wie eine gesengte Sau.«

»Aber es wäre nie geschehen, wenn Sie nicht aufgetaucht wären und Ärger gemacht hätten.«

»Doch. Früher oder später, und vielleicht auf andere Art, aber es war nur eine Frage der Zeit, bis Morten Ålekjær von der Straße abgekommen wäre oder ihm irgendein armes Schwein den Schädel eingeschlagen oder ein Messer in den Bauch gerammt hätte. Er starb, wie er gelebt hat, Randi. Und außerdem … Er hat mich angeschwärzt. Seine Lügen zerstören mein Leben. Was zum Teufel hat er von mir erwartet? Dachte er vielleicht, ich würde ihn nicht zur Rede stellen, weil es gerade schlecht passte?«

Sie schwieg lange, dann stand sie auf, um mehr Kaffee zu kochen.

»In den ersten Wochen habe ich ihn schrecklich vermisst«, sagte sie, während sie in der Küche stand. »Konnte nicht schlafen, weinte jede Nacht, war total außer mir. Aber es ist seltsam, wie schnell das vorbeigeht. Jetzt habe ich mich irgendwie daran gewöhnt, allein zu wohnen. Es war ja nicht immer leicht, mit Morten zusammenzuleben.«

»Gehört der Hof Ihnen?«

»Nein, nein. Es war Mortens Hof. Er hat ihn von seinen Eltern geerbt. Aber sein Bruder hat mir erlaubt, bis auf weiteres hierzubleiben. Mal sehen, was noch kommt.«

Sie kam wieder herein und setzte sich, zog den Bademantel über der Brust zusammen. »Ich kann Ihnen trotzdem nicht helfen, weil ich nichts weiß. Morten hat mir nie von seinen Jobs erzählt, und ich hab ihn nicht danach gefragt. Über solche Sachen musste ich nicht unbedingt Bescheid wissen.«

»Nein, das verstehe ich. Aber vielleicht wissen Sie trotzdem irgendetwas, was von Bedeutung sein könnte.«

Sie sah mich zweifelnd an.

»Was denn, zum Beispiel?«

»Geld. Jemand muss Morten für den Job bezahlt haben. Dafür,

dass er die Frau verprügelt hat, und dafür, dass er mich beschuldigt hat.«

Zum ersten Mal lachte sie, ein verblüffend klares und trillerndes Lachen, als ob irgendwo in ihr ein glückliches kleines Mädchen steckte.

»Geld! Glauben Sie etwa, Morten hätte mir Geld hinterlassen? Dass er ein Vermögen auf dem Dachboden oder auf einem geheimen Konto hatte? Schauen Sie sich doch um!«

Sie lachte wieder, und ich tat, was sie sagte. Keine Stereoanlage, nur ein billiger Ghettoblaster aus den Achtzigern. Ein kleiner Fernseher, kein Flachbildschirm. Kein Computer. Nichts von Wert, nur Müll und Durcheinander und halb kaputte Möbel mit Brandlöchern und ein Kaffeetisch mit den Narben von unzähligen glühenden Zigaretten.

»Vielleicht hat er es vor der Polizei versteckt, und dann starb er, bevor …«

Sie schüttelte den Kopf. »Sie haben Morten nicht gekannt. Er war wie ein Kind. Wenn er Geld gehabt hätte, hätte ich es gewusst. Dann wäre er mit den Taschen voller Dope, teurem Schnaps und Motorradzubehör heimgekommen.«

»Keine Geschenke für Sie?«

Ihr Lächeln war wieder müde geworden, als hätte sie die Tagesration ihres Humors aufgebraucht.

»Gut«, fuhr ich fort. »Ich glaube Ihnen. Kein Geld.« Ich dachte an Peters Worte. Wenn es kein Geld war, hatte ihn vielleicht jemand in der Hand gehabt. »Aber warum hätte er Gerd Garshol verprügeln sollen, wenn ihn niemand dafür bezahlt hat? War er vielleicht jemandem einen Gefallen schuldig, oder hat ihn jemand unter Druck gesetzt?«

»In diesem Milieu ist man immer jemandem etwas schuldig.«

»Ja, aber ist Ihnen irgendjemand aufgefallen?«

»Die Leute kamen und gingen, aber meistens waren es dieselben alten Fressen.«

»Keine neuen, unbekannten?«

Sie zögerte kurz.

»Da war ein Mann … Einmal, als ich nach Hause fuhr, kam mir ein Auto entgegen. Ich erinnere mich daran, weil ich ziemlich weit zurücksetzen musste, damit er an mir vorbeikam.«

»Was für ein Auto?«

Sie zuckte mit den Schultern.

»Weiß der Teufel. Ich hab keine Ahnung von Autos. Ein ganz normales, dunkles.«

»Warum erinnern Sie sich dann an ihn?«

»Weil er anders war. Ordentlich angezogen, Sie wissen schon. Dunkle Haare. Ein Mann im besten Alter. Sah gar nicht mal so schlecht aus. Ich habe nichts gegen reife Männer, aber dieser war ein bisschen … ich weiß nicht … etwas kräftiger als Sie, glaube ich, und runder im Gesicht.« Sie lächelte, bewegte sich, und ihr Bademantel öffnete sich wie zufällig. »Ich mag lieber schlanke Männer. Solche wie Sie«, fügte sie hinzu, falls ich schwer von Begriff sein sollte.

Ich ignorierte die Einladung, übersah das Dekolleté und die gespreizten Beine.

»Und was wollte er von Morten?«

»Irgendwelche Geschäfte.«

»Warum glauben Sie das?«

»Weil ich gefragt habe und er sagte, es sei nur Business. Da wusste ich gleich, dass es mich nichts anging.«

»Heißt das, dass es etwas Illegales war?«

»Wahrscheinlich.«

»Wann war das?«

»Im Frühling oder im Frühsommer. Ungefähr im Juni.«

Ich atmete tief ein. Dann stellte ich die wichtigste Frage: »Würden Sie ihn wiedererkennen?«

»Ich glaube schon. Er fuhr dicht an mir vorbei, nickte mir zu und hob zwei Finger zum Dank, dass ich zurückgesetzt hatte.«

Ich zog ein Foto aus der Innentasche und legte es auf den Tisch. Der Grieche sah ziemlich dumm aus auf dem Bild. Ich hatte es am Morgen im Archiv der Lokalzeitung gefunden. Er war sauer und streckte dem Fotografen einen drohenden Zeigefinger entgegen, aber man konnte ihn deutlich erkennen.

»Seien Sie so nett und schauen Sie sich dieses Bild an. War es vielleicht dieser Mann? Nehmen Sie sich Zeit.«

Sie studierte das Bild lange. Dann schüttelte sie den Kopf. »Ich weiß nicht. Vielleicht.«

»Sie sagten doch, dass Sie ihn wiedererkennen würden.«

»Das dachte ich, aber …« Sie sah mich hilflos an. »Ich bin mir einfach nicht sicher.«

## Kapitel 56

In den drei folgenden Tagen ging ich wie gewöhnlich ins Büro, aber ich konnte nicht arbeiten. Die kläglichen Versuche, die Wiederaufnahmeklage für Aron Sørvik zu schreiben, verliefen im Sand. Der bevorstehende Prozess hatte mein Leben voll und ganz im Griff. Ich konnte an nichts anderes mehr denken. Aber egal, wie viel ich nachdachte, ich kam nicht weiter. Ich hatte alle Steine umgedreht, alle Möglichkeiten durchdacht und saß mit leeren Händen da. Die guten Ideen waren mir ausgegangen, dafür waren ein paar schlechte übrig geblieben.

Am vierten Tag rief ich einen alten Mandanten an. Er hörte sich mein Anliegen schweigend an, schlug Ort und Zeit vor und legte auf.

Wir trafen uns in der Dämmerung vor einem Straßenimbiss. Er kaufte einen Hotdog, und wir setzten uns in sein Auto. Nachdem er den Hotdog hinuntergeschlungen und das Ketchup vom Kinn gewischt hatte, bat er mich, das Handschuhfach zu öffnen. Ich tat es und zog eine Pistole hervor, die in ein altes Küchenhandtuch gewickelt war. Sie lag schwer in meiner Hand, die schwarze Oberfläche war matt und abgewetzt.

»Sie ist alt, aber sie funktioniert. Da ist auch ein volles Magazin. Weißt du, wie man sie lädt?«

Ich sagte ja.

»Okay. Du kannst sie drei Tage behalten. Das macht drei Riesen.«

Ich zog drei Tausender aus der Brieftasche und gab sie ihm.

»Mach keine Dummheiten, Brenne«, sagte er. »Wenn du sie benutzt, will ich sie nicht zurückhaben. Dann schuldest du mir zehntausend, Deal?«

»Deal«, sagte ich, »aber ich werde sie nicht benutzen.«

Die Waffe lag schwer wie Blei in meiner Manteltasche, als ich zu meinem Auto zurückging.

Ich hatte im Schatten zwischen zwei Laternen geparkt. Auf der anderen Straßenseite brannte Licht in zwei Fenstern bei Hans Mikkelsen alias der Grieche. Einmal sah ich einen Schatten, der sich hinter den Gardinen bewegte. Es war elf Uhr abends, ich hatte Sodbrennen und keine Ahnung, was ich tun sollte. Ich hatte keinen Plan, nur die vage Idee, dass ich ihn zwingen würde, die Wahrheit zu sagen. Denn sosehr ich mir auch den Kopf zerbrach, ich kam immer wieder auf den Griechen zurück. Nur er hatte etwas davon, Gustav Niemann zum Schweigen zu bringen. Er musste hinter dem Überfall auf Gerd Garshol stecken, und deshalb auch hinter dem Komplott gegen mich. Aber ich erinnerte mich an seine kleine, vernickelte Pistole und an den Ernst seiner Stimme, als er drohte, mich zu erschießen, wenn ich noch einmal käme. Es war mir vernünftig vorgekommen, mich zu bewaffnen, aber nun war ich mir nicht mehr sicher.

Frustration, Angst und Magensäure brannten in meiner Brust.

Die Pistole lag neben mir auf dem Sitz. Ich nahm sie in die Hand, und das kalte Metall ließ meinen Adrenalinspiegel steigen. Mein Mund war trocken wie Sandpapier. Ich legte die Hand auf den Türöffner. Aus den Augenwinkeln sah ich einen schmalen Streifen Licht, der vorher nicht da gewesen war, und hielt inne.

Das Garagentor des Griechen ging auf, und zwei Scheinwerfer warfen ihr Licht durch den immer breiter werdenden Spalt auf die Ausfahrt. Sie erleuchteten den Gehweg, die Straße, und dann tauchten sie das Innere meines Wagens in gleißendes Licht. Im letzten Moment warf ich mich auf den Beifahrersitz. Ich hörte den Kies der Ausfahrt knirschen, dann war es wieder dunkel.

Ich wartete ein paar Sekunden, bis ich mich wieder aufsetzte. Zum Glück stand ich in der richtigen Richtung. Ich schaltete die Fahrlichtautomatik aus, drehte den Zündschlüssel herum und rollte langsam hinter den roten Rücklichtern her. Sechzig Meter vor mir betätigte Hans Mikkelsen das rechte Blinklicht und lenkte die schwarze Geländelimousine um die Ecke. Ich schaltete die Scheinwerfer ein und gab Gas. Als ich ihn wieder sah, fuhr er ohne Eile in nördlicher Richtung.

Auf der Hauptstraße war es kein Problem, ihm zu folgen. Ich behielt die Rücklichter im Auge und hielt Abstand. Es war genug Verkehr, manchmal ließ ich andere Autos zwischen uns. Als er in eine Nebenstraße bog, musste ich vorsichtiger sein. Ich hielt so viel Abstand wie möglich. Jedes Mal, wenn er abbog oder um eine Kurve fuhr, gab ich Gas und hoffte das Beste. Es war pures Glück, dass ich ihn gerade noch in einer kleinen Seitenstraße verschwinden sah.

Ich fuhr hinterher. Auf den schmalen Straßen, die sich zwischen dunklen Einfamilienhäusern durchschlängelten, war alles dunkel. Ich konnte nur geradeaus fahren und hoffen, dass er nicht abgebogen war. Einmal hielt ich an, stellte den Motor ab, öffnete das Fenster und lauschte, aber es war nichts zu hören. Ich fuhr weiter den steilen Berg hinab. Am Ende der Straße sah ich Wasser glitzern. Rechts stand ein großes Betongebäude. Ich schaltete die Scheinwerfer aus und parkte auf der dunklen Seite des Gebäudes. Nach kurzem Zögern nahm ich die Pistole und steckte sie in die Jackentasche, dann ging ich zu Fuß weiter.

Vor mir ragten ein halbes Dutzend Masten in den Nachthimmel, und ich erkannte die Silhouetten von Motorbooten. Leise gluckernd schwappten die Wellen gegen den Kai, und das Licht der wenigen Laternen spiegelte sich im Wasser. Direkt neben dem Eingang zum Bootshafen standen ein schwarzer Geländewagen und zwei andere Autos. Ich legte die Hand auf die Motorhaube; sie war noch warm.

Ein schmaler Steg mit einer Zugangstür führte vom Kai zu den Schwimmstegen, wo die Boote vertäut waren. Der Türrahmen ragte an jeder Seite einen Meter über den Steg und war mit Stacheldraht umwickelt, dort war kein Durchkommen. Ich beobachtete den dunklen Hafen. Kein Mensch war zu sehen, aber in einem der am weitesten entfernten Boote sah ich ein schwaches Licht. Jemand saß im Salon und hatte vergessen, die Tür zum Führerhaus zu schließen.

Ich drehte mich um und ging am Kai entlang. Nach fünfzig Metern sah ich eine kleine rote Jolle. Ich hüpfte hinein und bekam sofort nasse Füße, weil sie voll Wasser stand. Die Jolle schaukelte bedenklich. Sie war mit einer dünnen Kette vertäut, die unter dem Kai verschwand. Ich tastete mich an der Kette vor, bis ich auf ein kaltes Vorhängeschloss stieß. Leise fluchend war ich gerade dabei, mich an der Kaikante hochzustemmen, als ich im Hafen eine Bewegung bemerkte. Ich ließ mich wieder in die Dunkelheit sinken.

Eine Person kam allein über den Steg. Offenbar ließ sich die Tür von innen öffnen. Er ging auf die geparkten Autos zu, und die Lichter des kleinsten Wagens, eines roten Peugeots, blinkten auf, als er ihn entriegelte. Irgendwie kam mir die gebeugte Gestalt bekannt vor. Als er an mir vorbeifuhr, fiel das Straßenlicht in sein Auto, und ich erkannte ihn wieder.

Ich wartete, bis seine Rücklichter den Berg hinauf verschwanden, und sprintete zu meinem Auto. Hans Mikkelsen, und vielleicht eine weitere Person, waren noch auf dem Boot, aber ich musste nicht lange überlegen, wem ich folgen sollte. Der Mann, der an mir vorbeigefahren war, hätte nicht hier sein dürfen. Er hatte keinen logischen Grund, Hans Mikkelsen zu treffen, im Gegenteil. Dass er hier war, stellte alles auf den Kopf. Ich raste die kurvige Straße hinauf, und als ich mich der Hauptstraße näherte, sah ich zwei Rücklichter. Ich hielt mehrere hundert Meter Abstand, da ich zu wissen glaubte, wo es hinging. Zwar war ich noch nie dort gewesen, aber aus irgendeinem Grund erinnerte ich mich an die Adresse.

Als das Auto vor mir in eine Einfahrt abbog, fuhr ich um die nächste Ecke. Ich hatte Glück und fand sofort einen Parkplatz. Dann ging ich ruhig zu dem Haus, wo der rote Peugeot stand. Im Erdgeschoss ging gerade das Licht an. Die Tür war verschlossen, und ich klingelte. Als er öffnete, hielt ich ihm die Pistole direkt vors Gesicht. Er wich zurück und ließ mich herein.

Ich sah direkt in die ängstlichen, weit geöffneten Augen von Gustav Niemann, früherer Buchhalter des Verbrechers Hans Mikkelsen und nun Hauptzeuge der Anklage.

»Hallo, Gustav«, sagte ich. »Was zum Teufel ist hier los?«

## Kapitel 57

Ulv Garmann machte eine lange Kunstpause und ließ den Blick durch den Saal schweifen. Eva Granheim war seit Ewigkeiten Richterin an diesem Gericht. Sie war Kunstpausen gewohnt und wartete gelassen, aber links und rechts von ihr saßen die Laienrichter, ein älterer Mann und eine jüngere Frau, und starrten Garmann in spannungsvoller Erwartung an.

Rune Seim saß der Anklage gegenüber und sah aus, als ob er sich langweilte. Links von ihm saß ich und versuchte, kühl und unbeteiligt dreinzuschauen. Viele Leute waren gekommen, hauptsächlich Presse, aber auch gewöhnliche Zuhörer. Der Saal war überfüllt, und ich wusste, warum. Sie wollten meinen Untergang miterleben. Ich hatte einen Namen in der Öffentlichkeit, war erfolgreich gewesen, und manchmal wohl auch so großmäulig, dass der Fall tief und der Aufprall hart und schmerzhaft sein würde. Es war der gleiche Mechanismus, wie wenn Schaulustige an einer Unfallstelle zusammenströmen. Australische Rettungsschwimmer nennen es den »Ring des Todes«, wenn Menschen sich um einen leblosen Körper am Strand versammeln und gaffen. Und in den Gesichtern dieser Menschen steht immer dasselbe geschrieben, ob sie im warmen Sand stehen, auf der Europastraße langsam an einem Autowrack vorbeifahren oder auf den harten Holzbänken im Gerichtssaal sitzen, um dem Ende des Rechtsanwalts Mikael Brenne beizuwohnen. Faszination, Schrecken und Freude, und vielleicht auch Erleichterung, dass sie auch diesmal wieder davongekommen sind.

»Unsere Strafrechtspflege ist nicht perfekt«, sagte Ulv Garmann. »Leider kommen gelegentlich auch Fehler und ungerechte Urteile vor. Trotzdem haben wir ein gutes System. Wir haben viele Regeln, die die Balance zwischen Ankläger und Angeklagtem garantieren. Auf der einen Seite wollen wir das Bedürfnis der Gesellschaft nach Sicherheit erfüllen und die Opfer von Verbrechen schützen. Auf der anderen Seite müssen wir die Unschuldigen schützen. Niemand soll unrechtmäßig verurteilt werden. Im Schnittfeld dieser Interessen steht unsere Strafrechtspflege.«

Er neigte einen Augenblick den Kopf, als wolle er uns zum Philosophieren über die Komplexität des Rechtssystems auffordern, dann fuhr er fort. »Ein tragendes Element in diesem System ist paradoxerweise der Konflikt. Der Kampf zwischen Staatsanwalt und Verteidiger, die beide ihren Standpunkt verfechten, ihre Argumente vortragen und gegensätzliche Schlüsse ziehen, hat sich seit der Antike als beste Methode bewährt, um die Wahrheit herauszufinden. Und es ist eine gute Methode, denn obwohl beide Anwälte unterschiedliche Interessen vertreten, dienen sie gleichzeitig einem höheren Ziel. Sowohl der Staatsanwalt als auch der Verteidiger treten ein für die Idee des Rechtsstaates. Und deshalb tragen wir unsere Siege und Niederlagen mit professioneller Würde, denn wir wissen, dass dies so sein soll.«

Wieder schaute er auf und ließ den Blick durch den Saal schweifen, über die Zuhörer, Journalisten und Richter, bis er ihn auf mir ruhen ließ.

»Aber …«, sagte er, und plötzlich spürte ich, wie sich alle Energie im Saal bündelte und auf mich zuströmte. Er erhob den Zeigefinger. »Aber es gibt Dinge, die das System nicht verträgt, und dazu gehören Betrug und bewusste Sabotage. Die Strafrechtspflege funktioniert nur, wenn sich alle Beteiligten an die Spielregeln halten. Der Anwalt der Verteidigung hat Privilegien. Er genießt das Vertrauen des Gerichts, aber wenn er dem

System nicht treu ist, bricht es zusammen. Und wenn ein Verteidiger, anstatt dem Recht zu dienen, zum Diener des Angeklagten – also des Verbrechers – wird, dann untergräbt er damit das Strafrecht von innen. So wird der Verteidiger selbst zum Verbrecher, zum Krebsgeschwulst in den inneren Organen der Strafrechtspflege.«

Sein Finger zeigte nicht mehr in die Luft, er zeigte auf mich. Ulv Garmann wollte Blut. »Mikael Brenne«, sagte er leise. »Mikael Brenne hat eine solche Position eingenommen. Er hat einen brutalen Überfall auf eine ältere Frau in Auftrag gegeben, um den wichtigsten Zeugen der Anklage in einer Strafsache einzuschüchtern, in der er selbst als Verteidiger auftrat. Sein Ziel war es, den Fall zu gewinnen. Er ist kein Haar besser als die Verbrecher, die er vertreten hat. Er hat das Vertrauen der Gesellschaft und des Gerichtes missbraucht, unser aller Vertrauen. Und deshalb verdient er eine Gefängnisstrafe, und vor allem darf er nie wieder als Anwalt arbeiten.«

Als er sich setzte, herrschte vollkommene Stille im Saal. Keiner sah Ulv Garmann an. Alle Augen, sogar die von Richterin Granheim, waren dem Zeigefinger gefolgt und nun auf mich gerichtet.

Und obwohl ich oft ähnliche Tricks vor Gericht angewendet hatte, wollte ich am liebsten im Boden versinken. Nach Garmanns heftiger Salve fühlte ich mich fast schuldig.

»Können wir eine kurze Pause machen, Frau Richterin?«, fragte Rune Seim. »Ich brauche eine Zigarette, und außerdem könnten wir die Fenster öffnen, damit der Schwefeldampf dieser Predigt abziehen kann.«

Leises und befreiendes Gelächter ging durch die Reihen.

»Zehn Minuten«, sagte Eva Granheim streng.

Ulv Garmann war als alttestamentarischer Prophet aufgetreten. Als Rune Seim nach der Pause aufstand und »Hohes Ge-

richt« sagte, war er eher ein netter Onkel. Er sah sich mit braunen, traurigen Augen im Saal um und schüttelte den Kopf.
»Herr Staatsanwalt. Es tut mir leid, falls Sie meine letzten Worte vor der Pause als respektlos empfunden haben«, sagte er, und Ulv Garmann, der die ganze Pause über auf seinem Platz gesessen und mürrisch dreingeschaut hatte, zwang sich zu einem steifen, unechten Lächeln.
»Schon in Ordnung«, sagte er. »Mit so etwas müssen wir in diesem Job zurechtkommen.«
Rune Seim nickte und lächelte zurück.
»Gut, sehr gut. Es ist mir nur so herausgerutscht, wissen Sie. Nicht, weil ich Ihren Standpunkt nicht teile. Untreue Diener im Rechtssystem sind schlimm, keine Frage. Und wenn sie entlarvt werden, verdienen sie natürlich eine Strafe. Auch sollten sie nicht mehr als Verteidiger arbeiten dürfen. Oder als Staatsanwalt oder Richter, wenn wir schon dabei sind.«
Er lächelte wieder und zuckte mit den Schultern, als wolle er sich für das Gesagte entschuldigen. »Mir ist diese etwas unglückliche Bemerkung nicht deshalb herausgerutscht, weil ich eine andere Einstellung hätte als Sie. Aber als ich Ihr einleitendes Plädoyer hörte, traute ich kaum meinen Ohren. Ich dachte, wir befänden uns hier im Gerichtssaal, um herauszufinden, ob Mikael Brenne in den Punkten der Anklage schuldig ist oder nicht. Aber bei Ihnen hört es sich so an, als wäre die Beweisführung bereits abgeschlossen und die Schuldfrage geklärt, als wären wir schon beim Strafmaß.«
»Herr Verteidiger!«, mahnte die Richterin, und Rune Seim drehte sich zu ihr um.
»Ja, Frau Richterin, ich weiß, dass ich etwas über die Stränge schlage, aber da der Herr Staatsanwalt ebenfalls dick auftragen durfte, sollte ich wenigstens die Möglichkeit erhalten, sein Eingangsplädoyer zu kommentieren, das alles andere als eine objektive Auflistung der Beweise war. Meiner Meinung nach

sollte er sich die Moralpredigt sparen, bis die Schuldfrage geklärt ist.«

»Ich glaube, wir haben Ihren Punkt verstanden, Herr Verteidiger«, sagte Eva Granheim. Sie sah müde aus, als wäre sie der Sache schon überdrüssig. »Haben Sie dem noch etwas hinzuzufügen?«

»Nur eins«, sagte Rune Seim. »Wenn wir in den nächsten Tagen die Beweise präsentiert bekommen, möchte ich das Gericht bitten, eine Frage im Hinterkopf zu behalten, und diese simple Frage lautet ›Warum?‹«

Er hustete und warf einen raschen Blick in seine Papiere, bevor er fortfuhr. »Warum sollte Mikael Brenne das tun, wofür er angeklagt ist? Die Anklage hat es angedeutet. Um seinen Fall zu gewinnen, war die vermeintliche Erklärung. Brenne soll also einen brutalen Überfall auf einen Zeugen in Auftrag gegeben haben, um eine Strafsache zu gewinnen. Das ist doch keine Erklärung! In Wirklichkeit wirft dies mehr Fragen als Antworten auf. Nicht Mikael Brenne war der Angeklagte in diesem Fall, sondern Hans Mikkelsen. Brenne war nur sein Anwalt.«

Ein Schluck Wasser. Kunstpause.

»Will ein Verteidiger etwa nicht Prozesse gewinnen, könnten Sie fragen. Und als langjähriger Verteidiger an diesem Gericht kann ich antworten: ›Doch, das wollen wir.‹ Wir gewinnen gern Rechtsfälle, aber in der Regel tun wir das nicht. In den meisten Fällen verlieren wir, und das ist richtig so. Bevor die Polizei jemanden anklagt, muss sie sich nämlich ziemlich sicher sein, dass die Beweise standhalten. Dass wir die meisten Fälle verlieren, bedeutet, dass die Staatsanwaltschaft ihre Arbeit ordentlich macht.«

Er lächelte die Richter an und zuckte mit den Schultern.

»Wir sind es deshalb gewohnt, Prozesse zu verlieren. Ich kann Ihnen getrost ein Berufsgeheimnis verraten: Obwohl wir auch gern gewinnen, verbringen wir keine schlaflosen Nächte wegen der vielen verlorenen Schlachten. So soll es sein. Verteidiger werden oft gefragt, wie sie nur Diebe, Mörder und Vergewaltiger vertreten können. Darauf gibt es viele Antworten, aber eine lautet, dass wir uns niemals persönlich mit unseren Mandanten identifizieren.«

Ein erneutes Schulterzucken, dann breitete er die Arme aus.

»Aber eins muss ich zugeben. Es gibt ein Motiv, das manche Verteidiger dazu verleiten kann, die Regeln zu brechen, und das ist Geld. Der Konkurrenzkampf ist hart, und Mandanten bedeuten Geld. Anwälte machen ihren Kollegen Mandanten abspenstig, und es kann vorkommen, dass junge, ehrgeizige oder vielleicht auch talentlose Anwälte Tricks anwenden und Regeln brechen, um einen Fall zu gewinnen. Aber Mikael Brenne?«

Er schüttelte langsam den Kopf, und seine Wangen zitterten.

»Ich werde Ihnen nachher eine Statistik vorlegen, aber lassen Sie mich zunächst Folgendes konstatieren: Mikael Brenne hat eine Erfolgsgeschichte als Anwalt hinter sich. Er hatte viele Mandanten. Zum Zeitpunkt seiner Festnahme befasste er sich mit zahlreichen wichtigen und großen Fällen, darunter aufsehenerregende Mordfälle, was als Beweis gilt, dass ein Anwalt zur Elite gehört. Er war kein Grünschnabel, der sich nach oben kämpfen musste. Mikael Brenne brauchte sich den Erfolg nicht zu erschleichen. Er *war* erfolgreich. Warum sollte er dies tun? Ich weiß es nicht. Ich weiß nur, dass die Anklage ein besseres, glaubhaftes Motiv nachweisen muss.«

Ulv Garmann sah aus, als hätte er Migräne. Er starrte auf die Tischplatte und massierte sich die Stirn, was ich als gutes Zeichen wertete.

»Das war gut«, sagte ich zu Rune. »Das war verdammt gut.«

Ich meinte es ehrlich. Er war viel besser gewesen, als ich es ihm je zugetraut hätte, aber dennoch wusste ich, dass es mir nicht helfen würde. Das norwegische Recht stellt nicht den Anspruch, das Motiv eines Täters zu klären, und das ist auch richtig so. Im Nachhinein erscheinen die meisten Verbrechen idiotisch, unüberlegt und irrational, und nur selten bewahrt dies einen Verbrecher vor der Verurteilung. Auch mich würde dies nicht retten. Ich brauchte mehr. Ich brauchte ein Wunder.

## Kapitel 58

Ein Déjà-vu-Erlebnis ist das unheimliche Gefühl, dass sich die Geschichte wiederholt, und genau dieses Gefühl hatte ich nach der Mittagspause. Ulv Garmann stand draußen auf dem Gang und unterhielt sich eifrig, aber leise mit einem Polizisten. Danach kam er zu uns. Er ignorierte mich und sprach mit Rune.

»Es gibt eine kleine Verspätung.«

»Warum?«

»Die Geschädigte ist nicht erschienen.«

»Gerd Garshol, meinen Sie?«

»Ja. Ich habe eine Streife geschickt. Die Verhandlung ist bis auf weiteres ausgesetzt.«

»Was ist los, Mikael? Du siehst ja leichenblass aus?« Rune Seim sah mich verwundert an. »Ist dir schlecht?«

Ich schüttelte den Kopf.

»Nein, es ist nur … Genauso war es beim letzten Mal.«

»Was?«

»Dass ein Zeuge nicht erscheint. So hat alles angefangen.«

»Du glaubst doch nicht, dass jemand … dass dasselbe noch einmal geschieht? Das wäre völlig unlogisch. Was sollte jemand damit erreichen?«

»Ich weiß es nicht.«

Er dachte kurz nach, dann schüttelte er entschieden den Kopf.

»Nein, Mikael, jetzt bist du paranoid. Das kommt doch ständig vor. Zeugen vergessen die Zeit, verschlafen, betrinken sich, was auch immer, das weißt du genau.«

»Du hast recht«, sagte ich, aber innerlich war ich zutiefst beunruhigt.

Es war nach zwei Uhr nachmittags, als das Gericht anrief. Als wir den Saal betraten, war Gerd Garshol schon an ihrem Platz. Sie war eine kleine, rundliche Mittfünfzigerin und trug einen dunkelgrünen Wollmantel, der bis zum Hals zugeknöpft war. Im Schoß hielt sie eine kleine Handtasche, die sie unaufhörlich öffnete und schloss. Das Klicken ging mir auf die Nerven. Sie starrte vor sich hin und bemerkte nicht, wie sich der Saal füllte. Erst als die Richter hereinkamen, Stühle knarrten und alle aufstanden, schaute sie sich verwirrt um und erhob sich langsam. Sie legte ihren Eid so leise ab, dass man sie kaum hören konnte. Als sie fertig war, sah die Richterin den Staatsanwalt fragend an.

»Was war der Grund für die Verspätung, Herr Staatsanwalt?«

Er zuckte mit den Schultern.

»Die Zeugin hielt sich bei ihrer Schwester auf, Frau Richterin.«

Die Richterin wandte sich Gerd Garshol zu.

»Sie sind als Zeugin einer Gerichtsverhandlung vorgeladen worden, nicht wahr?«

»Ja.«

»Warum sind Sie dann nicht gekommen?«

»Ich … Ich war so … Ich wollte nicht.«

»Das können Sie nicht selbst bestimmen, Frau Garshol. Sie haben Anwesenheitspflicht. Wenn Sie nicht erscheinen, können Sie polizeilich gesucht werden, wie es jetzt geschehen ist.«

Gerd Garshol brach in Tränen aus. Eva Granheim sah sie mit dem abschätzigen Blick an, den manche Frauen für Geschlechtsgenossinnen übrig haben, die nicht ihrer Vorstellung einer modernen Frau entsprechen.

»Warum weinen Sie, Frau Garshol?«

Das stille Weinen ging in lautes Schluchzen über. Eva Granheim verdrehte die Augen. »Herr Staatsanwalt«, sagte sie, »Ihre Zeugin.«
Aber Ulv Garmann war Zeugen aller Art gewohnt: verwirrte, dumme, aggressive und tief verzweifelte. Eine weinende Frau warf ihn nicht aus der Bahn. Er stand auf, ging quer durch den Saal und legte eine Hand auf Gerd Garshols Schulter.
»Wir verstehen alle, welche Belastung es für Sie ist, hier auszusagen.«
Heulen und Schniefen.
»Aber ich kann Ihnen versichern, dass alles gut werden wird. Nehmen Sie sich ruhig Zeit. Wenn derjenige, der hinter dem Überfall steckt, bestraft werden soll, brauchen wir Ihre Hilfe.«
Schluchzen.
»Lassen Sie uns ganz behutsam beginnen. Vielleicht können Sie uns etwas über Ihr Verhältnis zu Gustav Niemann erzählen? Gustav ist Ihr Freund, nicht wahr?«
»Er war es.« Mehr Schniefen. Sie zog ein Taschentuch aus der Handtasche und putzte sich die Nase.
»Gut, erzählen Sie uns, wie Sie ihn kennengelernt haben.«
Das Eis war gebrochen. Gerd Garshol erzählte die rührende Geschichte, wie sie Gustav beim Bingo kennengelernt hatte und sie ein Paar wurden.
»Und wussten Sie, was er für einen Job hatte?«
»Buchhalter.«
»Ja. Aber wussten Sie auch, für wen er arbeitete und in welchem Gewerbe?«
»Dass er ein Verbrecher war, meinen Sie?«
»Genau. Erzählen Sie, wie Sie es erfahren haben und was dann geschehen ist.«
Ulv Garmann führte sie langsam durch die ganze Geschichte. Er unterbrach sie behutsam, wenn sie zu ausführlich wurde, stellte Detailfragen, wenn sie etwas übersprang, und machte

taktvolle Pausen, wenn sie in Tränen ausbrach. Es ging so lange gut, bis sie auf den Überfall zu sprechen kamen und Gerd Garshol von neuen Weinkrämpfen geschüttelt wurde.
»Eine kurze Pause, Frau Richterin?«, fragte er und bekam sie.

Ich weiß nicht, was er ihr in der Pause gesagt hatte, aber es hatte geholfen. Plötzlich gab sie eine verblüffend klare und zusammenhängende Darstellung des Überfalls.
Wie sie nichtsahnend dem großen, unbekannten Mann mit dem Pferdeschwanz die Tür geöffnet hatte. Wie er sich mit solcher Kraft hereingedrängt hatte, dass sie gegen die Wand geschleudert wurde. Wie er die Tür hinter sich geschlossen und sie misshandelt hatte.
»Ich war sicher, dass ich sterben würde«, sagte sie. »Er schlug und trat mich, immer wieder. Und er … Es kam mir vor, als würde es ihm absolut nichts bedeuten. Er war weder wütend noch sonst wie aufgeregt. Er schlug einfach zu, als wäre es ein normaler Job. Als … als würde er ein Haus streichen oder so.«
Sie schaute sich hilflos um, als suche sie Antwort auf die Frage, wie Menschen einander so etwas antun konnten, und wir schlugen die Augen nieder. »Und er hat meine Katzen kaputt gemacht.«
»Katzen?«
»Porzellankatzen. Ich habe sie gesammelt, und er hat sie alle zertrümmert.«
»Hat er etwas gesagt?«, fragte Garmann.
»Nein.«
»Gar nichts?«
»Er nannte mich … Er sagte hässliche Worte zu mir, die ich hier nicht wiederholen möchte.«
»In Ordnung, das müssen Sie nicht. Aber hat er gesagt, warum er Sie schlug?«
»Nein, aber ich wusste, warum.«

»Ja?«
»Weil Gustav vor Gericht aussagen wollte.«
»Gustav Niemann wollte eine Zeugenaussage machen?«
»Ja, im Prozess gegen Hans Mikkelsen. Den Griechen. Es war eine Warnung, dass er den Mund halten sollte.«
»Wie können Sie da so sicher sein?«
Sie gab dieselbe Antwort wie Gustav Niemann beim letzten Mal, mit der gleichen, unabwendbaren Logik.
»Was könnte es sonst gewesen sein? Aus welchem anderen Grund sollte mich jemand zusammenschlagen?«

»Herr Verteidiger«, sagte Eva Granheim. »Irgendwelche Fragen?«
Ich zuckte zusammen, öffnete schon automatisch den Mund, als mir aufging, dass sie nicht mit mir redete.
»Ja, danke«, sagte Rune Seim und stand auf. »Nur kurz. Ich möchte Sie nur fragen, ob Sie diesen Mann schon einmal gesehen haben«, sagte er und deutete auf mich. »Seien Sie so nett und sehen Sie sich meinen Mandanten an. Haben Sie ihn schon einmal gesehen? Außer in der Zeitung, meine ich.«
»Nein.«
»Hat Gustav Niemann je über ihn geredet?«
»Nein.«
»Und der Täter, hat der Rechtsanwalt Brenne erwähnt?«
Kopfschütteln.
»Das verstehe ich als nein. Haben Sie irgendeinen Grund zu glauben, dass Mikael Brenne hinter dem Überfall steckt? Bitte antworten Sie, Frau Garshol, es ist meine letzte Frage. Haben Sie irgendeinen Grund, dies zu glauben?«
»Nein.«
»Gut. Vielen Dank. Ach so, nur, damit keine Missverständnisse aufkommen. Habe ich das richtig verstanden, dass Gustav Niemann und Sie nicht mehr zusammen sind?«

»Das stimmt. Ich hatte solche Angst, nach allem, was geschehen war. Ich dachte, dass die Leute, für die er gearbeitet hat, vielleicht wiederkommen würden. Ich konnte nicht schlafen, wenn er bei mir war, lag wach da und horchte auf jeden Laut. Und am Ende … am Ende konnte ich nicht mehr.« Sie begann wieder zu weinen. »Wir wollten heiraten«, schluchzte sie, »Wir wollten im August heiraten.«

Am Abend rief ich Peter an.
»Wie geht es dir?«
Er antwortete nicht. Stattdessen fragte er:
»Wie läuft dein Prozess, Mikael?«
»Gut«, sagte ich.
»Hast du schon ausgesagt?«
»Nein. Morgen erst. Aber hör zu, Peter, ich muss dich um einen Gefallen bitten. Du musst etwas für mich im Büro nachprüfen.«
Kurzes Schweigen.
»Ich glaube nicht, dass ich noch einmal ins Büro gehen werde, Mikael.«
»Nein«, sagte ich, »das ist mir klar. Alles, was du tun musst, ist dort anrufen.«
Dann erklärte ich, was ich wissen wollte.
Hinterher fragte ich mich, ob er überhaupt dazu in der Lage sein würde. Seine Stimme hatte schwach und fern geklungen, als befände er sich irgendwo am Ende der Welt. Und vielleicht war dies auch der Fall.

## Kapitel 59

Ja«, sagte ich, so leise, dass ich es wiederholen musste. Meine Lippen und Wangen waren steif, das ganze Gesicht seltsam gefühllos. Ich massierte es mit beiden Händen und handelte mir einen verwunderten Blick von der Richterin ein. Sie hatte mich gerade gefragt, ob ich wisse, dass ich verpflichtet sei, die Wahrheit zu sagen, auch wenn ich nicht unter Eid aussagen würde.

Nach ein paar einleitenden Fragen, die ich fast alle mit nein beantwortete, verlor sie das Interesse.

»Sie sind mit der Sache vertraut, Herr Staatsanwalt. Vielleicht ist es am besten, wenn Sie ab hier übernehmen«, sagte sie. Ulv Garmann nickte zustimmend und richtete sich auf seinem Stuhl auf. Er sah aus wie immer im Gericht. Kreideweiße Manschetten schauten aus seiner Robe hervor. Schwarze, frisch geputzte Schuhe. Dunkelblauer Schlips. Er hatte dichtes, schwarzes Haar und nur ein paar Tupfen Grau an den Schläfen, obwohl wir ungefähr gleich alt waren. Ich fragte mich, ob er es färbte.

»Lassen Sie uns ein halbes Jahr zurückgehen, Brenne«, sagte er und legte los. Er fragte mich zuerst über den Griechen aus, dann über Gustav Niemann und Gerd Garshol. Langsam und methodisch baute er ein Bild von dem Fall und allen darin involvierten Personen auf. Er war systematisch und präzise bei seinen Formulierungen. Ich hatte ihm oft genug gegenübergestanden, um zu wissen, welch ausgezeichnete Intelligenz sich hinter dem ausdruckslosen Gesicht verbarg. Deshalb war ich vorsichtig, vielleicht zu vorsichtig. Mir fiel selbst auf, dass meine Antworten voller Vorbehalte waren und ich mich gestelzt ausdrückte. Ein Seitenblick auf Rune Seim bestätigte, dass auch er nicht zufrieden war. Wir machten eine kurze Pause. Rune bat mich, lockerer zu sein, und ich nickte, sagte aber nichts. Nach der Pause drehte sich alles um Morten Ålekjær.

»Kannten Sie Ålekjær von früher, Brenne?«

»Einmal vertrat ich einen Motorradclub, dem er angehörte, aber ich verband nichts mit seinem Namen, als ich ihn wieder hörte.«

»Wie viele Mitglieder hatte dieser Club?«

Ich zuckte mit den Schultern. »Ich erinnere mich nicht und weiß auch nicht, ob mir diese Zahl je bekannt war.«

»Den polizeilichen Quellen zufolge waren es ungefähr fünfzehn Mitglieder. Kann das stimmen?«

»Gut möglich. Ich weiß es wie gesagt nicht.«

»Sie erinnern sich also nicht an Morten Ålekjær?«

»Nicht von damals, nein.«

»War er je in Ihrem Büro gewesen?«

Ich zögerte.

»Ich weiß es nicht. Ich konnte mich nicht an ihn erinnern, aber den alten Protokollen zufolge war er dort gewesen.«

»Stimmt. Wie oft genau?«

»Dreimal, glaube ich.«

»Das stimmt mit den Akten überein. Dreimal war er bei Ihnen gewesen. Wie viele weitere Clubmitglieder waren bei diesen Besprechungen?«

»Vier, glaube ich.«

»Auch das stimmt. Dreimal haben Sie sich mit diesen fünf Personen getroffen.«

»Das ist sicher richtig.«

»Aber Sie konnten sich nicht an Ålekjær erinnern?«

»Nein.«

»Sind Sie ihm in diesem Jahr im Frühsommer irgendwo begegnet?«

»Nein.«
»Sind Sie sicher?«
»Ganz sicher.«
Er sah zufrieden aus, und ich wusste, warum. Meine Antwort war genau das, was er brauchte, um mich als Lügner darzustellen. Zuerst konfrontierte er mich mit der Anrufliste, die bewies, dass Morten Ålekjær mich angerufen hatte. Dann ging er zu dem angeblichen Treffen in der Johannisnacht und Ålekjærs genauer Beschreibung meiner Kleidung über. Ich wand mich auf dem Stuhl und schwitzte, antwortete meistens »Nein« oder »Ich weiß nicht«.
Die Richter machten sich eifrig Notizen. Eva Granheim sah mich mit erhobenen Augenbrauen an, als fragte sie sich, ob ich trotz all meiner Erfahrung vor Gericht nichts Besseres vorzubringen hatte. Aber ich hatte keine Wahl, konnte nicht anders antworten. Es war zu spät, um Erklärungen zu konstruieren. Alles, was ich zu meiner Verteidigung vorbringen konnte, war die Wahrheit.
Garmann spannte mich so lange wie möglich auf die Folter. Genau im richtigen Augenblick, als die Richter erste Anzeichen der Ungeduld zeigten, schloss er den Aktenordner, der vor ihm lag, zum Zeichen, dass er bald fertig sein würde.
»Beantworten Sie mir noch eine Frage, Brenne. Warum sollte Morten Ålekjær Sie beschuldigen?«
»Ich weiß es nicht. Vielleicht, um ...«
»Um was?«
Ich zögerte. »Vielleicht um die Identität des wirklichen Auftraggebers zu verschleiern.«
»Ach ja. Aber sagen Sie, wenn das stimmt, müsste ja die ganze Sache im Voraus geplant gewesen sein, nicht wahr? Das mit dem Anruf und der Beschreibung Ihrer Kleidung kann wohl kaum ein Zufall sein, oder?«
»Nein. Es muss geplant gewesen sein.«

»Mit anderen Worten: Sie glauben an ein Komplott.«
Ich nickte.
»Ja.«
»Was sagten Sie, Brenne? Sie müssen lauter reden.«
»Ich sagte ja. Ich glaube, dass es ein Komplott ist.«
»Und haben Sie irgendwelche Theorien, wer hinter einer solchen Verschwörung stecken könnte? Darüber haben Sie in den letzten Monaten doch bestimmt viel nachgedacht?«
Plötzlich hatte ich das Spiel satt, seinen ironischen Unterton und die ewig gerunzelte Stirn. Ich hatte es satt, wie ein dummer Ochse an der Nase herumgeführt zu werden. Zum ersten Mal verlor ich die Kontrolle.
»Ja, ich habe viel darüber nachgedacht«, sagte ich. Ich redete zu laut und meine Stimme zitterte leicht. »Seit einem halben Jahr habe ich an kaum etwas anderes gedacht. Aber ich weiß nicht, wer es ist. Es könnte jeder sein, der etwas gegen mich hat. Sogar Sie könnten es sein.«
»Hier geht es wohl kaum darum, ob ich Sie mag oder nicht, Mikael Brenne. Persönlich habe ich nichts gegen Sie.« Er lächelte mich an, ein Lächeln mit einem Anflug von Mitleid. »Aber ich habe etwas gegen das, was Sie getan haben.«
Zum ersten Mal war es leicht, Ulv Garmanns Gesichtsausdruck zu deuten. Er war zufrieden, sehr zufrieden, und das war kaum verwunderlich. Er hatte mich in aller Öffentlichkeit ans Kreuz genagelt, und wenn ich nicht so benommen gewesen wäre, hätte ich vor Schmerz aufgeschrien.
Rune Seim stand auf, schwer und langsam.
»Ich nehme an, der Herr Staatsanwalt ist fertig?«, sagte er und wartete auf Garmanns Nicken. »Ich möchte den Angeklagten gern zu einem anderen Zeitpunkt befragen, wenn das Gericht keine Einwände hat.«

## Kapitel 60

Am Nachmittag ging ich ins Büro. Nicht, weil ich musste oder etwas Bestimmtes vorhatte, sondern weil ich nicht wusste, was ich sonst tun sollte. Die kleine Abstellkammer quoll über vor Papieren und schmutzigen Kaffeetassen. Ich begann aufzuräumen. Steckte die Dokumente in die richtigen Mappen und Ordner, warf gelbe Notizzettel und unverständliche Notizen fort, allen Ballast, der sich innerhalb kurzer Zeit auf meinem Schreibtisch angesammelt hatte. In einer von Frau Sørensens Schubladen fand ich Plastiktüten und füllte sie mit Abfall. Es kam mir vor, als würde ich zusammenpacken, um für immer auszuziehen, was vielleicht auch der Fall war. Nach einer Verurteilung würde ich keine große Hilfe für Synne mehr sein.

Ich trug alle schmutzigen Tassen in die Einbauküche hinter der Rezeption. Als ich abwusch, kam Synne. Sie blieb in der Tür stehen und sah mich erstaunt an.

»Du wäschst ab?«

»Siehst du doch.«

»Du meine Güte, Mikael, ich hätte nicht gedacht …«

»Was?«

»Ich hätte nicht gedacht, dass du weißt, wie das geht.«

Als ich fertig war, trocknete ich mir die Hände ab und ging zu ihr.

»Was machst du?«

»Aron Sørvik. Ich will diese Woche die Wiederaufnahmeklage einreichen.«

»Warum so eilig?«
»Weil ich diese Woche Zeit habe. Ab nächsten Montag habe ich einen Prozess nach dem anderen. Und du? Warum bist du hier?«
»Ach, ich habe nur … du weißt schon … ich habe keine Ruhe gefunden und dachte, dass ich genauso gut mein Büro aufräumen könnte.«
»Das passt eigentlich gut. Du kannst mir mit der Klage helfen. Schließlich kennst du die Sache am besten.«

Ich stimmte zu. Etwas anderes hatte ich sowieso nicht zu tun, und es war besser, sich in die Arbeit zu stürzen, als an meinen Prozess zu denken, an die Katastrophe, die immer näher kam.
Wir arbeiteten mehrere Stunden konzentriert. Zuerst erstellten wir eine Gliederung, dann begann ich mit einem Entwurf, während Synne die Akten nach Dokumenten durchsuchte, die wir der Klage beilegen wollten. Es dauerte eine Weile, bis ich mich wieder eingearbeitet hatte, aber dann lief es gut. Als Synne das nächste Mal hereinschaute, waren fast zwei Stunden vergangen.
»Kaffee bei mir?«
»Hast du noch mehr Geschirr schmutzig gemacht?«, sagte ich vorwurfsvoll, streckte den steifen Rücken und ging in ihr Büro.
»Ich dachte gerade an das fehlende Verhörprotokoll«, sagte sie.
»Was?« Ich dachte an ganz andere Dinge.
»Dieses Ehepaar – du weißt schon, wen ich meine, die Ornithologen.«
»Wiig-Sørensen.«
»Ja, genau. Wissen wir eigentlich genau, dass sie von der Polizei befragt wurden?«

»Wie meinst du das?«
»Ich bin mir nicht sicher. Wir haben ja nur Frau Wiig-Sørensens Aussage.«
»Warum sollte sie lügen?«
»Keine Ahnung, ich denke einfach nur laut. Es ist schließlich seltsam, dass sich ein Verhörprotokoll einfach in Luft auflöst, und wir wissen überhaupt nichts von diesen Leuten. Niemand erinnert sich an sie. Streng genommen haben wir nur die Aussage der Ehefrau, dass die beiden damals auf Vestøy waren.«
Ich ging in mein Büro und holte die Fotografien.
»Hier«, sagte ich und gab Synne das einzige Bild, das keinen Adler als Hauptmotiv hatte. »Dieses Bild ist zweifelsohne auf Vestøy aufgenommen worden. Schau dir das Datum und die Uhrzeit an. Es ist ungefähr der Zeitpunkt, zu dem Anne getötet wurde.«
»Und die nackte Frau, die sich da räkelt, ist die mystische Frau Wiig-Sørensen?«
Ich verlor die Geduld.
»Ja. Ich verstehe deinen Punkt nicht, Synne. Der Fall ist gelöst, der Mörder hat gestanden. Worauf willst du hinaus?«
Sie zuckte mit den Schultern.
»Auf nichts Spezielles. Aber ich reiche eine Wiederaufnahmeklage ein und kann nicht erklären, wie die Aufzeichnungen eines Verhörs spurlos verschwunden sein sollen. Da stimmt etwas nicht, Mikael. Sie waren weder bei den Akten, noch standen sie in der Auflistung der Dokumente. Bist du ganz sicher, dass nichts aufgelistet war? Sind die Unterlagen vielleicht falsch abgelegt worden?«
Alle Dokumente einer Strafsache werden nummeriert und an ihrem Platz im jeweiligen Ordner abgeheftet, je nach Art des Dokuments. Alle Zeugenaussagen bekommen dieselbe römische Zahl und dahinter fortlaufende arabische Zahlen.

»Nein, ich habe alles nachgeprüft und kann garantieren, dass es diese Dokumente nicht gibt. Du brauchst nicht noch einmal zu suchen.«

Aber Synne blätterte schon in dem Ordner mit den Zeugenaussagen.

»Mm. Du hast Recht. Hier sind sie jedenfalls nicht. Aber …«

»Aber was?«

»Komm und sieh selbst.«

Ich stellte die Kaffeetasse ab, ging um den Schreibtisch herum und schaute ihr über die Schulter. Konnte nichts Besonderes entdecken.

»Was …«, begann ich, aber sie unterbrach mich.

»Sieh hier«, sagte sie und nahm eine andere Mappe vom Tisch. »Wenn du die Dokumentenliste mit der Liste der Durchsuchungen vergleichst, wird es dir sofort auffallen.«

Die Liste der Durchsuchungen war viel kürzer, aber das war nicht der wichtigste Unterschied. Sie war offensichtlich von verschiedenen Personen zu verschiedenen Zeitpunkten geführt worden, mit unterschiedlichen Handschriften und anderen Stiften. Anders als die Liste der Zeugenvernehmungen. Auf ihr waren alle Einträge identisch. Dieselbe Handschrift, derselbe Stift.

»Jemand hat diese Liste neu geschrieben.«

»Ja.«

»Warum?«

»Ich weiß es nicht, Synne. Das kann alle möglichen Gründe haben. Vielleicht ist das Original aus Versehen zerrissen worden, oder jemand hat Kaffee darübergeschüttet oder es mit Marmelade verschmiert. Wer weiß? Ich kann keine tiefere Bedeutung darin erkennen.«

»Nein, aber es ist auffällig.«

Sie streckte die Arme in die Höhe und gähnte, dann beäugte sie missmutig die Aktenstapel. »Herrgott, ich hab diese Unordnung satt. Wir haben keinen Platz. Ich bin froh, wenn ich den ganzen Kram zurück an die Polizei schicken kann.«

Mein Handy vibrierte in der Hosentasche. Auf dem Display sah ich, dass es der Sonnenkönig war, und ging in mein Büro.
»Hallo, Karl Petter. Was willst du?«
»Was ich will? Du hast mich doch gebeten zu checken, ob Morten Ålekjær irgendwelche unerledigten Strafsachen hatte. Bist du schon senil?«
»Nein, nein, ich erinnere mich. Hast du etwas herausgefunden?«
»Ja. Und es ist ziemlich rätselhaft. Hör zu …«
Als er fertig war, dankte ich ihm und legte auf. Danach blieb ich sitzen und starrte in die Luft.
Was der Sonnenkönig mir gerade erzählt hatte, passte nicht ins Bild und war unerklärlich. Ich dachte an das verschwundene Verhörprotokoll und das umgeschriebene Verzeichnis. Meine Kopfhaut kribbelte wie verrückt.
Synne hatte irgendetwas gesagt, das mich irritierte. Ich ging zu ihr.
»Was hat du vorhin zu mir gesagt?«
»Was? Dass das mit dem Verhör seltsam ist?«
»Nein, nicht das. Was du zuletzt gesagt hast, als mein Telefon klingelte.«
Sie dachte nach.
»Ach das. Das war nicht so wichtig. Nur dass ich mich darauf freue, alle diese Dokumente wieder loszuwerden.«
Ich starrte sie mit offenem Mund an.

Es war ein Gefühl, als würde eine Blütenknospe plötzlich aufgehen. Als deckten die entfalteten Kronblätter ein bisher verborgenes Muster auf. Es war fast eine Offenbarung, eine Explosion jäher Einsicht.

»Was ist los?«, fragte Synne. »Stimmt etwas nicht, Mikael? Ist dir schlecht?«

Ich schüttelte nur den Kopf. Ich war so überrumpelt von den Zusammenhängen, die ich plötzlich erkannte, dass ich ihr nicht antworten konnte. Und als ich endlich den Mund öffnete, sah sie mich an, als wäre ich durchgedreht.

»Wie bei einem Zaubertrick«, sagte ich. »Wie Magie. Du starrst so konzentriert auf den Vordergrund, dass du nicht mehr siehst, was im Hintergrund geschieht.«

»Hä?«, sagte Synne, aber ich hatte keine Zeit für Erklärungen. »Kennst du einen Arzt? Ich brauche dringend eine Krankmeldung. Nur für einen Tag. Ich habe etwas Wichtiges zu erledigen.«

## Kapitel 61

Sind Sie wieder gesund, Brenne?«, fragte Eva Granheim höflich.

»Ja«, sagte ich. »Es war nur eine Mageninfektion. Unangenehm, aber schnell überstanden.«

Ich saß hinter dem kleinen Zeugentisch mitten im Gerichtssaal, bereit zur Aussage. Der vergangene Tag war sehr arbeitsreich gewesen, und nun drehte sich mein Magen tatsächlich um, allerdings vor Aufregung.

»Herr Verteidiger«, sagte Eva Granheim. »Ihr Zeuge.«

Rune Seim fingerte an seiner Robe, auch er war nervös, und das war kein Wunder. Ich hatte keine Zeit gehabt, ihn einzuweihen; er wusste nicht, was ihn erwartete. Mir war nur noch Zeit geblieben, ihm die erste Frage, die er stellen sollte, auf einen Zettel zu schreiben.

»Äh … Gestern, nein vorgestern, antworteten Sie auf die Frage des Staatsanwalts, dass …« Er schaute auf den Tisch, und ich nahm an, dass er den Zettel las. »… dass Sie nicht wüssten, wer hinter dem Überfall auf Gerd Garshol steckt.«

»Das stimmt.«

»Lassen Sie mich dieselbe Frage noch einmal stellen. Wissen Sie, wer hinter dem Überfall auf Gerd Garshol steckt?«

»Ja. Jetzt weiß ich es.«

Mit einem Mal wurde es still im Saal. Jedes Nebengeräusch, Füßescharren, Flüstern, alles verstummte.

»Erzählen Sie«, sagte Rune Seim. Dann lehnte er sich zurück und wartete. Alle warteten.

»Es begann …«, hob ich an, aber meine Stimme war so eingerostet, dass ich mich räuspern musste. »Im Grunde beginnt die Geschichte vor vielen Jahren. Für mich fing sie jedoch erst vor sieben Monaten an, als ich einen Auftrag von Aron Sørvik annahm. Er wurde bekanntlich für zwei Morde verurteilt, die 1985 begangen wurden. Ich sollte recherchieren, ob die Möglichkeit zur Wiederaufnahme des Falls bestand.«

»Frau Richterin«, sagte Ulv Garmann leise. »Das hat nichts …«

Eva Granheim sah nicht ihn an, sondern mich.

»Sie haben fünf Minuten, Brenne, um darzulegen, ob diese Geschichte irgendeine Relevanz hat.«

Plötzlich war ich nass geschwitzt.

»Ich bekam die Akten schnell von der Polizei geschickt«, fuhr ich fort. »Es waren mehrere Kisten. Aber ich konnte nicht gleich anfangen, weil ich mich zuerst auf die Strafsache gegen Hans Mikkelsen konzentrieren musste. Sie wissen alle, wie sie ausgegangen ist. Deshalb sitzen wir heute hier. Gerd Garshol wurde überfallen, und ich wurde verhaftet und angeklagt, hinter dem Überfall zu stecken. Ich saß drei Monate in Untersuchungshaft. Danach bekam ich eine Stelle in der Kanzlei Bergstrøm. Als ich die Akten der Vestøy-Sache aus meinem früheren Büro holen wollte, waren sie verschwunden. Die Polizei hatte sie abgeholt, nachdem ich verhaftet worden war, wie ich erfuhr. Ich dachte mir nichts dabei.«

Ulv Garmann stand auf.

»Richterin Granheim, das geht nicht. Brenne kann sicher tagelang von seiner strahlenden Karriere erzählen, und ich kann gut verstehen, warum er die Vestøy-Sache in den Vordergrund stellen will. Es ist sein Triumph und meine Niederlage. Aber ich muss darauf bestehen, dass wir uns an Dinge halten, die eine gewisse Relevanz für diesen Fall haben. Wir müssen unser Augenmerk auf die vorliegende Anklage richten.«

»Brenne?«, sagte Eva Granheim.

Eigentlich hätte sie sich an Rune Seim wenden müssen, schließlich war er mein Anwalt, aber Rune hatte abgedankt, und alle wussten dies.

»Ich weiß, dass ich viel verlange«, sagte ich leise, »und mir ist vollkommen klar, dass der Zusammenhang mit der Anklage schwer ersichtlich ist. Aber er ist entscheidend für den gesamten Fall, wie Sie mit etwas Geduld sehen werden.«

Ich sah ihr tief in die Augen. »Ich bin seit fast zwanzig Jahren Anwalt, hauptsächlich als Verteidiger, und ich möchte behaupten, dass ich meine Aufgabe größtenteils ordentlich und gewissenhaft erledigt habe. Ich weiß nicht, wie oft ich vor diesem Gericht prozessiert habe, aber billige Tricks oder sinnlose Ablenkungsmanöver waren nie meine Art. Ich habe zwanzig Jahre guter Führung hinter mir, Frau Richterin, und nun kämpfe ich um mein Leben. Mein Berufsleben, aber auch mein privates. Ich brauche zehn Minuten, Frau Richterin, das ist alles. Geben Sie mir die zehn Minuten.«

Ulv Garmann stand immer noch. Er öffnete den Mund, aber Granheim kam ihm zuvor.

»Fahren Sie fort, Brenne. Bis auf weiteres.«

»Frau Richterin!« Garmann war rasend. So hatte ich ihn noch nie erlebt, aber Granheim winkte ab.

»Sie haben mich gehört, Herr Staatsanwalt. Setzen Sie sich.«

»Wie gesagt, ich dachte mir nichts dabei, dass die Polizei die Akten der Vestøy-Sache geholt hatte. Ich bekam sie wieder und arbeitete weiter. Das Resultat ist Ihnen bekannt, und ich werde mich nicht damit brüsten, sondern auf diese Strafsache zurückkommen.«

»Wurde auch Zeit«, sagte Garmann leise, aber ich ignorierte ihn.

»Ich war fest davon überzeugt, dass Hans Mikkelsen hinter dem Überfall steckte und dass er mich zum Sündenbock gemacht hatte. Soweit ich damals sehen konnte, hatte er allein ein

Motiv, Gerd Garshol zusammenschlagen zu lassen. Aber ich hatte keinerlei Beweise. Vor ein paar Tagen fuhr ich zu Morten Ålekjærs Freundin und sprach ausgiebig mit ihr. Sie erzählte mir, dass Anfang Juni ein Mann Ålekjær aufgesucht hatte, der sich deutlich vom sonstigen Klientel auf dem Hof unterschied. Ich zeigte ihr ein Bild von Hans Mikkelsen, aber sie konnte ihn nicht identifizieren. Da war ich nahe daran aufzugeben.«

Ich trank einen Schluck Wasser aus dem Glas auf meinem Pult.

»Aber dann, vor wenigen Tagen, bekam ich eine neue, wichtige Information. Morten Ålekjær war ein notorischer Gewohnheitsverbrecher, er hatte unzählige Gefängnisstrafen hinter sich. Seit 2004 wurde er aber nicht mehr verurteilt, was mir ziemlich lange vorkam. Ich recherchierte, und wie sich herausstellte, gab es seitdem nicht weniger als zwölf unabgeschlossene Strafsachen gegen ihn. Sie sind irgendwo im System hängengeblieben, obwohl die Ermittlungen in vielen Fällen abgeschlossen waren. Aus irgendeinem Grund jedoch kam es nie mehr zu einer Verurteilung. Alle Verfahren gegen Ålekjær wurden irgendwo gestoppt. Das kam mir seltsam vor.«

Ich wechselte die Sitzposition und hustete, dann fuhr ich fort.

»Noch mehr Dinge wunderten mich. In den Akten der Vestøy-Sache fehlte ein wichtiges Verhörprotokoll. Ich bemerkte, dass jemand das Verzeichnis manipuliert hatte, in dem das Verhör hätte aufgeführt sein müssen. Es wurde im Nachhinein umgeschrieben. Und dann waren da noch die Akten, die die Polizei abgeholt hatte. So etwas habe ich in meiner ganzen Karriere nicht erlebt. Normalerweise schickt die Polizei schriftliche Mahnungen, wenn man Dokumente zu lange behält, aber sie stürmt nicht dein Büro, um sie zurückzuholen. Warum in aller Welt sollte die Polizei in einem alten, längst abgeschlossenen Fall solche Eile an den Tag legen? Kurz gesagt, es gab viele kleine Ungereimtheiten, die für sich gesehen keine tiefere Bedeutung hatten.« Ich lehnte mich über den Tisch. »Bis ich plötzlich ein Muster zu erahnen begann. Und da verstand ich sofort, dass es ein anderes mögliches Motiv für den Überfall auf Gerd Garshol gab, ein Motiv, das nichts mit Hans Mikkelsen zu tun hatte. Im Grunde ging es nie um den Prozess gegen den Griechen. Hans Mikkelsen, Gustav Niemann und Gerd Garshol waren nie mehr als Statisten, aber sie haben die Wahrheit die ganze Zeit verdeckt. Die Wahrheit ist, dass es von Anfang an um den Doppelmord auf Vestøy ging.«

Ich schaute mich um. Rune sah aus, als wäre er von meiner Geschichte gefesselt. Die Richter waren skeptisch, aber hellwach. Ulv Garmanns Gesicht war wie aus Stein, man konnte nichts aus ihm herauslesen.

»Es ist fünfundzwanzig Jahre her, dass Anne Vestøy und Siri Jensen ermordet wurden. Die Ermittlungen wurden damals von zwei Männern geleitet, dem Polizeikommissar Gunnar Skeie und einem jungen und ambitionierten Polizeioberrat namens Ulv Garmann. Aron Sørvik war zu diesem Zeitpunkt achtzehn Jahre alt und ein ziemlich seltsamer Junge. Die Lokalbevölkerung machte ihn rasch als möglichen Täter aus, und auch die Ermittler waren bald überzeugt, dass sie den richtigen Mann festgenommen hatten. Vier Tage haben sie Aron intensiv verhört, bis er schwach wurde und beide Morde gestand. Es war ein Triumph für alle, aber besonders für den jungen Ulv Garmann. Es war sein erster großer Fall. Er hatte ihn in Rekordzeit gelöst, war täglich in den Zeitungen und im Fernsehen. Es muss berauschend gewesen sein. Und nicht nur das. Bald erfuhr er, dass er den Fall vor Gericht bringen durfte. Ulv Garmanns Aufstieg hatte begonnen. Aber dass der Fall schon nach gut einer Woche gelöst war, hieß nicht, dass auch die Ermittlungen abgeschlossen waren. Im Gegenteil, es gab noch viel Arbeit. In Mordfällen wird immer gründlich ermittelt. Trotz Arons Geständnis wurden alle Verhöre wie geplant durchgeführt. Und dabei …«

Hinter mir ertönte ein lautes Geräusch, und ich drehte mich um. Ein Fotograf hob mit beschämtem Gesicht irgendetwas vom Boden auf. Plötzlich sah ich Synne unter den Zuhörern. Neben ihr saß Finn. Ein kollektives Murmeln ging durch den Saal und die Holzbänke knarrten. Es war, als hätten alle gespannt die Luft angehalten und benutzten nun die Gelegenheit, um sich zu rühren. Ich wartete, bis wieder Stille eingekehrt war.

»Und bei diesen Verhören tauchte ein Ehepaar namens Wiig-Sørensen auf. Sie hatten zum Zeitpunkt der Morde an der Nordspitze der Insel gezeltet. Er war Ornithologe an der Universität und erforschte Seeadler. Sie fotografierten viel. Massenweise Bilder von Seeadlern, mit Datum und Uhrzeit. Die Polizei bekam die Filme, wahrscheinlich, weil sie die Unschuld des Ehepaares belegten. Aber auf einem der Bilder war ein Mann im Hintergrund zu sehen: Aron Sørvik, der die Morde gestanden hatte. Er saß in einem Ruderboot, zu einem Zeitpunkt, der ihm ein Alibi für einen der Morde gab.«

Ich wechselte in eine tiefere Tonart. »Stellen Sie sich vor, welch eine Schlappe für Ulv Garmann und Gunnar Skeie dies bedeutete. Für sie war es eine Katastrophe. Sie hatten längst den Sieg in den Medien einkassiert, und plötzlich stürzte ihr Fall wie ein Kartenhaus zusammen. Was sollten sie tun?«

Ich wartete, ließ die Sekunden langsam verstreichen. Keiner rührte sich. Auch nicht Ulv Garmann. Dann fuhr ich fort: »Ich werde Ihnen sagen, was sie taten. Sie protokollierten das Verhör, aber nicht die Bilder. Der Beweis für Aron Sørviks Unschuld verschwand in einer Kiste und wurde nie erwähnt.«

Zum ersten Mal seit langem meldete sich Rune zu Wort. Ich glaube nicht aus taktischen Gründen, sondern weil die Sache ihn fesselte.

»Aber hätte nicht Aron Sørviks Verteidiger die Bilder finden müssen?«

»Nein, warum sollte er? Das Ehepaar Wiig-Sørensen wurde nicht einmal als Zeugen genannt, und ich nehme an, dass im Verhörprotokoll nur von Seeadlerbildern die Rede war. Es gab keinen Grund für den Verteidiger, der Sache nachzugehen. Das Ehepaar muss für ihn komplett irrelevant gewesen sein.«

»Ja, ich verstehe«, sagte Rune Seim nach kurzem Schweigen. »Aber wie konnten sie das tun? Wie können ein Polizist und ein Jurist einen Unschuldsbeweis unterschlagen? Das ist ja bewusster Justizmord!«

»Ich weiß es nicht«, sagte ich. »Aber ich glaube, dass sie wirklich von Arons Schuld überzeugt waren.«

»Aber das Bild …«

»Ich nehme an, dass sie zu diesem Zeitpunkt so viel Kraft und Prestige in die Sache investiert hatten, dass sie sich einfach nicht eingestehen konnten, dass sie sich geirrt hatten. Außerdem ging es um ihre Zukunft. Beide waren ehrgeizige Männer, und die Vestøy-Sache war ein Karriere-Sprungbrett. Skeie wurde Hauptkommissar, Ulv Garmann Oberstaatsanwalt.«

»Ich verstehe immer noch nicht, was das mit dieser Sache zu tun hat«, sagte Eva Granheim plötzlich, aber mir fiel auf, dass sie den Staatsanwalt nicht einmal ansah.

»Ich werde es Ihnen erklären«, sagte ich. »Nachdem Aron verurteilt war, nehme ich an, dass Skeie und Garmann die Sache verdrängten. Bis ich ins Bild kam. Ich bin sicher, dass sowohl die Fotos als auch die Aussage der Wiig-Sørensens unter den Akten waren, die ich im Frühsommer ausgehändigt bekam. Ich weiß nicht, wie Ulv Garmann erfahren hat, dass ich an dem Fall arbeitete. Wahrscheinlich durch einen Zufall, aber als er es erfuhr, muss er in Panik geraten sein. Ich bin für meine gründliche Arbeit bekannt, und er wusste, dass ich alle Details unter die Lupe nehmen würde. Plötzlich bestand das Risiko, dass seine alten Sünden ans Licht kommen würden. Eine solche Enthüllung hätte das Ende seiner Karriere bedeutet, ganz zu schweigen von der Schande und vielleicht sogar einer Gefängnisstrafe.

Was ihn zunächst gerettet hat, ist, dass ich mitten in der Vorbereitung der Strafsache gegen Hans Mikkelsen steckte. Garmann rechnete damit, dass ich keine Zeit für den Vestøy-Fall finden würde, bevor der Prozess gegen Mikkelsen zu Ende war. Das gab ihm Zeit für einen Plan und um Morten Ålekjær mit dessen Ausführung zu beauftragen.

Der Plan war einfach. Im Auftrag von Garmann überfiel Ålekjær Gerd Garshol. Er sorgte dafür, dass er von Nachbarn gesehen wurde, als er vom Tatort floh, wurde verhaftet und beschuldigte mich, der Auftraggeber zu sein. Als Verteidiger hatte ich ja eine Art Motiv, und zur Sicherheit rief Ålekjær kurz vor der Tat meine Nummer an. Außerdem hatte er mich am Johannisabend verfolgt, damit er beschreiben konnte, wo das angebliche Treffen stattgefunden und was ich getragen hatte. Wie gesagt, ein einfacher und ziemlich eleganter Plan, und er lief wie geschmiert.

Ich wurde verhaftet und war damit aus dem Weg, während Ulv Garmann in Ruhe dafür sorgen konnte, dass die Polizei die Akten der Vestøy-Sache zurückholte, damit er die gefährlichen Beweise zerstören und das Verzeichnis der Dokumente fälschen konnte.«

Ich schüttelte den Kopf. »Im Grunde war das verrückt. Er hätte es sein lassen und hoffen können, dass ich die Bilder nicht entdecken würde. Und wenn ich sie entdeckt hätte, hätte er einfach behaupten können, dass sie damals Aron auf dem Bild übersehen hätten und dies ein bedauerlicher Fehler sei. Niemand hätte beweisen können, dass sie es absichtlich getan hatten. Aber Ulv Garmann ist zu ambitioniert. Er wollte an die Spitze. Er hatte sich um die Stelle als Oberster Staatsanwalt beworben, und jeder Skandal hätte diese Hoffnung zerstört. Deshalb setzte er seinen Plan in die Tat um. Eigentlich finde ich, dass er nicht ganz bei Trost ist.«

Als ich fertig war, folgte ein langes Schweigen. Rune Seims Augen waren weit aufgerissen vor Verwunderung. Ulv Garmann hatte sich zurückgelehnt und neigte den Kopf. Ich war mir nicht sicher, ob er nur den Tisch anstarrte oder ob er die Augen geschlossen hatte. Eva Granheim öffnete und schloss mehrmals den Mund.

»Wollen Sie mir erzählen, dass der Staatsanwalt hinter dem Überfall auf Gerd Garshol steckt?«, fragte sie ungläubig.

»Ja.«

Sie schwieg und suchte Zuflucht in den vertrauten Ritualen.

»Haben Sie noch Fragen an den Zeugen, Herr Verteidiger?«, fragte sie. Rune Seim zuckte zusammen, schüttelte verwirrt den Kopf und verneinte.

»Herr Staatsanwalt?«, fragte die Richterin. »Haben Sie Fragen an den Zeugen? Herr Staatsanwalt!«

Es dauerte ewig, bis er den Kopf hob und mich direkt ansah. Seine Augen waren seltsam ausdruckslos, wie bloße Löcher in der bleichen Haut.

»Ja«, sagte er. »Natürlich habe ich Fragen.« Dann verstummte er wieder.

»Herr Staatsanwalt?«, fragte die Richterin nach einer Weile. »Sie hatten Fragen an den Zeugen?«

»Ja … Ich musste mich nur kurz besinnen.« Er lachte plötzlich, ein kurzes Lachen, bei dem sich meine Nackenhaare sträubten. »Hören Sie, Brenne, haben Sie irgendeinen Beweis für dieses … dieses Märchen?«

»Ja«, sagte ich. »Draußen auf dem Gang wartet der pensionierte Kommissar Gunnar Skeie. Er ist bereit, unter Eid auszusagen, was Sie damals getan haben. Ich glaube, es hat ihn seit vielen Jahren gequält.«

Ulv Garmann starrte mich an, als ob ich einer neuen, bisher unbekannten Spezies angehörte.
»Außerdem kann ein Polizist namens Knutsen bezeugen, dass Sie ihn darum gebeten haben, die Akten der Vestøy-Sache aus meinem Büro zu holen, und dass Sie ihn aufgetragen haben, Ihnen persönlich die Kisten zu bringen. Im Übrigen sollte eine Analyse ergeben, dass die Auflistung der Dokumente erst vor kurzem geschrieben wurde.«
Ich leerte mein Wasserglas.
»Alle unerledigten Strafsachen gegen Morten Ålekjær liegen in Ihrem Büro. Dort sammeln sie seit Jahren Staub an, anstatt vor Gericht verhandelt zu werden. Sie haben sein Schicksal in der Hand gehalten. Es kann nicht schwer gewesen sein, ihn zu dieser Tat zu bewegen. Außerdem bin ich gestern Abend ein weiteres Mal zu Morten Ålekjærs Freundin Randi gefahren und habe ihr ein neues Bild gezeigt. Sie kennen es sicher, es stammt aus dem Zeitungsartikel, in dem stand, dass Sie der Favorit für das Amt des Obersten Staatsanwalts seien. Sie hat Sie sofort als den unbekannten Mann identifiziert, der Morten Ålekjær im Frühsommer besucht hat. Das wären fürs Erste alle Beweise, aber im Lauf der Ermittlungen werden sicher noch mehr auftauchen. So ist das immer, wissen Sie.«
Ulv Garmann hatte genug. Er stand langsam auf. Alle Augen waren auf ihn gerichtet, als er begann, seine schwarze Robe aufzuknöpfen. Sie hatte viele Knöpfe, aber soweit ich sehen konnte, waren seine Hände ruhig. Er faltete die Robe ordentlich zusammen und hängte sie über den Stuhlrücken. Dann zog er das Jackett an, das auf dem Aktenkoffer hinter dem Stuhl gelegen hatte.
Sein Blick streifte mich, aber ich glaube nicht, dass er mich wirklich sah. Er schien in weite Ferne zu blicken.
Er strich sich einmal durch die Haare, wie um sich zu versichern, dass seine Frisur ordentlich saß, dann ging er mit

langsamen, gleichmäßigen Schritten auf die Tür zu, ohne sich umzusehen.

Die Fotografen liefen Amok. Sie kümmerten sich nicht mehr um das Fotografierverbot während der laufenden Verhandlung. Ihre Auslöser klickten laut.

Ulv Garmann war jetzt leichenblass, seine dunkelblauen Augen sahen wie schwarze Punkte aus, aber er ging durch das Blitzlichtgewitter, ohne eine Miene zu verziehen. Ich weiß nicht, ob es an seinem Blick lag oder ob alle vom Schock gelähmt waren, aber niemand versuchte, ihn aufzuhalten, und niemand lief hinter ihm her, als er den Gerichtssaal verließ und leise die Tür hinter sich schloss.

Irgendwann in dem Chaos, das folgte, musste Eva Granheim die Verhandlung geschlossen haben, aber keiner kümmerte sich darum. Ich kämpfte mich durch eine Horde brüllender Journalisten und umarmte Rune. Im nächsten Moment standen Synne und Finn bei uns und klopften mir auf den Rücken.

»Ich wusste es«, sagte Synne mit Tränen in den Augen. »Ich wusste, dass du irgendwas Verrücktes vorhattest.«

Dann war Finn an der Reihe.

»Ich war sicher, dass du es schaffen würdest, Mikael.«

»Ich nicht«, sagte ich. »Ich war alles andere als sicher.«

Das war die Wahrheit, aber alle lachten.

»Hat du gesehen, wie er den Saal verlassen hat?«, fragte Synne. »Hast du seine Augen gesehen? Er sah aus, als würde er den Verstand verlieren. Er hat mir fast leidgetan.«

»Mir nicht. Ulv Garmann hat mich verhaften lassen und in aller Öffentlichkeit gedemütigt, und gerade wollte er es wieder tun. Er hat Arons Leben zerstört und beinahe auch meins. Mir tat er keine Sekunde lang leid. Ich wollte seinen Absturz, vor Publikum und Presse.«

Synne sah mich mit einem schrägen und seltsamen Lächeln an.
»Manchmal erschreckst du mich fast. Du bist ein rachsüchtiger Mann, Mikael Brenne.«
Ich zuckte mit den Schultern.
»Auge um Auge, Zahn um Zahn. Vielleicht war ich in letzter Zeit zu oft im Bethaus.«

Danach gab ich Interviews. Synne organisierte die Gespräche und sorgte dafür, dass alle an die Reihe kamen. »Bergstrøm & Brenne«, hörte ich sie zu den wartenden Journalisten sagen. »Anwaltskanzlei Bergstrøm & Brenne, notieren Sie das.« Ich sah sie an und lächelte.
Es dauerte mehrere Stunden, ich war froh, als es vorbei war. Wir standen allein in der großen Halle des Gerichts. Menschen, die nicht wussten, wer wir waren, hasteten an uns vorbei auf dem Weg zu ihren alltäglichen Besorgungen. Ich zog mein Handy aus der Tasche. Schaltete es ein und sah, dass sich die Neuigkeit noch nicht verbreitet hatte. Ich hatte nur eine ungelesene Nachricht, die ich, ohne nachzudenken, öffnete.
»Freust du dich, Mikael?«, fragte Synne. Ich hörte ihre Worte, verstand aber nicht, was sie meinte, denn im selben Moment las ich die SMS.
»Peter ist tot«, sagte ich.

## Kapitel 62

Es war proppenvoll und unerträglich heiß in der Kapelle. Ich hatte den Mantel ausgezogen und legte ihn auf meinen Schoß. Ich saß zwischen Finn und Synne und schwitzte.

Nachdem die Töne einer einsamen Geige verklungen waren, sangen wir. Ein Chor, der sich ziemlich verstimmt anhörte, weil die Menschen es nicht gewohnt waren, Kirchenlieder zu singen. Ich murmelte, aber Finn sang laut, mit der zittrigen Stimme eines alten Mannes.

Ich warf einen Seitenblick auf Synne. Sie sang nicht, schaute nur zu Boden. In den Händen hielt sie das Programm der Trauerfeier, auf dessen Vorderseite ein schlechtes Bild von Peter gedruckt war.

Alles war seltsam. Die Musikauswahl, die Kirchenlieder, der Pfarrer, der eine Art Zusammenfassung von Peters Leben vorlas. Er sei ein guter Jurist gewesen, sagte er, ein guter Ehemann und ein guter Vater.

Obwohl dies alles stimmte, hatte es nichts mit dem Mann zu tun, den ich kannte. Er war ein guter Jurist, aber er konnte einem auch den letzten Nerv rauben. Sardonisch, arrogant und dreist. Gnadenlos vor Gericht. Alles andere als nachsichtig gegenüber den Schwächen anderer, aber mit seinen eigenen konnte er gut leben. Er hasste selbstgefällige Menschen. War ein guter Ehemann und Vater, wenn er Zeit hatte, aber er arbeitete zu viel. Er trank gern, und, um die Wahrheit zu sagen, rauchte er auch ab und zu einen Joint, eine Gewohnheit aus wilden Jugendjahren. Außerdem mochte er teure Zigarren und hübsche Sekretärinnen. Er hatte viel Humor, leider eher von der boshaften Art. War ein guter Freund, außer wenn er einen im Stich ließ.

Der Pfarrer redete und redete. Ich konnte nicht glauben, dass wir uns auf diese Weise an Peter erinnern sollten. Unn stand bestimmt unter Schock, vielleicht hatte sie Peters Familie die Organisation überlassen. Peter hatte seine eigene Familie nie besonders gemocht, mit Ausnahme eines Bruders, der jung gestorben war. Unn saß starr in der ersten Reihe, neben den beiden anderen Brüdern von Peter und deren Frauen.

Die Zeremonie zog sich in die Länge, und für mich wurde sie immer irrelevanter und absurder. Ich flüchtete mich in meinen Ärger über den Pfarrer, die Liturgie und die Kirchenlieder, aber als ich Finn etwas ins Ohr flüstern wollte, sah ich, dass ihm Tränen in den Augen standen und er die Lippen in einem stillen Gebet bewegte.

Ich konzentrierte mich darauf, nicht zu weinen. Bald würde es überstanden sein. Nur noch ein letztes Kirchenlied und mehr Geigenmusik, dann verschwand der Sarg langsam im Boden. Wie absurd, dachte ich. Die automatisierte Nachahmung einer echten Beerdigung. Nichts, weshalb man heulen müsste. Peter starb vor vier Tagen, er ist längst fort. Das ist nur eine Theatervorstellung.

Plötzlich fühlte ich, wie Synne neben mir zitterte. Manche schluchzten laut und hemmungslos. Ein dicker Klumpen steckte in meinem Hals. Er wuchs und wuchs, drückte auf Bauch und Brust und schließlich auch hinter den Augen. Ich schluckte und schluckte.

»Mein Beileid.«

»Danke, dass Sie gekommen sind.«

Ich stand in der langen Schlange und sah Unns Lächeln, das unsicher flackerte, wie ein Schatten auf ihrem Gesicht. Mechanisch sagte sie dieselben Worte zu allen, die ihr die Hand reichten oder sie umarmten. Etwas weiter vorn standen Hans Olav und Steinar. Ich hatte sie seit Monaten nicht gesehen. Hans Olav drehte sich zur Seite und verschickte heimlich Nachrichten mit seinem Telefon.

Als ich an der Reihe war, sah Unn mich an, als wäre ich ein Fremder. Von nahem bemerkte ich die nur teilweise von Schminke verdeckten Ringe unter ihren Augen und Falten um den Mund, an die ich mich nicht erinnern konnte. Ihre Augen glänzten, ihr Blick war fern, und ich fragte mich, welche Pillen sie genommen hatte, um das Ganze durchzustehen.

»Mein Beileid, Unn.« Ihre Wangen fühlten sich kalt an, als wären sie aus Kunststoff.

»Danke, dass du gekommen bist.«

Hinterher fand ein Leichenschmaus bei Unn statt. Wir gingen aus purem Pflichtgefühl hin. Freunde und Verwandte hatten die Küche mit Essen gefüllt. Wir tranken Kaffee und aßen Nudelsalat und Kuchen. Kollegen unterhielten sich leise. Am Anfang stand ich mit Finn und Synne zusammen, aber dann kamen immer mehr Juristen zu mir, um mir zu versichern, wie sehr sie sich über meinen Freispruch freuen würden und dass sie immer gewusst hätten, dass ich unschuldig sei. Angeblich freuten sich alle, dass ich in die Manege zurückgekehrt war. Ich schüttelte Hände, dankte ihnen und sagte, dass ich mich freue, wieder an die Arbeit zu gehen.

Synne grinste.

»Jetzt kommen sie an, die Schakale«, sagte sie. »Aber als du sie brauchtest, war nicht viel Hilfe von ihnen zu erwarten.«

»Das macht nichts«, sagte ich. »Es war nicht anders zu erwarten. Es sind keine Freunde, nur Kollegen und Bekannte.«

Sie nickte, aber ich sah, dass sie anderer Meinung war.

Hans Olav und Steinar gratulierten mir nicht, sondern ignorierten mich.

Unn war nirgends zu sehen. Ich fragte ihre Schwester und erfuhr, dass sie sich ausruhte. Dann fragte ich nach den Kindern, und sie sagte, dass sie bei ihrer Großmutter seien, zusammen mit ihren Cousins und Kusinen.

»Geht es ihnen gut?«, fragte ich, und sie sah mich an, als wäre ich ein Idiot.

»Nein, natürlich nicht. Aber wir sind eine große Familie, mit viel Wärme und viel Nähe. Sie werden es überstehen.«

Ich ging auf die Terrasse, um ein wenig frische Luft zu schnappen. Draußen standen die Raucher, darunter Rune, obwohl er versuchte, weniger zu rauchen. Er winkte mich zu der kleinen Gruppe heran, die zitternd in der Kälte stand, und ich bemerkte, dass er ein Stück Kautabak unter der Oberlippe hatte.

»Wie geht es dir, Rune?«, fragte ich.

»Hast du schon von Ulv Garmann gehört?«

»Nein. Gibt es was Neues?«

»Ja. Sie haben ihn bei der Straße nach Kvamskogen gefunden. Er ist von der Fahrbahn abgekommen und fünfzig Meter tief in ein Geröllfeld gestürzt. Das Wrack war wohl schwer zu sehen von der Straße aus.«

Es wurde still.

»Ein Unfall?«, fragte ein junger Wirtschaftsanwalt, und Rune zuckte mit den Schultern.

»Auf der Straße war keine Bremsspur zu sehen, heißt es, aber wer weiß?«

»Warum hat er das getan?«, fragte der junge Anwalt. »Die Beweise unterschlagen, meine ich. Er war doch ein tüchtiger Jurist, oder? Er hätte doch trotzdem Karriere gemacht?«

Alle sahen mich an, als wisse ich die Antwort, aber ich schüttelte den Kopf.

»Ich weiß es nicht. Er war ein ehrgeiziger Mann. Vielleicht hatte er es zu eilig mit dem Aufstieg. Vielleicht war er ein zynischer Drecksack, der über Leichen ging. Auf jeden Fall wäre er über meine Leiche gegangen, um sich und seine Karriere zu retten. Womöglich hat es auch ganz anders angefangen. Vielleicht war er, genau wie Gunnar Skeie, wirklich von Aron Sørviks Schuld überzeugt und wollte um jeden Preis verhindern, dass dieser noch mehr Morde beging.«

Wir schwiegen kurz, aber der junge Wirtschaftsanwalt konnte den Mund nicht halten.

»Aber welch ein Absturz«, sagte er. »Vom Gipfel der Macht in den tiefsten Abgrund – sogar buchstäblich. Wie in einer griechischen Tragödie. Armer Teufel.«

Ich schüttelte wieder den Kopf.

»Er hat es verdient. Wenn nicht wegen seiner Intrigen gegen mich, dann wegen des Überfalls auf Gerd Garshol, den er, ohne mit der Wimper zu zucken, in Auftrag gegeben hat.«

»Auf wen?« Keiner von ihnen erinnerte sich, wer sie war.

»Schon gut, spielt keine Rolle«, antwortete ich.

## Kapitel 63

Ich musste erfahren, dass es wesentlich leichter und schneller ging, die Zulassung zur Rechtsanwaltschaft zu verlieren, als sie zurückzubekommen. Meine Rehabilitation war in allen Medien, genau wie Staatsanwalt Ulv Garmanns Fall und sein kurz darauffolgender Tod. Im ganzen Land gab es kaum jemanden, der nicht wusste, dass ich Opfer einer Verschwörung geworden war, und keiner zweifelte mehr an meiner Unschuld. Aber das reichte der Rechtsanwaltskammer nicht. Sie verlangten einen formellen Abschluss der Strafsache gegen mich, bevor sie überhaupt in Erwägung ziehen würden, mir den Anwaltstitel zurückzugeben.

Und mein Fall würde so schnell nicht abgeschlossen werden. Zuerst ging er vom Gericht zurück zur Anklagebehörde. Das dauerte. Ich hatte den Verdacht, dass Eva Granheim nicht genau wusste, wie sie mit einer Strafsache umgehen sollte, in der der Ankläger als Täter entlarvt worden und danach ohne ein Wort zur Tür hinausspaziert war.

Als die Strafsache endlich wieder zur Staatsanwaltschaft zurückkam, blieb sie auch dort erst einmal liegen. Offenbar wollte sie keiner von Ulv Garmanns früheren Kollegen übernehmen. Ich machte Druck, erst per Telefon, dann schriftlich, aber es half nichts. Am Ende rief ich Rune Seim an und klagte ihm mein Leid.

»Wir treffen uns morgen um zwölf vor der Staatsanwaltschaft«, sagte er.

Oberstaatsanwalt Kihlbergs Gesichtsausdruck war vollkommen neutral, als er uns begrüßte, aber er redete nur mit Rune Seim.

»Natürlich werden wir über den Fall so schnell wie möglich verhandeln«, sagte er. »Aber zuerst müssen die polizeilichen Ermittlungen abgeschlossen sein. Ihr Mandant muss sich damit abfinden, dass sein Fall wie alle anderen behandelt wird.«

Ich hatte Rune versprochen, den Mund zu halten, aber ich platzte vor Wut.

»Warum beantworten Sie nicht meine Briefe?«, fragte ich. »Und warum zum Teufel sehen Sie mich nicht an, wenn Sie über mich reden, Kihlberg. Sie reden in der dritten Person über mich, als würde ich nicht hier stehen. Man könnte glauben, ich sei ein Verbrecher, aber das bin ich erwiesenermaßen nicht. Es war ein Staatsanwalt aus diesem Haus, der die Gesetze gebrochen und mich in den Dreck gezogen hat, der versucht hat, meine Karriere und mein Leben zu zerstören, und es um ein Haar geschafft hätte! Wie wäre es also mit etwas menschlichem Anstand?«

Kihlberg wurde röter und röter; ich dachte schon, er würde explodieren. Es wäre das erste Mal gewesen, dass er die Beherrschung verloren hätte. Aber er neigte nur den Kopf und sagte mit zusammengekniffenen Zähnen:

»Tut mir leid, Brenne. Sie haben natürlich recht.«

Rune drehte sich zu mir um.

»Du hast zwar versprochen, mich reden zu lassen, Mikael, aber abgesehen davon hätte ich dasselbe gesagt. Hören Sie zu, Kihlberg. Ich will, dass das Verfahren gegen Mikael bis morgen Mittag um zwölf eingestellt wird.«

»Ich kann auf keinen Fall …«

»Wenn nicht, wird dieses Haus ein weiteres Mal auf allen Titelseiten des Landes stehen. Wir werden Sie beschuldigen, dass Sie das Verfahren aus Rache für Ulv Garmann hinauszögern.

Außerdem werde ich eine Schadensersatzklage einreichen, die sich gewaschen hat.«

»Es ist keineswegs so, dass …«

»Vielleicht nicht. Aber die Presse wird diese Theorie lieben.« Er stand auf, und ich tat dasselbe. »Und Kihlberg … Sie sind es Mikael Brenne schuldig, die Sache in Ordnung zu bringen. Ich sage nicht, dass ich persönlich meine, dass Sie die Angelegenheit hinauszögern, aber er hat großes Unrecht erlitten, und Sie haben sowohl juristisch als auch moralisch die Pflicht, es wiedergutzumachen.« Er sprach mit einer Autorität, die ich ihm nie zugetraut hätte. »Bis morgen um zwölf Uhr wird das Verfahren eingestellt, weil kein hinreichender Tatverdacht vorliegt. Nicht eine Minute später.«

Am nächsten Vormittag um elf Uhr brachte ein Bote den Bescheid über die offizielle Einstellung in mein Büro. Eine Woche später hatte ich meine Zulassung wieder.

»Gratuliere«, sagte Synne.

»Hast du das ernst gemeint, was du im Gericht gesagt hast?«, fragte ich. »Bergstrøm & Brenne?«

»Natürlich, aber du kannst bestimmte feinere und lukrativere Geschäftspartner als mich finden, Mikael.«

»Vielleicht. Aber keine besseren. Ich schlage ›Brenne & Bergstrøm‹ vor.«

»Nein. Das ist meine Firma. Ich bin die Gründerin und habe dich allergnädigst als Partner aufgenommen, weil ich mit deinem Einsatz als Referendar in den letzten Monaten zufrieden bin. Deswegen ›Bergstrøm & Brenne‹.«

Der Winter war gekommen. Hier bestand er aus Regenschauern und kaltem Westwind und zur Abwechslung manchmal aus Schneeregen. Ab und zu schneite es auch, meist am Abend, und die Welt wurde für eine Weile weich, sauber und schön. Dann stieg die Temperatur wieder. Der Schnee sank zusammen und wurde zu Schneematsch, bis die Temperatur wieder unter den Gefrierpunkt sank und alle auf dem blanken Eis herumschlitterten. Danach rollten neue Tiefdruckgebiete vom Meer an, der Regen wusch das Glatteis weg, und der Zyklus begann von vorn. Eines Morgens lag ein Brief ohne Absender auf meinem Schreibtisch. Ich öffnete ihn und zog zwei Blätter heraus.

*»Lieber Mikael«,*

stand in schöner Handschrift auf dem ersten Blatt.

*»Gratuliere zum Freispruch. Du sollst wissen, dass ich die ganze Zeit an Dich geglaubt habe. Das mit Peter ist sehr traurig. Er rief mich wenige Tage vor seinem Tod an und bat mich, einen Kontoauszug für Dich zu suchen und ihn Dir zu schicken. Ich habe ihn gefunden, aber in all der Aufregung wegen des Todesfalls und des Begräbnisses habe ich es vergessen. Ich hoffe, dass die Verspätung Dir keine Probleme bereitet hat.*
*Ich umarme Dich fest*

*Eva*

*PS: Ich habe gehört, dass Du Dich mit Peter ausgesöhnt hast, bevor er starb. Das freut mich sehr.«*

Das Schild mit »Ula & Co.« hing immer noch an der Tür. Wahrscheinlich wollten sie auch nach Peters Tod aus seinem Namen Kapital schlagen. Allerdings hatte das relativ neue Schild schon etwas Glanz verloren, der Winter schien ihm zugesetzt zu haben. Obwohl ich mich an den Code für die Eingangstür erinnerte, klingelte ich.
»Mikael Brenne. Darf ich hereinkommen?«

»Mikael!«, sagte Eva und nahm mich fest in die Arme. »Wie schön, dich zu sehen.«

»Dich auch, Eva. Vielen Dank für den Brief. Wie läuft es hier?«

Sie sah traurig aus.

»Ach, weißt du, ... Ohne dich und Peter ist es nicht dasselbe.«

»Sind sie da? Hans Olav und Steinar, meine ich.«

»Ja ...« Sie zögerte. »Hast du einen Termin?«

Ich schüttelte den Kopf.

»Ich brauche nur fünf Minuten. Sag ihnen, dass es wichtig ist.«

»Ich frage sie.« Eine Minute später war sie zurück.

»Wenn du kurz wartest, können sie dich in ein paar Minuten empfangen.«

Ich machte es mir auf dem Sofa bequem und blätterte in den Tageszeitungen, denn ich wusste, dass sie mich warten lassen würden. Es war ihre Art, sie wollten ihr Revier markieren, genossen den kleinen Triumph und freuten sich über die alltäglichen, kleinen Demütigungen, die sie anderen zufügen konnten. Und ich hatte recht. Es dauerte eine gute halbe Stunde.

»Mikael«, sagte Hans Olav. »Was können wir für dich tun?«

Er stand nicht auf, um mir die Hand zu geben. Ich schaute mich neugierig um. Er hatte mein altes Eckbüro übernommen. Außer dem Schreibtisch war alles verändert. Der Chefsessel in schwarzem Leder sah teuer aus, genau wie die Kunstwerke an den Wänden. Ich musste zugeben, dass es wesentlich ordentlicher als bei mir aussah.

»Hei, Mikael«, sagte Steinar. Er hatte seinen breiten Hintern gegen die Fensterbank gelehnt. Ich nickte ihnen zu.

»Ich habe gehört, dass du deine Zulassung zurückbekommen hast«, sagte Hans Olav. »Gratuliere. Aber ich hoffe nicht, dass du uns bitten willst, dich wieder aufzunehmen. Ich bewundere deine Fähigkeiten vor Gericht, aber diese Firma hat ein völlig neues Profil bekommen. Hier ist kein Platz mehr für … sagen wir, Cowboys.«

Steinar kicherte.

Ich schüttelte langsam den Kopf.

»Nein. Deshalb bin ich nicht hier. Und du hast vollkommen recht, Hans Olav, ich würde nicht besonders gut in das neue Profil passen.«

Steinar runzelte die Stirn. Er wusste nicht, ob meine Worte ironisch gemeint waren, aber Hans Olav blieb ungerührt. Er schaute demonstrativ auf die Uhr.

»Was willst du, Mikael?«

»Du wirst bald den Griechen vor Gericht vertreten, nicht wahr?«

»Stimmt. In drei Wochen.« Er grinste und zeigte seine weißen Zähne. »Du glaubst doch nicht etwa, dass er den Verteidiger wechseln und zu dir zurückkommen würde? Bis jetzt ist er sehr zufrieden mit seinem neuen Anwalt.«

»Das glaube ich gern. Aber es ist eine schwierige Sache. Glaubst du, dass du eine Chance hast, sie zu gewinnen?«

»Ja, das glaube ich.« Er langweilte sich offenbar. »Hör zu, Mikael, ich habe wirklich keine Zeit, um …«

»Die einzige Möglichkeit, diesen Fall zu gewinnen, ist, die Regeln zu brechen.«

»Was willst du damit sagen?«

»Ich bin Hans Mikkelsen an dem Abend gefolgt, als er Gustav Niemann auf dem Boot traf. Und danach hatte ich ein langes Gespräch mit Niemann. Ich weiß von deinem Plan. Ich weiß, dass Niemann eine halbe Million bekommt, um seine Aussage zu revidieren.«

Ein langes Schweigen folgte. Steinar sah verwirrt aus. Hans Olav war feuerrot. Endlich öffnete er den Mund.

»Wenn das stimmt, was du sagst, und ich betone *wenn*, dann ist das auf jeden Fall Mikkelsens Idee. Ich weiß nichts davon.«

Ich schüttelte den Kopf.

»Niemann hat mir alle Details gegeben. Jemand hat seine Aussage so zusammengeschustert, dass sie mit den übrigen Fakten übereinstimmt. Das ist nicht Mikkelsens Werk. Jemand mit großer juristischer Kenntnis muss das geschrieben haben.«

Er grinste wieder, wenn auch nicht so breit.

»Es steht dir frei, das zu vermuten, Mikael. Vielleicht hast du sogar recht, wer weiß? Auf jeden Fall habe ich nichts damit zu tun.«

»An jenem Abend stand ein Auto am Kai, neben Mikkelsens und Niemanns. Ein dunkler Pkw. Ich glaube, dass noch eine dritte Person auf dem Boot war. Jemand hat sich in der Kajüte versteckt und zugehört, wie Niemann seine revidierte Aussage vortrug.« Ich hielt inne, musterte seinen Gesichtsausdruck. »Leider hatte ich keine Zeit, das Auto näher zu untersuchen oder das Kennzeichen aufzuschreiben.«

»Wie schade.«

Ich nickte.

»Ja, in der Tat. Aber wie sich herausgestellt hat, war es nicht notwendig. Niemann hat nämlich die Hälfte des Geldes als Vorschuss bekommen, in Form eines Schecks, der ein Konto auf den Cayman Islands belastet.«

»Viel Glück bei der Suche nach dem Kontoinhaber, Mikael.«

Ich lachte.

»Ja, ich weiß, dass das fast unmöglich ist. Aber auch das ist nicht notwendig.« Ich steckte eine Hand in die Innentasche und zog ein Blatt Papier hervor. »Nicht, wenn ich weiß, wer das Geld *auf* das entsprechende Konto überwiesen hat. Hier ist die Kopie eines Auszugs von eurem Geschäftskonto, die beweist, dass eine Viertelmillion von hier auf dasselbe Konto überwiesen wurde, von dem Gustav Niemann den Betrag bekommen hat. Du hast die Überweisung ausgeführt, Hans Olav.«

»Du hast unser Geschäftskonto benutzt, um einen Zeugen zu

bestechen?« Plötzlich verstand Steinar, worum es ging. Seine Stimme überschlug sich. »Unser Geschäftskonto? Wie konntest du nur so blöd sein?«
»Ja, ziemlich blöd«, sagte ich. »Dummheit hängt oft mit Habgier zusammen. Ich habe eine Kopie an die Polizei geschickt und eine an die Anwaltskammer, zusammen mit einem Ausdruck von Gustav Niemanns Aussage. Du wirst sicher bald von ihnen hören.«
Der gediegene Ledersessel sah aus, als wäre er plötzlich zu groß für Hans Olav geworden. Er war zusammengesunken, vor meinen Augen geschrumpft. Plötzlich sah er aus wie das, was er in Wirklichkeit war: ein verwöhnter und egozentrischer kleiner Junge. Ich drehte mich zu Steinar um. »Sieht aus, als wärst du bald der einzige Partner hier, Steinar. Ich wünsche dir viel Glück bei dem Versuch, die Firma am Laufen zu halten. Mach's gut.«

»Bist du zufrieden?«, fragte Synne.
»Ja«, sagte ich. »Sehr zufrieden.«
»Aber war die Genugtuung genau so groß, wie du sie dir ausgemalt hast, als du im Gefängnis gesessen und von Rache geträumt hast?«
»Nein«, sagte ich. »Nicht ganz. Hohe Erwartungen werden selten erfüllt. Aber es hat trotzdem gutgetan.«
»Okay«, sagte sie. »Ich wäre gern dabei gewesen. Aber eins frage ich mich: Hättest du es auch getan, wenn Peter noch am Leben gewesen wäre?«
»Ich weiß es nicht. Aber Peter ist tot.«

Wenige Tage später ging ich früh ins Büro und schaute zu, wie ein schlechtgelaunter Jugendlicher ein Messingschild an die Tür schraubte, auf dem »Anwaltskanzlei Bergstrøm & Brenne« stand. Ich hatte es bestellt, ohne Synne etwas zu sagen. Als sie kam, polierte ich es mit einem Küchenhandtuch.

»Ein kleiner Fleck«, sagte ich. »Unser Image muss strahlend sauber sein.«
Sie lächelte, aber es kam nicht von Herzen. Ich ging mit in ihr Büro, holte Kaffee und fragte, was geschehen sei.
»Nichts.«
»Mit solchen Erklärungen bist du durchgekommen, als ich noch ein kleiner, erbärmlicher Lohnsklave war, aber jetzt bin ich dein Partner. Erzähl mir, was los ist. Ich dachte, du würdest dich über das Schild freuen.«
»Natürlich freue ich mich darüber.«
»Was ist dann mit dir los?«
»Das geht dich nichts an, Mikael.« Sie sah mich verärgert an, trank einen Schluck, verbrannte sich die Zunge und fluchte ausgiebig. Ich sagte nichts.
»Es ist Svein«, sagte sie nach einer Weile.
»Hat er dich verlassen, der Idiot?«
»Nein, er hat mir einen Heiratsantrag gemacht.«
»Und das ist nicht toll?«
»Doch. Nein. Nicht in diesem Fall. Er hat einen neuen Job. Einen guten Job, eine herausragende Beförderung, aber er muss dafür nach Stockholm ziehen.«
Mein Magen knotete sich zusammen.
»Und …?«
»Und er fand es selbstverständlich, dass ich mitkommen würde. Er hat mich nicht einmal gefragt, bevor er den Job angenommen hat, ist einfach davon ausgegangen, dass seine Karriere wichtiger als meine ist.«
»Und ziehst du nun um?«
Sie starrte mich an.
»Spinnst du, Mikael? Diese Firma ist vielleicht klein, aber es ist meine! Oder unsere, jetzt. Ich habe mich abgerackert, um das zu erreichen. Zuerst war ich jahrelang dein Sklave, dann habe ich alles zusammengekratzt, was ich hatte, und von der Hand

in den Mund gelebt, und jetzt, wo ich endlich anfange, Ergebnisse zu sehen, soll ich einfach alles einpacken und mit einem eingebildeten Aktienmakler nach Stockholm ziehen?«

»Und was nun?«

»Ich habe Schluss gemacht, was sonst? So ein Idiot!«

Dann begann sie zu weinen.

»Wir machen eine Reise«, sagte ich, als das Schlimmste vorüber war.

»Was? Wohin denn? Das können wir uns nicht leisten.«

»Wir fahren ein paar Tage in den Norden. Ich bin endlich fertig mit der Wiederaufnahmeklage für Aron. Wir können nach Vestøy fahren und die Sache mit ihm durchsprechen. Er wird sich freuen, und wir können die Tour als Dienstreise deklarieren. Dann kann ich dir die Insel zeigen. Wir übernachten im Café. Es ist schön dort oben, ich bin sicher, dass es dir gefallen wird.«

Sie sah mich verunsichert mit roten Augen an und schniefte.

»Warum nicht? Wir haben es uns verdient, nicht wahr? Wir haben beide eine Pause verdient. Wann fahren wir?«

»Morgen früh. Dem Wetterbericht zufolge soll sich das Hochdruckgebiet ein paar Tage halten. Es wird eine schöne Reise.«

## Kapitel 64

Das Meer war spiegelglatt und unser Kielwasser schnurgerade und kreideweiß. Um uns herum lagen schneebedeckte Inseln, Holme und Schären, mit schwarzen Rändern, wo die Flut den Schnee weggewaschen hatte. Die Landschaft glitzerte in eiskaltem Sonnenlicht.

Ich hatte Konrad Seglem angerufen, der mit seinem Bootstaxi auf uns wartete.

»Dort«, sagte er zu Synne und zeigte. »Dort liegt Fjellbergøy. Sehen Sie den seltsamen Berg in der Mitte? Die Insel sieht aus wie ein Hut.«

Synne nickte.

»Sie können an der Steinmole anlegen«, sagte ich. »Auf der Innenseite ist es ziemlich flach, aber ...«

»Ich bin schon mal hier gewesen«, sagte Seglem und manövrierte das Boot genau fünf Zentimeter bis vor die Kaimauer.

Ich warf das Gepäck an Land, und wir sprangen von Bord.

»Danke fürs Mitnehmen«, sagte Synne.

»Sie werden abgeholt, sagten Sie?«

»Ja«, sagte ich. »Frank Lande holt uns in ein paar Stunden ab.«

Wir blieben kurz auf der Mole stehen und schauten dem Boot nach, bevor wir weitergingen. Die Mole war glatt; zwischen den Steinen lagen dünne Eisschollen, die knirschend unter unseren Schuhen zerbrachen. Als wir festen Boden betraten, fiel mir auf, dass nicht Schnee die Landschaft weiß färbte. Alles war mit einer dicken Schicht Rauhreif überzogen.

»Du hast Bescheid gesagt, dass wir kommen, nicht wahr?«, fragte Synne.
»Ja, ich habe gestern mit Aron gesprochen. Er weiß, dass wir kommen. Es ist wie letztes Mal. Er hat mich nicht abgeholt, aber man sieht, dass jemand zu Hause ist.«
Ich zeigte auf das Wohnhaus, aus dessen Schornstein Rauch aufstieg. Aber irgendetwas war anders. Erst als wir näherkamen, sah ich, dass nicht nur die Wiesen mit Reif bedeckt waren. Auch die Gebäude waren komplett weiß, und die Wände sahen aus wie das Innere einer Gefriertruhe. Es war vollkommen still, nur das gefrorene Gras knirschte unter unseren Füßen. Plötzlich wurde die Stille von einem wütenden Bellen durchbrochen, und der schwarze Border Collie fegte um die Ecke. Er rutschte auf dem glatten Boden, fand wieder Halt und kam direkt auf uns zu. Synne ergriff meinen Arm.
»Ich mag keine Hunde«, sagte sie. Aber der Hund blieb fünf Meter vor uns stehen und kläffte uns an, bis Aron um die Ecke kam.
»Aus, Falk!«, rief er. »Aus! Komm her! Platz!«
Der Hund ignorierte Arons Kommandos und kläffte weiter. Er sprang im Kreis um uns herum, bis er endlich aufgab.
»Willkommen«, sagte Aron und ergriff erst Synnes und dann meine Hand. »Willkommen auf unserem Hof. Entschuldigen Sie den Hund, er ist total außer Rand und Band. Aber lassen Sie uns reingehen, es ist ja eiskalt.«

Der Holzofen bullerte so warm in der Ecke, dass die Luft um ihn herum zitterte. Ich weiß nicht, ob es der plötzliche Temperaturunterschied war, aber auf einmal bekam ich Kopfschmerzen. Es begann mit einem stechenden Schmerz hinter dem Stirnbein, der schnell in ein dumpfes Pulsieren überging. Ich massierte mir die Stirn. Synne sah mich fragend an.
»Kopfschmerzen«, sagte ich.

»Kaffee?«, fragte Aron. Wir sagten ja, und er verschwand in der Küche. Ich schaute mich überrascht um. Beim letzten Mal war das Haus wie geleckt gewesen, alles hatte ordentlich und blank geputzt an seinem Platz gestanden. Heute aber lagen Zeitschriften auf dem Tisch, eine schmutzige Kaffeetasse stand auf der Fensterbank, und in den Ecken hatten sich Staubmäuse angesammelt.

»Wo ist Ihre Mutter, Aron?«

Er steckte den Kopf durch die Tür.

»Was? Meine Mutter? Sie ist spazieren. Es ist so schönes Wetter. Sie wollte auf den Hut.«

»Den Hut?«

Er deutete hinter sich.

»Der Berg. Er sieht aus wie ein Hut, ist Ihnen das nicht aufgefallen?« Er lachte nervös und unmotiviert, und ich erinnerte mich daran, wie manisch er sein konnte. »Es ist unglaublich schön dort an einem Tag wie heute.« Ein weiteres, kurzes Lachen. »Von da oben kann sie direkt in die Ewigkeit schauen.«

Synne runzelte die Stirn, und ich erklärte:

»Sie ist ein bisschen seltsam. Und sie mag mich nicht besonders. Ich wette, dass sie spazieren gegangen ist, damit sie mich nicht treffen muss.«

»Sie müsste sich doch freuen, dass ihr Junge von aller Schuld freigesprochen wird?«

»Gott weiß«, sagte ich. »Vielleicht kommt sie ja gleich zurück, dann kannst du sie fragen.«

»Der Kaffee ist fertig«, kündigte Aron an. »Und ich habe selbstgebackene Kekse.«

Er zündete Kerzen an, schenkte Kaffee ein und war fröhlich und redselig wie immer. Der Kaffee war zu stark und die Kekse waren zu trocken. Meine Kopfschmerzen wurden immer schlimmer.

Nach einer Weile zog Synne eine dicke Dokumentenmappe aus der Tasche.

»Hier ist sie, Aron, die Wiederaufnahmeklage.«

Aron streckte die Hand aus und nahm die Mappe fast andächtig entgegen.

»Und Sie glauben, dass ich freigesprochen werde?«

»Das kann ich Ihnen fast garantieren. Stimmt's, Mikael?«

»Ja«, sagte ich und presste die Hände auf die Schläfen. »Könnt ihr vielleicht allein die Dokumente durchsehen. Ich habe so wahnsinnige Kopfschmerzen, ich glaube, ich brauche etwas frische Luft, wenn es in Ordnung ist.«

»Natürlich«, sagte Aron. »Setzen Sie sich zu mir aufs Sofa, Synne, dann können Sie mir zeigen, was Sie für mich getan haben.« Seine Augen leuchteten auf, und seine Wangen wurden rot. Fünfundzwanzig Jahre hatte es gedauert, und nun würde er endlich von jeder Schuld reingewaschen werden.

Ich zog Anorak und Strickmütze an und ging nach draußen. Es war immer noch eiskalt. Die Sonne war hinter dem Hut verschwunden, und der Berg warf seinen Schatten auf den kleinen Hof. Die frische Luft half ein wenig. Ich lief aufs Geratewohl herum. Bei jedem Schritt knirschte der Reif unter meinen Schuhen. Schon bald kam der Hund wieder angerannt, aber diesmal bellte er nicht. Er tanzte nur um mich herum und winselte leise. Nach ein paar Minuten gab er auf und verschwand um eine Hausecke.

Ich ging in einem großen Bogen um die Häuser. Mein Atem stand wie eine weiße Wolke vor meinem Gesicht. Ich dachte an Frau Sørvik, die lieber auf Bergtour gegangen war, anstatt uns zu treffen. Wie gnadenlos überzeugt sie von Gottes eisernem Gesetz und der Schuld ihres Sohnes war, als wären es zwei Seiten einer Medaille. Wahrscheinlich würde sie frierend in der Kälte ausharren, bis wir verschwunden waren.

Ich hatte meine Runde um den Hof beendet und ging über den

Hofplatz zurück. Vor dem kleinsten Nebengebäude lag der schwarze Hund. Im Stall hörte ich die Schafe blöken. Ich öffnete die Stalltür, und der Geruch von Schafskot und nasser Wolle schlug mir entgegen. Die Tiere standen dicht gedrängt, um einander zu wärmen. Als ich eintrat, blökten sie lauter. Die Tiere wurde unruhig und scharrten mit den Klauen. Ich ging wieder hinaus.

Der Hund stand auf, als er mich sah. Er winselte und kratzte an der Tür, vor der er gelegen hatte. Ich dachte, er würde frieren, und öffnete sie für ihn. Er schlüpfte hinein, blieb mitten in dem Schuppen stehen und winselte wieder.

Ich schaute in den halbdunklen Raum, ging einen Schritt hinein und rümpfte die Nase.

Ein süßlicher, übler Gestank schlug mir entgegen. Ich musste mich mehrmals übergeben. Etwas Totes lag dort drinnen. Wahrscheinlich ein Schaf, dachte ich, weil man in dem steinhart gefrorenen Boden keinen Kadaver vergraben kann. Ich drehte mich um, der Gestank war kaum auszuhalten, aber ein neuer Gedanke ließ mich erstarren.

Es waren nirgendwo Fußspuren zu sehen.

Ich hatte den Hof umrundet, aber Synne und ich waren die Einzigen, die deutliche Abdrücke im Rauhreif hinterlassen hatten, von Frau Sørvik existierten keine Spuren.

Ich stellte mich neben den Hund, dessen ganze Aufmerksamkeit auf eine unförmige Masse in der hinteren Ecke gerichtet war.

Ich schaute mich um und ergriff mit beiden Händen einen Rechen. Wieder musste ich mich übergeben, die Tränen standen mir in den Augen, aber ich riss mich zusammen und näherte mich der Ecke, als läge dort eine Bombe, die entschärft werden musste. Mit dem Rechen hob ich Schichten von altem Isolationsmaterial und Dachpappe an und stieß auf einen schmutzigen Flickenteppich. Ich schob den Rechen unter den Teppich und schlug ihn vorsichtig zur Seite. Bückte mich, um besser sehen zu können.

Ich kann nicht behaupten, dass ich sie wiedererkannte, denn ihr Gesicht war entstellt. Eine Seite war von Blut bedeckt, die andere zermatscht. Das Auge hing an der Wange herab, die Schläfe war zertrümmert, eine tiefe Wunde voller Knochensplitter und grauer Hirnmasse. Ein Mundwinkel war aufgerissen, der Kieferknochen schaute hervor, gelbe Zähne schimmerten durch das Dunkelrot. Das graue Haar war blutgetränkt. Trotzdem wusste ich, dass es nur Frau Sørvik sein konnte. Ich stand auf, drehte mich um und würgte. Dann ging ich zur Tür und kotzte Galle.

Der Hund begann zu knurren, ein tiefes, Unheil verkündendes Grollen.

Als ich mich aufrichtete, stand Aron in der Tür.

»Sie haben sie also gefunden. Ich habe durchs Fenster gesehen, dass Sie in den Schuppen gingen.«

Ich wollte etwas sagen, aber meine Stimme versagte, ich musste mich erst räuspern, bis ich ein heiseres »Warum?« herausbekam.

»Warum? Sie wollte nicht umziehen. Nach all den Jahren, zuerst im Gefängnis und dann hier draußen, allein mit ihr und den Schafen. Jetzt hätten wir endlich nach Hause ziehen können. Aber sie hat sich geweigert. Ich habe ihr sogar den Brief gezeigt, in dem stand, dass sie mich freisprechen würden, aber sie hat sich geweigert. Wir würden niemals von hier fortziehen, hat sie gesagt, und ich müsste für immer hier mit ihr wohnen.«

»Warum hat sie sich geweigert?«

Er antwortete nicht, aber plötzlich wusste ich, warum. Es konnte keinen anderen Grund geben.

»Sie wusste es, nicht wahr? Sie wusste, dass Sie schuldig sind. Dass Sie Siri getötet haben.«
»Das wollte ich nicht«, sagte er, auf einmal änderte sich sein Tonfall. »Es war ihre eigene Schuld. Wir hatten ausgemacht, dass wir uns heimlich treffen. Wir wollten uns küssen, aber plötzlich wollte sie nicht mehr. Ich war so wütend ... Wenn sie sich nicht so angestellt hätte, wäre es nie passiert.«
»Verstehe«, sagte ich. »Aber wir können trotzdem einen Freispruch für Sie erreichen, Aron. Sie haben ja für die Tat gesühnt, es spielt eigentlich keine Rolle.«
»Ihr werdet es niemandem erzählen?«
»Nein, was denken Sie? Sie sind doch unser Mandant«, sagte ich. »Wir haben Schweigepflicht.«
»Und Mama? Werdet ihr auch nichts von ihr erzählen?«
»Nein«, sagte ich. »Und Sie brauchen uns, um freigesprochen zu werden, Aron. Ohne unsere Hilfe können Sie niemals von hier wegziehen.«
Er zögerte. Ich konnte sein Gesicht im Gegenlicht nicht erkennen, aber ich sah ein weißes Glänzen und dachte, er würde lächeln.
»Du lügst«, sagte er.
Meine Hand umklammerte immer noch den Rechen. Ich versuchte, ihn vor mich zu halten, aber die Waffe war zu unhandlich, und Aron war jünger, stärker und schneller. Viel schneller. Ich weiß nicht, womit er mich niederschlug, aber er traf mich mit voller Wucht an der Seite. Und bevor ich reagieren konnte, bevor ich zu Boden fiel, traf er mich ein zweites Mal an fast derselben Stelle, und ich hörte innen ein knirschendes Geräusch. Ich hatte große Angst, so zu enden wie das Gesicht unter dem Flickenteppich, und dachte noch, wie ekelhaft dies wäre.
Ich lag am Boden. Aron war ein dunkler Schatten, der sich über mich beugte. Der Hund bellte hysterisch. Aron schrie ihn

an, aber er sprang weiter um ihn herum. Er schlug nach ihm, verfehlte ihn, und dann hörte ich, wie der Hund nach ihm schnappte. Aron fluchte. Dann war er verschwunden, und anstelle des dunklen Schattens sah ich die Türöffnung, ein leuchtendes, weißes Rechteck, und dachte, dass ich so schnell wie möglich nach draußen kommen musste. Aber ich konnte mich nicht bewegen, und das leuchtende Feld wurde kleiner und kleiner. Am Ende war es nur noch ein winziger Punkt, unendlich weit weg, und dann verschwand es ganz, wie wenn man einen Fernseher ausschaltet.

## Kapitel 65

Als ich zu mir kam, schleckte der Hund mein Gesicht. Vielleicht war ich davon aufgewacht. Ich versuchte mich an den Namen des Hundes zu erinnern, den ich gerade noch gehört hatte, aber er fiel mir nicht ein. Dann spürte ich die Kälte, und als Nächstes kamen die Schmerzen. In einer Gesichtshälfte pochte es, als hätte ich die schlimmsten Zahnschmerzen der Welt. Gleichzeitig klapperte ich vor Kälte mit den Zähnen, was die Schmerzen nicht besser machte.

Ich schaffte es, mich aufzusetzen und kam auf die Knie. Aber dann wurde mir wieder übel, und ich verharrte auf allen vieren mit hängendem Kopf und offenem Mund wie ein verletztes Tier. Blut tropfte von meinem Kinn und vermischte sich mit Erbrochenem auf dem Boden. Gehirnerschütterung, dachte ich. Deshalb ist mir übel. Es ist nur eine Gehirnerschütterung.

Nach einer Weile kam ich auf die Beine und stellte mich in die Tür. Die Schmerzen und die Übelkeit hatten etwas nachgelassen, aber mein Sehvermögen war getrübt. Ich sah alles doppelt, und als ich mir die Augen rieb, wurden die Kopfschmerzen schlimmer.

Vor mir lag der Hofplatz wie eine glitzernde Eisfläche. Auf der anderen Seite stand das Wohnhaus, wo Aron war. Ich hatte keine Lust, dorthin zu gehen. Ich wollte nicht aus dem Schatten in das weiße Licht treten, wo ich mich nicht verstecken konnte. Aber ich musste.

Synne war dort drinnen bei ihm.

Ich fühlte, dass mir nicht viel Zeit blieb.

Ich atmete tief ein und trat auf den Hofplatz. Wenn Aron aus dem Fenster schaute, würde er mich sehen, aber ich achtete nicht auf die erleuchteten Fenster. Ich rannte auch nicht, sondern ging zielstrebig über den Platz und zählte die Schritte, bis ich die Ecke des Wohnhauses umrundet hatte. Ich atmete tief ein, ging um die nächste Ecke und stieg still die drei Stufen zur Eingangstür hinauf. Dort blieb ich kurz stehen und schaute mich um. Der Schatten des Berges war länger geworden. Die ganze Welt war mit Reif bedeckt, und es war totenstill. Es sah aus, als wäre die Insel tiefgefroren und die Zeit stünde still. Nichts wäre mir lieber gewesen als das.

Die Tür war nur angelehnt. Ich drückte vorsichtig dagegen, und sie ging lautlos auf. Vorsichtig schlich ich mich hinein. Ohne Vorwarnung kamen die Kopfschmerzen und die Übelkeit zurück, und ich musste mich an die Wand lehnen. Ich schloss die Augen und kämpfte mit aller Kraft gegen den Brechreiz. Nach ein paar Sekunden war das Schlimmste vorbei. Dann horchte ich auf die Stimmen, eine dunkle und eine helle, die aus dem Wohnzimmer kamen. Ich war fürs Erste erleichtert. Kein Schrei, kein Stöhnen, keine Anzeichen von Panik oder einem Kampf.

Ich blieb stehen und atmete schwer. Konnte mich plötzlich nicht mehr vom Fleck rühren.

Ich hatte Angst.

Angst vor Aron.

Angst, wieder geschlagen zu werden.

Auf der Kommode vor mir stand ein Messingleuchter mit einer fast abgebrannten Kerze. Ich nahm die Kerze heraus und wog den Leuchter in der Hand. Horchte weiter auf die Stimmen.

»… Und deshalb glaube ich, nein, ich bin sicher, dass es klappen wird.« Es war Synne. Zitterte ihre Stimme? Vielleicht.

»Ja, das hast du schon gesagt. Du warst tüchtig.«

»Wir waren tüchtig, Mikael und ich. Er hat den größten Teil

der Arbeit geleistet, ich habe nur meinen Namen dazu gegeben. Sie sollten ihm danken.«

»Ich mag dich lieber. Du bist süß.«

»Danke.« Jetzt zitterte ihre Stimme wirklich. »Wo ist Mikael? Warum kommt er nicht?«

Mir war wieder übel.

»Er kommt bald. Hast du einen Freund, Synne?«

»Was? Einen Freund? Das geht … Ja, ich habe einen.«

»Darf er dich nackt sehen?«

»Hören Sie sofort auf, Aron!« Synne sprach mit lautem strengem Tonfall, versuchte, Autorität zu wahren und die Kontrolle über das Gespräch wiederzugewinnen, aber das Zittern ihrer Stimme verriet sie. »Ich geh nach draußen und schau nach Mikael.«

»Das hilft nichts.«

»Was?«

»Mikael hat Kopfschmerzen. Er hatte so fürchterliche Kopfschmerzen, dass er sich hinlegen musste.« Er lachte laut und roh, und mich schauderte. Der Brechreiz wurde immer stärker.

»Was wollen Sie damit sagen? Aus dem Weg, ich will raus …«

Der Schlag klang wie ein Pistolenschuss.

»Nein. Du bleibst hier.«

Ein Stöhnen, und dann wieder Arons Stimme. »Zieh den Pullover aus.«

»Nein, ich will nicht.«

Ein weiterer Schlag. Kein Pistolenschuss, sondern Haut auf Haut. Eine Ohrfeige, knallhart und plötzlich. Ich wusste, wie schnell und stark er war. Körperliche Arbeit, Bauer. Und doch verblüffte es mich, denn er sah nicht so aus.

»Und die Bluse. Mach die Bluse auf.«

»Aron, bitte. Bitte tun Sie das nicht. Es wird nicht …«

Ohrfeige.

»Ich will dich doch nur lieben. Warum stellst du dich so an? Warum stellt ihr euch immer so an? Das macht mich so … so wütend.« Seine Stimme wurde schriller, er regte sich auf, die Frustration platzte aus ihm heraus. Ein schlechtes Zeichen. Es bedeutete Gefahr.

Eine weitere Ohrfeige, ein leiser Schrei.

»Ja, Aron. Nicht mehr schlagen.« Sie weinte. »Bitte nicht mehr schlagen.«

Mir war so übel.

Ich atmete tief ein, öffnete die Tür und ging hinein.

Ich bewegte mich so schnell und leise wie möglich, aber ich sah immer noch alles doppelt und hatte weiche Knie. Aron stand mit dem Rücken zu mir und war auf Synne fixiert, sonst hätte er mich bestimmt gehört. Sie stand vor ihm und nestelte an den Knöpfen ihrer Bluse. Eine Seite ihres Gesichts war rot und geschwollen, Tränen rollten über ihre Wangen. Ich hob den Leuchter und schlug ihn, so fest ich konnte, auf Arons Hinterkopf.

Vielleicht hatte er mich gehört, oder er hatte es in Synnes Augen gelesen, auf jeden Fall reagierte er rasch und wich dem Hieb halb aus. Der Leuchter streifte seinen Schädel und traf seine Schulter. Trotzdem brüllte er vor Schmerz und ging in die Knie. Ich wollte noch einmal zuschlagen, aber ich hatte das Gefühl, dass ich mich unter Wasser bewegte. Ich war zu langsam. Viel zu langsam.

Ich hatte nicht einmal den Arm erhoben, da war er schon über mir. Ich taumelte zurück und hielt mich mit letzter Kraft auf den Beinen. Er ergriff mein Handgelenk, und ich schrie auf. Ich musste den Leuchter loslassen. Aron bückte sich blitzschnell und ergriff ihn. Dann packte er mich mit einer Hand am Kragen und hob mit der anderen den Leuchter.

»Gott sieht dich, Aron!«, rief ich. Es war eine Art Eingebung,

denn plötzlich sah ich vor mir, wie er nach dem letzten Keks griff und seine Mutter mit scharfer Stimme dieselben Worte schrie.
Und der Schlag kam nicht. Aron erschrak und hielt die Hand über sich, als müsse er sich vor einem Angriff von oben schützen. Sein Gesicht verzog sich in einer Mischung aus Raserei und Angst, aber dann riss er sich zusammen und holte erneut aus. Unwillkürlich schloss ich die Augen.
Ich sah nicht, wie Synne zuschlug. Ich sah nur, wie die Schnapsflasche ihn ins Gesicht traf, als wäre sie aus dem Nichts gekommen und aus eigener Kraft durch die Luft geflogen. Synne musste ihre ganze Kraft in den Schlag gelegt haben. Eine Wolke aus Glassplittern stieb durchs Zimmer, und Blut spritzte aus seinem Auge. Er ließ mich los und wankte zurück, hielt eine Hand vors Auge und fuchtelte wild mit der anderen.
Die Flasche war fast voll gewesen, und Aron hatte das meiste davon abbekommen. Sein Pullover war mit Schnaps durchtränkt, er hatte Schnaps an den Händen, am Ärmel und in den Haaren. Die fuchtelnde Hand streifte eine brennende Kerze. Ein kurzes Zischen ertönte, als würde jemand rasch und tief einatmen, und seine Hand fing Feuer. Dann ein zorniges Knistern, und Aron stand in Flammen.
Er brüllte, hielt die Hände vors Gesicht und rannte im Kreis. Blaue Flammen züngelten zwischen seinen Fingern. Er rammte die Wand und taumelte zurück, direkt gegen den glühenden Ofen. Er schrie erneut auf und stolperte über den Couchtisch, der unter ihm zerbrach. Nun fingen auch der Teppich und die Gardinen Feuer. Arons Schreie wurden lauter und verzweifelter, es klang, als wäre er schon kein Mensch mehr.
Ich nahm Synne am Arm und zog sie aus dem Zimmer. Sie konnte gerade noch ihren Pullover und ihre Jacke schnappen. Draußen auf dem Hofplatz fiel ich wieder auf alle viere und kotzte. Synne zitterte vor Kälte und zog sich an, dann half sie

mir auf die Beine. Wir drehten uns um. Das Feuer hatte sich inzwischen bis auf den Flur ausgebreitet. Hinter der Tür stand eine Wand aus hohen, roten Flammen. Aron war nicht hinter uns hergerannt, er musste noch dort drinnen sein. Wenn er noch schrie, wurde er vom Lärm der Flammen übertönt, die in der kalten Luft knisterten.

Wir gingen langsam über die gefrorenen Wiesen zum Meer. Am Strand lag ein angetriebener Baumstamm, glatt geschliffen und weiß wie ein Knochen. Wir setzten uns. Die Dämmerung hatte eingesetzt, die Schatten waren lang, und der Himmel sah unendlich weit aus. Im Süden leuchteten die ersten Sterne. Wir saßen lange schweigend da und hielten uns im Arm. Dann erzählte ich, dass ich Frau Sørvik gefunden hatte und dass Aron Siri getötet hatte.

»Das verstehe ich nicht«, sagte Synne. »Salomonsen hat doch gestanden.«

»Salomonsen hat Anne getötet, aber nicht Siri. Er hat Annes Mord detailliert beschrieben, aber Siri hat er erst erwähnt, als ich ihn direkt gefragt habe.«

»Aber dann hat er doch gestanden«, wiederholte sie. »Warum sollte er das tun, wenn …«

»Du musst den Zusammenhang sehen. Kurz bevor er den zweiten Mord gestand, hatte ich ihm gesagt, er könne nie wiedergutmachen, was er Aron angetan hat. ›Doch, das kann ich‹, antwortete er, und dann gestand er den zweiten Mord. Ich habe diese Antwort nie ganz verstanden, aber jetzt weiß ich, was er damit meinte. Salomonsen wusste, dass Aron Siri getötet hatte. Vielleicht hat er es ihm sogar gebeichtet, oder seine Mutter hat es herausbekommen und Salomonsen erzählt. Auf jeden Fall nahm Salomonsen auch Arons Schuld auf sich, um sein Gewissen zu erleichtern.«

»Ja«, sagte Synne. »Das kann sein. Aber Frau Sørvik … Sie

muss es gewusst haben. Sie muss gewusst haben, dass ihr Sohn ein Mörder war und dass er jederzeit in einer ähnlichen Situation wieder töten konnte. Deshalb wollte sie hier draußen mit ihm wohnen. Um andere vor ihm zu schützen.«

»Und um ihn vor sich selbst zu schützen«, sagte ich. »Sie muss ihn trotzdem geliebt haben. Ich dachte, sie sei nur eine religiöse Fanatikerin, und habe deshalb nicht auf sie gehört. Hätte ich es nur getan.«

»Ich dachte …«, sagte Synne. »Ich dachte, er würde … Ich hatte solche Angst, Mikael.«

»Ich weiß«, sagte ich. »Ich auch. Ich habe mich kaum getraut, das Zimmer zu betreten. Beinahe hätte ich aufgegeben.«

Sie sah mich an.

»Mein Gott, wie du aussiehst, Mikael. Wie fühlst du dich?«

»Es blutet nicht mehr so stark, aber ich glaube, irgendwas ist gebrochen.« Ich hob die Hand an die Wange, hütete mich aber, sie zu berühren. »Es tut auch nicht mehr so weh, vielleicht wegen der Kälte.«

Wir saßen still nebeneinander, jeder in seine Erinnerung, seine Furcht und seinen Schmerz vertieft. Endlich sah ich ein rotes und ein grünes Licht auf dem Meer, und bald tauchten die Umrisse eines Segelbootes aus der Dunkelheit auf.

»Ironie des Schicksals«, sagte Synne plötzlich. »Ulv Garmann und Gunnar Skeie hatten trotz allem recht.«

»Nein, sie hatten nicht recht«, sagte ich. »Sie hatten kein Recht, so zu handeln.«

»Das habe ich nicht gemeint.«

»Ich weiß«, sagte ich. »Aber du irrst dich trotzdem. Im Strafrecht geht es nicht um Schuld oder Unschuld. Das ist unmöglich, meinetwegen soll Gott das entscheiden. Es geht um nichts anderes als Beweise. Entweder die Beweise reichen für eine Verurteilung aus oder nicht.«

»Aber …«
»Es gibt kein Aber. Ich habe einmal zu Ulv Garmann gesagt, dass wir alle Teilnehmer an einem Spiel sind. Manchmal gewinnen wir, und manchmal verlieren wir. Aber wir müssen uns an die Regeln halten und dürfen nicht mogeln. Das ist alles, Synne.«
»Vielleicht«, sagte sie.
Es wurde zu kalt zum Stillsitzen, und wir gingen auf die Mole, um dort auf Frank zu warten. Hinter uns hörte ich plötzlich tapsende Pfoten und drehte mich um. Endlich fiel mir wieder ein, wie der Hund hieß. Das musste ein gutes Zeichen sein.
»Komm, Falk«, sagte ich. »Du kommst besser mit uns. Hier gibt es nichts mehr für dich.«
Ich fühlte die kalte Schnauze und danach den warmen, lebendigen Atem an meiner Hand.

# Epilog

Es klingelte an der Tür, und Panik ergriff sie. Es war jedes Mal dasselbe. Sogar wenn sie Gäste erwartete und genau wusste, wer kam, zuckte sie vor Schreck zusammen, sobald die Klingel ertönte.

»Reiß dich zusammen, Gerd«, murmelte sie. »Du musst mit diesem Unsinn aufhören.«

Aber sie wusste, dass es unmöglich war. Sie konnte in diesem Moment nicht rationell denken. Der Überfall hatte etwas in ihr zerstört, und sie wusste nicht, wie sie den Schaden beheben sollte.

Die Sicherheitskette war neu und viel stabiler als allgemein üblich. Der Mann der Sicherheitsfirma hatte ihr garantiert, dass sie selbst dann halten würde, wenn sich ein kräftiger Mann gegen die Tür warf. Auch der Türspion war neu, und obwohl die Linse das Gesicht vor der Tür verzerrte, erkannte sie es sofort wieder.

Es war der Anwalt, den die Polizei als Drahtzieher des Überfalls verdächtigt hatte. Sie musste sich kurz an die Tür lehnen, ein neuer Panikanfall ließ sie erzittern, aber dann presste sie die Lippen zusammen. Er war ja freigesprochen worden! Es hatte in allen Zeitungen gestanden, dass er unschuldig war. Um die Wahrheit zu sagen, hatte sie nie genau mitbekommen, was wirklich geschehen war oder warum. Es reichte ihr, zu wissen, dass der Schuldige sie nie wieder belästigen würde.

»Reiß dich zusammen, Gerd«, sagte sie noch einmal. Dann öffnete sie die Tür einen Spalt und schaute hinter der Sicherheitskette hervor.

»Gerd Garshol?«, fragte der Mann. »Guten Tag. Mein Name ist Mikael Brenne. Sie erinnern sich vielleicht an mich?«

»Was wollen Sie?«, fragte sie und bekam sofort ein schlechtes Gewissen.

Der strenge, abweisende Ton war eigentlich nicht ihr Stil, es waren nur die Nerven.

»Tut mir leid, wenn ich störe … Darf ich hereinkommen?«

Weil sie nicht gleich antwortete, fuhr er fort. »Sie haben nichts von mir zu befürchten. Sie haben doch sicher mitbekommen, dass ich nichts mit dem Überfall zu tun hatte?«

Dann blieb er einfach stehen und wartete. In der Hand hielt er eine Plastiktüte. Seine Augen waren braun und blickten ein bisschen traurig.

Plötzlich tat er ihr leid. Er sah überhaupt nicht gefährlich aus, nur unsicher und peinlich berührt. Sie schloss die Tür, hakte die Sicherheitskette aus und öffnete.

»Bitte schön, kommen Sie herein.«

Sie hatte ihr feinstes Porzellan aus dem Schrank geholt. Er saß auf dem Sofa und blies vorsichtig in den heißen Kaffee, bevor er einen Schluck trank.

»Ui, der ist schön heiß«, sagte er. »Ich warte lieber ein bisschen und probiere so lange die Kekse.«

Er nahm einen Keks, lächelte sie an und steckte ihn in den Mund.

Sie musterte ihn.

Ein Mann Mitte oder Ende vierzig. Das krause Haar war einmal dunkel gewesen, jetzt war es fast grau. Er ist nicht wirklich schön, dachte sie. Die Nase war zu groß und zu spitz, die Augen lagen etwas zu tief, und das Gesicht war mager und zerfurcht, mit eingefallenen Wangen und tiefen Falten um den Mund.

Aber es war ein Charaktergesicht, und als er lächelte, sah sie, dass er einen jungenhaften Charme besaß, den manche Frauen bestimmt attraktiv fanden. Und er hatte schöne Hände, mit langen, empfindsamen Fingern. Aber er war dünn. Viel zu dünn.

»Das war gut«, sagte er und wischte sich den Mund mit der Serviette ab. »Ich habe Ihnen etwas mitgebracht.« Er zog ein kleines Päckchen aus der Plastiktüte und reichte es ihr. Sie packte es aus.

Zu ihrer großen Überraschung war es eine kleine, hellrote Porzellankatze.

»Dresdner Porzellan«, sagte er. »Ich habe gehört, dass Sie die sammeln.«

Ohne Vorwarnung stiegen ihr Tränen in die Augen.

»Was haben Sie?«, fragte er. »Ich dachte, sie würde Ihnen gefallen …«

»Tut mir leid.« Sie schluchzte laut vernehmlich. »Ich bin einfach so dumm. Vielen Dank, sie ist hübsch. Das wäre doch gar nicht nötig gewesen.«

»Sie können doch wieder neue Katzen kaufen. Eine neue Sammlung beginnen. Man kann immer neu anfangen.«

»Vielleicht«, sagte sie.

Er zögerte, wusste nicht, was er sagen sollte.

»Ich bin gekommen, weil Sie etwas wissen sollen.«

Sie sah ihn verwirrt an.

»Was meinen Sie?«

»Die Sache mit dem Überfall. Sie sollen wissen, dass das alles purer Zufall war. Es hatte nichts mit Ihnen persönlich zu tun. Sie waren ein zufälliges Opfer, genau wie ich. Wir wurden beide in die Sache hineingezogen wie in einen Strudel. Das wissen Sie doch, oder?«

Sie nickte sachte.

»Ich glaube schon.«

»Wir waren zur falschen Zeit am falschen Ort. Und es hatte

auch nichts mit Gustav Niemann zu tun. Niemand hat versucht, ihn einzuschüchtern, es sollte nur so aussehen.«
Seine Augen, die so dunkel und traurig gewesen waren, leuchteten auf, er lehnte sich über den Tisch und sah sie an. »Es ist nicht gefährlich für Sie, sich mit Gustav zu treffen. Sie gehen damit keinerlei Risiko ein. Ich kann verstehen, dass Sie Angst haben, nach allem, was passiert ist, aber Sie können ihn ruhig treffen. Wenn Sie es wollen, natürlich.«
»Glauben Sie?«
»Ja, ich bin ganz sicher.«
Sie schüttelte den Kopf.
»Er ist ein Verbrecher.«
»Das ist Vergangenheit. Ich glaube nicht, dass Gustav Niemann ein schlechter Mensch ist, er ist nur schwach. Und ich glaube, dass Sie zusammen stärker wären.«
»Vielleicht will er nicht mehr …«
»Ich habe mit ihm geredet, und ich weiß, dass er Sie vermisst. Er braucht jemanden, der auf ihn aufpasst, wissen Sie.« Er lächelte. »Alle brauchen das.«
Ein zärtliches Gefühl überkam sie. Er brauchte sie. Gustav brauchte sie.
Mikael Brenne stand auf.
Sie begleitete ihn zur Tür, bedankte sich noch einmal für das Geschenk, während sie in Gedanken seine Worte wiederholte.
Vielleicht war es noch nicht zu spät. Vielleicht hatten sie trotz allem eine gemeinsame Zukunft, Gustav und sie.
Draußen hatte es zu regnen begonnen, ein leichter, aber trostloser Nieselregen. Er schlug den Kragen hoch und steckte die Hände in die Tasche, sah auf einmal müde, älter und grauer aus.
»Auf Wiedersehen, und alles Gute«, sagte er. »Was Sie auch tun, ich hoffe, Sie werden glücklich.«

Sie sah ihm nach, als er durch den Vorgarten ging.
Einen Augenblick lang fragte sie sich, ob er glücklich war, ob er jemanden hatte, der auf ihn aufpasste, aber sie schob den Gedanken beiseite. Ein erfolgreicher Anwalt, ein Mann im besten Alter. Natürlich hatte er jemanden. Sie drehte sich um und ging hinein, um Gustav anzurufen.

# Nachwort

Das Lied *Dead Flowers* ist aus dem Rolling-Stones-Album *Sticky Fingers* von 1971. Townes van Zandts Version ist auf dem Album *Roadsongs* von 1993 zu hören, und am Ende des wunderbaren Coen-Brothers-Films *The Big Lebowski.*
In diesem Buch lasse ich Frank Lande behaupten, van Zandt habe *Dead Flowers* geschrieben. Dies gehört zu den obskuren, aber unsterblichen Mythen, die ihr Eigenleben im Internet führen, ähnlich wie die Behauptung, Gram Parsons habe *Wild Horses* komponiert. In Wirklichkeit gibt es kaum einen Grund, daran zu zweifeln, dass Mick Jagger und Keith Richards die Urheber beider Songs sind.

Bergen, 8. Juni 2010<br>
Chris Tvedt

Chris Tvedt

# AUF EIGENE GEFAHR

## Ein Fall für Mikael Brenne

Ein Mädchen wird bestialisch ermordet. Obwohl es Rechtsanwalt Brenne gelingt, einen Freispruch für den mutmaßlichen Mörder zu erwirken, ist er insgeheim von der Schuld seines Mandanten überzeugt. Schockiert wird er nach dem Prozess Zeuge, wie dieser dem Vater der Ermordeten die Tat lächelnd gesteht. Wenig später ist sein Mandant tot. Mikael Brenne beschließt, auf eigene Faust zu ermitteln.

Knaur Taschenbuch Verlag